DESTINO IMPERIAL

Crônicas Veredianas – Livro 7

REGINE ABEL

CAPA
Regine Abel

ILUSTRAÇÕES
Maroot Thanomluk
Vvevelur
Pleko
Yang Zheyy

Direitos Autorais © 2025

CONTENTS

ORDEM DE LEITURA

O universo das Crônicas Veredianas inclui a série Braxianos. Embora cada livro possa ser lido independentemente, com um arco de romance completo e sem suspense, para aproveitar totalmente a história abrangente, é recomendável ler as duas séries na seguinte ordem:

1. Escapando do Destino, Crônicas Veredianas 1
2. Destino Cego, Crônicas Veredianas 2
3. Criando Amalia, Crônicas Veredianas 3
4. Anton's Grace, Braxianos 1
5. Revés do Destino, Crônicas Veredianas 4
6. Ravik's Mercy, Braxianos 2
7. Mãos do Destino, Crônicas Veredianas 5
8. Krygor's Hope, Braxianos 3
9. Desafiando o Destino, Crônicas Veredianas 6
10. Keran's Dawn, Braxianos 4
11. Destino Imperial, Crônicas Veredianas 7

DESTINO IMPERIAL

Não confie em ninguém...

Desde o momento em que se conheceram na adolescência, o Príncipe Zerien e Siona sabiam que eram almas gêmeas. Siona é tão inteligente e bela quanto feroz e destemida. Ela será a rainha perfeita. Mas, a mando de seu pai, ele terá que esperar seis anos para reivindicá-la como noiva, cortejando-a à distância até se tornarem adultos.

Seis anos intermináveis vivendo do outro lado da galáxia... Sentindo saudades e sofrendo por sua Siona, sua doce obsessão.

No entanto, quando finalmente chega a hora de trazê-la para seu planeta natal, as profecias que a anunciam como uma grande Rainha Guerreira minam os planos dos rebeldes que assolam seu mundo. Seus ataques crescentes colocam seu casamento e coroação iminentes em perigo.

Eles querem que sua Siona seja destruída.

Zerien esperou todos esses anos apenas para perdê-la para os jogos mortais do Destino e as maquinações dos traidores?

DEDICATÓRIA

Para aqueles que entendem que violência gera violência e só traz mais tristeza e miséria para todos os envolvidos. Não há vitória em perpetuar o ódio. Os pecados dos pais não são os pecados dos filhos.

Para aqueles que aprendem com o passado, mas olham para o futuro com o coração aberto e uma mente positiva.

Cerque-se de pessoas que realmente te amam, não apenas pelo que você as beneficia. Se uma pessoa não estiver disposta a se sacrificar por você tanto quanto você se sacrificaria por ela, ela não é digna de você.

CAPÍTULO 1
SIONA

Um enxame de borboletas rodopiava em meu estômago enquanto meu nervosismo crescente ameaçava me sufocar. Eu mal conseguia me concentrar enquanto me admirava no espelho. Embora aquele vestidinho preto parecesse perversamente sexy em mim, uma parte de mim se perguntava se talvez fosse um pouco ousado demais. A gola assimétrica levava à única manga direita, deixando meu outro braço nu. Uma tira recortada cobria meus seios e uma segunda tira inferior acentuava minha cintura fina. A saia curta abraçava meus quadris e meu bumbum como uma segunda pele.

Depois de anos de namoro à distância, eu finalmente passaria um mês inteiro com o Príncipe Zerien Aerith, meu noivo. Tecnicamente, nós não estávamos oficialmente noivos. A pedido do meu pai quando nos conhecemos, seis anos atrás, embora Zerien pudesse me cortejar, ele teve que esperar até que eu atingisse a maioridade legal antes de tentar me convencer a me tornar sua esposa... e Rainha.

Aos doze anos, ouvir um príncipe lindo declarar que eu era sua alma gêmea parecia um conto de fadas. Considerando a vida terrível e sofrida que minha mãe e eu enfrentamos até algumas semanas antes, parecia ainda mais surreal. Por mais triste que tenha sido quando meu pai insistiu que eu voltasse para Braxia com ele e minha mãe, eu não contestei sua vontade. Muita coisa mudou na minha vida depois que ele libertou minha mãe do contrato abusivo de Serva Escrava que basicamente a manteria escravizada pelo resto de seus dias ao seu antigo dono. Minha mãe era meu mundo inteiro. Separar-me dela naquela época não teria sido uma opção para mim.

Naquela época, uma parte de mim achava romântico ter um príncipe herdeiro incrivelmente lindo ansiando por mim do outro lado do quadrante. Mas quando eu fiquei um pouco mais velha, principalmente depois dos quinze, minhas inseguranças começaram a aparecer.

Quando nos conhecemos, Zerien tinha quinze anos e eu, doze. Mas agora que ele havia se tornado adulto e um exemplar impressionante de masculinidade, eu comecei a me perguntar quanto tempo levaria para ele se cansar de me esperar crescer. Com sua posição social, beleza, incrível aura de força e carisma, meu namorado poderia ter conquistado qualquer mulher que quisesse. Aliás, nas inúmeras vezes em que ele fez a longa viagem de Sarenia a Braxia para me visitar, todas as mulheres que cruzavam seu caminho apenas olhavam e babavam.

Com ele vivendo tão longe de mim, cercado pelas mulheres de tirar o fôlego de sua própria espécie – consideradas entre as mais atraentes da galáxia, depois das Veredianas – como ele poderia resistir à tentação?

Nos últimos três anos, sempre que ele se comunicava comigo ou anunciava uma visita, eu me preparava para o dia em que ele me informaria que estava cansado de esperar e que havia partido para outra pessoa. E, no entanto, isso não só nunca aconteceu, como Zerien pareceu se tornar ainda mais devotado a mim.

E hoje, finalmente chegou a nossa hora.

— Você está de tirar o fôlego, minha filha — minha mãe disse com a voz carregada de emoção.

Eu olhei para o seu reflexo no espelho enquanto ela estava um pouco à minha esquerda. Um sorriso se abriu em meus lábios enquanto o amor enchia meu coração. Ela era sempre tão suave e gentil – uma aparência que enganosamente levava as pessoas a acreditarem que ela era fraca. Mamãe possuía uma força e determinação incríveis diante da adversidade. Que a Deusa tenha misericórdia de todos que cruzarem o caminho daqueles que ela ama.

Por muito tempo, as pessoas se referiam a mim como Mini-Hope, pois eu era a cara da minha mãe. Mas, nos últimos anos, eu cresci alguns centímetros a mais do que ela.

— Você não acha que é muito revelador? — eu perguntei, com a incerteza evidente na minha voz.

— Os vestidos Sarenianos são muito mais reveladores do que esse — minha mãe disse com um aceno de mão desdenhoso — Ele é atraente sem ser vulgar.

— Aposto que meu pai vai discordar — eu respondi, provocante.

Minha mãe riu baixinho — Você poderia estar usando um saco de batatas na cabeça e seu pai ainda acharia isso muito sedutor. Ele devia ficar grato por eu não ter deixado a Grace escolher seu vestido.

Eu caí na gargalhada. Grace – a esposa do meu irmão Anton – era a personificação do exibicionismo. Ela era incrivelmente linda e certamente adorava ostentar. Risqué não conseguia nem começar a descrever algumas das roupas que ela usava. E, no entanto, ela dominava a maneira de fazer as coisas parecerem elegantes, enquanto qualquer outra mulher teria parecido vulgar. O pobre Anton quase teve um derrame quando Grace nos mostrou algumas de suas sugestões.

— Meu pai a teria renegado – e a mim – se eu tivesse escolhido o suposto vestido feito de três tiras de tecido transparente que Grace realmente adorou — eu disse com um bufo.

Minha mãe fez uma careta e soltou um gemido desanimado que me fez rir ainda mais.

— Não posso nem dizer que ela não tem jeito — minha mãe admitiu — Ela realmente o vestiu para me provar que ele não era tão ultrajante quanto o resto de nós alegávamos.

— E deixe-me adivinhar, ela fez isso de forma incrível — eu terminei por ela em um tom divertido.

— Claro que sim — minha mãe disse, balançando a cabeça de um jeito que sugeria que não havia redenção para Grace. Mas o profundo afeto que sentia por ela brilhava intensamente em seus olhos e em sua expressão.

— Grace poderia usar tiras de pele podres para esconder suas partes íntimas e fazer com que parecesse uma luxuosa moda de alta costura — eu disse, provocando, embora com uma ponta de inveja.

— Sim — minha mãe concordou com o mesmo sorriso carinhoso e melancólico — Venha se sentar para que eu possa terminar de arrumar seu cabelo.

Eu obedeci, meus saltos agulha me fazendo parecer infinitamente mais alta do que ela enquanto me dirigia ao banquinho almofadado em frente à penteadeira. Atendendo ao meu pedido, minha mãe prendeu meu longo cabelo branco-prateado em um coque bagunçado. Ele poderia ser facilmente desfeito simplesmente puxando o grampo ornamentado que Zerien me deu de presente no meu décimo sexto aniversário. Ele adorava brincar com meu cabelo. E se as coisas corressem como eu esperava esta noite, eu não queria que ficássemos presos tentando desfazer um penteado extravagante e elaborado.

Meu estômago embrulhou só de pensar naquela noite, uma mistura de medo e expectativa deixou meus nervos ainda mais frenéticos.

— Lembre-se, Siona... Hoje à noite, você não precisa fazer nada que não queira fazer ou para o qual não esteja preparada — minha mãe disse em um tom suave.

Eu me enrijeci e levantei a cabeça bruscamente para olhá-la através do reflexo no espelho. Ela e eu sempre fomos incrivelmente próximas, especialmente porque só tivemos uma à outra por muito tempo. Sua capacidade de me sentir e me entender sem a necessidade de palavras sempre me surpreendeu.

— Eu... eu sei disso — eu disse, minhas bochechas esquentando por estar tendo essa conversa com minha mãe.

— Zerien é um jovem maravilhoso — ela continuou com a mesma voz suave — O respeito que ele demonstrou por você nos últimos seis anos diz muito sobre o caráter dele. Ele honrará seus desejos se você expressar reservas.

Eu sorri e assenti, me sentindo envergonhada e comovida pelos seus esforços para me tranquilizar e pensando em como Zerien sempre foi incrível para mim. Pela lei galáctica, dezesseis anos era a idade de consentimento sexual. Desde que a diferença de idade não ultrapassasse quatro anos, uniões eram permitidas. Por isso, eu fiquei chocada quando Zerien se recusou a passar para a próxima etapa no meu décimo sexto aniversário e declarou que esperaria até o dia em que pudesse me reivindicar como sua noiva e me levar de volta com ele para Sarenia.

No início, eu fiquei assustada. Estando no auge da minha fase de insegurança, eu comecei a imaginar que ele estava me recusando porque já tinha outra mulher saciando suas necessidades em seu planeta natal. Afinal, os Sarenianos eram uma espécie extremamente sensual, onde os filhotes se tornavam ativos já aos onze ou doze anos. Pelo que tudo indica, Zerien já era extremamente ativo antes de nos conhecermos. Portanto, eu tive dificuldade em aceitar que ele me amava o suficiente para permanecer fiel a mim e celibatário por seis anos.

Quando o questionei sobre isso, sua resposta me deixou de cabeça para baixo. Ele disse que esperar por mim era excruciante, mas suportável. No entanto, uma vez que ele me tivesse, não haveria mais volta. Ele nunca seria capaz de me deixar. Então, a menos que eu estivesse disposta a desafiar a vontade do meu pai de permanecer em Braxia até atingir a maioridade legal, nós dois teríamos que esperar.

— Zerien é o melhor dos homens — eu concordei, com a garganta apertada de emoção —Eu confio nele completamente. Ele não vai me empurrar para fora da minha zona de conforto.

Minha mãe sorriu e beijou minha testa delicadamente — Anton reservou uma suíte para vocês dois no Celestial. Ela tem dois quartos separados, caso decidam dormir sozinhos. Ele também reservou este quarto para vocês aqui, caso prefiram voltar para a cobertura.

Eu balancei a cabeça e olhei para minha mãe por cima do ombro — Isso não será necessário. Quer dividamos o quarto ou não, nós temos um mês para decidir se vamos nos casar em seis semanas. Ele esperou por mim tempo suficiente. Eu quero passar o máximo de tempo possível com ele. Como eu disse, ele não vai me forçar a nada para o qual eu não esteja pronta.

— Muito bem — minha mãe disse antes de acariciar minha bochecha.

Eu me levantei e passei as mãos pelo vestido, alisando os vincos inexistentes. Eu franzi a testa ao notar a expressão estranha que perpassou o rosto da minha mãe.

— O que foi? — eu perguntei.

Minha mãe hesitou e pareceu procurar as palavras, o que imediatamente me deixou preocupada.

— Eu sei que você o ama. E não há dúvida de que ele te ama. Mas você nunca namorou ninguém desde que se conheceram tão jovens — minha mãe disse, cautelosamente — Muitas vezes nós nos esforçamos para tentar agradar o nosso primeiro amor e nos perdemos no processo. Não tente ser o que você acha que ele quer que você seja, mas seja quem você é. Vocês são almas gêmeas. Quem você é, do jeito que você é, é o que a Deusa planejou para ele. Não finja ser outra pessoa. Eventualmente, o tiro sairá pela culatra.

Eu assenti lentamente — Eu entendo, mãe. Você tem razão, eu vou querer agradá-lo. Mas vou me lembrar das suas palavras e permanecer fiel a mim mesma.

— Boa menina — minha mãe disse, orgulhosa — E...

Uma batida na porta a interrompeu.

— Entre — eu gritei, esperando ver minha sobrinha Naya, a filha malcriada de treze anos de Anton e Grace.

Para minha surpresa, a porta se abriu para a figura imponente do meu sobrinho Gavin, o primogênito de Anton. Apesar de ser apenas alguns meses mais velho que eu, e mesmo sendo um híbrido – meio Braxiano, meio humano – meu sobrinho já era um homem completo. Olhando para ele, você pensaria que ele era um Braxiano puro-sangue, com seus 2,13 metros de altura, ombros largos e montanhas de músculos. Seus traços faciais eram a única coisa que denunciava sua mestiçagem. Embora tivesse o nariz mais achatado e largo de um Braxiano, assim como a testa forte e proeminente, os dele eram versões muito mais delicadas. Enquanto os Braxianos puro-sangue tinham feições rudes e brutas, Gavin herdou muito da beleza de sua mãe.

— Senhoras, um certo príncipe chegou — Gavin disse com aquela voz profunda e retumbante, um brilho travesso em seus deslumbrantes olhos âmbar.

Meu coração disparou, e uma nova onda de pânico ameaçou me engolir. Minha mãe disse algo, mas meu cérebro exausto não conseguiu entender suas palavras. Pelo seu tom entusiasmado, presumi que ela havia expressado sua alegria com a notícia.

— Vamos! — Gavin disse, gesticulando com a cabeça para que o seguíssemos para fora do quarto de hóspedes.

— Gavin, espera! — eu exclamei, saindo do meu transe de choque — Você tem um minuto?

Ele piscou, surpreso com o pedido — Claro — ele respondeu, entrando na sala com curiosidade flagrante.

— Eu estarei lá fora cumprimentando o príncipe — minha mãe disse, adivinhando mais uma vez, com uma intuição quase sobrenatural, que eu queria um momento a sós com meu sobrinho.

Minha mãe acariciou gentilmente minhas costas e sorriu para Gavin antes de sair do quarto.

— O que foi? — Gavin perguntou.

Nervosamente, eu coloquei uma mecha de cabelo solta do meu coque bagunçado atrás da orelha pontuda e lambi os lábios enquanto procurava as palavras. Pedir para ele ficar não tinha sido planejado, mas apenas uma reação instintiva. Mesmo que eu pessoalmente não soubesse, meu cérebro sabia o que queria pedir. Pena que minha boca não conseguia descobrir como traduzir.

Sentindo-me perdida e um pouco estúpida, eu fui me sentar na beira da cama. Um ar suave de compaixão pairou no rosto bonito de Gavin. Ele veio se sentar ao meu lado e encostou seu ombro no meu.

— Nervosa? — ele perguntou em um tom simpático.

Eu assenti, sentindo minha garganta muito apertada para falar.

— Não precisa. Zerien te adora — Gavin disse suavemente — Na verdade, ele está tão nervoso quanto você. Eu nunca o vi tão nervoso. Mas pode ter a ver com o Vovô estar carrancudo como se quisesse estrangulá-lo por ter tirado sua filhinha.

Eu bufei, grata pelo esforço de humor de Gavin, que conseguiu arrancar um sorriso de mim.

— E isso com certeza não é nada intimidante quando ele está

infeliz — eu respondi com um riso na voz antes de lhe lançar um olhar de lado inquisitivo — O Zerien parece mesmo nervoso?

Gavin assentiu com uma expressão séria — Ele esperou muito tempo por você. Este é o momento com que ele sonha há anos. Ele não quer estragar tudo. Você é tudo para ele.

Naquele instante, eu percebi que ele estava se projetando em Zerien, ou pelo menos se relacionando com ele, considerando a semelhança das nossas situações. Isso também esclareceu a pergunta que meu cérebro queria fazer, mas que meu eu nervoso não conseguia entender.

— Quando você encontrar sua alma gêmea, Zharina, daqui a pouco mais de dois anos, o que você espera? — eu perguntei em voz baixa.

Gavin assumiu uma expressão determinada, o que deu ao seu rosto jovem uma maturidade que me ofereceu um vislumbre do homem que ele estava se tornando.

— Eu quero que ela seja ela mesma — ele disse em um tom firme — Quero que ela seja a mesma de sempre em nossas conversas e trocas de vídeos. Ainda faltam trinta e dois meses, mas já estou nervoso e com medo de que ela me considere inferior pessoalmente.

Eu recuei — O quê?! Por que você pensaria isso?

Ele deu de ombros para esconder o constrangimento que não conseguia conter — Zhara é incrivelmente poderosa. Ela não só é uma curandeira ainda melhor que sua Nana Maheva, como também consegue capturar uma alma que se vai para salvar alguém da morte, ou simplesmente arrancá-la do seu corpo para matá-lo. E ela é incrivelmente linda, cercada por homens Veredianos igualmente lindos. Enquanto eu...

Para minha surpresa, Gavin passou dois dedos pelo nariz largo e achatado. Eu duvidei que tivesse sido um gesto consciente. Meu queixo caiu em descrença. Pelos padrões galácticos, Braxianos não se qualificavam como atraentes. Mas, pelos padrões Braxianos, Gavin era bonito demais, já que seus homens se orgulhavam consideravelmente de sua aparência assustadora e intimidadora. Mas para mim – talvez porque eu tivesse vivido entre eles nos últimos seis anos – Gavin era genuinamente um homem deslumbrante. Nunca, em um milhão de anos, eu teria suspeitado que ele pudesse se sentir inseguro quanto à sua atratividade.

— Você é lindo, seu bobo! A Zhara já sabe como você é, e ela gosta! E além da sua aparência, você é grande, forte, inteligente, engraçado, absolutamente adorável – quando não está quebrando crânios – e é extremamente poderoso também! — eu argumentei, minha voz deixando claro que isso deveria ser óbvio para ele — Está se esquecendo de como todo Braxiano puro-sangue se encolhe diante de você na arena? Você não só é um Berserker, como também tem aquele estranho poder de previsão cuja origem ninguém entende! Não ouse se desvalorizar!

Gavin franziu o rosto, envergonhado, e deu de ombros novamente.

— Certo... Enfim, não se trata de mim, mas de você — Gavin respondeu, aparentemente ansioso para mudar de assunto — Embora vocês dois estejam apaixonados há anos à distância, vocês também se encontraram pessoalmente várias vezes. Claro, morando juntos, não haverá mais como esconder defeitos. Mas isso não importa. Vocês são almas gêmeas. Seja você mesma e honesta sobre seus sentimentos. Comunique-se e tudo ficará bem. Você não tem ideia do quanto eu te invejo agora.

Meu coração se derreteu de carinho pelo meu sobrinho – embora eu o considerasse mais como um irmão mais velho — Você é o máximo, sabia? Zharina é uma garota de sorte — eu disse, carinhosamente.

— Claro que sim, porque eu também sou! — ele respondeu com aquela presunção travessa que eu tanto amava enquanto ele se levantava.

Ele estendeu a mão para me ajudar a levantar e me deu um abraço apertado. Eu me derreti contra ele e até me peguei ronronando, o que o fez cair na gargalhada. Gavin era um ursinho de pelúcia enorme. Eu mal podia esperar para que ele finalmente tivesse o seu próprio final feliz. Verdade seja dita, ver o quão firme ele foi em sua devoção e lealdade a Zharina – que vivia no outro quadrante da galáxia conhecida – me ajudou a suportar viver tão longe de Zerien. Meu sobrinho era a prova de que um homem realmente apaixonado podia permanecer fiel e esperar o tempo que fosse necessário para finalmente estar com a sua amada. Se Gavin conseguiu resistir à tentação enquanto residia em uma barcaça de prazer, Zerien conseguiria fazer o mesmo em seu planeta natal.

Eu o empurrei e dei-lhe um tapa de brincadeira no peito — Não estrague a minha roupa!

Ele riu baixinho e deu um passo para trás, erguendo as palmas das mãos em um gesto de rendição — Desculpe! — ele disse, enquanto me lançava um olhar avaliador — E que roupa! Tenho certeza de que o Vovô vai adorar.

Eu resmunguei e lancei-lhe um olhar sinistro — Tenho certeza de que não.

— A mamãe escolheu para você? — ele perguntou com uma expressão provocante.

— Oh, Deusa, não! — eu exclamei com um arrepio — Isso é formal e recatado em comparação com o que sua mãe sugeriu.

Gavin riu enquanto balançava a cabeça carinhosamente, como se a mãe fosse um caso perdido – o que ela era — Imagino.

— É exagerado? — eu perguntei cautelosamente.

A maneira confiante com que ele balançou a cabeça me tranquilizou.

— Não. Você está perfeita. O nível certo de provocação, mas com bastante espaço para a imaginação. Enfim, a moda Sareniana poderia ensinar uma coisa ou duas à minha mãe quando se trata de roupas curtas. Espere até ver o que seu homem está vestindo — ele acrescentou de um jeito misterioso que despertou minha curiosidade — Vamos, tia. Como diria a mamãe, vamos fazer seu homem babar.

Ele estendeu o braço para mim. Eu coloquei a mão em seu antebraço e, com uma sensação de frio na barriga, deixei Gavin me guiar para fora da sala.

CAPÍTULO 2
SIONA

E u me sentia cambaleante enquanto caminhávamos em direção à sala de estar da cobertura. Anton e Grace estavam parados do lado direito da sala, com o braço dele em volta da cintura da esposa, possessivamente. Minha mãe se juntou ao meu pai, Krygor, e estava encostada nele. Embora ele tivesse passado o braço em volta dos ombros dela de forma igualmente possessiva, o olhar do meu pai permanecia fixo em Zerien, parado bem à sua frente.

Eu não podia culpá-lo. Que espetáculo era o Zerien!

Gavin não estava brincando quando disse que a roupa de Zerien daria trabalho a Grace. Seguindo a moda Sareniana, meu homem usava uma ruvyn: uma saia com um top sem mangas ou uma faixa. Dadas as circunstâncias, eu esperava que Zerien usasse o tipo de saia que ia até os tornozelos, chamada shaal, que ele costumava usar em visitas oficiais, e um top sem mangas com um decote profundo que não escondia nada de seu peito musculoso. Em vez disso, ele usava uma saia preta curta, drapeada, chamada vyn, na altura da coxa, com uma faixa cruzando o peito, escondendo pouco de seu abdômen delicioso. Tudo era preso por um cinto largo em vários tons de ouro polido. Braçadeiras feitas de um metal semelhante adornavam cada um de seus pulsos.

Ao ouvir nossa aproximação, ele subitamente virou a cabeça em nossa direção. Seus olhos azul-claros se fixaram nos meus, e o mundo desapareceu ao nosso redor. Deusa, aquele homem tinha um poder inacreditável sobre mim. Se um simples olhar bastava para me encantar, eu não conseguia nem começar a imaginar o que ele poderia me obrigar a fazer se usasse suas habilidades de controle mental em mim.

Seu rosto assumiu aquela expressão intensa e possessiva que ele sempre tinha quando me olhava. Mas foi o tom lascivo que ele assumiu quando examinou minha roupa que fez meu estômago dar cambalhotas. Minha boca ficou seca e meus joelhos ficaram ainda mais fracos à medida que eu me aproximava dele.

— Siona… — Zerien sussurrou.

Um calafrio percorreu minha espinha e minha pele se arrepiou. Como ele conseguia se comunicar tanto em uma única palavra? Como ele conseguia me afetar tão profundamente sem nem me tocar?

— Aí está ela — meu pai disse, parecendo um pouco mal-humorado.

Eu não precisei olhar para o seu rosto bruto para sentir a desaprovação da minha roupa. Pelo canto dos olhos, eu notei o sorriso divertido de Anton. Mas nada disso importava, exceto Zerien.

Com vontade própria, meus pés me levaram até ele. Eu parei a apenas dois passos à sua frente. Ele estendeu as duas mãos para mim, com as palmas voltadas para cima, e eu coloquei as minhas nas dele. Ele as apertou suavemente enquanto seus polegares acariciavam o dorso das minhas mãos.

— Você está de tirar o fôlego, minha Siona — Zerien disse com aquela voz profunda, porém sussurrada e assombrosa.

— Você também — eu disse, chocada por ter conseguido formar palavras.

Era como se estivéssemos nos encontrando pela primeira vez.

— Conforme o nosso acordo — meu pai disse, quebrando a magia — eu deixo minha filha aos seus cuidados por trinta dias, a partir de agora. Eu confio que você a manterá segura.

Sem soltar minhas mãos, Zerien se virou para olhar meu pai com uma expressão muito séria — Pela minha honra, Krygor Aldriss, nenhum mal acontecerá a Siona, seja de mim ou de qualquer outra pessoa.

Meu pai assentiu com firmeza.

— E eu vou lembrá-lo de sua promessa de não interferir — Zerien acrescentou, com um tom levemente severo na voz.

— Enquanto Siona não exigir, nós ficaremos fora de seus assuntos — meu pai respondeu em um tom igualmente severo.

— Então estamos de acordo — Zerien disse, parecendo satisfeito.

Meu pai assentiu novamente antes de olhar para mim. Um milhão de pensamentos passaram por seu rosto, e eu percebi que sua língua ardia de vontade de me dizer ainda mais coisas, de conselhos a advertências. Ele já havia feito isso no passado, e eu sabia que eram apenas o amor e a superproteção que provocavam sua reação atual. Se ele não confiasse plenamente em Zerien comigo, nós não estaríamos aqui.

Derrotado, meu pai simplesmente me lançou um sorriso terno, entremeado por uma ponta de tristeza. Ele acariciou delicadamente meu chifre direito e beijou minha testa.

— Divirta-se, minha filha.

— Eu vou, papai. Eu te amo — eu disse, orgulhosa por minha voz não ter tremido, apesar do tsunami de emoções que me invadia.

Minha mãe me beijou e eu acenei para Anton e Grace. Eu sorri para Gavin, que piscou para mim com sua típica expressão travessa.

Com o estômago embrulhado, eu deixei Zerien me levar até o elevador localizado no topo dos três degraus da sala de estar. Eu acenei para seus guarda-costas, Drade e Naax, que estavam a seu serviço desde que o conheci, seis anos atrás. Como todos os Sarenianos, ambos eram ridiculamente belos, com sua pele azul-clara, corpos esguios, porém musculosos, e uma série de pequenos chifres que quase formavam uma coroa circular em suas cabeças, e que se projetavam de seus longos cabelos. Enquanto Zerien tinha cabelos azul-escuros que chegavam até a parte inferior das costas, Drade tinha um tom levemente mais escuro, quase preto, e Naax tinha os raros cabelos branco-prateados de sua espécie, semelhantes aos meus.

Eles usavam as tradicionais saias longas e blusas sem mangas de seu povo, embora as suas não tivessem um decote profundo. O tecido, enganosamente fino e flexível na aparência, era na verdade reforçado e projetado para absorver a maioria dos disparos. Como Anton impunha regras rígidas que proibiam os clientes de portar livremente armas de tiro, como pistolas e arcos, as equipes de segurança podiam obter autorizações especiais para portar espadas e bastões. Os bastões, do tamanho de cassetetes, pendurados em seus cintos indicavam que os dois guarda-costas haviam escolhido esta última opção.

Felizmente, os incidentes violentos eram raros e esporádicos, rapidamente reprimidos pelos seguranças dos diversos estabelecimentos de entretenimento da barcaça de lazer de Anton. De qualquer forma, a maioria dos incidentes geralmente envolvia um cliente excessivamente bêbado, alguém chateado por ter perdido muito em um dos cassinos da estação espacial ou um tolo que se irritava com o resultado de um combate ou competição esportiva.

Ao longo dos anos, meus pais e eu visitamos a Venus Hive – o QG e uma das cinco gigantescas estações espaciais de entretenimento da Hive Network construídas por Anton. Isso o tornou um dos homens mais ricos dos Quadrantes Orientais. Como a maioria dos locais envolvia entretenimento adulto, eu tinha um número bastante limitado de atrações para visitar. Os shoppings, parques temáticos, arenas de combate, museus, restaurantes e salas de concerto, tudo isso era aceitável. Mas agora, tudo era permitido.

No mês seguinte, eu pretendia visitar o máximo possível deles com Zerien.

Assim que as portas do elevador se fecharam atrás de nós, Zerien tomou meus lábios em um beijo ardente. Imediatamente eu senti calor e frio ao mesmo tempo, uma onda de desejo explodindo na boca do meu estômago. Meus dedos dos pés se curvaram e eu quase derreti contra ele. Mas a presença de seus guardas na cabine apagou meu entusiasmo. Eu já tinha visto Keran – nosso novo Magnar – ser seguido por seus guarda-costas, Nowik e Tagar. Isso não me perturbou naquela época. Mas saber que essa se tornaria minha nova realidade me deixou enjoada. Ao contrário de Grace, exibicionismo não estava na minha lista de taras.

Zerien nem parece notar a presença deles.

Ele não se importava com isso. Afinal, ele teve guarda-costas a vida toda. A essa altura, provavelmente ele os percebia como uma extensão de si mesmo, apenas um conjunto extra de sombras. Espero que, com o tempo, aconteça o mesmo comigo.

Zerien interrompeu o beijo e acariciou minha bochecha. A mistura de ternura possessiva e calor em seu rosto dissipou a sensação de desconforto que a presença dos guardas havia provocado.

— Espero que esteja com fome — Zerien disse com aquela voz assombrosa que sempre me causava arrepios deliciosos — Eu fiz uma reserva no Risqué para nós.

— Com certeza! Estou faminta — eu respondi com sinceridade — Eu estava nervosa demais para comer antes.

O que eu não acrescentei foi que eu também queria caber neste vestido, mesmo que uma refeição normal não impedisse isso. Mas a mente – especialmente quando alimentada pela ansiedade – tinha uma lógica irracional própria.

Para minha surpresa, em vez de me chamar de boba, Zerien assumiu uma expressão vulnerável que eu não me lembrava de ter visto nele antes.

— É uma vergonha admitir que estou feliz em saber que não fui o único a ficar nervoso — ele disse timidamente.

Eu fiquei boquiaberta com ele no momento em que o elevador parou no térreo.

— Você está nervoso?

Ele riu e assentiu, antes de pegar minha mão para me guiar para fora do elevador no minuto em que as portas se abriram.

— Claro — ele disse, como se fosse óbvio — Eu esperei por este dia por muito tempo. Eu só quero que tudo seja perfeito e que você fique feliz.

— Só de estar com você já me faz feliz — eu disse com toda a honestidade.

A alegria e o amor estampados em seu rosto ao me ouvir dizer isso me deixaram de cabeça para baixo. Zerien soltou minha mão, passou o braço em volta da minha cintura e me puxou para perto dele.

— Assim como estar com você faz por mim — ele sussurrou com fervor — Você não consegue nem imaginar o quanto eu te amo.

Ele se inclinou para frente e acariciou minha bochecha antes de beijar minha têmpora. Eu envolvi meu braço em volta de sua cintura, meu coração batendo forte enquanto ele nos conduzia para fora do quartel-general da estação espacial Venus Hive, no topo da qual ficava a cobertura de Anton.

Eu ainda não conseguia acreditar que aquele homem era meu. O amor que ele sentia por mim brilhava intensamente em seus olhos. Sempre que estrangeiros falavam dele ou de sua espécie, eles insinuavam que ele era implacável, sanguinário e quase cruel. Eu nunca vi esse lado nele. É verdade que nosso tempo juntos sempre girava em torno dele me cortejando. Mas, como Conselheiro-Chefe no Conselho do nosso rei, meu pai sabia muito bem que tipo de homem Zerien – um de nossos principais aliados – era. Ele jamais o teria permitido chegar perto de mim se ele fosse realmente o monstro que os outros alegavam que ele era.

Apesar da minha pouca idade, eu também queria acreditar que era uma boa juíza de caráter. Não havia dúvida de que ele possuía um lado sombrio. Quem não tinha? Como ele mesmo admitia, meu pai era um psicopata sanguinário. Nos últimos anos, treinando com Mercy em técnicas avançadas de combate, eu percebi meu próprio lado violento quando as pessoas mexiam comigo. Mas os eventos recentes no planeta santuário Haven me perturbaram seriamente. Membros rebeldes do planeta de Zerien tentaram escravizar Braxianos híbridos com suas habilidades de controle mental. Embora ele pessoalmente nunca tivesse usado seus poderes contra mim, isso seria algo que ele poderia fazer um dia? E quanto ao seu povo?

Enquanto caminhávamos pelos amplos caminhos que constituíam as ruas da área VIP da Venus Hive, todos esses pensamentos sombrios desapareceram da minha mente. A multidão de espécies de todos os cantos da galáxia passeava casualmente ao nosso redor ou corria para qualquer entretenimento que as chamasse. As fachadas elegantes de restaurantes e casas noturnas me seduziam.

Mas foram os olhares invejosos de homens e mulheres, ao apreciarem a aparência deliciosa de Zerien, que me fizeram estufar o peito de orgulho. Inconscientemente, eu apertei ainda mais sua cintura e lutei contra a vontade de acariciar sua pele quente e azul sob a palma da minha mão. Mas meu homem não teve o mesmo escrúpulo. Em resposta ao meu gesto possessivo, ele esfregou delicadamente o polegar na pele nua da minha lateral, exposta pelo recorte do meu vestido.

Nós conversamos um pouco a caminho do Risqué, com Zerien apontando os vários lugares que ele pretendia que visitássemos nos próximos dias. Depois de uma caminhada de oito minutos, chegamos ao nosso destino. Como eu já tinha ido lá antes, a recepcionista me reconheceu imediatamente e me cumprimentou com a deferência que um parente próximo do chefão sempre recebia.

Mas havia algo diferente desta vez.

Ela não apenas sorriu, mas fez uma reverência para nós dois — Altezas, por favor, por aqui — ela disse com um sorriso radiante.

Altezas...

Isso era algo a que eu teria que me acostumar. Ao contrário do meu mundo natal, Guldar, onde todos eram realmente presunçosos com títulos e protocolos, os Braxianos não poderiam ser mais informais.

Empoleirada em saltos altos vermelhos e usando o vestido justo de couro branco do uniforme, que deixava pouco espaço para a imaginação quanto às suas curvas exuberantes e seios fartos, a recepcionista nos conduziu até a nossa mesa. Na verdade, era a mesa pessoal de Anton, localizada em um estrado elevado com uma vista perfeita do palco e da sala de jantar. A cabine circular ostentava assentos de couro vermelho-escuro e uma mesa ornamentada de madeira escura. As paredes bege contrastavam fortemente com o piso de madeira marrom-escuro brilhante. Luminárias de parede, apoiadas no topo de pilares estrategicamente posicionados para não obstruir a visão do palco, proporcionavam uma luz ambiente suave.

Para meu alívio, Drade e Naax desapareceram assim que nos acomodamos. Eles foram tão discretos que eu nem percebi que se afastaram. Na verdade, eu levei um tempo para localizá-los – longe o suficiente para nos dar privacidade, mas perto o suficiente para que pudessem intervir caso fosse necessário.

Isso me agradou.

— Você fez uma boa viagem até aqui? — eu perguntei assim que terminamos de fazer nosso pedido.

— Foi tranquila, mas pareceu uma eternidade — Zerien disse, dando de ombros — No entanto, eu fiz um desvio por Tondor para visitar seu irmão Tevek e sua companheira Ashara. As mulheres Guldan que vocês têm treinado lá são realmente incríveis. Os Guldans criam mulheres para serem tão submissas que eu nunca imaginei que se tornariam guerreiras tão ferozes. Todas elas não paravam de elogiá-la.

O orgulho em sua voz me fez sentir bem e feliz por dentro.

— Sinceramente, eu devo a maior parte do mérito à Mercy. Ela me ensinou tudo o que eu sei — eu disse, com o rosto corando de prazer — Eu estou apenas transmitindo esse conhecimento.

Ele balançou a cabeça — Dominar uma habilidade e ser um bom aluno não faz de alguém um bom tutor. É claro que você tem mérito.

Eu corei um pouco, ainda mais satisfeita com sua aprovação e elogios — Eu faço o meu melhor. Mas, para ser justa, ter alunas dedicadas faz uma diferença enorme. Essas mulheres foram perseguidas em nosso planeta natal antes que meu irmão ajudasse a construir a rebelião e lhes oferecesse refúgio. Eu me identifico com a recusa delas em jamais ficarem à mercê dos outros por causa da minha infância difícil. Eu absorvi tudo o que Mercy me ensinou porque nunca quis me sentir tão desamparada quanto me senti em Sarenia, quando aquele miserável Embaixador Guldan estava caçando minha mãe e eu. Eu adoraria ver outro homem tentar isso agora.

Eu não pretendia que a raiva transparecesse na minha voz ao dizer essas palavras. Para meu alívio, em vez de ficar perturbado com esse toque de violência em mim, Zerien pareceu ao mesmo tempo satisfeito e entretido, para não dizer um pouco excitado.

— Agora eu quero te ver lutar — Zerien disse.

Eu dei de ombros, tentando parecer indiferente — Você vai, mesmo que seja apenas como parte da minha rotina diária de treinamento. Mas eu estava pensando... — eu hesitei e lambi os lábios nervosamente antes de prosseguir — Você acha que seria possível eu treinar mulheres Sarenianas como eu fiz com as rebeldes?

Zerien riu como se eu tivesse dito algo ridículo.

Aquilo doeu.

— Nossas mulheres realmente não são guerreiras. Não me entenda mal — ele disse com uma voz gentil — eu não sou contra a ideia. Na verdade, isso pode ser altamente benéfico em vista da iminente Grande Guerra. Um pouco de treinamento básico pode ser útil, especialmente com os traidores entre nós. Só não crie muitas expectativas. Eu não espero muito entusiasmo, pelo menos no início.

Eu sorri e assenti — Com a relutância, eu consigo lidar. Contanto que eu tenha permissão para fazer isso, o resto vai se encaixar como deveria.

Zerien assumiu uma expressão séria que me surpreendeu — Você será minha esposa, Siona. Minha Rainha... Não minha serva... Você não precisa pedir permissão para fazer esse tipo de projeto. É verdade que, para algumas coisas, pode ser preferível que discutamos primeiro para ver a melhor maneira de implementá-las ou que eu aponte alguns dos desafios sociais ou culturais que você possa encontrar. Mas, fora isso, eu estou aqui para apoiá-la em todos os seus empreendimentos.

Minha garganta se fechou e meu coração se encheu de amor quando eu estendi a mão para ele. Ele agarrou a minha, deu um aperto suave e então seu polegar acariciou as costas da minha mão.

— Acho que gosto de você, Zerien Aerith — eu disse em um tom provocador que não conseguiu esconder a profunda emoção que crescia dentro de mim.

— É bom mesmo, Siona Aldriss. Eu pretendo mantê-la até o fim dos tempos — ele disse em um tom possessivo que me arrepiou.

Nós paramos de conversar quando uma garçonete chegou com uma garrafa de vinho chique, enchendo nossas taças antes de deixar a garrafa perto de Zerien. Em Braxia, não havia idade mínima para consumir álcool. Pelos padrões galácticos, a idade legal para beber em público era dezessete anos, mas era permitido a partir dos dezesseis anos, com a supervisão de um adulto.

Nós brindamos antes de tomar um gole. Eu não era fã de álcool, detestava bebidas fortes, mas gostava dos vinhos mais leves e frutados – inclusive os espumantes – com uma refeição ou sobremesa.

— Como estão as coisas em casa? — eu perguntei em um tom mais sério — Nós sentimos sua falta na coroação de Keran.

Zerien suspirou, franzindo a testa — Nem de longe tão bem quanto eu esperava. Idealmente, nós teríamos erradicado todos os traidores antes da minha coroação. Infelizmente, toda vez que encontramos uma célula, um bando de traidores consegue escapar e se esconder, ou um novo grupo surge. Eu não queria que nosso reinado começasse com essas nuvens sobre nossas cabeças. Mas a vida é assim. Eu sou grato a Keran por ter fornecido a informação que nos permitiu descobrir a podridão que estava se espalhando entre nós.

Eu assenti, franzindo a testa — Sem a intervenção de Keran em Haven e a descoberta da conspiração, eu estremeço só de pensar no que estaria acontecendo em Braxia agora. Mas tenho fé que nós derrotaremos os traidores em Sarenia também.

— Com certeza. Mas, por enquanto, meu foco é cortejá-la — Zerien disse em um tom sedutor — Já pensou em um vestido?

— Um vestido? — eu perguntei, um pouco indecisa — Para a sua coroação?

Ele assentiu — Sim, para a nossa coroação e para o nosso casamento. Assim como Keran, eu quero realizar os dois eventos na mesma cerimônia.

— Ah! — eu exclamei, me sentindo corar enquanto a excitação e o nervosismo me inundavam — É um pouco cedo para isso, não? Quer dizer, você ainda não me fez dizer "sim", nem me pediu.

— Ainda não, mas eu farei isso — ele respondeu, presunçoso — E eu deixei minhas intenções bem claras. Só não vou dar ao seu pai nenhuma desculpa para dizer que eu violei o acordo. Nós dois sabemos que ele a esconderia bem longe, trancada a sete chaves, se pudesse.

Eu ri, com o coração transbordando de carinho pelo meu pai — Com certeza. Mas se você tem em mente uma coroação e um casamento juntos, eu terei que reconsiderar minha escolha de traje.

— Então você realmente começou a pensar nisso! — Zerien disse, visivelmente satisfeito.

— Taaaaalvez —eu disse em tom de provocação.

A garçonete nos trouxe a comida, e nós comemos em um ambiente amigável, enquanto desfrutávamos de uma conversa leve, incluindo a discussão dos nossos planos para os próximos dias. Quando terminamos a sobremesa, eu estava mais do que satisfeita. Eficiente como sempre, a garçonete voltou com uma colega e rapidamente limpou a mesa antes de nos trazer outra garrafa.

— Mais vinho, Alteza? — ela perguntou, me mostrando a garrafa fechada.

Deusa, eu duvidava que algum dia me acostumaria com esse título. Parte de mim queria dizer a ela para me chamar de Srta. Aldriss, como sempre havia feito no passado. No entanto, eu segurei a língua, pois não sabia quais eram os protocolos Sarenianos e se isso seria considerado desrespeitoso com Zerien. Eu estava começando a perceber que havia ainda mais coisas que eu precisaria aprender e me adaptar do que eu esperava.

— Não, estamos bem — Zerien respondeu em meu lugar, me surpreendendo — Mas você pode nos trazer mais água saborizada.

Eu precisei de toda a minha força de vontade para reprimir uma carranca e esconder os pensamentos de "Que porra é essa?!!" que me assombravam. Não querendo contradizer Zerien em público, eu sorri calorosamente para a garçonete, fingindo concordar plenamente com o pedido. Assim que ela se afastou, eu voltei meu olhar para Zerien.

Embora ele sorrisse, eu não deixei de notar o brilho muito sério em seus olhos azuis.

— Não estou tentando controlá-la, Siona — ele disse em voz baixa — Esta noite pode definir como será o resto do nosso tempo juntos aqui na Venus Hive. Eu quero que você esteja lúcida quando partirmos, para que possa tomar as decisões certas. Seis anos é uma espera longa demais para ser arruinada pelo álcool.

A tensão que enrijecia minhas costas desapareceu — Eu garanto que minha mente está lúcida. Eu nunca fiquei bêbada na vida e certamente não pretendo começar agora. Pode-se dizer que sou controladora demais para isso. Até mesmo a sensação de embriaguez por ter exagerado um pouco me causa enjoo.

Ele me deu um sorriso de aprovação — Fico feliz em ouvir isso.

— De qualquer forma, eu confio em você. Sei que você não vai me forçar quando chegarmos ao Celestial — eu acrescentei, confiante.

— Nós vamos? — ele perguntou, com uma expressão indecifrável.

Isso me pegou de surpresa — Claro. Anton nos cedeu uma suíte para que pudéssemos ter um tempo só para nós — eu disse.

— Só se a gente decidir ir para lá. Você não precisa ir — Zerien retrucou.

Desta vez, eu observei suas feições, completamente perplexa — Você não quer que eu faça isso? — eu perguntei, com a voz incerta.

— Só se você quiser — ele disse com firmeza — Você não tem obrigação de dividir o quarto comigo esta noite – ou em qualquer outra noite, aliás – só porque finalmente fez dezoito anos. Eu tenho um mês para convencê-la a ficar comigo. Se dependesse de mim, nós teríamos ido direto para lá. Eu esperei seis anos por você. Mais alguns dias ou semanas não vão me matar. Eu quero que tudo seja perfeito. Você é minha alma gêmea, Siona. Nenhum sacrifício é grande demais para garantir sua felicidade. Você é tudo para mim.

Lágrimas de felicidade brotaram em meus olhos, e minha garganta se apertou de emoção. Além da sinceridade de suas palavras, a paixão e a devoção em seus olhos estavam me destruindo. Como reagir a isso?

A música suave e ambiente mudou quando uma pequena banda começou a tocar. Alguns casais se moveram para a pista de dança. Zerien sorriu, seu olhar escurecendo ao se levantar e estender a mão para mim. Meu estômago revirou quando eu aceitei seu convite – o que me poupou de responder – e o deixei me levar para a pista de dança.

Nós paramos no centro, e Zerien me puxou para perto de seu corpo firme. Eu me derreti contra ele, minhas mãos acariciando a pele nua de seu peito musculoso antes de afundar nos fios sedosos de seu cabelo azul-escuro em sua nuca. Ele me envolveu com os dois braços, me segurando com uma força que beirava a indecência – não que alguém fosse desaprovar isso na Venus Hive. O calor ardente de suas palmas se instalou nas áreas de pele expostas pelos recortes do meu vestido.

Apesar de estar pressionada contra seu peito, meus mamilos começaram a doer, e a chama do desejo acendeu-se na minha barriga. Eu podia sentir cada vinco e curva de seus músculos abdominais definidos contra minha barriga e de seus braços fortes ao meu redor. A intensidade com que Zerien me encarava enquanto começávamos a balançar ao som da música liquefez minhas entranhas e atiçou o fogo que crescia dentro de mim. Ele parecia uma fera faminta.

Eu não sei dizer quanto tempo ficamos com os olhos fixos, perdidos um no outro. Felizmente, meu cérebro assumiu o controle, fazendo meu corpo acompanhar os movimentos de Zerien enquanto dançávamos. Na verdade, eu mal ouvia a música e tinha apenas uma vaga consciência da presença dos outros clientes ao nosso redor. Todo o meu universo se resumia ao meu homem e seu corpo ao redor do meu.

Com o passar do tempo, seu olhar escureceu e seu rosto assumiu uma expressão cada vez mais tensa. Pela maneira como ele se inclinou e me beijou, parecia ter perdido uma batalha consigo mesmo. Sua língua invadiu minha boca com uma paixão que despertou uma pulsação surda entre minhas coxas. Suas mãos começaram a me percorrer com ousadia enquanto ele inclinava a cabeça para o lado para aprofundar o beijo. Minha pulsação acelerou e eu o abracei com mais força.

Eu levei um instante para que meu cérebro compreendesse a estranha sensação que eu comecei a registrar. A palma da mão de Zerien pousando em meu traseiro e pressionando minha pélvis contra a dele tornou tudo cristalino. Sua boca, ainda reivindicando a minha, engoliu meu suspiro sufocado ao perceber o quão grande era seu membro endurecido.

Sem dúvida querendo ter uma ideia melhor da minha reação, Zerien interrompeu o beijo e examinou minhas feições. O olhar faminto, quase selvagem, em seu rosto fez meu estômago dar uma série de cambalhotas. Naquele instante, eu percebi que ele tremia levemente contra mim, como se estivesse lutando para se conter.

— Parece que você quer me devorar — eu sussurrei involuntariamente.

Seu lábio superior se ergueu em um rosnado, expondo as pontas das presas — Eu quero te jogar no chão, aqui e agora, e te destruir — ele rosnou, com a voz carregada de desejo e quase ameaçadora.

Isso deveria ter me assustado. De certa forma, assustou em parte. Mas, principalmente, eu senti a umidade acumular-se entre as minhas coxas enquanto outra onda de tesão explodia na minha região pélvica. Antes que eu pudesse encontrar uma resposta apropriada – se é que havia uma – os olhos de Zerien subitamente se fecharam.

Eu recuei, quase perdendo o passo de surpresa — O que... O que está acontecendo com você?

Zerien piscou lentamente, parecendo alguém sob efeito de alguma droga — Estou usando *kaa* para esfriar meu sangue — ele disse, com a voz um pouco arrastada.

— Ah! *Kaa* é aquela técnica de meditação Korletheana, certo?

— Mas também é uma aura reconfortante — Zerien explicou, sua voz voltando ao normal enquanto seu olhar recuperava o foco — Pessoas sem poderes psiônicos não sentem como nós, mas também pode ajudar a acalmá-las.

Com vontade própria, minha boca deixou escapar palavras que eu nunca imaginei que diria conscientemente.

— Ou você poderia me deixar cuidar de você em vez do *kaa*.

Zerien congelou, interrompendo nossa dança apesar da música ainda tocar enquanto ele me encarava com uma intensidade incerta.

Eu ergui o queixo, desafiadora, e sustentei seu olhar. Eu já tinha ido tão longe, então era melhor ir até o fim — Vamos voltar para o hotel.

Seus braços me apertaram levemente, e seus olhos percorreram os meus, inquisitivos — Tem certeza? — ele perguntou, com a voz tensa.

— Você não foi o único que esperou seis anos — eu respondi em voz baixa, atordoada com a minha própria ousadia — Já faz alguns anos que eu tenho certeza.

Ele continuou a estudar meu rosto por mais alguns segundos. Isso, mais do que qualquer outra coisa que ele pudesse ter dito ou feito, me garantiu que eu estava em boas mãos. Muitos homens não esperariam que eu dissesse duas vezes antes de me arrastar para fora dali. Mas não Zerien. A cada passo do caminho, ele se certificaria de que eu me sentisse segura e que aquilo era realmente o que eu queria.

Aparentemente convencido, ele acariciou meus lábios com o polegar, uma expressão aquecida percorrendo suas belas feições.

— Vamos — ele sussurrou.

Ele me soltou apenas para poder enlaçar minha cintura com um braço possessivo. Enquanto me conduzia para fora do Risqué, eu o segui, sentindo minha pele formigar com uma mistura arrepiante de expectativa e apreensão.

CAPÍTULO 3
ZERIEN

Enquanto nos dirigíamos para o Hotel Celestial, eu me sentia quente e frio ao mesmo tempo, meu sangue fervendo de desejo mal reprimido. Mais uma vez, eu invoquei meu *kaa* para me controlar. Uma parte de mim queria me virar e levá-la para outro lugar... um lugar mais seguro. Eu desejava Siona há tanto tempo, mas não queria assustá-la, e principalmente não queria que ela pensasse que era só sexo entre nós.

É verdade que o desejo dela por mim era inegável. Mas a pergunta incômoda que me atormentava era se o amor verdadeiro e a paixão alimentavam suas reações a mim, ou se a mera curiosidade de uma virgem era a causa. Como eu a neguei depois que ela completou dezesseis anos, toda vez que a visitava, Siona tentava me fazer ceder à tentação. Mais de uma vez, ela quase conseguiu. Mas eu me conhecia bem o suficiente para afirmar sem hesitar que, uma vez que nos acasalássemos, não haveria como voltar atrás.

Eu me sentia envergonhado por estar tão inseguro em relação aos sentimentos dela por mim. Eu vi Siona crescer de uma adolescente tímida e levemente traumatizada para uma jovem de tirar o fôlego e assertiva. A maneira como ela disse que deveríamos voltar para o hotel e que eu não era o único que havia esperado tanto tempo tinha sido muito excitante. Eu adorei ver esse lado confiante dela, capaz de dizer o que queria e ir atrás. Essa força seria essencial para que ela prosperasse em seu papel de minha Rainha.

Mas ela estava pronta para isso?

Mesmo enquanto subíamos no elevador para a suíte da cobertura do luxuoso Hotel Celestial, eu não deixei de notar os olhares inquietos que minha companheira lançava discretamente para meus guarda-costas. Ela já havia feito isso algumas vezes esta noite. Ao sairmos do elevador e caminharmos a curta distância até a nossa porta, ela olhou mais algumas vezes para os guardas, parecendo cada vez mais constrangida.

Em outras circunstâncias, o alívio óbvio dela quando meus homens não nos seguiram para dentro da suíte teria sido divertido. No entanto, assim que terminei de dar boa noite a Drade e Naax, eu fechei a porta atrás de nós e lancei um olhar avaliador a Siona.

— Você se incomoda com o fato de termos guarda-costas? — eu perguntei em um tom gentil.

Ela se mexeu desconfortavelmente nos pés e esfregou a nuca.

— Eu não diria que isso me incomoda... — ela disse, cautelosa — Essa é uma expressão forte demais. Não posso negar que vai levar um tempo para me acostumar. Parece um pouco uma invasão de privacidade, mesmo sabendo que não é. Mas, felizmente, eles são muito discretos.

— São sim — eu disse com firmeza — E sim, com o tempo você mal vai perceber que eles estão por perto. Além disso, eles só estão conosco quando estamos em público ou em lugares onde possa existir uma ameaça razoável. Infelizmente, este é um dos poucos fardos reais.

Ela me deu um sorriso tranquilizador — Está tudo bem. Como você disse, eu vou me acostumar. Afinal, a Dawn se acostumou depois que se casou com Keran. Ela ama Tagar e Nowik, e quase os adotou como irmãos mais velhos.

Eu retribuí o sorriso — Nossos guardas vão te amar também. Como alguém poderia não amar?

Eu acariciei gentilmente sua bochecha enquanto dizia essas palavras, meu peito se aquecendo de amor pela maneira adorável como ela corou e baixou os olhos recatadamente.

E, no entanto, a vozinha no fundo da minha cabeça retomou a insistência que me atormentava há meses. Tornar-se minha esposa traria muitas mudanças na vida de Siona. Não haveria mais anonimato nem a paz geral que as pessoas comuns normalmente desfrutavam. De agora em diante, tudo o que ela fizesse ou dissesse seria escrutinado, tanto pela comunidade galáctica quanto pelos Sarenianos.

Esse último pensamento me deixou ainda mais preocupado. Meu povo não estava nada feliz com a perspectiva de sua nova Rainha ser não apenas uma forasteira, mas também uma Guldan. Considerando o quão inflexível eu havia sido contra qualquer aliança com sua espécie, tornava ainda mais constrangedor que ela fosse minha escolhida.

Não foi a primeira vez que eu deplorei a insistência de Krygor de que ela fosse criada em Braxia em vez de Sarenia. Além de permitir que ela se familiarizasse com a nossa cultura, isso teria dado ao nosso povo a chance de conhecê-la e amá-la. Sem falar das muitas responsabilidades que recairiam sobre ela como minha Rainha.

Dando alguns passos para dentro, Siona olhou ao redor do quarto espaçoso, cuja porta principal se abria em ângulo, formando uma luxuosa sala de estar, proporcionando privacidade. Grandes janelas refletivas ofereciam uma vista deslumbrante do saguão da área VIP. Elas também funcionavam como telas de vídeo nas quais podíamos projetar imagens de paisagens ou jardins exóticos, se quiséssemos. Uma pequena cozinha com uma mesa de jantar para oito pessoas ocupava o lado direito do cômodo. Dois corredores estreitos levavam a um dos quartos.

— Você já esteve aqui antes? — eu perguntei com uma voz gentil.

Ela balançou a cabeça — Aqui não. Nós sempre ficamos com Anton na cobertura dele quando vamos visitá-lo. Mas papai, mamãe e eu ficamos em uma suíte parecida na Lilith Hive depois que ele nos resgatou. O layout é incrivelmente parecido.

— Provavelmente sim — eu concordei antes de gesticular com a cabeça para o corredor da esquerda — Eu me instalei naquele quarto ali. O outro...

Para minha surpresa, Siona me interrompeu com um beijo. Para meu desgosto, quando eu estava colocando as mãos em seus quadris e me preparando para aprofundar o beijo, ela o encerrou.

— Eu sei o que você ia dizer — minha amada disse em um tom levemente repreensivo — Se eu quisesse dormir em um quarto separado, voltaria para a cobertura do Anton. Você e eu, isso é para sempre. Eu estou pronta. Eu quero isso com você.

Meu coração derreteu de amor — Por favor, lembre-se: se mudar de ideia ou ficar com medo, é só falar.

— Duvido que eu vá me assustar — ela respondeu com firmeza, embora com um toque de nervosismo — Mas se acontecer, eu prometo que vou avisar. Eu confio em você.

Eu a apertei com força contra mim, com amor e desejo crescendo dentro de mim. Meu olhar percorreu possessivamente seu rosto lindo enquanto eu ainda lutava para acreditar que ela era real, finalmente aqui em meus braços.

— Eu te amo, Siona — eu disse com uma voz fervorosa — Eu sou obcecado por você. Desde o momento em que te vi, seis anos atrás, você conquistou meu coração.

Ela sorriu e se derreteu contra mim. Eu me inclinei para frente e capturei seus lábios, derramando todo o meu amor e devoção neles. Com meus lábios ainda pressionados contra os dela, eu a peguei no colo. Ela envolveu as pernas em volta da minha cintura e os braços em volta do meu pescoço enquanto eu a carregava para o meu quarto.

Meu estômago revirou de ansiedade quando eu empurrei a porta. Tantas coisas poderiam dar errado. Eu precisava que aquela primeira vez fosse mágica para ela, para superar quaisquer expectativas absurdas que ela pudesse ter construído em sua mente ao longo dos anos. Eu não duvidava da minha capacidade de saciar suas necessidades. Era a possibilidade de que a fome insana por ela que me atormentava há anos pudesse me dominar. Se eu perdesse o controle, só os ancestrais sabiam a devastação que eu poderia causar. Eu teria que invocar meu *kaa* caso começasse a me sentir sobrecarregado e confiar que meu amor infinito por ela e os instintos protetores que ela despertava em mim prevaleceriam para mantê-la segura.

Eu ainda não a deitei na cama. Não haveria pressa. Que se dane a minha luxúria...

Com um comando vocal, eu iniciei uma discreta música de fundo. Eu havia escolhido cuidadosamente o repertório. Siona ofegou, seus olhos brilhando ao reconhecer nossa música... uma balada Sareniana que eu havia tocado para ela na primeira vez em que comecei a cortejá-la. Era uma versão instrumental. As únicas palavras que seriam ditas no curto espaço de tempo seriam nossas palavras de amor e da paixão que compartilhávamos.

Nós balançamos casualmente ao som da música enquanto nos beijávamos e explorávamos. Em uma carícia suave, Siona empurrou o tecido drapeado da minha faixa para baixo do meu braço, expondo meu peito. Eu retribuí e abaixei o tecido da sua única manga direita, meus lábios seguindo o rastro da pele assim exposta. Assim que seu braço se libertou da peça, eu levei seu pulso à minha boca, beijando e lambendo a parte interna, no ponto sensível que sistematicamente a fazia tremer deliciosamente.

Com a palma da mão pousada em sua nuca, eu inclinei sua cabeça para trás e rocei meus lábios na curva delicada de seu pescoço, descendo até o peito. Meus dedos se engancharam nas bordas da gola larga do tecido elástico de seu vestido, deslizando-o para baixo, despindo-a lentamente da vestimenta que abraçava seu corpo divino como uma segunda pele.

Eu esfreguei meu rosto entre o vale de seus seios, evitando delibe-radamente os brotos endurecidos de seus mamilos. Eu inalei profunda-mente seu aroma delicioso. Rico e inebriante, com um toque de canela e cravo, o aroma de Siona evocava o conforto e o calor de uma xícara quente de vinho temperado. Eu poderia ficar bêbado só de sentir seu cheiro e ainda desejar mais.

Ela estremeceu novamente e suspirou suavemente enquanto eu distribuía alguns beijos em sua barriga, enquanto puxava seu vestido por cima do sensual contorno de seus quadris e descia por suas coxas perfeitas. Uma onda de tesão explodiu na boca do meu estômago ao ver a calcinha de renda transparente cobrindo sua modéstia. Eu reprimi minha vontade instantânea de rasgá-la em pedaços com minhas garras por me impedir de contemplar sua beleza nua.

Mesmo assim, eu continuei minha jornada por toda a extensão de suas pernas infinitas e bem torneadas, cobrindo-as de beliscões e beijos enquanto puxava seu vestido até os tornozelos. Ela tirou o vestido – aproveitando a oportunidade para tirar os sapatos – e eu joguei a peça na direção da área de estar.

Eu a beijei novamente, provocando-a ao me aproximar um pouco mais do fruto proibido no ápice de suas coxas. O cheiro de seu almíscar fez meu sangue subir novamente à minha virilha. Eu queria levantar uma de suas pernas sobre meu ombro, enterrar meu rosto em seu calor e finalmente me entregar ao banquete que eu ansiava pelos últimos seis anos.

Meus dedos roçaram os cantos de seus lábios. Uma risada presunçosa escapou de mim quando Siona estremeceu, e arrepios percorreram sua pele sedosa. O aroma delicioso de sua excitação aumentou ainda mais, me fazendo arder de desejo. Com minha própria provocação saindo pela culatra, eu me forcei a retomar minha jornada para cima, meu toque ficando mais ousado sem lhe dar satisfação total. Eu pretendia deixá-la tão louca de tesão por mim quanto eu já estava por ela há tanto tempo.

Ela afundou os dedos nos meus cabelos, em uma tentativa nada sutil de manter minha cabeça no lugar, quando comecei a circundar a borda externa de sua aréola. Mesmo assim, eu neguei-lhe o que ela queria. Afastando-me de seu broto endurecido, eu rocei meus lábios pela curva de seu peito até sua clavícula.

Antes que eu pudesse alcançar seu pescoço, Siona me empurrou com um gemido de frustração. Eu levantei a cabeça bruscamente para olhá-la, temendo que minha provocação a estivesse irritando em vez de excitando. Para meu alívio, seu rosto expressava determinação em vez de irritação. Continuando de onde parei, Siona pressionou o lábio contra minha clavícula e cobriu cada centímetro do meu peito com beijos e carícias possessivas. Enquanto eu havia evitado seus pontos sensíveis, minha parceira foi direto para os meus.

O calor escaldante de sua boca envolveu meu mamilo esquerdo, enquanto os dedos de sua mão direita acariciavam e beliscavam o direito. Eu respirei fundo em resposta, e uma pulsação surda se manifestou instantaneamente entre minhas coxas.

Apesar dos muitos anos em que a cortejei e de como nos sentimos confortáveis um com o outro, eu esperava que minha Siona fosse bastante tímida, senão arisca, durante nossa primeira vez juntos. É verdade que nos entregamos a algumas carícias bastante intensas ao longo dos anos, mas nunca tínhamos ficado completamente nus. Esse comportamento destemido agiu como o afrodisíaco mais potente para mim.

Ancestrais, minha companheira era perfeita!

Assim como eu havia feito com ela, ela acariciou meus músculos abdominais e, em seguida, cobriu minha barriga de beijos enquanto abaixava minhas roupas. Meus músculos se contraíram e ainda mais sangue correu para o meu eixo já inchado.

Siona já havia me tocado ali antes, mas sempre por cima das minhas roupas. Em mais de uma ocasião, ela tentou enfiar a mão por baixo da minha roupa, mas eu sempre a impedi. Os Ancestrais sabiam o quanto eu ansiava por isso. No entanto, eu não confiava em mim mesmo para não ir até o fim. Ela se mostrou disposta e expressou isso no minuto em que completou dezesseis anos – a idade galáctica de consentimento. Mesmo assim, eu a recusei por egoísmo. Depois que eu a fizesse minha, nunca poderia deixá-la para trás quando retornasse a Sarenia.

Minhas roupas caindo até os meus pés me deixou totalmente exposto aos olhos esmeralda da minha companheira. Pela primeira vez na vida, eu me senti constrangido com meu corpo. Pelos padrões galácticos, eu me qualificava como um homem extremamente atraente e generosamente dotado. Mas, considerando o tamanho dos Braxianos, ela me acharia pequeno demais? Por outro lado, eu duvidava que ela tivesse visto algum deles nu. Ainda assim, com alguns deles correndo por aí com shorts ou calças justas, especialmente durante o treinamento, as protuberâncias delineadas pelo tecido deixavam pouco à imaginação quanto ao tamanho enorme de suas circunferências.

Eu quase a puxei de volta para se levantar quando Siona se

agachou diante de mim. Eu precisei de toda a minha força de vontade para permanecer imóvel. Eu era dela para descobrir, explorar e fazer o que quisesse. Foi só quando seu rosto se iluminou com um ar de admiração que eu percebi que estava prendendo a respiração.

Assim como ela havia feito com meus mamilos, minha parceira não hesitou e imediatamente reivindicou seu prêmio. Um rosnado quase de dor escapou de mim quando ela envolveu a base do meu pau com a mão. O toque que ela me deu não se qualificou exatamente como uma carícia. Foi mais exploratório, enquanto ela esfregava a palma da mão sobre as saliências do meu membro antes de traçar alguns dos padrões com o dedo indicador.

Um fogo líquido rodou na boca do meu estômago enquanto eu me esforçava para silenciar os desejos que seu toque despertava em mim. Para meu choque, Siona se inclinou para frente e lambeu a cabeça. Meu corpo inteiro estremeceu em resposta, e minha mão direita se fechou sobre seu chifre esquerdo com vontade própria. Como se temesse que eu a afastasse, minha mulher agarrou minha nádega direita com uma das mãos e apertou meu eixo com mais força. Um gemido gutural escapou de mim quando ela imediatamente começou a me acariciar.

Eu não me importava que seus movimentos fossem um pouco desajeitados. O que lhe faltava em experiência, Siona mais do que compensava com entusiasmo. Seus movimentos para cima e para baixo poderiam ter se beneficiado de um leve giro de pulso, mas ainda assim me incendiou o sangue. Tranquilizada de que eu não me afastaria dela, minha companheira relaxou um pouco a força com que seus dedos apertavam minha nádega, cravando-se na carne. Ela se inclinou para frente novamente e deu mais algumas lambidas em minha cabeça, sua língua girando por toda a borda arredondada e provocando sua fenda.

E então ela me tomou em sua boca.

Um rosnado poderoso vibrou em meu peito, e minha mão esquerda fechou-se em volta do outro chifre dela. Travando uma batalha quase impossível, eu mal consegui me conter para não me aprofundar mais em sua boca e impor um ritmo mais rápido. Era a primeira vez que ela fazia isso, e era meu dever garantir que fosse feito de acordo com seus próprios termos e de uma forma que ela se sentisse segura e confortável.

Uma pontada de vergonha perfurou a névoa abençoada de prazer que ela me proporcionava, apesar de quão pouco de mim ela conseguia absorver. Na minha necessidade estúpida de provocá-la, eu havia negado o prazer que era dela por direito e que ela agora generosamente me concedia.

Isso me fez agir. Depois de puxar sua cabeça para trás com os dois chifres – fazendo-a gritar de surpresa – eu peguei minha companheira pela cintura, de sua posição ajoelhada à minha frente, e a joguei na cama. Seu grito agudo não me inspirava medo. Antes mesmo dela terminar de se recuperar, eu já estava em cima dela, colocando suas pernas sobre meus ombros e enterrando meu rosto entre elas.

Seu grito gutural ressoou diretamente no meu pau. Ele pulsava, ansiando por ela para retomar seus cuidados. Mas isso esperaria até que eu a fizesse se desfazer por mim pelo menos uma vez. Descobri-la já molhada para mim só fez meu sangue ferver ainda mais.

Porra! Minha mulher tinha um gosto divino!

Eu pretendia aproveitar meu tempo a saboreando, aumentando gradualmente seu prazer até que ela chegasse ao clímax, mas seu gosto ácido na minha língua despertou uma fome raivosa em mim. Eu lambi sua fenda de baixo para cima antes de enfiar minha língua em sua abertura. Eu mexi para dentro e para fora algumas vezes, me deleitando com sua essência enquanto me sentia enganado por não conseguir penetrar fundo o suficiente. Seus dedos agarrando meus cabelos enquanto espasmos aleatórios sacudiam suas pernas em volta do meu rosto me incitavam a lhe dar mais.

Desviando a atenção da minha boca para o clitóris dela, eu deslizei um dedo para dentro dela. Apesar de conhecer as diferenças anatômicas das mulheres Guldan, a sensação das saliências que revestiam suas paredes internas ainda me arrepiou. As protuberâncias imediatamente começaram a ondular, apertando meu dedo por todos os lados. Pelo que eu entendia, as mulheres não tinham controle sobre essa resposta automática. Imaginar como elas se sentiriam contra o meu pau fez meu estômago se contrair quase dolorosamente de antecipação.

Eu enfiei um segundo dedo dentro dela. Seu corpo não resistiu à intrusão. Sua espécie foi feita para se ajustar facilmente – dentro do razoável – aos chifres e aos bebês maiores que normalmente davam à luz. Mas os gemidos voluptuosos de Siona afastaram esses pensamentos fugazes. Além do fato de que aquelas saliências proporcionavam um prazer insano ao seu parceiro, elas faziam o mesmo por ela. Cada uma agia essencialmente da mesma forma que o ponto G de uma mulher humana. Não importava quão pequena fosse a circunferência de um homem, era quase impossível para ele não dar a uma mulher Guldan um orgasmo através da penetração.

Mesmo agora, meus dois dedos entrando e saindo dela – sem mencionar minha boca chupando seu pequeno nódulo – já a deixavam excitada. Eu inseri um terceiro dedo. Desta vez, ela resistiu um pouco. Mas segundos depois, as costas de Siona se arquearam e ela gritou, tomada pelo prazer.

A pulsação no meu pau aumentou ainda mais. Minhas bolas estavam pesadas e quentes enquanto eu lutava contra a vontade de subir em cima da minha mulher e finalmente ceder à luxúria primitiva que ardia dentro de mim por ela.

Concentrando-me em seu prazer, eu continuei meus cuidados até que o tremor mais violento de seu corpo diminuiu e ela começou a se acalmar. Abandonando meu banquete com bastante relutância, eu beijei e acariciei cada centímetro de seu corpo, virando-a de bruços para venerar suas costas com a mesma devoção. Senti-la estremecer sempre que eu encontrava um de seus pontos mais sensíveis ou erógenos me enchia de uma sensação de orgulho e uma possessividade quase raivosa.

Ninguém além de mim jamais lhe proporcionaria tais sensações e desfrutaria da perfeição de seu corpo, dos sons fascinantes de seus suspiros e gemidos, e do fogo de sua paixão liberada.

Eu acariciei seus cabelos, empurrando-os para o lado para expor sua nuca. Ela se enrijeceu daquele jeito sexy que expressava que eu tinha feito algo que ela gostava quando raspei minhas presas naquele ponto sensível. Eu beijei sua coluna, acariciando as curvas sensuais de seus flancos que se alargavam em direção aos quadris, depois beijei os montes redondos de suas bochechas antes de dar uma boa mordida. Suas pernas tremeram e ela gemeu novamente.

Eu me estiquei ao lado de Siona, virando-a de lado para que suas costas pressionassem meu peito. Eu deslizei uma mão por baixo dela e a acariciei para estimular seu seio, enquanto a outra acariciava toda a extensão de seu corpo até chegar ao seu centro. Meus dedos mergulharam dentro dela novamente, seu prazer aumentando rapidamente enquanto eu beijava e mordiscava o ponto sensível em torno de sua nuca. Ouvi-la sussurrar meu nome de forma suplicante enquanto ela se aproximava mais uma vez do clímax me deixou louco de tesão.

Enquanto acelerava o movimento dos meus dedos massageando seu clitóris, eu esfreguei meu membro contra a abertura de seu traseiro. Longe de aliviar a tensão quase dolorosa em minha região íntima, a fricção só exacerbou minha necessidade de me enterrar profundamente nela. Quando ela tombou, suas unhas cravaram-se na pele de ambos os meus antebraços, arrancando algumas gotas de pré-sêmen de mim. Virando seu rosto em direção ao meu por cima do ombro, eu esmaguei seus lábios em um beijo possessivo, engolindo seus gemidos de êxtase.

Desta vez, eu mal pude esperar que ela se recuperasse completamente do tesão. Eu coloquei minha parceira de costas, subi em cima dela e me acomodei entre suas pernas. A pulsação irradiava por toda a minha região íntima enquanto meus músculos pélvicos se contraíam espasmodicamente de desejo.

Com os dentes cerrados, eu segurei o rosto de Siona entre as duas mãos e a encarei.

— Minha Siona, meu amor, você me aceita? — eu perguntei, com a voz rouca e retumbante devido à profundidade do meu desejo.

Por uma fração de segundo, eu temi que ela ainda estivesse confusa demais para me dar uma resposta consciente. Mas seus olhos esmeralda, escurecidos pela paixão, transbordavam de plena consciência e determinação inabalável, mescladas de expectativa.

— Agora e sempre, Zerien. Eu sou sua. Eu te amo — ela respondeu, me apertando com os braços.

A emoção poderosa que me invadiu me deixou atordoado. Eu não sabia o que tinha feito para merecer encontrar a minha outra metade tão cedo na vida tumultuada que o Destino me reservava. Tudo o que eu sabia era que eu lutaria contra os próprios deuses para manter aquela mulher para sempre e provar que era digno dela até o meu último suspiro.

Eu reclamei seus lábios em um beijo terno, no qual derramei a profundidade dos sentimentos que ela despertava em mim enquanto eu começava a me empurrar para dentro dela. Como esperado, ela resistiu à minha circunferência nada desprezível. Não era a parede impenetrável que eu temia inicialmente, mas ainda assim me obrigava a prosseguir com estocadas cada vez mais fortes e superficiais. Cada vez que eu recuava, as ondulações de suas paredes internas pareciam tentar me segurar e me puxar de volta. Em muito menos tempo do que eu esperava – e em grande parte graças à colaboração de seu revestimento incomum – eu rapidamente me vi completamente revestido.

Ancestrais! Era uma felicidade extrema e uma agonia pura finalmente me unir à minha alma gêmea. Eu queria dar a ela um tempo para se adaptar a mim, mas suas paredes internas me massageando me deixaram à beira da loucura. Nada deveria ser tão bom. Um rosnado selvagem escapou de mim em um fluxo quase contínuo enquanto eu lutava uma batalha perdida contra o desejo de me perder nela.

Interrompendo o beijo, eu enterrei meu rosto em seu pescoço e respirei fundo. Meus esforços para invocar meu *kaa* para me controlar estavam falhando miseravelmente. As ondas de êxtase que se espalhavam das minhas entranhas como chamas líquidas percorrendo meu corpo destruíam qualquer tentativa de concentração.

Os gemidos de Siona em meus ouvidos só atiçavam a chama da paixão devoradora que me consumia por dentro. Só quando ela começou a girar embaixo de mim, sussurrando meu nome com urgência, eu percebi que minha companheira realmente queria que eu me movesse.

A primeira estocada pareceu faíscas elétricas explodindo na minha região pélvica, deixando minhas terminações nervosas à flor da pele. O grito gutural de Siona ressoou ao mesmo tempo que minha respiração sibilante. A segunda arrancou um grunhido bestial de mim, e então a terceira quebrou qualquer força de vontade que eu ainda tivesse.

Eu liberei seis anos de desejo reprimido na minha mulher. Seis anos de anseio, fantasias e obsessão pela única mulher que poderia me completar. Enquanto eu penetrava em Siona, profundamente, com força e em um ritmo desenfreado, uma vozinha no fundo da minha cabeça sussurrava para que eu fosse gentil, para pegar leve com ela. Mas a voz de Siona em meus ouvidos, gritando em êxtase e implorando por mais, me estimulou.

Ondas e mais ondas de prazer, quase insuportáveis, me atingiram. O calor da sua pele febril contra a minha quase rivalizava com o calor infernal da sua vagina apertada, apertando avidamente meu pau com suas cristas ondulantes.

Quando seu terceiro clímax a arrebatou, suas paredes internas apertando meu membro quase quebraram minha mente. Eu rugi quando meu sêmen jorrou dentro dela. A força do meu clímax me tirou do meu ritmo desenfreado. Meus movimentos tornaram-se erráticos enquanto eu a enchia até a borda. Mas, à medida que a terrível pressão que me torturava por dentro finalmente era aliviada, minha fome por Siona não diminuía.

Mesmo quando a última gota da minha essência fluiu para dentro dela, eu me senti endurecer novamente. Sem nunca parar de me balançar para dentro e para fora da minha parceira, meus movimentos se estabilizaram e eu retomei a posse dela em um ritmo delirante. Deslizando um braço sob sua perna direita, eu a abri ainda mais para mim enquanto a penetrava implacavelmente com meu pau, com abandono imprudente. Longe de se assustar com a minha insanidade luxuriosa, Siona entoou meu nome, erguendo a pélvis para me encontrar, estocada após estocada, e arranhando meu corpo com a mesma paixão raivosa que havia tomado conta de mim.

Meu orgasmo máximo me arrebatou meio segundo depois que Siona desmoronou novamente. Uma luz ofuscante explodiu diante dos meus olhos, e um raio atingiu a base da minha espinha com tanta força que eu temi rasgar minhas cordas vocais com o rugido selvagem que eu emiti. Eu me senti tonto, embriagado e desorientado enquanto a felicidade líquida fluía livremente de mim para o corpo trêmulo da minha alma gêmea, sacudida pelas dores do êxtase.

Eu desabei em cima dela antes de rolar de costas, arrastando-a comigo. Eu estava destruído, completamente acabado, cada célula do meu corpo cantando por ter alcançado alturas impossíveis de pura felicidade.

Segurando-a firmemente em meus braços enquanto nossos corações palpitantes se acalmavam, eu sussurrei palavras de amor e devoção. Mas em meu coração e mente, uma certeza se instalou profundamente: ela era minha, agora e sempre. Eu jamais poderia deixá-la ir ou viver sem ela. Ela era minha alma.

CAPÍTULO 4
SIONA

Eu acordei de um sonho maravilhoso e me estiquei na cama macia, a maciez do cobertor acariciando minha pele de uma forma quase sensual. Uma dor maravilhosa pairava entre minhas coxas. Eu sabia que estar com Zerien seria incrível, mas nunca imaginei que pudesse ser tão alucinante.

Deslocando-me para o lado, eu estendi a mão para ele enquanto abria os olhos. Para minha consternação, ele havia sumido. Pela frieza dos lençóis onde ele deveria estar, ele já tinha ido embora há algum tempo. Eu franzi a testa e agucei os ouvidos em busca de qualquer som que indicasse que ele pudesse estar na sala de higiene. Como não ouvi nada, chamei seu nome. Mas apenas o silêncio me respondeu.

Sentada na cama, eu fiquei em dúvida se deveria procurá-lo. Sem querer parecer uma perseguidora, decidi mandar uma mensagem para minha mãe. Uma parte de mim achava um pouco bobo entrar em contato com ela, considerando que eu era oficialmente adulta. Mas nós sempre fomos muito próximas, e ela, sem dúvida, se preocupava com o desenrolar das coisas. A rapidez com que ela respondeu à minha mensagem e o alívio evidente nas poucas palavras que respondeu confirmaram que eu tomei a decisão certa.

Mesmo que fosse apenas pela possessividade do meu pai em

relação a mim, eu estava começando a perceber que, para um pai, seu filho seria para sempre um bebê – especialmente suas filhas. Por mais que eu não quisesse ser mimada, era maravilhoso saber que minha família me amava e se importava com o meu bem-estar.

Eu deslizei para fora da cama e me enrolei no cobertor antes de vagar pela suíte, procurando pelo meu homem. Como eu suspeitava, ela tinha a mesma configuração da suíte em que havíamos ficado na estação espacial Lilith Hive de Anton. À esquerda da sala de estar, uma porta discreta – facilmente confundida com um simples painel decorativo – levava a um escritório.

Eu bati antes de empurrá-la, esperando encontrar a sala vazia. Para minha surpresa, Zerien estava sentado atrás da mesa, descalço e com o peito nu, vestindo apenas uma de suas longas saias, chamada shaal. Aparentemente, ele estava no meio de uma videochamada com uma deslumbrante mulher Sareniana. Minha espinha imediatamente se enrijeceu. Embora ela parecesse familiar, eu não conseguia associar um nome ao rosto nem me lembrar de onde a conheci.

Obviamente, deve ter sido na época em que eu fui abduzida para Sarenia e Zerien e eu nos conhecemos. Considerando o quão jovem ela parecia, talvez um ou dois anos mais velha que eu, ela não seria uma das mulheres que se hospedaram no Serail comigo e com minha mãe. Em Sarenia, mulheres solteiras, abertas a encontros casuais com outros homens, frequentemente se instalavam no Serail, que poderia ser comparado a uma residência luxuosa, semelhante a um resort.

Apesar do meu choque, eu me senti culpada, como se tivesse invadido rudemente quando os dois se viraram para olhar para mim.

— D... desculpe — eu gaguejei instintivamente — Eu não queria interromper. Vou deixá-los a sós.

— Está tudo bem, meu amor — Zerien disse em um tom caloroso — Kaelin e eu estávamos encerrando as coisas. Eu já vou sair.

Eu assenti e dei um sorriso forçado. Seus lábios sensuais se esticaram de forma quase imperceptível enquanto ela me lançava um olhar curioso e avaliador. Com uma urgência que eu não conseguia explicar, quase saí correndo e fechei a porta.

Um milhão de pensamentos passaram pela minha cabeça enquanto eu voltava para o nosso quarto. Assim que entrei, eu xinguei de irrita-ção. Além de querer encontrar Zerien, eu também queria pegar algumas roupas no segundo quarto. Caso eu passasse a noite ali, eu dei a Grace algumas roupas – incluindo roupas íntimas – para serem entre-gues em qualquer lugar que Anton planejasse colocar à nossa disposição.

Eu corri para o outro cômodo, me sentindo boba enquanto atraves-sava a sala na ponta dos pés. Obviamente, considerando o quão bem insonorizada era a suíte, meu comportamento não fazia sentido. E mesmo assim, não havia motivo para evitar lembrá-lo da minha presença.

Mas quem é ela? Por que ele está falando com ela tão cedo, no dia seguinte ao nosso reencontro?

Eu odiava que minhas inseguranças estivessem aparecendo naquele momento. Ele não me deu motivos para duvidar dele.

Depois de escolher o vestido que usaria, eu decidi tomar um banho no banheiro privativo do quarto de hóspedes. Quando terminei e me vesti com uma roupa sexy – mas bem menos provocante – do que o vestido recortado que usei ontem, eu me senti muito menos exausta, mas igualmente confusa... para não dizer paranoica.

O delicioso aroma de pães quentes e carnes cozidas me recebeu assim que eu abri a porta. Meu estômago roncou enquanto eu me apro-ximava da sala de jantar, onde Zerien preparava o café da manhã da bandeja flutuante que o serviço de quarto havia trazido.

— Aí está ela — Zerien disse.

O amor e a ternura em seus olhos me fizeram sentir boba por permitir que minhas inseguranças plantassem ideias malucas em minha cabeça.

Ele me puxou para um abraço e me beijou com uma paixão e possessividade que fizeram meus dedos dos pés se curvarem. Nossas línguas se misturaram. Enquanto eu percorria suas costas nuas com as palmas das mãos, lembranças da noite passada passaram pela minha mente. Um gemido suave me escapou. Para minha consternação, Zerien encerrou o beijo com uma risadinha presunçosa. Minha irritação por ter revelado tão facilmente o quanto ele me afetava desapareceu no minuto em que olhei para ele. A forma como seus olhos escureceram e a expressão lasciva em seu rosto revelaram o quanto aquele simples beijo também o havia excitado.

— Você é tentadora demais, meu amor — ele disse, antes de roçar os lábios nos meus — Como está se sentindo?

O tom de preocupação em sua voz aqueceu meu coração.

— Dolorida — eu disse em um tom sério, antes de rir da sua expressão desolada — Maravilhosamente... Mas eu esperava um bis esta manhã. Me sinto enganada.

Zerien bufou, com alívio, culpa e diversão visíveis no rosto, apesar do olhar brincalhão que me lançou — Eu deveria te dar umas palmadas por isso. Mas sim, eu também esperava por mais uma rodada. Achei que eu já teria terminado e estaria de volta na cama com você antes que você acordasse. Infelizmente, as reuniões, primeiro com Faolen, depois com Kaelin, duraram mais do que o esperado.

Eu me lembrava bem de Faolen. No começo, eu o odiava, pois ele tinha sido o caçador contratado pelo Embaixador Guldan Hartuk Tellin para me comprar como presente para Zerien. Acontece que ele aceitou a missão não apenas para evitar que alguém menos escrupuloso me usasse de forma prejudicial contra o trono Sareniano, mas também porque, ao vislumbrar minha alma, ele percebeu que eu era a alma gêmea de Zerien.

Ao longo dos anos em que Zerien me cortejou, Faolen o acompanhou em algumas ocasiões. O homem mais velho tinha me conquistado, e eu acreditava que ele tinha sido uma ótima escolha como o novo chefe do serviço secreto de Zerien.

— Alguma atualização sobre os traidores? — eu perguntei, enquanto me acomodava na cadeira que Zerien puxou para mim.

— Sim — ele respondeu, franzindo a testa — Faolen recebeu algumas dicas que podem nos levar a uma das células dos traidores. Mas as medidas que ele quer tomar para investigar isso violariam algumas das nossas leis. Ele queria a minha permissão.

— Ele conseguiu? — eu perguntei.

— Ele conseguiu — Zerien disse, segurando meu olhar firmemente, com um brilho duro nos olhos.

Naquele instante, eu tive um vislumbre do homem implacável que as pessoas diziam que ele era. Como eu não sabia os detalhes do que isso implicava, não pude julgar se concordava ou não com sua linha de ação. E, no entanto, eu não senti nenhum desconforto com sua confissão. Na verdade, sua honestidade me fez sentir bem. Eu preferiria encarar uma verdade cruel a ser enganada por mentiras bonitas.

— Considerando o que aquele traidor Deimos fez em Haven, não posso culpá-lo por se esforçar ao máximo para capturar os acólitos restantes dele em Sarenia — eu disse com toda a sinceridade.

Para minha surpresa, Zerien pareceu aliviado com minhas palavras. Será que ele temia ser condenado por mim? Como isso era possível? Será que ele tinha esquecido que eu havia sido criada pelo verdadeiramente implacável e sanguinário Krygor Aldriss?

— Concordo plenamente — ele disse com um sorriso enquanto começávamos a encher nossos pratos — Kaelin estava me atualizando sobre os preparativos para a nossa coroação, além de discutir a lista de convidados.

— Ah! Ela é sua organizadora de eventos? — eu perguntei, compreendendo de repente.

Mas Zerien começou a rir, contendo o alívio que florescia em meu coração.

— Kaelin é muitas coisas, mas definitivamente não é uma organizadora de eventos. Ela os detesta — ele disse, ainda rindo — Não, ela é a Chefe do meu Conselho.

Eu fiquei de queixo caído — Chefe do seu Conselho?! Mas ela é...

Eu mal consegui me conter para não chamá-la de criança. Embora eu não soubesse sua idade exata, ela parecia ter uns vinte ou vinte e um anos, como Zerien. Se ele não era jovem demais para se tornar Imperador de todo o seu planeta, ela seria jovem demais para ser a Chefe do seu Conselho?

Sim, creio que sim.

Como Zerien é um governante tão jovem, eu esperaria que ele se cercasse de conselheiros muito mais velhos que pudessem compartilhar com ele a sabedoria de anos de experiência.

— Ela é o quê? — Zerien perguntou com uma expressão divertida — Jovem demais?

Minhas bochechas queimaram de vergonha por ser tão óbvia — Bem... sim?

— Kaelin é apenas alguns meses mais nova que eu — Zerien explicou — O pai dela é o presidente do Senado. Assim como eu, ela cresceu recebendo treinamento aprofundado em política e diplomacia. Ela sabe tudo o que há para saber sobre governar Sarenia, desde os personagens importantes, passando por amigos e inimigos, em quem se pode confiar e em quem não se pode. Eu confio minha vida a ela e rezo para que vocês duas se tornem como irmãs. Kaelin será sua maior aliada quando voltarmos para casa.

— Entendo — eu disse sem me comprometer, apesar do desconforto que estava se instalando.

O sorriso de Zerien se alargou — Lembra quando você foi levada para Sarenia e o Embaixador Hartuk pensou em fazer um espetáculo com seu pai sendo torturado na arena?

— Como eu poderia esquecer? — eu disse, franzindo o rosto.

Ele riu novamente — Havia cinco mulheres sentadas em volta do meu pai.

Eu assenti, meu olhar perdendo o foco enquanto tentava me lembrar da cena do Imperador Nemrox sentado em um estrado elevado no camarote real com vista para a arena. De fato, havia cinco mulheres sentadas ao redor de seu trono, cada uma mais bonita que a outra, embora eu não conseguisse me lembrar direito de suas feições agora.

— Sim, suas concubinas.

Zerien bufou — Na verdade, apenas uma delas era sua concubina. Todas as cinco eram membros seniores do seu Conselho.

Eu fiquei de queixo caído — Aquelas cinco mulheres?! Mas... eu pensei que Sarenia fosse um patriarcado?

— E é — ele respondeu em um tom factual — Assim como em Braxia, o homem mais forte e feroz governa o planeta. Embora se espere que o herdeiro do governante atual assuma o poder – a menos que ele seja desafiado – não é necessariamente seu primogênito. Eu sou o sétimo filho do meu pai, mas meus outros irmãos se curvaram a mim. Lembre-se de que nós somos predadores. Nós ainda lutamos contra a natureza selvagem que os experimentos dos Korletheanos nos deram. Portanto, precisamos do temperamento mais controlado de nossas mulheres para manter o equilíbrio.

— Certo, suas mulheres são menos violentas — eu disse, pensativa — É uma lei que mulheres devem formar o seu Conselho?

Ele balançou a cabeça enquanto cortava o bife grosso em seu prato — Não. Não é lei, mas tem sido uma prática geral que pelo menos dois terços do Conselho sejam mulheres. Ele pode ter entre cinco e onze membros. O meu atualmente tem sete. Apenas dois são homens. Tecnicamente, eu diria três, já que um dos Videntes Korletheanos que se juntou a mim também serve como meu conselheiro em uma... função não oficial.

— Seu povo não está pronto para ter um Korletheano oficialmente no seu Conselho? — eu perguntei em um tom simpático, embora fosse mais uma afirmação do que uma pergunta.

— Nem um pouco — Zerien disse com autodepreciação — A população ainda está lutando para aceitar a mera presença deles em nosso planeta natal. Faolen não se cansa de lamentar o fato de sua companheira ser uma Oráculo Korletheana. A Deusa certamente tem um senso de humor perverso.

— Ela te deu uma companheira Guldan — eu disse, brincando apenas em parte.

Ele bufou — Ela deu — Zerien pegou minha mão e a acariciou carinhosamente — E eu não a trocaria por nada no mundo.

Eu sorri, silenciando minhas próprias preocupações — Bem, mal posso esperar para conhecer esse seu jovem Conselho.

Ele me lançou um sorriso indulgente — Eles não são tão jovens assim. Só a Kaelin e minha irmã Jastira, que tem 26 anos. Todos os outros estão na casa dos 30 ou 40.

Um arrepio percorreu minha espinha — Eu me lembro da Jastira. Nós não conversávamos muito quando eu estava em Sarenia. Acho que ela não gosta muito de mim — eu disse, nervosa.

Zerien riu — Jastira não gosta de ninguém, muito menos de mim.

— Como é? — eu exclamei, com os olhos quase saltando das órbitas.

Seu sorriso se alargou — Ela parece e soa constantemente descontente. É impossível dizer como ela realmente está. Embora Kaelin lhe dê lealdade total desde o momento em que você chegar, você terá que conquistar a de Jastira — ele acrescentou, se acalmando — Mas quando fizer isso – e você fará – não haverá nada que ela não fará por você.

Eu dei a ele o que esperava soar como um sorriso provocador para esconder o quão avassaladora essa nova vida me parecia cada vez mais — Alguém parece confiante. E se ela me odiar profundamente?

— Ela não vai — ele respondeu com convicção — Você é minha alma gêmea. Você está destinada a reinar ao meu lado. O Destino não comete erros.

— Então, como será a nossa vida juntos? — eu perguntei, tentando parecer indiferente.

— A minha será a mesma dos últimos anos, que é assumir o governo de Sarenia, me preparar para a Grande Guerra e agora erradicar os rebeldes — Zerien disse com certo desdém — O importante é como será a sua vida no futuro próximo.

— A minha? — eu perguntei, surpresa.

Ele assentiu — Você terá um primeiro ano muito importante e movimentado. Além de aprender sobre nossa cultura e conquistar o coração do nosso povo, sua principal prioridade será nos dar dois herdeiros no primeiro ano.

Meu estômago embrulhou e eu o encarei, incrédula — Dois herdeiros em um ano? Isso parece um pouco irreal, para não dizer exagerado — eu disse com uma risada nervosa para disfarçar meu pânico latente.

Zerien deu um sorriso tranquilizador — Não, meu amor. Não é. Lembre-se de que a gestação Sareniana dura apenas três meses, depois você dá à luz o girino que cuidará de si mesmo até aprender a andar. Isso nem afetará sua forma. Então, dois é bastante razoável. Como eu mencionei há algum tempo, normalmente espera-se que você me dê três filhos. Mas, considerando suas outras funções, acho que três pode ser um pouco demais.

Eu me mexi, inquieta, na cadeira — Certo, mas nós somos recém-casados. Não deveríamos ter um tempinho para fortalecer nosso relacionamento e eu me situar melhor no seu mundo antes de começarmos a construir uma família?

Ele me lançou um olhar estranho, como se não conseguisse decidir se eu estava brincando ou se realmente quis dizer o que ele claramente considerou um comentário ridículo.

— Você é uma Rainha agora, Siona. Como governantes de Sarenia, nossas vidas pessoais ficam em segundo plano em relação ao Império. Nós reservaremos um tempo para nós mesmos, mas temos um dever que já estamos anos atrasados. A esta altura, você e eu já deveríamos ter cinco ou seis herdeiros — Zerien disse em um tom gentil e razoável que não conseguiu esconder completamente sua confusão com minha aparente relutância — Mas, contanto que tenhamos dois meninos em um ano, podemos desacelerar depois e espaçá-los mais, se você desejar.

— Mas e se a gente tiver uma menina? — eu desafiei.

Ele deu de ombros — Então teremos que continuar tentando até conseguirmos dois meninos.

— Por que nossa filha não poderia ser a governante? — eu argumentei.

Mais uma vez, ele me lançou aquele olhar perplexo que me fez sentir idiota. Não era essa a intenção dele, mas Zerien claramente sentiu que a resposta era tão óbvia que eu não deveria estar fazendo tais perguntas.

— Porque as mulheres não governam... Nesse aspecto, nós somos exatamente como os Braxianos. Os homens mais poderosos governam. Seu povo passou por isso com a ascensão de Keran — ele disse de forma evidente — Nossos homens são predadores brutais, enquanto nossas mulheres são mais brandas. Você sabe disso. Acabamos de discutir isso em relação ao Conselho...

— Certo — eu disse, com as bochechas queimando — Acho que

conviver tanto com as Veredianas ultimamente me lembrou que as mulheres também podem governar impérios poderosos.

Não era esse o motivo do meu desconforto, mas parecia uma resposta adequada ao meu comportamento estranho. Felizmente, Zerien aceitou bem.

— Ah, sim! As Veredianas certamente desafiaram muitas normas patriarcais. Mas não se esqueça de que mulheres não são subservientes — ele disse com um sorriso — O macho alfa pode se sentar no trono, mas nossas mulheres dominam o Conselho. Elas são o poder por trás do trono. Se tivermos filhas, espero que elas façam parte do Conselho do nosso filho quando o dia dele chegar.

— Tenho certeza que sim — eu respondi com um sorriso que esperava não parecer muito formal — A propósito, eu lembro das minhas estadias anteriores em Sarenia que vocês têm um sistema educacional incrível — eu continuei, ansiosa para mudar para um assunto mais seguro.

Zerien estufou o peito — Com certeza! Mais uma vez, nossas mulheres merecem muito crédito por isso. Nós rivalizamos e até superamos muitas das espécies mais avançadas. E agora que somos mais capazes de controlar nossa fúria primitiva, graças ao *kaa*, nossos homens também estão alcançando nossas mulheres na busca por estudos avançados.

Eu sorri para ele — Que fabuloso! Eu estava louca para cursar engenharia e esperava me matricular depois do nosso casamento.

Eu fiquei com o estômago embrulhado quando o rosto de Zerien ficou inexpressivo por alguns segundos antes de assumir uma expressão hesitante.

— Hmmm, claro... Isso pode ser arranjado. Nós vamos te arranjar um tutor — ele disse gentilmente.

Eu recuei um pouco — Um tutor? Por que eu não posso simplesmente ir para a escola com todo mundo?

— Porque o programa regular demoraria muito e exigiria muito do seu tempo — ele explicou pacientemente — Você terá uma quantidade enorme de responsabilidades nos próximos anos, à medida que se adapta à sua nova vida e função. Um tutor poderá se adaptar à sua agenda e seguir seu próprio ritmo.

— Entendi — eu disse, tentando não parecer muito desanimada.

Ele suspirou e balançou a cabeça, frustrado.

— Você devia ter sido criado em Sarenia. Eu devia ter sido firme quando seu pai exigiu que você permanecesse em Braxia até a idade adulta. Ou, pelo menos, deveríamos ter nos casado há dois anos. Assim, as coisas seriam mais fáceis para todos, especialmente para você. Não era assim que eu queria que você começasse sua vida entre seu novo povo. Mas é o que temos agora. E o tempo não está jogando a nosso favor.

Eu me mexi inquieta na cadeira. Ao longo dos anos, Zerien expressou a mesma frustração em diversas ocasiões. Uma parte de mim concordava com ele. Mas outra sentia que eu precisava da criação que recebi em Braxia, cercada por minha mãe, meus irmãos e, principalmente, pela ex-Rainha Braxiana, Mercy.

— Mas não tema, meu amor — ele continuou em um tom tranquilizador — Apesar de tudo isso, nós passaremos um tempo juntos. Mesmo que seja apenas enquanto estivermos em turnê por Sarenia e visitando aliados fora do planeta. Eu também precisarei te atualizar sobre como lidar com a rebelião em casa e como nos preparar para a Grande Guerra.

Eu franzi a testa, sentindo um nó no estômago ainda maior. Percebendo minha reação, ele inclinou a cabeça para o lado com uma expressão inquisitiva.

— O que foi?

Eu coloquei uma mecha de cabelo atrás da minha orelha pontuda e lambi os lábios nervosamente antes de responder — Eu não sabia que viajaria para outros planetas com você — eu respondi timidamente — Na minha cabeça, eu esperava ter uma carreira igual à da Mercy.

Ele me lançou mais um sorriso indulgente. Embora eu soubesse que era porque ele achou o que eu disse bonitinho e sem malícia, isso me fez sentir idiota e incrivelmente ingênua.

— Mercy passou décadas aprendendo tudo sobre política enquanto ajudava a libertar suas irmãs da escravidão — Zerien disse gentilmente

— Quando se tornou Dagna, ela já havia concluído seus estudos científicos. Você nem começou os seus. Seus laboratórios já estavam bem estabelecidos. Pessoas administram seus laboratórios para ela. Mercy apenas supervisiona e realiza pesquisas pessoais em seu próprio tempo. Você não estava lá naquela época, mas ela dedicou seu primeiro ano – se não mais – como companheira de Ravik para ajudá-lo e ao seu povo.

Por mais que eu odiasse admitir, ele estava certo. Mais uma vez, ele não deveria ter que me contar nada disso, pois eu já deveria saber.

— Lembre-se de que, quando Mercy se tornou Dagna, a Grande Guerra ainda estava a mais de uma década de distância. Mas agora, ela está quase chegando — Zerien continuou — Desde que ela e Ravik renunciaram ao trono em favor de Keran e Dawn, ambos estão focados na guerra que se aproxima e no treinamento dos rebeldes Guldans.

— Você tem razão — eu admiti, forçando um sorriso — Eu passei os últimos três anos ajudando a treinar as rebeldes.

— Você conseguiu — ele disse, de modo presunçoso — Você é realmente uma Guerreira formidável. Mal posso esperar para que nosso povo seja surpreendido por você.

Minhas bochechas esquentaram, mas desta vez de prazer genuíno. Zerien nunca me viu lutar, mas ouviu falar da minha destreza em combate. O orgulho que ele sentia por isso me comoveu profundamente. Pelo menos, eu tinha uma coisa a oferecer da qual ele podia se gabar. Eu mal podia esperar para abalar o mundo dele com uma demonstração de verdade.

Apesar de tudo isso, a nuvem negra que pairava sobre mim só se expandiu ainda mais. A voz incômoda no fundo da minha mente, que eu havia tentado silenciar nos últimos meses, começou a gritar mais alto. Eu precisava me conformar com o fato de que minha vida futura não seria nada parecida com o que eu havia imaginado.

Eu estou pronta para isso?

Eu odiava não poder responder honestamente com um "sim" definitivo. Eu deveria estar em êxtase agora, em vez de estar constantemente à beira de um ataque de ansiedade.

— Mas chega de conversas sérias sobre dever e política — Zerien disse com entusiasmo — Isso pode esperar um mês. Por enquanto, vamos aproveitar nossa lua de mel antecipada!

Nós terminamos nossa refeição e saímos. Com a Venus Hive sendo uma das maiores e mais sofisticadas estações espaciais de entretenimento do Quadrante Oriental, não faltavam coisas para fazer. Hoje, meu homem me levou a um dos quatro parques temáticos da estação. Para minha alegria, apesar de se certificarem de nos manter em seu campo de visão, os guarda-costas de Zerien – Drade e Naax – fizeram um trabalho maravilhoso, mantendo-se tão discretos que muitas vezes eu me esquecia de que estavam nos seguindo.

Sendo tão viciado em adrenalina quanto eu, meu namorado ficou mais do que feliz em nos levar em cada um dos brinquedos mais arrepiantes. Como ele era um príncipe e eu era a irmã mais nova do chefão, nós conseguimos furar a fila sem pudor. Durante aquelas poucas horas, nós fomos tudo o que eu sempre sonhei para nós: um casal apaixonado simplesmente curtindo os prazeres da vida.

Finalmente demos uma pausa nos brinquedos para experimentar os jogos de habilidade. Naturalmente, minha natureza competitiva se intensificou, principalmente quando chegamos ao campo de tiro. O fato de Zerien não ter tentado me mimar e também ter se esforçado ao máximo me agradou profundamente. Se ele não tivesse se esforçado ao máximo para tentar vencer, teria me parecido desrespeitoso, como se ele não achasse que eu fosse boa o suficiente para ter uma chance.

Com nossas pontuações tão incrivelmente próximas, cada um de nós assumindo a liderança por alguns segundos, meu sangue fervia. Eu gritava e comemorava, acompanhada por seus grunhidos vitoriosos, enquanto continuávamos a competir, até que ele parou de repente de descarregar sua arma nos alvos.

Por uma fração de segundo, eu hesitei e quase parei também. Mas ele gesticulou para que eu continuasse com um olhar de desculpas. Eu percebi então que Drade havia sussurrado algo em seu ouvido. Para minha consternação, eu o observei se afastar alguns passos com seu guarda-costas para poder ler algo no datapad que Drade lhe entregou.

Embora eu tenha me forçado a terminar a rodada – que terminou menos de dois minutos depois – meu coração já não estava mais naquilo. Eu venci com folga os outros três competidores e aceitei meu prêmio com um sorriso forçado. Quando eu olhei de volta na direção de Zerien, ele ainda estava em uma discussão intensa com Drade, enquanto ocasionalmente apontava para algo na tela do seu dispositivo.

— É sempre assim com ele? — eu perguntei distraidamente a Naax, que agora estava parado ao meu lado enquanto esperávamos que terminassem.

— Ultimamente, sim — o Sareniano respondeu de forma óbvia.

A rispidez do seu tom me pegou de surpresa. Desviando o olhar do meu noivo, eu lancei um olhar surpreso para o guarda-costas.

— O Príncipe Zerien compreende perfeitamente a importância do dever — ele disse com uma desaprovação mal disfarçada na voz — Além de sua coroação iminente, ele tem muitos traidores para capturar para garantir a estabilidade do nosso planeta natal.

— Claro — eu respondi com um sorriso que esperava esconder o quão pequena eu me sentia naquele instante — Não tenho dúvidas de que ele vai conseguir.

Seu olhar permaneceu no meu rosto por uma fração de segundo. Ele resmungou de forma evasiva e depois voltou a atenção para o Príncipe. Eu não precisava ler mentes para saber que ele não estava nada impressionado comigo e com o que ele, sem dúvida, interpretou como uma "reclamação".

Eu não era a rainha que ele queria com seu futuro imperador.

CAPÍTULO 5
SIONA

A pesar de Zerien se distrair com frequência com assuntos de Estado para resolver, nossas duas semanas seguintes juntos foram absolutamente mágicas. Eu adorava como ele ficava relaxado e tranquilo quando conseguia se concentrar apenas em nós... Ou melhor, em mim.

Meu homem era tão incrivelmente deslumbrante – como todo Sareniano – que eu ainda não conseguia acreditar que ele era meu. Aonde quer que fôssemos, mulheres se atropelavam tentando chamar sua atenção. Mas ele não tinha tempo para elas. O lado malicioso que eu não sabia que possuía sentia grande prazer em ver as expressões desanimadas daquelas vadias quando Zerien as ignorava completamente. A melhor parte de tudo era que ele realmente nem parecia perceber que elas existiam, porque só tinha olhos para mim.

Sua devoção fez maravilhas com minha autoconfiança extremamente abalada. Embora ele tivesse sido firme em expressar seu amor por mim ao longo dos anos, eu sempre temi que, no dia em que finalmente passássemos um longo período juntos, ele me achasse carente. O fato de morarmos tão longe um do outro, com ele cercado por inúmeras mulheres Sarenianas de uma beleza de tirar o fôlego, minou ainda mais minha confiança.

A alta libido do seu povo era lendária. Segundo todos os relatos – e como ele próprio admite – Zerien era extremamente ativo sexualmente antes de me conhecer. Pelos padrões Sarenianos, isso era normal. Suas crianças começam a acasalar por volta dos onze anos, e Zerien não era exceção. A julgar pelo seu apetite sexual insano desde a nossa primeira noite juntos aqui na Venus Hive, eu fiquei perplexa por ele ter conseguido permanecer celibatário durante os seis anos em que me cortejou.

E, no entanto, eu não tinha razão para duvidar que ele de fato havia permanecido fiel.

Para minha vergonha, eu perguntei a uma Oráculo Korletheana se ela havia visto um caminho pelo qual Zerien pudesse me trair. A resposta foi inequívoca: não havia nenhum. Enquanto eu respirasse, mesmo que nosso relacionamento tomasse um rumo sombrio, Zerien permaneceria fiel a mim.

Eu lancei-lhe um olhar de lado.

Mais uma vez, a perfeição de suas feições me tirou o fôlego. A expressão predatória, quase cruel, em seu rosto deveria me assustar, mas me excitava de uma forma que eu não conseguia expressar em palavras. Seus lábios carnudos – que ele sempre usava com tanta maestria em cada centímetro do meu corpo – estavam entreabertos em um sorriso selvagem, permitindo que as pontas de suas presas aparecessem. Seus olhos azuis brilhantes estavam fixos nos gladiadores na arena à nossa frente.

Ele adorava um banho de sangue.

Na verdade, eu também. Passar os últimos seis anos sendo criada em Braxia como filha adotiva de um dos Berserkers mais insanos – tanto literal quanto figurativamente – teve um papel importante nisso. Ter desfrutado de um extenso treinamento de combate nas mãos de Mercy também me fez apreciar ainda mais assistir pugilistas habilidosos socando as cabeças uns dos outros.

O fato das pessoas que estavam dando pancadas na cabeça pertencerem ao clã do meu pai logo me fez pular e gritar a plenos pulmões, tanto para animá-las quanto para repreender seus rivais. A princípio, eu temi que Zerien ficasse envergonhado ou desaprovasse meu comportamento nada digno de uma rainha. Para minha alegria, isso não só pareceu diverti-lo, como ele também uniu sua voz à minha mais de uma vez para gritar seu apoio aos membros do meu clã ou insultar seus oponentes.

Depois de despejar uma enxurrada particularmente cruel de palavrões em um deles, o que me rendeu alguns olhares de lado dos outros clientes presentes, eu me sentei, me sentindo um pouco mortificada. Passar tempo com os Braxianos na arena não me ensinou a demonstrar muita moderação em situações semelhantes.

Eu olhei timidamente para Zerien para ver como ele reagia ao meu comportamento. Em vez da carranca que eu esperava, ele me encarava com um sorriso quase selvagem, seus olhos azuis brilhantes levemente escurecidos.

— Eu adoro quando você fica tão selvagem — ele disse com uma voz rouca que imediatamente fez meus dedos dos pés se curvarem.

Minhas bochechas esquentaram, mas mais por excitação do que por vergonha.

— Você não diria isso se essa selvageria fosse dirigida a você — eu respondi, provocante.

Para minha surpresa, seus olhos escureceram ainda mais, e seu lindo rosto assumiu uma expressão lasciva que imediatamente fez com que a umidade se acumulasse entre minhas coxas.

— Pelo contrário, meu amor. Eu não gostaria de nada mais do que você sendo selvagem comigo — ele disse, com a voz baixando uma oitava.

— Isso é um desafio? — eu sussurrei com uma voz sedutora.

— É — ele respondeu em tom semelhante.

Com isso, ele estendeu a mão para mim. Palavras não eram necessárias. De bom grado, eu coloquei minha palma na dele e o deixei me guiar para fora da arena e de volta ao nosso hotel. Eu não sei como conseguimos voltar sem fazer um espetáculo ali mesmo no nosso veículo, enquanto passávamos pelo saguão na frente de todos. Felizmente, seus guarda-costas sentados na frente estavam fazendo um trabalho fabuloso fingindo não ver nem ouvir as carícias intensas que aconteciam entre nós no banco de trás.

Zerien tinha um jeito de me olhar como uma fera faminta toda vez que estava excitado, o que acontecia com bastante frequência. Durante todo o caminho de volta, minhas paredes internas se contraíam de antecipação, enquanto meus seios pesavam e meus mamilos ansiavam por atenção. Dizer que eu era viciada em seu toque não chegava nem perto de expressar o quanto eu o desejava.

E pensar que eu tinha tantos medos em relação à intimidade com ele. Primeiro, eu temia que ele se decepcionasse na cama. Depois, temia que ele se cansasse de mim em poucos dias. Mas, acima de tudo, eu tinha medo de não conseguir atender às suas necessidades, já que seu povo era conhecido por sua resistência impressionante e libido insaciável.

Mas graças à Deusa, eu era tão voraz quanto meu homem quando se tratava de fazer safadezas com ele.

Eu precisei de todas as minhas forças para não começar a transar com ele no elevador que nos levava à cobertura do nosso hotel. A julgar pelo jeito como Zerien rangia os dentes e cerrava os punhos, ele também lutava contra a vontade de se jogar em mim.

Essa tortura me deixou louca de desejo. Mas, aparentemente, não tanto quanto fez com meu homem.

Assim que entramos na suíte, Zerien praticamente bateu a porta na cara dos seus guarda-costas. Antes que eu pudesse reagir, ele me pegou no colo com uma força fenomenal e me jogou contra a parede. A força do impacto fez uma onda de tesão explodir na minha região íntima. Enquanto eu envolvia minhas pernas em volta da cintura dele, Zerien esmagou meus lábios em um beijo voraz. Enquanto nossas línguas se misturavam, eu usei minha mão direita para levantar a saia curta que ele usava, enquanto me sustentava com o braço esquerdo em volta dos seus ombros.

Ao mesmo tempo, ele enfiou uma das mãos por baixo da saia curtíssima do meu vestido justo, os dedos mergulhando sob o tecido quase transparente da minha calcinha. Ele rosnou em aprovação contra os meus lábios por já me encontrar encharcada. Mas, quando eu não estava, quando se tratava dele?

Um arrepio percorreu meu corpo ao sentir a sensação de formigamento de suas garras se projetando contra a pele sensível do meu sexo.

Elas eram afiadas como adagas e fortes o suficiente para eviscerar uma fera. Em vez de me dar medo, isso apenas fazia minhas paredes internas pulsarem. Com um movimento rápido, porém cuidadoso, Zerien cortou minha calcinha. Ele poderia simplesmente tê-la puxado para o lado, mas adorava adicionar um elemento de perigo aos nossos encontros. E vendo como mais da minha essência jorrou, eu claramente aprovei.

Naturalmente, ele só submetia minhas roupas a esse tipo de abuso. E eu adorava. Havia algo incrivelmente erótico em seu parceiro rasgar suas roupas no auge da paixão. Como ele raramente usava cueca, isso não era um problema para ele. Mas hoje – como sempre que usava uma blusa de lã até as coxas – ele estava usando uma cueca preta e justa para esconder o produto. Ele simplesmente a abaixou o suficiente para liberar o pau e então me penetrou com uma estocada poderosa.

Eu gritei contra seus lábios, enquanto ele emitia um grunhido quase de dor. No entanto, não foi a queimação da sua posse brutal que provocou essa reação em mim, mas a onda avassaladora de prazer que me fez atingir o clímax quase instantaneamente.

Considerando sua circunferência nada desprezível, a maioria das outras mulheres provavelmente teria exigido que ele a penetrasse gradualmente. Como uma mulher Guldan, minhas paredes internas foram naturalmente feitas para se esticar e se ajustar rapidamente. O revestimento reforçado – criado para evitar que fôssemos diaceradas pelas pontas afiadas dos chifres do nosso bebê durante a gravidez – também nos impedia de rasgar ou sofrer qualquer dano, mesmo sob as brincadeiras mais vigorosas.

A melhor parte era a rede de sulcos que cobria toda a extensão das minhas paredes internas. Cada um deles agia como o único feixe de nervos que as mulheres humanas chamavam de ponto G. Para nós, um homem não precisava tentar encontrá-lo. No minuto em que ele nos penetrava, seu pau esfregava vários deles simultaneamente. E o pau de Zerien certamente estava fazendo um ótimo trabalho com eles. Cada estocada fazia faíscas elétricas percorrerem minha região íntima, enquanto ele imediatamente estabelecia um ritmo punitivo.

Mas esses mesmos feixes que me levam à beira do êxtase também são a razão pela qual nossos homens mantêm as mulheres Guldan presas em nosso planeta natal. De todas as espécies conhecidas, nós somos as únicas cujas cristas vaginais ondulam, apertando e acariciando o pênis de um homem por todos os lados. Nós nem precisamos nos esforçar para dar um orgasmo ao nosso parceiro. Nossas cristas fazem todo o trabalho por nós. E pela forma como Zerien grunhia e rosnava enquanto me penetrava, elas o estavam destruindo tanto quanto ele me destruía.

Ainda bombeando para dentro e para fora de mim, ele interrompeu o beijo e enterrou o rosto no meu pescoço, beijando e chupando minha carne macia. Suas presas roçando minha artéria me causaram um arrepio violento na espinha. Uma parte de mim desejou que ele me mordesse. Assim como os Xelixianos, os Sarenianos possuíam um veneno que, quando injetado em pequenas quantidades, podia aumentar o prazer de sua parceira. Mas, nas últimas duas semanas, Zerien se recusou a usá-lo – ou seus poderes de controle mental – em mim. Durante nosso mês de namoro, ele queria ter certeza de que tudo o que eu fizesse fosse totalmente consensual e sem qualquer tipo de influência externa.

Por outro lado, ele não precisava de aprimoramentos químicos para me fazer desmoronar. Cedo demais, o prazer intenso do ataque implacável de seu pau explodiu dentro de mim com uma violência que me deixou cambaleando. Eu gritei enquanto meu orgasmo me invadia e joguei minha cabeça para trás. Meus chifres miseráveis esfaquearam brutalmente a parede. Sem dúvida, isso deixaria dois buracos escancarados. Eu devia ter ficado mortificada, mas naquele instante, eu estava ocupada demais voando alto.

De qualquer forma, esses não seriam os únicos buracos que eu faria na parede. Haveria bastante tempo depois para consertá-los.

Eu senti o tremor violento que percorreu o corpo de Zerien quando minhas paredes internas se fecharam em seu pênis. Ele emitiu um rugido selvagem contra meu pescoço. Por uma fração de segundo, eu pensei estupidamente que ele havia se rendido à própria libertação. Mas isso nunca seria suficiente para ele.

Ele lutou contra isso e continuou me penetrando com uma paixão desenfreada, me mantendo nas alturas. Ouvi-lo começar a falar em Sareniano mexeu com a minha cabeça. Embora eu entendesse e falasse sua língua com bastante fluência, normalmente sempre conversávamos em Universal.

Isso foi uma indicação clara de que ele estava perdendo o controle... por minha causa.

Ele estava se desfazendo de tanto prazer que eu lhe proporcionava. Mas foi o jeito como ele pronunciou meu nome com total adoração, entre uma sequência interminável de palavras de amor, que me deixou de cabeça para baixo.

Enquanto minhas mãos o percorriam febrilmente, eu amaldiçoei silenciosamente o fato de que suas roupas e as minhas me impediam de desfrutar da sensação ardente de sua pele nua contra a minha. No entanto, não haveria exploração sensual um do outro naquele momento. Meu corpo inteiro estava em chamas. Zerien não me deu a chance de voltar completamente antes de me fazer gozar novamente.

Embora eu sentisse que estava chegando, meu clímax me atingiu como um tsunami. Minha espinha se contraiu e um único grito agudo escapou de mim. Minha pele formigou e eu me senti tonta enquanto ondas e mais ondas de êxtase me inundavam. O corpo de Zerien estremeceu violentamente uma ou duas vezes, então ele penetrou profundamente em mim. Suas mãos atrás das minhas coxas, me mantendo encostada na parede, apertaram de forma dolorosa, e ele jogou a cabeça para trás enquanto repetia meu grito, mas com um rugido poderoso e selvagem.

Sua semente jorrou em jatos poderosos, me preenchendo enquanto minhas paredes internas continuavam a apertá-lo avidamente, extraindo dele tudo o que ele tinha a oferecer. Zerien permaneceu imóvel pelos primeiros segundos antes de voltar a balançar para dentro e para fora de mim, em um ritmo muito mais lento e suave, até se esgotar. Durante todo esse tempo, ele cobriu meu rosto de beijos. Então, ele recuperou minha boca em um beijo longo e apaixonado, cheio de tanto amor que lágrimas brotaram em meus olhos.

Ele interrompeu o beijo e encostou a testa na minha. Seu pau ainda estava enterrado dentro de mim, meus braços e pernas firmemente envoltos em volta dele, e nós permanecemos em silêncio nos braços um do outro, saboreando aquele momento de ternura enquanto nossos pulsos desaceleravam.

Depois de alguns minutos, que ainda pareciam breves demais, Zerien levantou a cabeça para me olhar nos olhos. Mais uma vez, a profundidade das emoções em seus olhos me fez sentir um aperto na garganta.

— Você tem ideia do quanto eu te amo, Siona? Você é tudo para mim — ele sussurrou com fervor.

— Eu também te amo, Zerien — eu disse, com a voz trêmula de emoção.

Ele sorriu com infinita ternura, seu olhar percorrendo meu rosto como se estivesse tentando memorizar minhas feições. Ele acariciou delicadamente meu chifre direito e, com muita relutância, saiu de dentro de mim antes de me colocar de pé novamente.

Apesar de me sentir um pouco trêmula, minha atenção permaneceu focada na dor maravilhosa entre minhas coxas, mas também no incômodo vazio que sempre surgia quando Zerien e eu não éramos mais um.

Desta vez, porém, uma umidade menos agradável escorreu pela parte interna das minhas coxas. Eu olhei para baixo e franzi a testa para o rastro brilhante que até chegava aos meus sapatos. Olhando para cima novamente, eu lancei-lhe um olhar brincalhão, enquanto ele me encarava com um sorriso irônico.

— Olha a bagunça que você fez! — eu o repreendi com falsa severidade — Chegou até nos meus sapatos!

— Desculpe, minha companheira — Zerien respondeu com uma óbvia falta de sinceridade — Mas a culpa é sua por proporcionar uma sensação tão incrível! Dito isso, eu me esforçarei para fazer melhor no futuro.

— Ah? — eu perguntei, curiosa.

Ele assentiu e colocou as mãos na minha cintura. Seu olhar abaixou enquanto seus dois polegares acariciavam as laterais da minha barriga.

— Eu não posso desperdiçar meu sêmen assim. Quero que você

engravide o mais rápido possível — ele continuou, com um pouco da brincadeira dando lugar a um tom mais sério.

Suas palavras me atingiram como uma pedra no peito. Eu enrijeci e meu estômago embrulhou. Sua carranca quase me fez entrar em pânico. Eu controlei minhas feições, me forcei a sorrir em resposta e, em seguida, me curvei para tirar os sapatos. Isso me deu alguns segundos preciosos para recuperar a compostura.

Quando me endireitei, ele ainda estava me encarando com uma expressão um pouco confusa.

Eu sorri novamente, esperando que parecesse brincalhona — É melhor eu ir me limpar.

Sem esperar pela resposta dele, eu fui para o banheiro privativo dentro do nosso quarto. Para minha consternação, Zerien me seguiu. Meu pulso acelerou e minha mente disparou enquanto eu buscava freneticamente as respostas certas para as perguntas que temia que ele logo faria. As incríveis habilidades de observação do meu noivo estavam voltando à tona. Ele sempre foi perspicaz demais – uma ótima habilidade para um futuro Imperador, mas não tanto quando se está do outro lado.

Eu pretendia entrar no chuveiro para ter um pouco mais de tempo para clarear meus pensamentos e decidir como lidaria com o assunto que havia adiado por tanto tempo. Zerien, me seguindo, me impediu de ter essa opção. Eu quase pedi a ele que me desse um pouco de privacidade. Mas, como costumávamos tomar banho juntos, pedir para ele sair confirmaria que tínhamos um problema.

Eu tinha vergonha de guardar segredos dele. Desde o momento em que nos conhecemos, seis anos atrás, nós prometemos que sempre seríamos sinceros um com o outro. Nunca foi minha intenção ser enganosa, mas nunca me pareceu o momento certo para tocar no assunto, sem mencionar que eu não fazia ideia de como expressar isso corretamente.

Sem querer me despir – o que me deixaria ainda mais nua e exposta – eu peguei uma toalha, despejei água quente sobre ela e comecei a lavar a parte interna das coxas. Zerien estava ao meu lado, com o olhar intenso enquanto estudava minhas feições.

— O que houve? — ele perguntou em um tom gentil.

Eu dei-lhe um sorriso que até para mim pareceu falso e balancei a cabeça — Não foi nada.

Sua carranca se aprofundou e sua expressão endureceu — Não minta para mim. Seu humor mudou quando eu disse que queria que você engravidasse o mais rápido possível. Por quê?

Eu engoli em seco e enxaguei a toalha enquanto tentava organizar meus pensamentos... e falhava miseravelmente. Eu não estava pronta para aquela conversa, mas claramente não havia mais como evitá-la.

— Siona? — Zerien disse, parecendo um pouco ofendido quando não respondi e simplesmente continuei lavando a parte interna das coxas.

Eu soltei um suspiro profundo, joguei a toalha na pia e apoiei as palmas das mãos na borda do balcão, me sentindo derrotada. Ele ficou em silêncio, esperando que eu falasse. Seu reflexo no espelho, enquanto me encarava, revelava a extensão da tensão que enrijecia seu corpo.

Respirando fundo, eu me virei de lado para encará-lo e levantei o queixo com um pouco de desafio para esconder a culpa que me atormentava.

— Eu não posso engravidar agora — eu disse, surpresa com a firmeza com que pronunciei as palavras — Eu tenho um implante contraceptivo.

Zerien recuou visivelmente. Choque, confusão e uma sensação de traição disputavam o domínio em seu rosto.

— O quê?!

A maneira como ele sussurrou aquelas palavras, a profundidade da mágoa e da descrença que elas continham me cortaram profundamente. A raiva teria sido mais fácil de controlar.

— Nós temos um mês de namoro antes de eu tomar a decisão de nos casar — eu disse, na defensiva — Não faz sentido eu engravidar antes que nossa união seja confirmada.

As palavras queimaram meus lábios. Mas a expressão em seu rosto arranhou meu coração. O tempo se estendeu indefinidamente enquanto ele simplesmente ficou ali, olhando para o meu rosto como se ele contivesse a resposta para um mistério que o iludia. Mas a mágoa continuou a dominar.

— Certo — ele disse por fim, com a voz tão desprovida de emoção que ele poderia muito bem ser um androide — Achei que este mês fosse apenas uma formalidade para apaziguar seu pai. Achei que você quisesse um futuro comigo tanto quanto eu quero um com você.

— Ah, mas eu quero! — eu exclamei, com a sinceridade inconfundível na minha voz — Eu te amo de todo o coração. Eu nunca pensei ou olhei para outro homem desde o dia em que nos conhecemos. Nunca poderá haver outra pessoa além de você para mim.

— E o mesmo vale para mim no que diz respeito a você — Zerien disse, energicamente — Então, por que o implante?

Irritada, eu balancei a cabeça com uma mistura de desânimo e irritação — Eu literalmente completei dezoito anos há duas semanas! Você e eu finalmente nos tornamos um casal no verdadeiro sentido da palavra. Não deveríamos aproveitar um tempinho para nos conectarmos sem ter um monte de crianças para cuidar?

Meu peito se apertou diante da sua expressão horrorizada. Pelo jeito que ele me olhava, parecia que eu tinha me transformado em uma criatura de pesadelo, algo que desafiava a lógica e a compreensão.

— Eu preciso de um herdeiro! — ele disse em um tom que deixou claro que eu deveria saber melhor.

Eu bufei e acenei com a mão, o dispensando — Ok, você precisa de herdeiros, mas qual a pressa? Podemos esperar pelo menos um ano. Nós ainda somos crianças! Ou pelo menos eu sou — eu corrigi quando sua expressão ficou ainda mais indignada — Eu não estou pronta para criar filhos!

— E é exatamente por isso que Matriarcas e Patriarcas criam nossos filhos em Sarenia! — Zerien exclamou, com a voz em choque — Não haverá nenhum fardo para nós! Você sabe disso. Nós já conversamos sobre isso!

Eu balancei a cabeça com uma expressão teimosa — Eu quero criar meus próprios filhos quando estiver pronta.

Meu estômago se apertou quando sua expressão se tornou sombria, o choque e a mágoa gradualmente dando lugar à raiva. Eu engoli em seco, me repreendendo por não ter tocado no assunto de forma mais sensível e por tê-lo deixado falar por tanto tempo. Sabendo o quão feia aquela discussão seria, eu tinha sido covarde e adiado o máximo que pude para que pudéssemos aproveitar o máximo possível do nosso tempo juntos.

Sorrindo de forma apaziguadora, eu me aproximei cuidadosamente dele e levantei a mão para tocar seu peito. Ele deu um passo para trás, como se a perspectiva do meu contato o repelisse. A expressão em seu rosto me magoou mais do que qualquer palavra áspera que ele pudesse ter dito.

— Esperar um ano? — ele sussurrou com uma voz perigosamente baixa — Você quer que eu espere mais um ano depois de já ter esperado seis? Eu deveria ter meia dúzia de filhos agora, mas não tenho porque permaneci fiel a você. E por quê? Por isso?!

Eu me abracei e abaixei os olhos envergonhada.

Ele passou a mão sobre o pequeno anel de chifres em sua cabeça e através de seu longo cabelo azul meia-noite, sua expressão alternando entre confusão e raiva enquanto ele tentava entender aquilo.

— De onde veio isso? Você sabia o tempo todo quais eram as minhas expectativas — ele exigiu — Não é como se eu estivesse falando isso do nada. Nós conversamos sobre isso. Você concordou! Então, que porra é essa?!

Eu assenti rigidamente, a vergonha queimando minhas bochechas — Você tem razão. Você sempre deixou suas expectativas claras, e eu concordei. Sinceramente, eu não tinha problema com isso na época, mas também estava muito distante. Agora que a realidade está se concretizando, é diferente. Como você disse, você já esperou seis anos. O que é um ano a mais?

— Você não percebe que a Grande Guerra está a menos de quatro anos de distância? — Zerien perguntou, como se duvidasse da minha inteligência.

— Eu tenho plena consciência — eu respondi, irritada com o tom dele — O que significa que, mesmo que eu tenha três bebês este ano, como você deseja, eles ainda terão apenas três anos quando a guerra começar. Então, qual a importância? Se eles tiverem dois ou três anos, ainda serão jovens demais para governar.

— Isso importa porque o nascimento deles trará esperança! — Zerien rosnou de volta — Eles são a garantia da continuidade e, acima de tudo, são meu dever. Você, mais do que ninguém, deveria saber disso.

— Eu não sou uma porra de égua reprodutora! — eu gritei, dessa vez permitindo que minha raiva tomasse conta.

Zerien recuou. Desta vez, o brilho de desprezo em seus olhos doeu de verdade.

— Você não é uma égua reprodutora e eu não sou um garanhão — ele retrucou — Ou é assim que você chamaria seu irmão Dheran, ou seu governante Keran? Eles não geraram dois herdeiros cada para garantir a continuação de suas linhagens? Eu também estou sob pressão para ter filhos.

Eu revirei os olhos — Não é a mesma coisa. Keran tinha 47 anos quando teve os filhos e Dheran tinha 35. Eu só tenho 18!

— E a Grande Guerra está a poucos anos de distância! — Zerien gritou — Eu não sei se sobreviverei! Nenhum Vidente pode garantir que eu viverei para ver o fim dela. Eu preciso de um herdeiro. Cada ano que passa é mais um desperdiçado. Por que eu tenho que te explicar isso? Você cresceu em Braxia. Os costumes deles são os mesmos que os nossos. Esse é o seu dever como minha Rainha, assim como é meu dever como Imperador!

— Então talvez eu não esteja pronta para ser Rainha — eu cuspi, com raiva — Eu não me inscrevi para tudo isso. Tudo o que eu queria era estar com minha alma gêmea.

Uma parte de mim desejou poder retirar aquelas últimas palavras, mas outra ficou feliz por finalmente tê-las dito. Zerien ficou ali em silêncio, me encarando como se estivesse me vendo pela primeira vez. Meu estômago embrulhou quando ele apenas balançou a cabeça, girou nos calcanhares e saiu da sala de higiene sem dizer uma palavra.

Eu quase corri atrás dele, mas me forcei a ficar ali. Nós dois precisávamos de um momento para nos acalmar e organizar os pensamentos. Obviamente, eu não era irracional e entendia por que ele se sentia bravo e traído. Eu só queria que ele tentasse me encontrar no meio do caminho. Levei alguns minutos para terminar de me limpar e depois voltei para o quarto.

Ele parecia majestoso enquanto estava parado perto de uma das grandes janelas refletivas, observando o saguão abaixo. Ele não olhou na minha direção enquanto eu me aproximava cautelosamente. Quando ele continuou a olhar para a frente em silêncio, eu lambi os lábios nervosamente antes de tentar conversar mais um pouco.

— Sei que você está decepcionado e se sente surpreendido, já que eu já havia concordado antes. E sinto muito que minhas palavras tenham te chateado. Mas eu não estou pronta para isso. Só estou pedindo um pouco mais de tempo — eu disse em voz baixa.

— Eu não tenho tempo para dar — ele disse em um tom factual e desprovido de qualquer emoção.

Ele se virou para mim, e a frieza em seus olhos me arrepiou até os ossos. O homem por quem me apaixonei e que me cobria de amor e devoção não estava em lugar nenhum no estranho à minha frente.

— Você diz que só quer estar com sua alma gêmea? Ele é um Imperador. Esqueceu que eu ascendo em um mês? O que você espera que aconteça então? Você acha que é assim que nossas vidas serão? — ele perguntou, acenando para o quarto — Você acha que nós passaremos nosso tempo saindo, nos divertindo, indo a festas, comendo em restaurantes chiques e bancando os turistas?

Eu fiquei tensa e cerrei os dentes, magoada com a maneira sarcástica como ele disse aquelas palavras.

— Claro que não.

— Sério? — ele desafiou, com a voz carregada de dúvida — Você sabe que eu acordo de noite para trabalhar? Que eu ando seriamente atrasado com minhas obrigações para te conquistar? Que eu estou me matando para tentar te dar a melhor lua de mel possível agora, porque sei que não vou conseguir te dar depois?

Eu engoli em seco e me abracei novamente, o calor da vergonha subindo pelas minhas bochechas. Ele não precisava me dizer isso, pois eu realmente tinha notado o quanto ele estava se esforçando para não deixar que seus deveres interferissem no nosso tempo juntos.

— Eu preciso de uma rainha, Siona, não de uma namorada.

Eu senti um aperto no peito ao ouvir o tom suplicante que transparecia em sua voz. Com os olhos ardendo, eu lancei-lhe um olhar de desculpas.

— Eu te amo, Zerien. Mas não estou pronta para ser o que você precisa.

Sua expressão devastada, o olhar de pura dor que se apoderou de suas belas feições, me despedaçou. Ele balançou a cabeça e deu alguns passos lentos para longe de mim, como se não suportasse mais a minha presença.

— Ancestrais — ele sussurrou — Você ainda é uma criança mesmo.

Isso me irritou. E eu aceitei de bom grado. A raiva era muito mais fácil de lidar do que a culpa.

— Não estar pronta para viver a vida de uma rainha não faz de mim uma criança! — eu retruquei — Um relacionamento é uma via de mão dupla. Você não pode simplesmente chegar e exigir que tudo seja feito do seu jeito, independentemente dos meus desejos e aspirações.

— Isso vale para casais comuns. Eu sou o maldito príncipe herdeiro. Isso significa que meu dever vem em primeiro lugar! — ele retrucou em um tom seco, antes de balançar a cabeça com um ar de desgosto — Acho que seu pai tinha razão, afinal, sobre exigir esse período de experiência.

Meu sangue congelou — O que isso significa?

— Eu preciso de um herdeiro, Siona — ele rangeu entre os dentes — Você entende que me pediram para renunciar nos últimos seis anos porque eu não cumpri meu dever por lealdade a você? Eu não posso esperar até que você esteja pronta.

— Mais uma vez, o que isso significa? — eu insisti, sentindo meu estômago se revirar dolorosamente.

Meu coração se partiu em pedaços ao ver o olhar triste que ele me lançou.

— Eu te amo, Siona. Sempre amarei. Mas não posso mais fugir dos meus deveres. Portanto, eu estou te liberando do seu compromisso comigo — Zerien disse com a voz aflita.

Eu olhei para ele boquiaberta, incrédula, e o choque rapidamente deu lugar à raiva novamente.

— Você está terminando comigo porque eu não quero ter filhos agora? — eu exclamei, atordoada.

Ele balançou a cabeça com um olhar triste — Não, Siona. Eu estou terminando com você porque você não está pronta para ser minha companheira. Bebês são apenas um componente da questão. Nas últimas duas semanas, eu fingi não ver como você se fechava cada vez que eu falava da vida que a aguardava e dos deveres que a acompanhavam como minha Rainha. Não é uma vida fácil. E definitivamente é uma que você não conseguirá viver se não quiser de verdade. Agora está mais do que óbvio para mim que você não quer. Você sendo Guldan já estava tornando o desafio ainda maior, especialmente porque meu povo queria uma mulher Sareniana para mim.

Eu recuei, recusando a acreditar que ele estava dizendo o que eu pensava — Então você vai me largar para voltar e se casar com uma?!

— Não! — Zerien disse energicamente — Eu nunca me casarei com ninguém além de você. Mas eu preciso de um herdeiro.

Dessa vez, fui eu quem o encarei com desprezo, enquanto a compreensão finalmente surgia em mim, confirmando meus maiores medos.

— Então agora que você conseguiu o que queria e ficou entediado comigo, está aproveitando essa desculpa para voltar e transar com todas as mulheres Sarenianas? — eu retruquei.

A raiva que tomou conta de seu rosto desencadeou a primeira faísca de medo genuíno que eu já senti em sua presença. Eu dei dois passos involuntários para longe dele quando ele mostrou os dentes para mim e suas presas desceram.

— Se tudo o que eu quisesse fosse transar, eu já teria cinquenta herdeiros. Mas não tenho nenhum porque, como um idiota, eu permaneci fiel a você enquanto você me enganava e mentia na minha cara o tempo todo — ele disse, fervendo de raiva — Eu não tenho utilidade para uma pirralha imatura ao meu lado. Preciso de uma Rainha, o que você claramente não é. No dia em que você finalmente crescer, sinta-se à vontade para conversar comigo. Enquanto isso, você ficará aqui até que seu pai mande alguém para te levar para casa. Quanto a mim, eu vou voltar para Sarenia, onde pertenço.

Eu me senti fraca, o pânico me invadiu — Eu não vou ficar aqui enquanto você vai...!

— *Você ficará nesta porcaria de suíte até que seu pai ou irmão envie guardas para levá-lo de volta para casa!* — ele gritou.

Uma sensação de pavor tomou conta de mim ao ouvir a vibração sobrenatural em sua voz enquanto ele usava seu controle mental pela primeira vez contra mim. Seus olhos brilharam, selando o comando, e minha pele formigou enquanto eu me deixava ser dominada por ele.

Paralisada pelo choque, eu o observei se afastar mais alguns passos, com dor, raiva e nojo estampados em seu rosto. Girando nos calcanhares, ele saiu do quarto. Quando a porta se fechou atrás dele, eu o ouvi resmungar baixinho, irritado.

— Uma criança... Krygor me enviou uma porra de uma criança.

CAPÍTULO 6
ZERIEN

Uma torrente de emoções me assolava. Ácido corria pelas minhas veias, corroendo meu coração partido, enquanto a raiva e uma sensação de traição surgiam em ondas intermináveis, ameaçando explodir a qualquer momento. Eu tinha sido um tolo. Apesar de toda a minha fúria, eu não conseguia decidir se estava com mais raiva de mim mesmo ou de Krygor.

Drade dirigiu nosso veículo em silêncio enquanto nos dirigíamos para a doca. Ele me lançou olhares discretos, com compaixão misturada à raiva por mim, apesar de seus esforços para manter uma expressão neutra. Embora nunca tenha dito isso em voz alta, como muitos Sarenianos, ele acreditava que fazer de Siona minha Rainha era um erro. Ele a teria servido lealmente e torcido pelo melhor. Mas os últimos dias apenas confirmaram o que todos sabiam enquanto eu me envolvia em um manto de negação.

Ao embarcar, eu parei para falar com meu guarda-costas, não querendo me expor à curiosidade e às perguntas da tripulação.

— Assim que Naax retornar do hotel com meus pertences e a tripulação estiver de volta a bordo, quero que partamos imediatamente para Sarenia. A menos que haja uma emergência, não quero ser incomodado.

— Sim, Zerien — Drade respondeu com um aceno de cabeça.

Sem dizer mais nada, eu voltei pisando forte para meus aposentos, ignorando os olhares discretos da tripulação que, por acaso, estava por perto. Assim que a porta se fechou atrás de mim, eu fui direto para minha mesa e liguei a tela gigante. Apesar da distância de Braxia, nós estávamos próximos o suficiente para uma comunicação direta sem demora.

Segundos depois de chamar Krygor, seu rosto preencheu a tela. Como líder de uma das linhagens Braxianas mais puras, o homem que deveria ter sido meu sogro possuía uma das feições mais brutas de seu povo. Seu maxilar grosso e quadrado, sua testa proeminente e seu nariz largo e achatado, que lembrava o de um felino, o tornavam incrivelmente intimidador. O brilho cálido em seus olhos de obsidiana, da mesma cor de seus cabelos ondulados na altura dos ombros, desapareceu no momento em que ele percebeu minha expressão.

— Zerien? Está tudo bem? — ele perguntou com uma ponta de preocupação.

O jeito como ele piscou confuso e seu corpo ficou tenso testemunhavam o tipo de raiva que meu comportamento, sem dúvida, estava transmitindo.

— Afinal, seu desejo de ficar com sua filha foi atendido, Conselheiro — eu disse em um tom seco.

Os olhos de Krygor se arregalaram. Choque e profunda preocupação se instalaram em seu rosto — O quê? O que você quer dizer?

— Eu a libertei. Você me prometeu uma Rainha, mas me mandou de volta uma porra de uma criança. Era esse o seu plano o tempo todo? — eu sibilei.

Embora sua expressão consternada e completamente perplexa tenha amenizado um pouco a sensação de traição que eu sentia, eu estava com muita raiva e com o coração partido para que qualquer coisa que ele dissesse pudesse me acalmar.

— O que você quer dizer? Onde está Siona? — ele perguntou, cauteloso.

— Ela ainda está no hotel, esperando seus homens irem buscá-la. Anton está ciente.

Pela forma como seus ombros relaxaram um pouco, minhas palavras aliviaram alguns de seus medos, não que eu me importasse com os sentimentos dele naquele momento. No entanto, isso me irritou ainda mais. Será que ele achava que eu machucaria a filha dele – ou qualquer mulher, aliás – em um acesso de raiva?

— Zerien, o que aconteceu?

— Não muito, além do fato de que Siona espera levar uma vida tranquila e livre de deveres, e quer esperar pelo menos um ano antes de considerar me dar um herdeiro — eu cuspi com raiva.

Krygor estremeceu. Apesar de ter conseguido disfarçar seus pensamentos rapidamente, eu não deixei de notar o choque e a descrença genuínos que permeavam suas feições brutas.

— Ela quer que eu espere mais um ano, porra, enquanto estamos às vésperas da Grande Guerra! — eu gritei entre os dentes — Você me decepcionou. Eu confiei na sua palavra quando prometeu criá-la para ser uma rainha, mas você me enviou uma menininha egoísta e irresponsável! Ela conhecia as expectativas. Ela concordou com elas. E agora isso?!

Krygor estremeceu novamente — Sinto muito. Eu não esperava que ela reagisse assim.

— Aposto que não — eu respondi, com a voz cheia de sarcasmo.

Seu rosto endureceu, visivelmente ofendido por eu insinuar que ele havia me enganado deliberadamente.

— Pela minha honra, Zerien, eu fiz tudo o que pude para cumprir minha promessa a você — Krygor disse com firmeza — Eu a criei para ser uma Guerreira.

— Eu não preciso de uma Guerreira, eu preciso de uma Rainha, porra! — eu gritei, batendo meu punho na mesa.

— Você tem todos os motivos para estar com raiva e se sentir traído — Krygor disse em um tom conciliador — Eu não entendo o que pode ter acontecido para que minha filha se esquivasse de seus deveres. Siona sempre foi extremamente responsável, dedicada e leal. E, acima de tudo, ela te ama de todo o coração.

Eu fiz um som de desdém e acenei com a mão, o dispensando — Está claro que ela não me ama o suficiente.

Ele abriu e fechou a boca algumas vezes. Seja lá o que fosse que ele quisesse dizer, pareceu desistir e suspirou.

— O que você vai fazer? — ele perguntou cuidadosamente.

— O que você acha, Krygor? — eu perguntei, irritado — Eu vou voltar para casa e ter um herdeiro.

Seu rosto se fechou — Seja qual for a causa raiz dessa cisão, não tenho dúvidas de que ela pode ser consertada. Não aja tão rapidamente por raiva.

— Eu estou agindo por dever! — eu exclamei — Você sabe quanta resistência eu sofri em casa nos últimos seis anos? Sabe quanto abuso eu sofri nas mãos dos meus detratores por causa da raça dela? Os Sarenianos não querem uma Rainha Guldan. A única razão pela qual não me forçaram a abdicar foi porque todos podiam ver que ela é de fato minha alma gêmea. Eles também lhe deram o benefício da dúvida, porque qualquer um que me desafiasse ao trono falhou miseravelmente em provar que era o alfa mais forte.

— Eu não duvido, Zerien. Soubemos das dificuldades que isso impôs aos seus ombros. Na verdade, eu não imaginei que você fosse capaz de se manter firme em sua determinação diante de tanta pressão de todos os lados. Mesmo assim, você permaneceu fiel à minha filha e provou que nenhum sacrifício é grande demais para estar com sua alma gêmea. Não desista dela agora.

Eu lancei-lhe um olhar incrédulo — Não desistir dela agora? O que você acha que vai acontecer se eu a trouxer para casa comigo com esse tipo de atitude? Você acha que eles não vão ver o quanto ela está relutante em cumprir seus deveres básicos de Rainha? Você acha que eles não vão se ressentir dela por isso? Além de ter que lidar com os traidores que quase mataram Keran, eu minei meu próprio reinado por amor e lealdade a ela. E então ela me agradece cuspindo na minha cara?

Krygor ergueu as palmas das mãos em um gesto apaziguador — Você sabe que ela não quis dizer isso. Ela é simplesmente jovem.

— É isso mesmo — eu respondi com desprezo — Mas não tema, Conselheiro. A aliança entre nossos povos ainda existe. Simplesmente não haverá nenhuma entre nossas casas. Meu conselho entrará em contato com você.

— Não desista dela, Zerien. Ela te ama de verdade.

— Adeus, Conselheiro — eu disse em um tom gélido.

Derrotado, Krygor assentiu. Sem dizer mais nada, eu encerrei nossa comunicação.

Os cinco dias seguintes foram de pura agonia, com a viagem de volta para casa se arrastando indefinidamente. Por mais que eu ansiasse por voltar a Sarenia, eu temia a recepção que me aguardava quando meu povo percebesse que eu havia retornado mais cedo e sem minha noiva.

Mas foi a ausência de Siona que mais me machucou.

Cada minuto, cada hora se estendia indefinidamente, preenchido com a lembrança de tudo o que eu havia perdido. Eu sentia falta do seu cheiro, da sua voz melodiosa, do som cristalino do seu riso, do jeito como seus olhos brilhavam e como suas bordas se enrugavam quando ela sorria, do seu toque gentil e dos seus abraços carinhosos.

Acima de tudo, eu sentia falta daquele brilho nos olhos dela quando ela dizia que me amava.

Nada disso fazia sentido. Eu a esperei por tanto tempo, este deveria ter sido o começo perfeito para a nossa felicidade, que eu rezava que sobrevivesse à Grande Guerra. Como tudo deu tão errado?

Apesar da minha raiva de Krygor por ter me decepcionado, eu concordei com sua declaração de que Siona me amava. Isso tornava ainda mais doloroso o fato dela priorizar a fuga de suas responsabilidades em detrimento do amor que compartilhávamos.

Eu estava praticamente trancado em meus aposentos. Mas não podia continuar me escondendo. Em menos de 48 horas, nós chegaríamos ao nosso planeta natal. Embora eu tivesse enviado uma mensagem ao meu pai para informá-lo dessa infeliz reviravolta – já que não podia permitir que ele descobrisse por meio de Krygor ou de terceiros – nós não havíamos discutido o assunto diretamente.

Meu coração se encheu de amor pelo meu pai. Mesmo que ele estivesse indubitavelmente curioso para entender melhor a situação, ele não me pressionou para dar mais detalhes. Ele sempre respeitou meus limites e sabia que eu me abriria quando estivesse pronto.

Uma parte de mim acreditava que eu havia adiado aquela conversa esperando que Siona se aproximasse de mim antes, reconhecesse que havia cometido um erro e implorasse para que colocássemos as coisas nos eixos. Obviamente, era apenas uma ilusão da minha parte. Aparentemente, quando se tratava da minha alma gêmea, eu tinha a tendência de me afundar na negação.

O fato dela não ter tentado se comunicar comigo uma única vez desde a minha partida me magoou ainda mais. Como sempre que esse pensamento me vinha à mente, eu o expulsei rapidamente. Se eu me permitisse insistir nele, a semente da dúvida criaria raízes, e eu começaria a acreditar que talvez ela não me amasse de verdade, afinal.

Verdade seja dita, a única razão pela qual eu me apeguei com fé inabalável de que, de alguma forma, as coisas dariam certo foi graças aos poderes que nos foram transmitidos pelos Korletheanos quando fizeram experimentos com meu povo. Eu tinha visto a alma de Siona, e ela estava perfeitamente em sintonia com a minha. Ela jamais poderia amar qualquer outro homem mais do que me amaria. E eu jamais poderia pertencer mais plenamente a qualquer mulher, corpo, coração e alma, do que a Siona. Ela era o meu mundo.

Reprimindo a dor que me consumia por dentro, eu me forcei a entrar em contato com meu pai. Para minha consternação – embora sem surpresa – ele me respondeu pedindo que eu esperasse mais alguns minutos enquanto ele se liberava do seu compromisso atual.

Eu me envergonhava profundamente por agir de forma tão carente, e principalmente por saber que o motivo da minha angústia era o medo de perder a coragem de encarar meu pai no tempo que ele levaria para me atender. Nada justificava tamanha preocupação. Ele sempre foi meu porto seguro e me apoiou incrivelmente em todos os meus esforços, mesmo quando conflitavam com suas próprias visões. Mas fracasso não existia na minha língua. Quaisquer que fossem os desafios que eu enfrentasse, eu sempre os superava. Desta vez, eu não só me senti pego de surpresa, como também me pareceu o maior fracasso que eu poderia ter sofrido.

Se eu não conseguisse que minha alma gêmea ficasse ao meu lado pelo bem maior do nosso povo, como eu poderia liderá-los e formar alianças fortes o suficiente para sobrevivermos à maior guerra das gerações que se aproxima?

O sinal sonoro de uma comunicação recebida me assustou. Eu parei de andar de um lado para o outro no quarto e me acomodei no sofá macio da minha sala de estar antes de atender a chamada. Minha garganta se apertou ao ver o rosto amado do meu pai na tela. Eu era a sua cara, com a mesma pele azul-clara – embora a dele fosse um pouco mais escura que a minha – os mesmos olhos azul-prateados e cabelos azul-escuro. O olhar afetuoso em seus olhos me comoveu profundamente.

— Meu filho, como você está?

Eu engoli em seco e dei um sorriso forçado — Tão ruim quanto se poderia esperar, dadas as circunstâncias.

Ele me deu um sorriso simpático — O que aconteceu?

Eu contei a ele um resumo do confronto entre Siona e eu. Ele ouviu atentamente, fazendo apenas uma pergunta ocasional aqui e ali, com o rosto atento, mas isento de qualquer julgamento. Quando terminei, ele franziu os lábios e assentiu lentamente, pensativo.

— Por mais decepcionado que eu esteja, na verdade não estou surpreso — ele disse com naturalidade.

Eu recuei e o encarei boquiaberto — Você sabia que ela rejeitaria seu papel de Rainha?

Ele hesitou — Eu suspeitei que ela sofreria ao perceber a extensão do fardo que seria colocado sobre seus ombros. Mas eu não previ essa separação antes mesmo de ela chegar a Sarenia.

— O que o fez pensar isso? — eu perguntei, perplexo.

— Krygor é um Guerreiro, não um Rei. Ele criou a filha como tal — meu pai explicou — Em vez de fazê-la participar do Conselho de Ravik – e depois de Keran – ele permitiu que ela fosse treinar as mulheres Guldans que fazem parte da rebelião. Ele pode não ter lhe dado a Rainha que você esperava, mas lhe deu uma General.

Eu bufei — Eu não preciso de uma General. Preciso de uma Rainha!

— Você precisa da Siona — meu pai respondeu energicamente — Ela será sua Rainha Guerreira. Considerando que uma Grande Guerra se aproxima, é exatamente disso que você vai precisar.

Eu suspirei e balancei a cabeça lentamente — Mesmo supondo que você esteja certo, minha coroação é em cinco semanas. Eu estarei em casa em alguns dias. Que porra eu digo para as pessoas quando aparecer sem ela?

Ele deu de ombros — Apenas diga a eles que houve um atraso. Eles não precisam saber da sua atividade.

— Desde quando um Imperador tem privacidade? — eu perguntei sarcasticamente — Todo mundo, aqui e fora do planeta, está sempre se metendo na nossa vida.

Ele sorriu, o rosto se suavizando daquele jeito paternal que eu sempre amei — É verdade. Mas você ainda pode mandar eles se foderem.

Eu queria retribuir o sorriso dele, mas o pensamento de tudo o que me esperava o apagou.

— Isso não muda o fato de que eu preciso de um herdeiro. Não tenho como saber se e quando Siona estará pronta e disposta a cumprir esse dever. O tempo não está do meu lado, pai. Eu não posso adiar mais.

Ele assentiu com uma expressão séria — Nós vamos consertar isso, filho. O importante é manter essa informação em segredo para o mínimo de pessoas possível. Quanto menos seus inimigos souberem, melhor. Se a notícia de que Siona se recusa a gerar seu filho se espalhar, eles vão se aproveitar disso para declará-lo inapto para governar.

— Eu sei — eu disse, com o estômago embrulhado ao pensar no que eu precisava fazer — Eu a liberei do juramento que ela me fez. E embora eu precise de um herdeiro, Siona é minha alma gêmea. Eu não vou traí-la — eu acrescentei com um toque de desafio — Então, minha única opção é a inseminação artificial.

Meu pai deu um sorriso irônico — Eu já imaginava isso e planejei de acordo.

Minha sobrancelha se ergueu ao ouvir essas palavras. Seu sorriso se alargou, assumindo um tom presunçoso.

— Quando você consentiu em deixar Siona voltar para Braxia com Krygor, eu – e praticamente todos os outros – pensei que você voltaria aos seus hábitos lascivos até o dia em que pudessem se reunir definitivamente — meu pai disse, melancolicamente — Seu apetite sexual voraz era lendário. Então, eu fiquei surpreso quando você permaneceu inabalavelmente leal a ela.

— Você acha que eu fui tolo por fazer isso? — eu perguntei com um toque de tensão na voz.

Sua expressão se suavizou — Não, meu filho. Isso me fez admirá-lo ainda mais do que eu já admirava e ainda admiro. Mesmo aqueles que não a aprovavam como sua companheira ficaram impressionados com a maneira como você honrou sua palavra. Nunca subestime o poder de ter conquistado uma reputação honrosa.

Minha garganta se apertou quando outra onda de amor pelo meu pai surgiu em meu coração. Ele nunca foi mesquinho em seus elogios. Mas eu tinha certeza de que meu fracasso em trazer minha companheira de volta o faria reconsiderar a fé inabalável que sempre depositou em mim. Portanto, seu apoio contínuo me tocou mais do que palavras jamais poderiam expressar.

— Obrigado, pai — eu disse calorosamente — Estava pensando em convidar a Kaelin. Tenho certeza de que ela se voluntariará e me ajudará a selecionar mais algumas barrigas de aluguel, se necessário.

— Como eu disse, eu me preparei para essa eventualidade. Kaelin realmente se ofereceu, e já há mais quatro barrigas de aluguel alinhadas — meu pai disse, orgulhoso — Francamente, mesmo que você não ache isso agora, este é o melhor resultado possível.

Eu recuei, atordoado com aquela afirmação — O melhor resultado possível? — eu repeti.

Ele assentiu — Siona é Guldan. Sua espécie não possui nenhum tipo de poder psiônico — meu pai explicou — Com a forma como seu povo esconde zelosamente suas mulheres, nós nunca tivemos um híbrido Sareniano-Guldan. Você precisa de um herdeiro Sareniano forte para garantir que nossa linhagem continue a governar nosso planeta.

Embora tais pensamentos já tivessem passado pela minha cabeça antes, eu ainda ficava irritado com isso.

— Híbridos também podem ser poderosos — eu retruquei — Gavin é a prova. Até os filhos de Mercy com Ravik estão exibindo poderes psiônicos impressionantes.

— É verdade — ele admitiu — Mas este é um risco que eu prefiro não correr. Ter um herdeiro Sareniano puro-sangue ajudará ainda mais a apaziguar seus detratores.

Por mais que me desagradasse que alguém pudesse insinuar que qualquer filho que Siona e eu tivéssemos seria indigno do trono, eu não conseguia argumentar contra sua lógica.

— Mas espero uma alternativa ainda melhor — ele continuou.

Eu inclinei a cabeça para o lado, curioso — Hein?

— Como eu mencionei antes, você era extremamente ativo antes de conhecer Siona. Dos 11 aos 15 anos, você teve um número impressionante de parceiras. Pelas probabilidades, talvez você já tenha um herdeiro.

Meus ombros se curvaram, a esperança crescente de uma possível alternativa desaparecendo instantaneamente — Sim, existe essa possibilidade. Mas se eu depender disso, provavelmente levará pelo menos dois a quatro anos até que eles me encontrem.

— Não se nós os ajudarmos — meu pai disse com um brilho travesso em seus olhos azul-prateados.

Eu franzi a testa, com uma expressão confusa — Ajudá-los como?

— Faz muito tempo que não fazemos uma visita imperial aos centros de adoção e escolas primárias — ele disse com um sorriso — Em preparação para a sua coroação, você já tem uma série de visitas planejadas. Kaelin está atualmente organizando essas visitas como parte do seu itinerário.

Meu coração disparou — Isso é incrível! Também significa que podemos esperar até que essas visitas acabem para decidir se precisaremos mesmo recorrer à inseminação!

— Exatamente — ele respondeu, presunçoso — De qualquer forma, as mulheres precisariam estar ovulando e receber algum tratamento hormonal para aumentar a fertilidade antes mesmo de podermos prosseguir com a inseminação. Mas tenho fé de que isso não será necessário. Tudo dará certo. Governar nunca é fácil, mas você não está sozinho. Você conquistou a lealdade e o amor de pessoas poderosas. Custe o que custar, você ascenderá ao trono e conduzirá nosso povo a uma nova era de paz e prosperidade. Disso, eu não tenho dúvidas.

— Eu te amo, pai — eu disse, com a voz carregada de emoção.

— Eu também te amo, Zerien.

CAPÍTULO 7
SIONA

Nos seis dias desde que Zerien saiu furioso do nosso quarto, eu fiquei trancada dentro da suíte, me recusando a ver ou falar com qualquer pessoa. Naax foi a última pessoa a entrar no quarto quando veio buscar os pertences de Zerien.

Meus pais, Anton, Grace e seus filhos, tentaram entrar em contato comigo. Depois de responder por mensagem de texto que eu precisava de um tempo sozinha, simplesmente parei de atender às ligações ou mensagens deles. Eles queriam me ajudar e estar comigo, mas eu precisava resolver meus próprios sentimentos primeiro, sem a influência deles.

Nenhuma palavra poderia descrever a profundidade da devastação que eu senti. Obviamente, a vergonha e a culpa me consumiam por mentir e enganá-lo por tanto tempo. Ele tinha todo o direito de estar com raiva e se sentir traído por eu ter despejado isso em cima dele assim, no último minuto. No entanto, eu também compartilhava os mesmos sentimentos em relação à sua própria reação. Ele me chamou de criança, e mesmo assim fugiu na primeira discussão. A atitude mais madura teria sido ele ter ficado aqui para tentarmos resolver a situação.

Era esse o futuro que nos esperava: eu tendo que me curvar sistematicamente à vontade dele por medo de que ele terminasse todo o relacionamento?

Mais de uma vez, eu pensei em mandar uma mensagem para ele enquanto ele ainda estava perto o suficiente para uma comunicação direta. Nós precisávamos conversar. Mas o que eu diria a ele? Toda vez que eu considerava, perdia a coragem e me encolhia no sofá para chorar copiosamente. Eu ficava na esperança de que ele me ligasse, ou melhor ainda, que ele voltasse. Mas os minutos se transformavam em horas, e as horas em dias sem que eu tivesse notícias dele.

Como ele pôde desistir de nós tão facilmente?

Será que tudo isso era mesmo uma mentira? Será que ele realmente me amou ou simplesmente aceitou o fato de que seus poderes psiônicos afirmavam que nós éramos feitos um para o outro?

O som da campainha da porta me assustou. Por um instante, a raiva me invadiu ao pensar que minha família estava mais uma vez se recusando a respeitar meus limites. Então, eu lembrei que era a hora em que o serviço de quarto me traria comida. Tecnicamente, eu poderia ter ido a um dos quatro restaurantes do hotel.

A compulsão de Zerien, que me proibia de sair do quarto, desapareceu menos de vinte minutos após sua saída, quando William apareceu com dois guardas. Eu os mandei embora e me tranquei no quarto. E agora, como não queria correr o risco de ser emboscada por ninguém se saísse para comer, eu pedi que minhas refeições fossem trazidas para o quarto em horários específicos. Eu mal mexi nela, mas não seria uma daquelas mulheres que se deixam definhar por causa de um coração partido.

E meu coração estava, sem dúvida, partido.

Arrastando os pés até a entrada, eu destranquei a porta e a abri para que a bandeja flutuante deslizasse para dentro. Normalmente, eu mal olhava para o funcionário, apenas dando um sorriso educado em agradecimento. Mas, desta vez, a silhueta imponente atrás da bandeja me assustou. Ao tentar bater a porta, eu me repreendi por não ter olhado pelo olho mágico primeiro.

Antes que eu pudesse começar a empurrá-la, com seus reflexos rápidos de sempre, Gavin bateu a palma da mão na porta, mantendo-a aberta sem esforço enquanto invadia o quarto.

— Gavin, saia agora mesmo! — eu exclamei — Eu pedi a todos que me deixassem em paz!

— Você pediu — ele admitiu com a voz calma, enquanto fechava a porta casualmente atrás de si — E nós lhe demos bastante tempo. Mas agora você está apenas se escondendo, trancada na própria cabeça e sofrendo sozinha. Eu não posso mais permitir isso. Seja lá o que tenha acontecido, você e Zerien pertencem um ao outro. Vocês dois esperaram tempo demais para permitir que uma bobagem os separasse assim.

Eu abri e fechei a boca várias vezes, com vontade de gritar com ele e xingá-lo. Mas, em vez de palavras raivosas, foi uma torrente de lágrimas que jorrou de mim. Eu achei que não tinha mais nenhuma para derramar, e mesmo assim desabei completamente.

Gavin me pegou no colo com seus braços enormes e me carregou até o sofá. Ele se sentou e me acomodou em seu colo. Eu chorei em seu peito com soluços altos e feios. Ele acariciou meus cabelos, me embalando suavemente enquanto dizia palavras reconfortantes.

Aquilo continuou por uma eternidade. Quando se reduziu a fungadas, meu corpo inteiro doía. Parecia que eu tinha sido atropelada. Tirando um lenço do bolso, Gavin enxugou meu rosto delicadamente. Nossa, eu devia estar uma bagunça total. Eu não estava exatamente cuidando muito bem da minha aparência nos últimos dias. Eu só conseguia imaginar o quão inchado e vermelho meu rosto devia estar, sem falar no meu cabelo desgrenhado.

Como de costume, Gavin não me pressionou. Ele apenas ficou sentado ali, acariciando minhas costas de uma forma reconfortante, enquanto esperava que eu me abrisse.

— Ele me deixou — eu finalmente disse com a voz trêmula — Nós discutimos e ele simplesmente me deixou.

— Pelo que eu entendi, foi uma discussão muito séria — Gavin respondeu em voz baixa, sem qualquer acusação.

Outra onda de culpa me percorreu. Com a garganta apertada

demais para falar, eu assenti, esfregando a bochecha no tecido macio da camisa preta dele.

— De acordo com o Vovô — Gavin continuou cuidadosamente — Zerien foi embora porque você aparentemente se recusou a lhe dar um herdeiro. Mas isso não pode ser verdade, certo?

Eu enrijeci e levantei a cabeça para encará-lo com um ar de traição. Sua genuína surpresa e confusão ao ver minha expressão – que sem dúvida confirmava a declaração do meu pai – doeram profundamente. Até ele achou que eu estava errada.

— Não entendo — ele disse mais uma vez, com uma voz gentil — Você é Braxiana. A cultura dele nesse aspecto é a mesma que a nossa. E você ama crianças. Por que você está relutante agora?

— Porque eu só tenho dezoito anos, Gavin! Sei que você vai me dizer que o primogênito de qualquer líder de clã Braxiano precisa garantir a linhagem obtendo herdeiros imediatamente. Você vai falar sobre Keran e Dheran. Mas cada um deles teve permissão para prosseguir em seu próprio tempo. É pecado eu querer crescer normalmente?

— Não, não é pecado. Mas suas circunstâncias são diferentes. Há uma guerra terrível iminente — Gavin disse, parecendo confuso por precisar me explicar isso — Você sabe que esta é a principal prioridade de Zerien e seu dever. Pelo costume do seu povo, ele já deveria ter vários herdeiros. Ele esperou por respeito e amor a você.

— Então talvez ele não devesse ter feito isso — eu retruquei amargamente.

Gavin ficou tenso, choque e descrença estampando seu rosto.

— Eu o amo, não a sua coroa, e especialmente não todos os deveres que vêm com ela — eu disse, me sentindo instantaneamente envergonhada por essa explosão infantil.

— Uma coisa vem com a outra — Gavin respondeu, sem se impressionar — Você espera que ele abdique?

— Claro que não, mas... E você? Você vai se encontrar com Zhara apenas um ano antes do início da Grande Guerra. Você vai forçá-la a dar à luz seu filho antes do início da luta para garantir que sua linhagem continue?

Ele franziu a testa para mim — Nossas situações são completamente diferentes. Zhara não é uma Rainha, e eu não sou um Líder de Clã. Nenhum de nós tem o dever de ter filhos dentro de um prazo específico. Ela e eu tomaremos a decisão juntos. Mas suspeito que escolheremos esperar.

— Por quê? Porque, assim como eu, você gostaria de passar um tempinho com ela primeiro? — eu desafiei.

Ele balançou a cabeça — Isso não seria um impedimento. Nós teríamos um ótimo sistema de apoio, então ter filhos imediatamente não seria um problema. A razão pela qual eu preferiria que esperássemos é porque é muito arriscado para nós. Ao contrário dos Sarenianos, a gravidez de uma Verediana leva muitos meses. Além de cobrar um preço alto do corpo dela bem na época em que as coisas começarem a esquentar com a guerra, eu também precisarei estar ao lado dela em cada passo do caminho. Lembre-se de que ela é metade Xelixiana. Seus bebês precisam da presença física do pai para se desenvolverem adequadamente, ou correm o risco de ficarem deformados e até morrer. Com uma criança Sareniana, você ficaria grávida por apenas três meses.

Eu apertei os lábios, me sentindo estúpida e frustrada. Ele inclinou a cabeça para o lado e estreitou os olhos para mim.

— Não é bem esse o problema, né? O que você não está me contando? O que ele fez com você?

— Ele não fez nada comigo — eu respondi defensivamente.

— Mas? — Gavin insistiu.

— Ele ficou bravo e foi embora! — eu exclamei, com a voz indignada — Ele nem tentou resolver!

— Resolver o quê? — ele perguntou, com um tom de desafio transparecendo em sua voz — Ele não tem escolha a não ser cumprir seu dever de prover um herdeiro para o trono. Portanto, a única solução para este conflito é você ceder. Claramente, você não quer. Ou você queria ser coagida?

— Claro que não! — eu disse, irritada.

— Então o que foi, Siona? O que Zerien poderia ter feito ou dito para que você decidisse ser a Rainha obediente que ele precisa? — Gavin retrucou.

A maneira suave com que ele fez a pergunta, encorajando em vez de julgar, rompeu a barreira novamente. Eu dei de ombros antes de começar a chorar.

Eu estava cansada de chorar, de me sentir inadequada e como se estivesse me afogando em um poço sem fim de desespero. Como na rodada anterior, Gavin me consolou pacientemente até que eu recuperasse a compostura.

Para minha surpresa, em vez de esperar que eu começasse a falar novamente, como havia feito antes, Gavin levantou meu queixo para que eu o olhasse, seu olhar intenso enquanto seus olhos dourados cravavam-se nos meus.

— Isso não tem nada a ver com você não estar pronta para ser mãe, tem? Você não quer ser convencida a dar um herdeiro a ele. Você quer ser livre — ele disse suavemente.

Suas palavras me atingiram como uma pedra no peito. Foi como se uma cortina grossa tivesse sido arrancada, permitindo que a luz inundasse meu peito. Meu peito se apertou e minha garganta se fechou enquanto as mentiras que eu vinha contando a mim mesma se desfaziam, e a verdade que eu vinha negando me dava um tapa na cara.

— Eu não pertenço a esse lugar, Gavin — eu disse com a voz trêmula enquanto as palavras de repente saíam de mim em um fluxo interminável — Tudo o que eu faço ou digo, vejo julgamento nos olhos dos guardas dele. Eles acham que eu não sou boa o suficiente para ele. Zerien está trabalhando o tempo todo. E quando ele descreve as tarefas que me aguardam, eu me sinto completamente sobrecarregada. O povo dele não gosta de mim. E que tipo de bebês eu posso dar a ele? Eu sou uma Guldan puro-sangue. Nós não temos poderes! Sarenianos são como Braxianos. Seu povo é governado pelos mais fortes. Mas Guldans são a espécie mais fácil de controlar mentalmente. Então, que tipo de herdeiro eu vou gerar?

Um arrepio percorreu meu corpo enquanto eu lutava para conter outra onda de lágrimas que ameaçava cair sobre mim.

— Eu não tenho nada a oferecer a ele. Veja a Mercy. Ela é uma psiônica poderosa. Ela é podre de rica, incrivelmente inteligente, uma guerreira incrivelmente talentosa e possui as melhores armas e laboratórios científicos da galáxia. Eu sou apenas uma garota bonita que sabe lutar — eu continuei, desanimada.

— Dawn tinha ainda menos a oferecer a Keran do que você, e ainda assim ela é uma rainha maravilhosa para ele — Gavin retrucou.

Eu dei de ombros com indiferença antes de enxugar um pouco da umidade do meu rosto com as costas da mão.

— Não é a mesma coisa. Pelo menos, ela é meio-Braxiana. Ela é filha de um Conselheiro, os híbridos a adoram, e Keran tem herdeiros puro-sangue — eu argumentei — Os filhos que Mercy deu a Ravik, e os que Dawn dará a Keran, jamais poderiam governar Braxia. Será o mesmo com qualquer filho que eu pudesse dar a Zerien.

— Você não sabe se isso é verdade — Gavin desafiou — Eu também sou um híbrido. Não sou nem meio-sangue, sou um quarto de sangue. E, no entanto, eu sou um Berserker e um dos homens mais poderosos de Braxia. O Destino teve seus motivos para escolher você para ele. Não pode haver Rainha maior para ele do que você. Tenha fé em si mesma e em vocês dois.

Eu engoli em seco e estudei suas feições, querendo ter esperança, mas com medo.

— Suas inseguranças são totalmente válidas, embora eu as considere infundadas — Gavin continuou com uma voz suave — Mas você contou alguma coisa disso a ele?

Eu fiz uma cara de quem estava envergonhada e balancei a cabeça. Ele revirou os olhos e me encarou como se eu fosse um caso perdido.

— Você não contou a ele e ainda assim está brava por ele ter ido embora? — ele perguntou, incrédulo — Você é uma mulher! Você diz uma coisa, quer dizer outra completamente diferente e depois fica brava porque não descobrimos o que você realmente queria. Homens são criaturas simples. Nós não lemos mentes. Você precisa falar abertamente conosco, porque, do contrário, nunca vamos adivinhar o que você realmente quis dizer. Você precisa ser honesta com ele. Segredos, mentiras inocentes e insinuações vagas não resolverão nada e provavelmente criarão complicações ainda mais desnecessárias. Comunicação é fundamental.

Eu franzi o rosto, envergonhada por ter recebido uma bronca.

— Eu não queria enganá-lo nem ser misteriosa — eu disse baixinho — É que o Zerien é tão talentoso e perfeito, como eu posso estar à altura dele? Eu sempre me sinto inferior, mesmo que ele não faça nada que justifique que eu me sinta assim.

— Porque você não é carente — Gavin disse com firmeza — Zerien é louco por você. No momento, ele está sofrendo muito porque acha que você não o ama de verdade.

— Eu amo! Eu amo mesmo! — eu exclamei.

— Então fique com ele. Dawn também tinha medo de se tornar esposa de Keran. Ela não tinha ninguém além do pai, de quem estava distante. Você terá os Korletheanos que se juntaram à corte de Zerien — Gavin explicou — E se você pedir a ele, tenho certeza de que ele permitirá que você traga algumas das mulheres Guldan que você treinou. Converse com ele honestamente. Ele não quer nada além de que você seja feliz e tenha sucesso. Mas ele precisa de uma Rainha. Ele precisa de você.

— Eu sou uma idiota, não sou? — eu perguntei desanimada.

Gavin sorriu, acariciou meu chifre esquerdo e beijou minha testa delicadamente — Você é jovem e sobrecarregada.

Eu olhei feio para ele — Caso tenha esquecido, nós temos a mesma idade.

Ele zombou — Eu sou sete meses mais velho, o que me torna mais sábio.

Eu bufei enquanto ele ria.

— Vamos, bobinha. Vamos te levar em uma nave para Sarenia. Ainda tem bastante tempo antes da coroação de Zerien — ele disse, enquanto me empurrava gentilmente do seu colo.

— Sabe, Zhara é uma garota de sorte — eu disse enquanto me levantava.

— Claro que sim! — Gavin disse, presunçoso — Agora vá se arrumar. Eu arrumo suas malas.

Ficando na ponta dos pés, eu beijei o canto do seu maxilar, dei-lhe um grande abraço e corri para a sala de higiene.

Para minha consternação, eu levei dois dias inteiros a mais para preparar a nave e a tripulação que me escoltaria até Sarenia. Obviamente, meu pai entrou no modo exagerado. Se não fosse por eu ter me mantido firme, ele teria viajado comigo e com uma pequena armada. Dito isso, eu quase aceitei a oferta de Gavin de ir junto. Mas eu precisava começar a tomar decisões mais inteligentes e parar de depender de muletas.

Eu era forte o suficiente para fazer isso e queria tentar de verdade. Na pior das hipóteses, se as coisas realmente ficassem difíceis demais, eu sempre poderia pedir apoio a membros da minha família ou do nosso clã até que eu me adaptasse completamente.

Ao entrarmos na ponte da Valiant – uma fragata top de linha, totalmente equipada – eu mordi o interior das bochechas para reprimir um sorriso. Se dependesse dele, meu pai me obrigaria a viajar em um contratorpedeiro ou até mesmo em um cruzador de batalha. Eu não precisava de uma nave de guerra ainda maior para essa jornada.

Mal-humorado como sempre, meu pai lançou um olhar ameaçador para seus homens. Ele não precisava de palavras para dizer que eles sofreriam a morte mais excruciante se permitissem que algo acontecesse com sua filhinha.

Pelo olhar que me lançou, ele ainda estava tentado a ignorar meus desejos e me acompanhar. Era apenas sua superproteção chegando ao limite. Ele também entendeu que rejeitar meu pedido minaria ainda mais minha confiança já bastante abalada.

Ele me puxou para seu abraço, seus braços enormes me engolindo por inteiro. Embora aterrorizasse praticamente qualquer outra pessoa, meu pai tinha um jeito de sempre me fazer sentir segura e protegida. Ele conseguia me esmagar com um simples aperto. Mas, para mim, seus abraços eram como estar envolta em um cobertor quentinho de amor infinito. Meu pai biológico nunca deu a mínima para minha mãe ou para mim. Krygor me ensinou o que era um verdadeiro pai. Ele me aceitou de todo o coração como sua e passou todos os dias de nossas vidas desde então garantindo que eu nunca sentisse medo, fome ou desespero.

Nenhuma palavra poderia descrever a profundidade do amor que eu sentia por ele e a gratidão que enchia meu coração até explodir de felicidade que ele trouxe para mim e para minha mãe.

Com muita relutância, ele se afastou e segurou meu rosto entre suas mãos enormes.

— Sinto muito por ter falhado com você, filha — ele disse em um tom sério.

Eu franzi a testa instantaneamente — O senhor não falhou, pai. Eu falhei comigo mesma ao permitir que meus medos me dominassem — eu retruquei com firmeza — O senhor me preparou da melhor maneira possível e até foi além. Eu acabei me esquecendo de uma das suas primeiras lições, que era nunca me deixar ser controlada pelo medo. Foi bom que eu tive lembrete nessas circunstâncias, em vez de mais tarde, quando talvez não houvesse tempo para reavaliar a situação.

Meu peito se aqueceu com o brilho de orgulho e amor em seus olhos de obsidiana.

— Por mais que eu odeie deixá-la ir, meu coração se alegra por você. Zerien te ama. Você é exatamente o que ele quer e precisa. Eu te amo, filha, e estou extremamente orgulhoso de você.

— Eu também te amo, pai — eu disse, com a garganta apertada.

Ele me deu outro abraço, beijou minha testa e então se afastou para que minha mãe também pudesse me abraçar.

— Desde o dia em que você nasceu, você me deu uma razão para viver, lutar e ter esperança — minha mãe disse com a voz emocionada — Tantas vezes, ao longo dos anos difíceis, eu teria desistido se não fosse por você. E olhe para você hoje. Você superou tudo o que eu jamais sonhei. É estranho me separar de você. Por mais que me doa, e por mais desafios que você encontre no início, não duvide que você conhecerá o mesmo tipo de felicidade verdadeira com seu Zerien que eu encontrei com meu Krygor.

— Vou sentir saudades, mãe. Promete que vai vir me visitar? — eu disse com a voz trêmula.

— Tente nos impedir — meu pai rosnou.

Mamãe e eu rimos antes de nos abraçarmos. Depois de mais algumas palavras de carinho, meus pais se despediram – mas, obviamente, não antes de papai lançar um último olhar furioso para o Capitão Baldur. Embora um tanto intimidado, ele também achou graça. Ele serve meu pai desde que eu me lembro. Por mais que eu não quisesse que meu pai me mimasse, ainda me tocava profundamente saber que ele me enviaria com sua tripulação pessoal e seu Capitão.

Nós partimos em uma jornada de sete dias para Sarenia. A viagem se arrastou sem parar. Cada minuto de cada hora acordada me fazia viver uma montanha-russa de esperança e insegurança.

E se ele não ficasse feliz em me ver, afinal?

Zerien ainda não sabia que eu estava a caminho. Eu fiz meu pai prometer que não o avisaria antes de mim. Mas essa não era uma conversa que eu queria que tivéssemos por mensagem de texto, mas diretamente por comunicação em vídeo. Por mais avançada que fosse a nave, ela não permitiria uma conversa em tempo real sem grandes atrasos até que estivéssemos mais perto do nosso destino.

Finalmente, no quinto dia, eu enviei-lhe uma mensagem solicitando uma ligação direta. Com o coração disparado, eu esperei ansiosamente por sua resposta. Para minha consternação, não foi Zerien quem respondeu, mas seu guarda-costas, Drade. Meu choque inicial ao ouvi-lo dizer que Zerien não estava disponível foi como uma punhalada no coração. Seria essa sua maneira de dizer que ele não tinha mais tempo para mim? No entanto, ele continuou dizendo que Zerien me ligaria de volta assim que terminasse sua função imperial atual, e que isso poderia levar um pouco mais de duas horas.

Eu agradeci e encerrei a conversa. No fundo da minha mente, a voz áspera da dúvida e da insegurança voltou com força total. Será que eu cometi um erro ao vir até Sarenia sem avisá-lo? Ele ainda estava bravo?

Ele me disse para vir quando eu estivesse pronta para ser sua Rainha.

Eu duvidava que alguém pudesse estar totalmente preparada para o que me esperava. Mas eu estava disposto a me esforçar. Nós éramos almas gêmeas. E, como comprovado durante sua estadia na Venus Hive, Zerien trabalhava o tempo todo. Tinha sido tolice da minha parte esperar que ele estivesse disponível no mesmo instante em que eu chegasse.

Deixando a voz da dúvida de lado, eu pacientemente me acomodei na espera mais longa da minha vida.

CAPÍTULO 8
ZERIEN

Q uando nossa nave começou a descer sobre a plataforma de pouso do palácio, meu coração apertou ao ver a comitiva me aguardando. É verdade que um número muito menor de pessoas se reuniu ali do que se Siona estivesse presente, mas, no meu estado de espírito, ainda era muita gente. Para minha consternação, eu notei a presença miserável de Lucius Feydar, o chefe do Senado, ao lado de um punhado de outros Senadores e do Conselho do meu pai.

Lucius era um dos meus detratores mais fervorosos. Assim como minha irmã, Jastira, ele discordava da minha recusa inabalável em me aliar de qualquer forma aos Guldans. Mais de uma vez, ele mencionou o fato de que minha alma gêmea ser de origem Guldan era mais uma prova de que o Destino pretendia que nossos dois povos se unissem. Esse argumento repercutiu em muitos dos que se opunham à minha posição atual sobre o assunto.

Eu me perguntava se ele fazia parte da rebelião que tentava derrubar meu governo. Ele certamente tentou minar meus esforços e políticas a todo momento. Apesar de tudo, eu não o considerava capaz de traição, assim como minha irmã.

Isso não me impedia de ficar de olho nos dois.

Mas nesse exato momento, eu realmente poderia ficar sem as

provocações e os confrontos que inevitavelmente aconteceriam no minuto em que eu saísse da nave.

A rampa desceu e eu desembarquei, seguido de perto por Drade e Naax. Meu peito se aqueceu quando meu pai se aproximou imediatamente com um sorriso afetuoso. Ele parecia incrivelmente majestoso com seu ruvyn branco bordado com fios de ouro. O traje tradicional Sareniano, composto por uma saia longa e ornamentada e uma blusa justa sem mangas, com uma gola V profunda, não escondia nada de seu corpo musculoso, porém esguio. Aos 48 anos, meu pai parecia mais como meu irmão mais velho do que meu genitor. Considerando o quão jovem nosso povo costumava gerar seus primeiros filhos, isso não era surpreendente.

O fato dele ter cedido sua coroa a mim antes mesmo de completar cinquenta anos – a idade oficial de maturidade de um Sareniano – dizia muito sobre o quanto ele acreditava que eu era a melhor pessoa para nos liderar na guerra iminente.

Não foi a primeira vez que eu me perguntei se ele havia depositado essa confiança cega na pessoa errada.

— Meu filho, bem-vindo de volta — meu pai disse antes de me dar um breve abraço.

— Obrigado, Pai — eu respondi retribuindo o gesto.

Ele se afastou, mas manteve as mãos nos meus ombros enquanto observava minhas feições — Espero que tenha tido uma boa viagem de volta.

Eu sorri, entendendo o que ele quis dizer sobre se os últimos dias tinham me ajudado a encontrar alguma paz e a recuperar a compostura o suficiente para enfrentar o desastre que me esperava ali.

— Sim. Foi decente — eu disse, ganhando um vislumbre de aprovação — Mas não posso negar que estou feliz por estar em casa.

E isso era verdade. Estar preso naquela nave com nada além dos meus pensamentos sombrios parecia a pior de todas as prisões. Ali, pelo menos, eu poderia me dedicar ao trabalho, visitar os centros de adoção e, com sorte, até mesmo descarregar minha ira em quaisquer rebeldes que pudéssemos encontrar.

— É muito bom tê-lo de volta, meu Príncipe — gritou Lucius,

estragando o momento — Mas por que tão cedo? E onde está sua companheira? — ele acrescentou, esticando o pescoço para olhar por cima do meu ombro em busca de alguém que ele sabia muito bem que não estava presente.

Embora eu tenha cerrado os dentes levemente, eu coloquei uma expressão neutra – ainda que um tanto entediada – no rosto enquanto olhava para a esquerda, em direção a ele.

— Minha Siona está detida — eu disse sem me comprometer.

— Detida? — ele repetiu com um ar exagerado de surpresa — Por quê?

— Assuntos pessoais — eu respondi secamente.

— Como o quê? — ele insistiu, me irritando seriamente.

— O Príncipe disse que eram assuntos pessoais, que claramente não são da sua conta, Senador — Kaelin interrompeu em um tom seco.

Meu coração se encheu de alegria pela minha melhor amiga e Chefe do meu Conselho. Ao olhar para ela, a maioria das pessoas só enxergaria uma jovem deslumbrante, em vez da mente ferozmente leal e implacável por trás daquela aparência delicada.

— A futura Rainha é um assunto de Estado — Lucius respondeu com um tom altivo — Sua ausência prolongada algumas semanas antes da coroação está se tornando preocupante.

— Quando eu tiver informações necessárias para compartilhar com o Senado, eu as compartilharei. Até lá, não há nada para discutir.

Lucius abriu a boca para continuar argumentando, mas eu não lhe dei oportunidade.

— A futura Rainha está bem. Embora isso vá entristecê-los, fico feliz em informar que nossas alianças com os Braxianos e Veredianos continuam prosperando. Agradeço por me receberem em meu retorno. Mas, se me derem licença, preciso me reunir com meu Conselho e obter atualizações do Serviço Secreto sobre os traidores em nosso meio.

Lucius se irritou com minha provocação direta sobre sua relutância em se aliar aos Braxianos, mas se irritou ainda mais com o olhar penetrante que eu lhe lancei ao mencionar os traidores. Eu ainda não fazia ideia se tal rótulo se aplicava a ele, mas nunca perdia a oportunidade de lembrá-lo de que estava de olho nele, pois seu comportamento levantava muitas questões inquietantes.

Sem esperar por sua resposta, eu marchei em direção à entrada do palácio, meu pai à minha esquerda, Kaelin à minha direita, nossos dois membros do Conselho – ou pelo menos os poucos que tinham aparecido – seguindo em nosso encalço, e nossos guardas encerrando a marcha.

No entanto, eu não deixei de notar o olhar fulminante da minha irmã quando me esquivei da pergunta de Lucius. Como membro do meu Conselho, ela precisaria ser informada da situação com Siona. Eu resmunguei mentalmente com a repreensão que inevitavelmente viria. Embora Jastira reconhecesse que Siona era minha alma gêmea, ela se opôs a tê-la como minha Rainha em vez de apenas uma concubina. Como muitos, minha irmã acreditava que uma mulher Sareniana deveria se sentar no trono.

Obrigando-me a adotar um ritmo relaxado e digno em vez de sair correndo dali como eu ansiava, eu me dirigi aos meus aposentos pessoais. Na verdade, eles eram uma ala inteira do palácio, incluindo nove cômodos e um jardim privativo. Meu pai e Kaelin me acompanharam enquanto nossos respectivos Conselhos se dirigiam às salas de reunião, onde nos reuniríamos momentaneamente.

— Peço desculpas por este comitê de boas-vindas irritantemente grande — meu pai disse em tom de desculpas assim que as portas se fecharam atrás de nós no meu salão de entrada, bem ao lado da minha sala de estar formal. Esta última servia principalmente para entreter convidados, e uma segunda sala era reservada para mim pessoalmente ou para pessoas do meu círculo íntimo.

— Não precisa se desculpar, pai — eu disse, tranquilizando-o, enquanto continuava em direção à sala de estar privativa — Eu queria muito voltar sorrateiramente, mas me esconder teria levantado muitas suspeitas... ainda mais do que já existem.

— Concordo — Kaelin disse — Mas isso não me impede de ficar morrendo de vontade de dar um tapa naquele idiota.

Eu bufei, e meu pai riu baixinho enquanto lançava um olhar afetuoso e divertido para ela. Nós entramos na sala de estar secundária.

A tensão que me enrijecia as costas diminuiu imediatamente ao me ver cercado por aquele espaço reconfortante e familiar. A paleta de arenito claro das paredes de pedra, os tons pastéis claros dos móveis e os altos pilares que levavam à ampla varanda com vista para o meu jardim interno privativo me envolveram em uma sensação de paz extremamente necessária.

Eu quase me deixei cair em um dos sofás largos com vista para o pátio de tirar o fôlego. Kaelin se acomodou na poltrona macia à minha frente, mas meu pai permaneceu de pé, com as mãos cruzadas atrás das costas, também olhando para fora. O sol quente do meio da tarde inundava o cômodo de luz.

— Infelizmente, agora que ele tem um novo osso para roer, Lucius será implacável — eu disse severamente.

— Ele será — meu pai admitiu — Felizmente, nós vamos sair nessa excursão logo de manhã. Seus deveres de Senador não permitirão que ele nos acompanhe. Então, por mais barulho que ele faça, você não terá que aturá-lo, e as pessoas vão encarar isso apenas como mais uma de suas palhaçadas irritantes de sempre. Você ficar aqui e dar apenas respostas evasivas seria muito mais prejudicial.

— Eu não poderia concordar mais — eu disse, ainda irritado com o homem desagradável.

— Alguma notícia de Siona? — Kaelin perguntou com a voz suave, mas o olhar intenso.

Meus ombros caíram e eu soltei um suspiro — Nem uma palavra. Nem a menor mensagem. Fico pensando se talvez eu devesse entrar em contato com ela. Afinal, fui eu quem foi embora. Mas dizer o quê?

— Que você a ama? — meu pai sugeriu de uma forma que deixava implícito que deveria ser evidente.

Embora eu tenha concordado, meu rosto demonstrava claramente que eu não estava convencido — Eu já considerei isso mais de uma vez. Mas temo que ela veja isso como uma pressão minha. Eu quero que ela venha porque quer, não porque se sente obrigada. Até que eu tenha uma alternativa a oferecer, não vejo como qualquer comunicação não será percebida como uma tática de pressão ou uma tentativa minha de fazê-la se sentir culpada.

— Concordo — Kaelin disse, de modo suave, porém firme — Você deveria esperar até o fim das visitas. Elas durarão apenas cinco dias. Até lá, espero que você tenha ótimas notícias para compartilhar, aliviando a pressão ou o fardo principal que parece ser o fator decisivo para ela.

Meu pai franziu os lábios, claramente discordando — Não estou convencido de que mandar uma mensagem para ela seria tão prejudicial quanto você imagina. Ela é jovem e, sem dúvida, está tão desolada quanto você. Reafirmar seu afeto contínuo a ela pode ajudar muito a consertar a situação. Mas vou me render ao seu julgamento.

— Eu vou dormir pensando nisso — eu disse, profundamente em conflito.

Ele abriu a boca, mas seu comunicador apitando o interrompeu. Ele olhou para ele, franziu a testa e me lançou um olhar ao mesmo tempo apologético e irritado.

— Preciso ir. Bem-vindo de volta, filho. Não desanime. Tudo vai dar certo como deve ser.

Ele se aproximou de mim e apertou meu ombro esquerdo para me confortar antes de sair da sala. Assim que a porta se fechou atrás dele, eu olhei para Kaelin, que me observava com sua lendária expressão indecifrável.

Eu dei-lhe um sorriso desiludido — Você acertou — eu respondi, com autodepreciação.

Ela me deu um sorriso simpático — Eu esperava um drama. Mas nunca esperei isso. Como você está se sentindo?

— De coração partido. Eu nunca pensei que algo pudesse doer tanto — eu respondi, me forçando a sorrir, mesmo sentindo como se lâminas serrilhadas e escaldantes estivessem dilacerando meu coração — Eu fico me perguntando como não previ nada disso. Será que eu poderia ter lidado melhor? Talvez eu devesse ter ficado lá e tentado resolver as coisas... tentado convencê-la. Mas talvez ela esteja certa. Talvez eu esteja esperando demais dela, muito cedo em nossa união.

— A guerra está quase chegando! — Kaelin interrompeu, atordoado.

— Sim, mas Siona levantou um ponto válido. Quer ela me dê um

herdeiro em três meses ou em um ano, quando a Grande Guerra começar, nosso filho ainda será um bebê. Que diferença faz se ele tiver dois
anos em vez de um?

— A diferença é que, sem um herdeiro, seu reinado terminará antes
mesmo de começar — Kaelin disse severamente — Você tem muitos
detratores, Zee. Nosso povo ainda está se recuperando por você não só
ter concordado com uma paz condicional com os Korletheanos, mas
também por ter trazido alguns deles para sua corte.

— Havia uma razão muito boa para isso! — eu exclamei.

— Não estou contestando isso. Por mais que eu odeie os Korletheanos, eu concordo com a decisão que você tomou. Mas a maioria do
nosso povo não concorda. Você evita os Guldans, mas planeja se casar
com uma. Quando o povo descobrir que ela não quer ter filhos com
você, eles vão se rebelar e dizer que você se tornou mole demais para
liderá-los na maior guerra em gerações! — ela disse com firmeza.

— Você acha que eu não sei disso? — eu retruquei — Você acha
que esses pensamentos não me torturam desde que nós dois briga-
mos? Agora, eu deveria estar vivendo os momentos mais felizes com
o amor da minha vida. Em vez disso, estou aqui, ressentido com o
trono para o qual passei a vida inteira me preparando. Isso dói,
Kaelin. Sinto falta dela. Sinto tanta falta dela que não consigo
respirar.

Minha voz falhou com essas últimas palavras. Uma dor insuportável cortou meu peito. Minha visão ficou turva, e um som que eu
havia emitido pela última vez há mais de dez anos, quando minha mãe
faleceu, escapou de mim. Algo se rompeu dentro de mim enquanto as
lágrimas começavam a escorrer livremente pelo meu rosto.

— Zerien, não! — Kaelin exclamou em um sussurro.

Choque, horror e descrença ecoaram em sua voz. Segundos depois,
seus braços me envolveram. Eu a puxei para o meu abraço, enterrei
meu rosto em seu pescoço e chorei cada lágrima do meu corpo. Era
uma vergonha demonstrar tamanha fraqueza, e mesmo assim eu não
conseguia parar.

Segurando-me em silêncio, Kaelin acariciou meus cabelos e
minhas costas enquanto eu continuava a chorar desesperadamente em

seu ombro. Não sei dizer quanto tempo durou, não que importasse. Um único segundo fazendo tal espetáculo já tinha sido tempo demais.

Mortificado, eu me afastei de seu abraço e enxuguei o rosto — Me desculpe — eu disse, me recusando a encará-la.

— Zerien, olhe para mim — ela ordenou, com a voz severa e autoritária.

Chocado, meus olhos se voltaram para ela com vontade própria. Eu não conseguia me lembrar da última vez que ela se dirigiu a mim dessa maneira.

— Nunca se desculpe por demonstrar vulnerabilidade na minha frente. Eu estou aqui para você. Se precisar chorar, chore. Não deixe que isso piore. Só se certifique de que ninguém além do seu pai e eu – e, eventualmente, Siona – te vejam assim.

A vergonha ainda me queimava no estômago, então eu dei um sorriso triste — Acho que não sou tão forte assim — eu disse, em tom de deboche.

— Pelo contrário — ela disse com uma convicção que me surpreendeu — Você é o homem mais forte, feroz e implacável que conheço. Há uma razão para você ser nosso futuro Imperador. Hoje, você simplesmente mostrou que, no fundo do predador alfa, também existe um coração. E é por isso que você será o maior Imperador a já se sentar no trono Sareniano. Custe o que custar, eu garantirei que você governe nosso planeta com sua alma gêmea ao seu lado. Você nos guiará pela Grande Guerra e rumo à vitória. Isso eu prometo.

Outra onda de emoção ameaçou me envolver. Eu engoli em seco o nó que se formava na minha garganta e acariciei seu rosto delicadamente.

— Eu te amo, Kaelin.

O brilho de afeição em seus olhos cinza-prateados rapidamente deu lugar à travessura — Claro que ama. Não só eu sou incrível pra caralho, como também sou a amiga mais leal que você já teve. Agora vá se limpar enquanto eu troco esse vestido encharcado. Temos uma reunião para ir, e sua irmã vai tornar isso insuportável.

Eu bufei enquanto gemia por dentro. Um sorriso terno surgiu em meus lábios enquanto eu a observava sair dos meus aposentos com seu andar provocante e sensual de sempre. Balançando a cabeça, eu fui até a sala de higiene para me lavar.

～

Treze dias se passaram desde que eu me separei de Siona – treze dias que pareceram treze anos. E, no entanto, a dor da nossa separação permanecia crua e implacável. Manter uma fachada de felicidade e uma atitude indiferente, como se tudo estivesse bem no mundo, estava se mostrando cada vez mais excruciante a cada dia. Seja qual for o resultado dessas visitas até então inúteis, eu voltaria para buscar minha mulher assim que terminássemos.

Nós tínhamos mais dois dias pela frente. Se eu partisse logo depois, poderia ir para a Venus Hive, convencê-la a voltar comigo e voltar para casa a tempo para a minha coroação. Seria por pouco, mas eu conseguiria. Se ela tivesse voltado para Braxia, seria quase impossível voltar a tempo, mas que se dane. A coroação teria que esperar. Eu me recuso a viver sem a minha Siona por mais tempo.

Nosso ônibus espacial pousou na plataforma de pouso do quarto centro de adoção em poucos dias. A empolgação que eu senti nos primeiros dias desapareceu, sendo gradualmente substituída por uma sensação de tristeza e ansiedade crescente.

Eu visitei centenas de crianças, cujos rostinhos adoráveis se iluminavam ao receber a atenção do Imperador e do Príncipe Herdeiro. Apesar da alegria genuína de ver tantos de nossos jovens felizes e prósperos, meu coração se partia um pouco mais a cada vez, pois a conexão que eu tanto desejava sistematicamente não se manifestava.

Após o experimento realizado conosco, tanto Sarenianos quanto Veredianas herdaram a característica Korletheana que nos permitia sentir instantaneamente a conexão com parentes de sangue, assim como reconhecer nossas almas gêmeas. Para estes últimos, Sarenianos e Veredianas sentem instantaneamente uma pressão na nuca no momento em que ficamos ao alcance de nossas almas gêmeas. Meu povo também tem a capacidade de ver a sintonia de duas almas em perfeita harmonia. Mas para parentes de sangue, é uma sensação de aperto na altura do peito, como se uma mão tivesse alcançado nosso peito para agarrar nossos corações. Quanto mais próximo o laço de sangue, mais forte a reação.

Nesse sentido, os últimos dias foram agridoces. Embora eu não tenha encontrado nenhum filho, dois dos meus guardas se conectaram com os seus.

Como uma espécie anfíbia, nossas mulheres dão à luz nossos girinos em um rio ao final do terceiro mês de gestação. Durante os seis meses seguintes, o girino cresce sozinho na água, iniciando a jornada até o centro de adoção mais próximo somente quando estiver pronto para se desfazer da bolsa que antes formava sua cauda e começar a usar as pernas. É um processo instintivo.

As Matriarcas e Patriarcas que administram os abrigos acolhem os bebês assim que eles saem da água e sobem a pequena colina até o abrigo. Lá, outras Matriarcas e Patriarcas, em busca de mais filhotes para criar, selecionam seus novos tutelados. Os bebês raramente ficam mais de uma ou duas semanas no centro antes de encontrar um lar.

Nos anos seguintes, seus pais adotivos os levam a uma série de locais pré-determinados, onde os filhotes têm maior probabilidade de se reconectar com seus pais biológicos. Em média, esse reencontro ocorre entre os oito e os onze anos de idade.

As instalações do centro de adoção servem como escolas primárias onde as mesmas crianças adotadas frequentam aulas.

Contendo um suspiro, eu desci a rampa com meu pai ao meu lado. A Matriarca Ilora se aproximou de nós com um sorriso enorme que eu não pude deixar de retribuir. Sempre me divertia ver aquelas mulheres mais velhas olhando para mim e para meu pai com tanta admiração. Por outro lado, sendo mais próximos da idade delas, meu pai retinha a maior parte da atenção delas, o que era ainda mais divertido para mim.

— Imperador Nemrox, Príncipe Herdeiro Zerien, é uma honra tremenda recebê-los em nosso centro. Eu sou a Matriarca Ilora. Serei sua anfitriã hoje — ela disse com a voz trêmula de entusiasmo.

A julgar pelo tamanho delicado de suas nadadeiras – os longos apêndices que crescem em nossas costas quando atingimos a maturidade plena, aos cinquenta anos, e que nos permitem deslizar nas correntes de ar e nadar mais rápido debaixo d'água – Ilora devia ter por volta de cinquenta anos.

— Obrigado pela recepção calorosa, Ilora — meu pai disse com aquele sorriso sedutor que fez a pobre Matriarca parecer bamba — Mas, por favor, me chame de Nemrox.

Eu mordi o interior das bochechas para não sorrir, achando graça. Ele não a seduziria. A julgar pela pulseira em seu braço, ela pertencia a uma cápsula – uma unidade poliamorosa padrão de uma Matriarca e geralmente três ou quatro Patriarcas. Mas essa interação básica constituía um grande elogio à mulher visada. Ela, sem dúvida, voltaria para casa e contaria aos seus companheiros e amigos como o próprio Imperador havia flertado com ela.

— Você me honra, Imp... Nemrox — ela disse, com as bochechas corando de um rubor encantador — As crianças estão incrivelmente animadas para conhecer vocês dois. Faz muito tempo que não temos um prazer como esse.

— Já faz muito tempo mesmo — meu pai respondeu.

— Por favor, por aqui — Ilora disse, gesticulando para o portão alto à frente, que levava ao campo esportivo nos fundos do centro — Os pequenos estão ensaiando febrilmente desde que anunciamos sua visita.

Como era tradição, as crianças nos apresentariam um espetáculo envolvendo dança, canto e, em alguns casos, demonstrações atléticas ou acrobáticas. Lanches e refrescos seriam servidos enquanto meu pai e eu nos divertíamos com as crianças por algumas horas.

— Tenho certeza de que será um espetáculo...

Meus passos vacilaram, e minha mão direita voou para o peito sob a sensação inesperada de aperto. Meu pai e Ilora se viraram para me olhar com curiosidade quando eu parei no meio da frase.

— Zerien? — meu pai disse.

Eu olhei para ele, e o choque que senti de repente se refletiu em seu rosto, enquanto a mesma percepção nos atingiu. Um ar de pura alegria tomou conta de seu rosto.

— Você está sentindo o vínculo? — ele perguntou, com a esperança transbordando em sua voz.

— Sim — eu suspirei — Sim, eu sinto!

Ainda segurando o peito, eu olhei para trás, para o portão, antes de começar a correr em direção ao pátio.

— Meu Príncipe! — Drade gritou atrás de mim.

O som de seus passos me perseguindo ressoou alto em minhas costas, mas eu apenas diminuí o ritmo e parei quando o portão se abriu e uma pequena figura irrompeu de dentro dele. A sensação de aperto se multiplicou mil vezes quando o garotinho mais lindo saiu do pátio. Sua pele era de um tom de azul muito claro, seus olhos, da mesma cor azul-prateada que os meus, e seu cabelo azul-escuro. As pequenas pontas de seus chifres ainda em crescimento brilhavam sob a luz forte do sol da manhã.

Ele parou de repente. Com os olhos arregalados, ele agarrou o cinto do uniforme de toga preta. Seus lábios se abriram em choque, e então um sorriso enorme se abriu em seu rosto perfeito.

— Papai! — ele gritou antes de começar a correr novamente.

Isso me tirou do meu transe atordoado, e eu corri em sua direção também, encontrando-o no meio do caminho. Ele se jogou em meus braços. Eu peguei seu corpinho e o apertei em um abraço de esmagar os ossos.

— Meu filho! — eu sussurrei.

Ele retribuiu o abraço com toda a força dos seus bracinhos. Uma onda de emoções me percorreu enquanto nos abraçávamos, bochechas contra bochechas. Algo se acalmou dentro de mim, e a pressão no meu peito diminuiu agora que o vínculo estava confirmado. Com muita relutância, eu me afastei para olhar seu rosto adorável. Eu olhei com admiração, reconhecendo nele tantas das minhas características quando eu tinha mais ou menos a mesma idade.

O orgulho mais tolo me invadiu ao ver os belos chifres saindo de sua testa. Em média, os Sarenianos tinham oito deles, que quase formavam uma coroa. Mas, a julgar pelo espaço apertado, Eldrin provavelmente possuía dez ou onze. Nosso povo considerava isso um sinal de força, poder e liderança.

Ele riu quando eu cobri seu rosto com alguns beijos antes de colocá-lo de pé novamente e me agachar na frente dele.

— Meu filho perfeito — eu sussurrei, maravilhado, com as duas mãos apoiadas em seus braços enquanto o examinava da cabeça aos pés — Qual é o seu nome?

— Meu nome é Eldrin. Eu tenho sete anos e meio — ele disse, com seus olhos azul-prateados brilhando de felicidade — Não acredito que o Príncipe Herdeiro é meu pai!

— Sou sim — eu respondi com uma risada boba — O que faz de você um pequeno Príncipe também! Tem tanta coisa...

Minha voz sumiu, e eu lancei-lhe um olhar curioso quando ele franziu a testa e esfregou o peito, como se estivesse lidando com um desconforto persistente. Ele piscou, olhou para mim confuso e então esticou o pescoço para olhar por cima do meu ombro. Seu queixo caiu e seus olhos se arregalaram. Confuso, eu me virei para ver o que havia chamado sua atenção. Para minha surpresa, Kaelin estava a cinco metros de distância, ao lado do meu pai, com a mão direita agarrando o peito enquanto olhava boquiaberta para Eldrin e para mim.

— Não pode ser! — eu sussurrei, incrédulo.

— Mamãe? — Eldrin disse, com a voz hesitante.

Atordoado demais para falar, minha cabeça se moveu bruscamente entre os dois enquanto essa realidade quase impossível se aprofundava. Os lábios de Kaelin tremeram, e ela assentiu antes de correr em nossa direção. Eu permaneci agachado, observando-os entorpecido enquanto se abraçavam.

Eu sabia que Kaelin tinha filhos. Se não me falha a memória, ela deu à luz seis filhos ao longo dos anos. A última vez que nós tivemos relações íntimas foi há pouco mais de oito anos – mais de dois anos antes de Siona e eu nos conhecermos. Isso significa que havíamos concebido nosso filho naqueles últimos dias.

Quais eram as probabilidades?!

De repente, eu percebi o quão estúpido eu fui por não ter considerado essa possibilidade. E, no entanto, não poderia ter havido um resultado melhor. Kaelin me apoiava totalmente. Ela não tentaria usar nosso filho como alavanca para minar a posição de Siona, ao contrário de outras mulheres.

Com o coração transbordando de esperança, eu encurtei a distância entre nós dois. Kaelin e eu trocamos um olhar. O mesmo orgulho e o profundo afeto que eu sentia estavam refletidos em seus olhos. Nós sorrimos um para o outro.

— Obrigado — eu disse com profunda gratidão antes de beijar sua testa. Ela sorriu para mim e, juntos, abraçamos nosso filho.

— Uma combinação perfeita — Jastira disse de repente atrás de nós, quebrando a magia do momento — Esse é exatamente o resultado que precisávamos.

Eu fiquei rígido quando olhei para minha irmã.

— Jastira — meu pai disse com uma voz severa enquanto olhava para ela.

Ela ergueu o queixo, desafiadoramente — Nosso povo ama Kaelin. Ela é inteligente, forte e de uma das linhagens mais puras e poderosas de Sarenia. Ela seria uma Rainha perfeita. E muitos esperavam por tal união.

— De jeito nenhum! — Kaelin exclamou, como se minha irmã tivesse dito algo obsceno.

— Ai?! — eu disse, olhando para ela com uma expressão fingida de mágoa.

Ela me lançou o olhar de desculpas pouco sincero — Desculpe, Zee. Eu te amo, mas nunca vou me casar com você – não que você tenha pedido.

— Ainda estou magoado — eu respondi provocativamente, antes de piscar para ela.

Kaelin sorriu antes de olhar para minha irmã — Seis anos atrás, eu poderia ter considerado, mas agora jamais — ela se virou para estudar meu rosto melancolicamente — Eu quero um homem que me olhe com a mesma expressão que você tem sempre que pensa na sua Siona. Eu quero o homem que o Destino escolheu para mim e me recuso a me casar. De qualquer forma, virar as costas para sua alma gêmea é um crime contra os deuses e o próprio Destino.

Jastira acenou com a mão em desdém — Ninguém pediu para ele se desfazer dela. Você pode ser a Rainha enquanto ela é a concubina dele. Cápsulas são comuns entre o povo dela, lembra?

— Para aqueles que os querem. Eu nunca serei como eles, nem

Zerien — Kaelin disse severamente antes de se virar para o nosso filho — Nunca se acomode e nunca aceite ser acomodado, ok?

— Nunca se acomode — ele repetiu com uma convicção que me fez sorrir e encheu meu coração de carinho.

Kaelin e eu lhe demos outro abraço e mais alguns beijos antes de apresentá-lo ao meu pai.

— Meu primeiro neto — meu pai disse com orgulho.

— Olá, Imperador Nemrox — Eldrin disse timidamente.

— Não, Eldrin — meu pai disse, agachando-se diante dele — Me chame de Vovô.

Minha garganta se apertou enquanto o observava abraçar meu filho e então olhar para mim. Palavras eram desnecessárias. O olhar dele revelava orgulho e felicidade por mim. Para ele, aquilo era a confirmação de tudo o que sempre acreditou que aconteceria comigo – a confirmação de que eu era de fato o escolhido, à medida que cada peça do quebra-cabeça se encaixava.

Depois de soltar meu filho, meu pai se virou para Kaelin. Ele segurou o rosto dela entre as mãos e beijou sua testa com ternura.

— Você sempre nos ajuda — ele disse suavemente — Você pode não ser do meu sangue, mas é como uma filha para mim.

Por mais que suas palavras me agradassem, eu não deixei de notar a forma como Jastira revirou os olhos ao ouvi-las. Ciúme não provocou essa reação. Ela simplesmente tinha visões muito diferentes sobre como deveríamos lidar com a política. Em mais de um sentido, a declaração do meu pai não poderia ser mais precisa. Kaelin era mais filha para ele do que minha irmã jamais seria.

Essa divergência de opinião foi um dos principais motivos pelos quais ela participou do meu Conselho. Era preciso alguém que desafiasse suas opiniões para garantir que eu não caísse na complacência. Embora nossas personalidades definitivamente não coincidissem, eu confiava que ela tinha o melhor interesse do império em mente.

— Minha casa sempre serviu ao trono — Kaelin disse ao meu pai com um sorriso gentil — Eu não esperava servir dessa forma, mas estou feliz por ter servido. Eu daria a minha vida para proteger o reinado do seu filho.

— Eu sei e agradeço por isso — ele respondeu — Siona vai precisar de você quando chegar.

Meu coração afundou quando Kaelin franziu os lábios antes de assentir com firmeza — Eu farei o que for preciso.

— Você vai amá-la — eu disse gentilmente.

Meu coração afundou ainda mais ao ver o brilho de dúvida rapidamente reprimido em seus olhos.

— Ela é a alma gêmea do meu melhor amigo. Então você deve estar certo — ela disse em um tom neutro.

— Com certeza — eu disse com convicção antes de me virar para o nosso filho — Eu não quero nada mais do que levá-lo ao palácio comigo. Mas você e seus amigos prepararam uma apresentação para nós, não é?

Ele assentiu freneticamente, de um jeito mais que adorável — Sim! Nós trabalhamos muito!

— Então vamos lá! — eu disse gentilmente.

Os guardas – que mantinham a Matriarca a uma certa distância de nós enquanto conhecíamos meu filho – permitiram que ela se juntasse a nós. Ela se agitou, animada, por ter testemunhado aquele reencontro. Isso também me fez rir. A adorável mulher teria muitas histórias para contar aos amigos, incluindo o fato de que sua instituição havia sido mentora do herdeiro do Príncipe Herdeiro.

Nós nos acomodamos no camarote VIP do pátio. Durante a hora seguinte, fomos entretidos por uma série de apresentações encantadoras das crianças. Para minha vergonha, eu só conseguia me concentrar quando meu pequeno Eldrin estava envolvido. Caso contrário, minha mente vagava para minha companheira. Eu estava morrendo de vontade de sair daquele lugar e ir contar a novidade para ela.

No meio do show, Drade se aproximou de mim.

— Meu Príncipe, recebemos uma solicitação de comunicação da Siona. Nós informamos a ela que você estava ocupado, mas que retornaria a ligação assim que terminasse — Drade disse.

Meu coração disparou — Uma solicitação de comunicação, não uma mensagem?

— Uma solicitação de comunicação de vídeo, para ser mais específico — Drade corrigiu — A solicitação veio de uma nave. A julgar pela força do sinal, ela deve estar a menos de dois dias de Sarenia.

Meu cérebro congelou.

A menos de dois dias?!

Minha mulher estava vindo para cá. Isso significava que ela nos escolheu em vez de suas apreensões?

— Obrigado — eu disse.

Drade assentiu antes de desaparecer novamente. O resto do show e do evento se arrastou indefinidamente. A única coisa que importava para mim agora era conversar com minha alma gêmea.

CAPÍTULO 9
SIONA

Eu andava de um lado para o outro nervosamente, com medo, impaciência e pânico crescente me revirando por dentro. Quase três horas se passaram desde que Drade me disse que Zerien retornaria a ligação. À medida que a paranoia se instalava, um bilhão de cenários diferentes continuavam surgindo na minha cabeça. Será que Drade mentiu e nunca passou minha mensagem para Zerien? Ele claramente não me aprovava. Se ele interceptasse nossas comunicações, isso o ajudaria a me manter longe. Mas eu duvidava que ele fosse tão ousado. E se Zerien tivesse mudado de ideia? E se ele tivesse reacendido um romance com uma antiga paixão? Pior ainda, e se ele tivesse engravidado outra mulher e se apaixonado por ela. E se...?

Um grito de susto escapou de mim quando o bipe de uma solicitação de comunicação soou. Com a palma da mão pressionada contra o peito para impedir meu coração de bater forte, eu fiquei boquiaberta com a tela de vídeo, o choque e a descrença me mantendo paralisada ao ver o nome de Zerien.

O sinal sonoro soando pela segunda vez, quando não consegui responder com rapidez suficiente, me tirou do meu transe de pânico. Eu passei a mão no cabelo, alisei os vincos inexistentes do meu vestido colado e lancei um olhar nervoso para o meu reflexo no espelho antes de correr para o sofá da minha sala de estar.

— Aceite a chamada na tela — eu disse, usando o comando de voz.

A onda de emoção que me atingiu quando seu rosto amado preencheu a tela quase me sufocou. A lembrança das nossas duas primeiras semanas juntos na Venus Hive inundou minha mente. Os abraços, os sorrisos, a doçura de suas palavras, o jeito carinhoso como ele me olhava, a ternura de seus beijos e sua paixão desenfreada, tudo isso me fez sentir um nó na garganta.

Nos cinco dias da minha viagem até aqui, e nas últimas horas enquanto aguardava seu telefonema, eu ensaiei a saudação que lhe daria, as palavras que diria e tentei levar em conta todos os argumentos que ele pudesse lançar contra mim. Tudo isso voou pela janela em um piscar de olhos.

— Você está tão lindo — eu disse abruptamente.

Eu estremeci, e minhas bochechas pareciam prestes a explodir em chamas. A expressão cautelosa – que meu cérebro mal a havia registrado – transformou-se em surpresa, seguida por uma felicidade quase tímida que eu não me lembrava de tê-lo visto demonstrar.

— Claro! Afinal, sou Sareniano — ele respondeu, provocante.

Eu bufei e assenti, concordando. Por mais constrangedora que fosse a nossa situação, a resposta dele à minha falta de jeito me deu esperança de que ele seria receptivo à minha chegada.

— Você também está de tirar o fôlego, minha companheira — ele continuou em um tom gentil — Você sempre está.

Minha companheira!

Meu coração disparou ao ouvi-lo usar essa palavra. Se ele ainda me considerava assim, então realmente tínhamos uma chance.

— A comunicação está clara. Você está perto — ele disse em um tom cauteloso.

Eu engoli em seco e coloquei uma mecha de cabelo atrás da minha orelha pontuda — Eu estou a vinte e seis horas de chegar a Sarenia. Espero que esteja tudo bem?

Meu coração derreteu quando uma emoção poderosa e cheia de felicidade inegável tomou conta de seu rosto.

— Sim, está! Está mais do que bem! Eu quero você comigo. Sinto sua falta, Siona. Você é o amor da minha vida — Zerien disse.

Piscando rapidamente, eu tentei conter as lágrimas que brotavam em meus olhos — Eu também te amo, Zerien. Eu não aguentava mais ficar longe de você.

Para minha surpresa, um ar de culpa tomou conta de suas belas feições.

— Sinto muito por ter ido embora — Zerien disse, com os olhos baixos de vergonha.

— O quê? — eu sussurrei, atordoada.

Eu esperava ser a pessoa que imploraria por seu perdão e torceria para que ele me aceitasse de volta, não que ele fosse a pessoa que se desculparia.

— Eu fiquei magoado e deixei que a dor e a raiva me dominassem. Eu deveria ter ficado para que pudéssemos tentar resolver as coisas. Na verdade, eu ia voltar para você na sexta-feira, depois de terminarmos a viagem imperial que meu pai e eu estávamos fazendo. Você simplesmente me antecipou.

Eu olhei para ele boquiaberta, com a mente em polvorosa. Eu percebi então o quanto ele também vinha se culpando por tudo ter dado errado entre nós.

— Não foi culpa sua — eu disse com veemência — Você tinha bons motivos para ir embora daquele jeito. Eu traí sua confiança e o enganei deliberadamente. Como Braxiana, eu sabia quais eram meus deveres, e ainda assim fugi deles como uma covarde.

— Você não é covarde! — Zerien retrucou, franzindo a testa — Você é jovem. E, ao contrário de mim, não foi criada a vida inteira especificamente para cumprir esse papel. Eu levei muito tempo para perceber que estava exigindo demais de você, e rápido demais. Por isso, eu realmente sinto muito.

Lágrimas brotaram em meus olhos enquanto uma mistura de culpa e amor pelo meu homem enchia meu coração até explodir.

— Você não fez nenhuma exigência, Zerien. Você sempre foi honesto e direto comigo sobre o futuro que nos aguardava e o papel que eu desempenharia nele. Eu aceitei. E aceitei de verdade, até que a realidade me dominou. Eu fiquei com tanto medo de tudo aquilo que me apeguei a uma mentira.

Ele piscou, franzindo a testa enquanto me olhava com um ar confuso.

Eu suspirei, meus ombros se curvando enquanto o olhava com um olhar de desculpas — Quanto ao bebê, eu menti sobre não querer ter um logo.

Ele se enrijeceu, a confusão dando lugar à cautela — Você não pode...?

— Não! Nada disso. Eu posso ter filhos. Claro, eu tenho um pouco de medo de ser mãe sendo tão jovem, mas terei todo o apoio que qualquer mulher poderia desejar. Sua sociedade é maravilhosa nesse aspecto.

— Então, qual é o problema? — ele perguntou com uma voz gentil e cheia de profunda curiosidade.

— Eu só estou com medo de não ser boa o suficiente para você — eu disse baixinho.

— O QUÊ?! Por que raios você pensaria uma coisa dessas?! — ele exclamou.

Por alguma razão tola, a profundidade e a sinceridade do seu choque e descrença de que eu pudesse ter tal pensamento agiram como o bálsamo mais potente na ferida aberta das minhas inseguranças.

— Durante o nosso curto período juntos na Venus Hive, eu vi todas as loucuras com as quais você lida o tempo todo. Você tem tantas decisões importantes a tomar sobre coisas que impactarão não apenas toda a sua espécie, mas também os outros planetas com os quais você está aliado — eu disse, me sentindo sobrecarregada só de dizer isso — Eu nem saberia por onde começar com isso. É ainda mais difícil porque eu sei que os Sarenianos estão decepcionados por eu ser uma Guldan. Quanto à primeira parte, eu poderia aprender com tempo suficiente. Mas não posso mudar minha etnia – não que eu queira.

— Nem deveria — Zerien disse energicamente — É normal que um povo queira ser liderado por um dos seus. Mercy também enfrentou alguma resistência no início, quando se tornou a Rainha Braxiana. E, no entanto, ela conquistou os corações deles, e agora eles a adoram.

Será o mesmo para você. E aqueles que têm problemas com suas origens que se fodam. Eu não vou me casar com a sua raça, mas com a pessoa que você é. Quanto ao resto, como você mesma disse tão bem, terá tempo para aprender como me ajudar a governar.

Eu dei-lhe um sorriso triste — Eu tentei me convencer de tudo isso. Mas a realidade me atingiu quando comecei a imaginar nossos filhos. Eu não tenho poderes. E se eu te der bebês fracos?

Embora cada uma das minhas palavras o tenha deixado claramente atordoado, meu último comentário pareceu irritá-lo.

— Não será um bebê fraco. Com ou sem poderes, nossos filhos serão perfeitos porque serão nossos, a personificação física do nosso amor. Se eles herdarão minhas habilidades, caberá ao Destino decidir. Você é minha alma gêmea. O Destino nos uniu por um motivo. Se nossos filhos não puderem manter o trono, nós resolveremos essa questão no devido tempo. E, enfim...

A tensão imediatamente subiu pela minha espinha quando sua voz sumiu e ele pareceu estar procurando as palavras.

— O que foi? — eu perguntei, com a preocupação transparecendo em minha voz.

Ele se mexeu com uma pontada de inquietação que fez a minha própria inquietação disparar.

— A pressão para termos um filho não existe mais. Se você quiser que a gente espere um pouco, a gente pode — ele disse, cautelosamente.

Eu pisquei — Sério?

Ele assentiu — Acontece que eu tenho um herdeiro, afinal.

Meu estômago embrulhou e eu senti o sangue fugir do meu rosto enquanto eu o encarava em choque, enquanto uma sensação de traição esmagava meu coração.

— Já? — eu sussurrei, com mágoa evidente na minha voz.

— Não é o que você pensa — ele disse rapidamente, erguendo as palmas das mãos em um gesto conciliador — Meu pai e eu visitamos os centros de adoção, caso eu tivesse um. Nós o encontramos hoje. Ele tem sete anos e meio. Eu o concebi quase dois anos antes de conhecê-la.

Embora ainda estivesse atordoada com a notícia, um peso enorme saiu do meu peito, me permitindo respirar aliviada novamente.

— Entendo — eu disse, enquanto digeria a notícia.

— Só para você saber, Siona, eu não teria te traído. Se eu não o tivesse encontrado, o plano teria sido usar inseminação artificial. Algumas mulheres de confiança teriam servido como barrigas de aluguel.

Outra onda de alívio me invadiu. Eu ainda odiava a ideia de que ele sequer cogitasse ter um filho com outra mulher, mas eu não lhe dei outra escolha.

— Você pensou em tudo — eu disse com um sorriso trêmulo.

— Eu sou seu, Siona — Zerien disse com firmeza, sem vacilar seu olhar — Nenhuma outra mulher me tocou desde o primeiro dia em que nos conhecemos, e nenhuma jamais o fará até o dia em que eu morrer. Tudo o que eu sou pertence a você.

Meus lábios tremeram e outra onda de lágrimas ameaçou começar a jorrar.

— Eu sou uma idiota, não sou? — eu disse timidamente.

— Nós dois somos — ele disse com um toque de autodepreciação — Só precisamos nos comunicar melhor. Você precisa ser sempre honesta comigo, especialmente quando se sentir insegura sobre qualquer coisa. É meu dever tranquilizá-la. Mas eu também preciso ser mais atento e empático com seus desafios e necessidades. Não tema o papel que a aguarda. Ele não é fácil, mas você não estará sozinha. Você será guiada a cada passo do caminho.

— Mas a guerra logo começará — eu argumentei.

— Sim, mas ainda não começou — Zerien disse calmamente — Vamos levar as coisas com calma. Siga seu próprio ritmo. Eu já passei mais de uma década me preparando para tudo isso, e ainda estou aprendendo. Aliás, eu também fico com medo. Minhas decisões impactam toda a minha espécie. E se eu estiver errado? E se eu não for bom o suficiente?

Eu acenei com a mão, o dispensando — Você não percebe o quanto seus aliados o respeitam e admiram. E você sabe que eu tenho laços estreitos com os Braxianos, Veredianos e Korletheanos. Eles o admiram tanto quanto o jovem General Vahl Praghan. O Destino o escolheu por um motivo.

— Como o Destino a escolheu, meu amor — ele disse sem expressão.

Eu franzi o rosto para ele, irritada por ter minhas próprias palavras jogadas de volta para mim de uma forma que eu não conseguia contestar. Ele riu, e meu coração derreteu ainda mais.

— Você não tem ideia do quanto eu queria poder te abraçar agora — eu disse, desejando muito estar na presença dele.

A ternura em seus olhos me virou de cabeça para baixo.

— Em breve, minha Siona. Mal posso esperar para...

O som do alarme disparando o interrompeu. Seu rosto refletia o choque que eu sentia. Segundos depois, a voz do Capitão Baldur ressoou pelo sistema de comunicação.

— Todos a postos de batalha. Duas naves Guldans saíram da camuflagem e estão em perseguição.

— Não! — Zerien gritou — Onde você está?!

— Baldur vai te mandar as coordenadas! — eu disse, me levantando com um salto — Preciso ir. Eu te amo!

— Siona! — Zerien gritou.

Mas eu já estava deixando meus aposentos.

CAPÍTULO 10
SIONA

Eu cheguei à ponte e encontrei meus homens prontos para o combate. A carranca que Baldur lançou em minha direção no momento em que me viu entrar me deixou imediatamente irritada. Ele abriu a boca, provavelmente para me dizer que eu deveria me refugiar em meus aposentos, mas eu o silenciei imediatamente.

— Poupe seu fôlego. Esta é a minha nave, e esta tripulação relata a mim — eu disse em um tom que não admitia discussão, antes de voltar minha atenção para o nosso piloto — Yulan, envie nossas coordenadas para Zerien.

— Há dois cruzadores de batalha contra a nossa fragata. Nós não temos a mínima chance! — Baldur disse, desanimado.

— Você está tão ansioso para enfrentar a ira do meu pai que já pensa em derrota? — eu provoquei, meus olhos estudando o mapa tático na tela, mostrando nossos inimigos — Eles estão vindo aqui para me capturar e depois me usar para chantagear Zerien. Vamos dar uma lição neles.

— Uma lição como? — ele desafiou — Eles não são uma espécie primitiva que usa armas fracas. A tecnologia Guldan rivaliza com a das Veredianas.

Eu lancei-lhe um olhar incrédulo — Você está mesmo tentando me dar um sermão sobre a tecnologia do meu próprio povo? Esqueceu que meu irmão projetou metade delas? Ou que a Mercy desenvolveu contramedidas para a maioria de seus armamentos mais poderosos?

Ele pareceu ter mordido algo nojento antes de grunhir em concordância — Tudo bem, mas ainda precisamos te levar para um lugar seguro. Seu pai vai me esfolar vivo se você se ferir. E eu nem quero pensar no que aquele seu amigo louco vai fazer com o que sobrar dos meus restos mortais.

Eu bufei. O pobre homem nem estava exagerando. O rótulo de louco foi criado para o meu pai, que possuía um lado sádico. O comentário sobre esfolá-lo vivo nem era mentira. Meu pai gostava de usar essa tortura específica contra aqueles que prejudicavam sua família.

E Zerien...

Eu não conseguia nem imaginar a dor que ele infligiria a qualquer um que me atacasse. Pelo que tudo indicava, sua selvageria sanguinária rivalizava com a do meu pai.

A adrenalina corria em minhas veias devido à empolgação pré-batalha. Os últimos seis anos sob a orientação de Mercy e depois me tornando treinadora das rebeldes Guldans me deram o tipo de confiança que eu gostaria de ter em todos os outros aspectos da minha vida.

— Se criarmos uma distração e fizermos alguns de nossos caças alçarem voo, isso permitirá que você escape furtivamente. Com sorte, Zerien poderá pegá-la antes que...

— Nós vamos mesmo enviar alguns dos nossos caças, mas não para que eu possa escapar — eu disse, interrompendo-o enquanto me aproximava do painel de navegação — Vamos dar a eles um gostinho do remédio da Mercy.

— Mercy? — Yulan ecoou, surpresa misturada com esperança brilhando em seus olhos.

Eu dei-lhe um sorriso presunçoso — Você realmente achou que ela me deixaria ir sem me dar alguns dos seus brinquedos favoritos?

Sem esperar pela sua resposta, eu ativei o comunicador para a Engenharia.

— Zartag, recupere a caixa de celesium do cofre. Lá dentro, você encontrará algumas esferas virais da Mercy. Coloque uma em cada das ogivas dos nossos mísseis, e também a bordo dos nossos drones. Carregue-as e aguarde novas instruções — eu ordenei.

— Sim, Siona — Zartag respondeu com emoção na voz.

Um sorriso se formou em meus lábios quando olhei para Baldur e vi seu sorriso malicioso ao perceber a poderosa ferramenta que havia acabado de ser adicionada ao nosso arsenal. Era ainda mais divertido que o resto da tripulação na ponte ainda parecesse confuso.

— Lembre-me de repreender nossa antiga Dagna por não me contar o que tínhamos a bordo — ele resmungou.

Eu bufei — Esses são presentes para eu usar como bem entender, não para você, velho. E se você sabe o que é bom para você, não mexa com a Mercy. A mordida dela é muito mais letal do que o seu latido — eu provoquei.

Ele resmungou enquanto o resto da equipe ria.

— Desliguem esse maldito alarme — eu disse, irritada, enquanto a sirene continuava tocando — E preparem nossos guerreiros para voar. Aguardem minhas ordens antes que tentem desativar o sistema de propulsão e armas deles.

— Por que esperar? — Yulan perguntou, confuso — Eles estão se aproximando cada vez mais de nós. Eu não posso ultrapassá-los a menos que comecemos a mexer nos motores deles.

— E é exatamente isso que queremos — eu disse, de modo presunçoso — Não seja tão óbvio, mas deixe-os chegar perto o suficiente para ativarem seus raios tratores.

O queixo dele caiu — Por que diabos nós faríamos isso?

— Porque, até lá, Zartag já terá terminado de transmitir o vírus que enviaremos a eles com prazer pelo feixe e pelo nosso comunicador assim que entrarem em contato conosco — eu disse com alegria maliciosa.

A maneira como os rostos da tripulação se iluminaram ao finalmente entenderem o plano me encheu de uma sensação de poder à qual eu poderia me viciar. A batalha sempre me deu o tipo de validação que eu não sentia que conseguiria alcançar ou receber em outro lugar. A aprovação desses guerreiros selvagens significava mais para mim do que eu jamais poderia expressar em palavras.

Eu repassei rapidamente o plano para a tripulação. Uma vez que nos engajássemos, nós não teríamos oportunidade de falar abertamente sem nos entregar.

Nós deixamos os cruzadores de batalha nos perseguirem por mais um tempo, fingindo que não tínhamos percebido que eles nos seguiam. Meu coração disparou quando eles finalmente nos chamaram. Uma empolgação misturada a uma ponta de medo saudável me invadiu. Eu me acomodei na cadeira do capitão, com as pernas cruzadas em uma atitude atrevida, com o Capitão Baldur parado firmemente ao meu lado.

Eu olhei para o nosso piloto Yula — Assim que a comunicação for estabelecida, libere o vírus através da nossa conexão.

— Entendido — ele disse com um sorriso irônico.

— Na tela — eu respondi, me forçando a assumir uma expressão indiferente.

O rosto de um belo homem Guldan, na faixa dos cinquenta e tantos anos, preencheu a tela. Uma antipatia instantânea tomou conta de mim. Meu povo sempre lidava com extremos. Pessoas de aparência mediana não existiam entre nós. Ou você era muito atraente ou simplesmente feio. Da mesma forma, ou você era um misógino sem coração, desprezível e sedento de poder, ou uma pessoa decente, aberta ao progresso social e ao direito das pessoas à dignidade.

A expressão desdenhosa e altiva no rosto daquele homem me disse tudo o que eu precisava saber. O desprezo que se instalou em seu rosto quando ele percebeu que eu estava sentada na posição de comando me fez instintivamente erguer o queixo em desafio.

— Siona Siddik, eu sou Rydel Corrak, Comandante...

— Eu sou Siona Aldriss, que em breve será Siona Aerith — eu interrompi em um tom nada impressionado.

Vê-lo cerrar os dentes e ficar rígido de indignação por uma mulher tê-lo cortado me deu um prazer considerável.

— Nós decidiremos isso, mulher — ele sibilou com desprezo — Como esperado, seu irmão traiçoeiro e aqueles Braxianos a arruinaram. Mas não tema, nós a endireitaremos e a lembraremos do seu devido lugar.

— Ah, mas eu estou muito bem, Rydel — eu disse, usando deliberadamente seu primeiro nome em vez de chamá-lo pelo título e sobrenome, como mandava a etiqueta para demonstrar respeito — É você quem está mostrando sua mente fechada e ignorante onde ela não é chamada. Para o seu bem, sugiro fortemente que você volte enquanto pode. Persista nessa sua pequena e estúpida empreitada, seja lá o que for, e eu prometo que não terá misericórdia da minha parte.

Ele engasgou, incrédulo e indignado. A julgar pelo olhar assassino em seus olhos, não havia dúvida de que ele teria me dado um tapa ou me punido fisicamente por ousar não apenas enfrentá-lo, mas principalmente por ameaçá-lo.

— Sua estúpida, você é tão cega que não vê que há dois dos cruzadores de batalha Guldans mais avançados cercando sua patética fragata Braxiana? — ele sibilou — Em casa, seu comportamento escandaloso lhe renderia uma surra decente. Renda-se imediatamente, e eu lhe concederei a clemência que você certamente não merece, em vez de lhe dar o castigo que sua arrogância exige. Eu só farei esta oferta uma vez.

Eu joguei meu cabelo branco prateado por cima do ombro com uma expressão entediada enquanto balançava minhas pernas cruzadas de uma forma ainda mais provocante.

— Não preciso da sua clemência — eu disse, sem parecer impressionada — Se você tentasse levantar a mão para mim, eu te faria chorar pela sua mãe antes mesmo de você perceber o que te atingiu.

— Você ousa! — ele gritou, sua pele acobreada escurecendo de fúria.

— Eu ouso e ouso duas vezes — eu retruquei em um tom deliberadamente infantil para irritá-lo ainda mais — O que é mais patético é que, como você mesmo admite, você precisa de dois dos seus cruzadores de batalha mais avançados para capturar uma garotinha impertinente. E o pior é que essa garotinha está prestes a te espancar até a morte. A questão é se eu te deixo viver ou corto sua garganta pessoalmente.

— Em menos de uma hora, eu vou te colocar de joelhos enquanto te ensino a respeitar os seus superiores — ele gritou — Mas putinhas como você estão acostumadas a ficar de quatro, igual à sua mãe.

Pelo canto do olho, eu vi o Capitão Baldur enrijecer. Os músculos grossos de seus braços se contraíram quando ele deu um passo ameaçador à frente, emitindo um rosnado aterrorizante. Mantendo os olhos fixos em Rydel na tela, eu ergui a palma da mão em um gesto de detenção para pedir a Baldur que se acalmasse. O Capitão Rabugento era quase como um tio para mim. Ele se ofendeu com as palavras do Guldan, tanto em meu nome quanto em nome da minha mãe. Uma onda de afeição por ele me invadiu, mas eu tinha um idiota para continuar brincando.

— Sério, duvido que você saberia lidar com uma mulher forte como eu – e principalmente como minha mãe – mesmo se estivéssemos amarradas e nuas, com os membros bem abertos. Homens impotentes como você são sempre só conversa. Aliás, o último de vocês que tentou me sequestrar não se saiu tão bem. Minha mãe, sozinha, espancou seu poderoso Embaixador até a morte. Devo entender que você quer um pouco do mesmo? Se esse for o caso, terei prazer em atender. Ou você poderia simplesmente arrancar um desses chifres da sua cabeça e ir se foder com ele.

Com os dentes à mostra e os olhos castanho-escuros ardendo de fúria, o Comandante Corrak gesticulou com a cabeça para alguém que eu não conseguia ver fora da tela.

— Eles estão atirando em nós! — Yulan disse de repente.

— Escudo no máximo — eu ordenei — Manobras evasivas e retornem à rota para Sarenia.

Yulan obedeceu.

— Você está fugindo, sua vermezinha? — Rydel Corrak disse com descrença zombeteira — Você falou besteira e agora tenta escapar ao primeiro sinal de problema?

Eu me mexi no assento e ativei discretamente o sinal para a engenharia na interface integrada ao braço da cadeira do Capitão. Embora não pudéssemos vê-los, Zartag lançou nossos drones carregando as cargas do vírus em modo furtivo. Graças ao algoritmo avançado projetado pelo meu irmão, a frequência de seus escudos furtivos se modulava para evitar a detecção por nossos inimigos enquanto voavam direto para as seções mais vulneráveis dos cascos das naves inimigas.

— Eu não vou fugir. Só tenho um encontro com o Zerien e não quero me atrasar — eu disse, dando de ombros, como se pedisse desculpas.

— Seu encontro é com a minha mão na sua bunda, sua vadiazinha — ele disparou, irritado por me ver aparentemente imperturbável diante da saraivada de mísseis que suas duas naves disparavam contra nós.

Obviamente, eu não era tão arrogante a ponto de não me preocupar com o tipo de dano que nossa nave poderia sofrer, considerando o poderoso armamento que eles possuíam. No entanto, eles precisavam de mim viva e ilesa. Isso significava que eles não podiam usar nada que pudesse nos destruir, apenas nos danificar o suficiente para permitir que abordassem nossa fragata.

Eu fiz uma careta com a expressão de nojo e choque de uma virgem ofendida — Minha bunda é boa demais para você, seu velho tarado e imundo! Você deveria ter vergonha de correr atrás de uma adolescente!

— Eu vou te mostrar quem é um tarado quando eu foder essa bunda! — ele disparou — E então eu vou te chicotear até ficar em carne viva, só para garantir. Vamos ver o quão arrogante você vai ser. Quando a tripulação e eu terminarmos de te usar completamente, aquele seu Príncipe Sareniano vai nos agradecer por te domar direito.

Era patético o quão facilmente um homem de sua posição podia ser manipulado até perder a calma. Mas intolerantes como ele não suportavam ver uma mulher Guldan não se encolher diante deles e se submeter silenciosamente aos seus abusos.

— Promessas, promessas! Primeiro, você precisa me pegar, velho — eu disse, o dispensando.

Apesar dos esforços valentes – e notáveis – de Yulan, os cruzadores de batalha acabaram frustrando suas manobras evasivas, e seus raios tratores se prenderam à nossa nave. Eles fizeram isso com tanta força que a balançaram.

O sorriso selvagem no rosto de Corrak refletia as emoções que me assolavam. O idiota não percebeu que eu estava prolongando a conversa deliberadamente para permitir que mais vírus infectassem seus sistemas através da nossa conexão. Para evitar a detecção, nós tivemos que liberar o vírus lentamente e em pequenas quantidades através do nosso computador.

Mas os raios tratores eram uma coisa completamente diferente e não exigiam o mesmo tipo de sutileza.

Eu lancei um olhar discreto para o visor superior, que mostrava o progresso dos nossos drones furtivos enquanto lançavam sua carga sobre os alvos. Uma sobreposição azul indicava a extensão em que o vírus já havia se espalhado pelo escudo de defesa, replicando-se em ritmo exponencial. Assim que demos o sinal, a segunda habilidade deles entrou em ação, enfraquecendo o escudo antes de destruí-los.

Simultaneamente, Zartag lançou mais drones, estes voando direto para os raios, espalhando rapidamente o vírus. Como a função principal do raio era arrastar algo para dentro de sua nave, era como se eles tivessem nos fornecido um portal aberto para o núcleo de sua nave.

— Você não está mais tão descarada, não é, sua putinha? — Rydel disse com uma expressão cruel quando os raios começaram a puxar nossa nave para trás.

— Força máxima em todos os propulsores — eu ordenei a Yulan.

Rydel caiu na gargalhada, balançando a cabeça em descrença — Você vai destruir sua nave, sua idiota! Há uma razão pela qual as mulheres não lideram. Você não é inteligente o suficiente para lidar racionalmente com situações de alto estresse. E vocês, homens idiotas, ficam aí parados ouvindo essa imbecil? — ele acrescentou, com um olhar de desprezo para Baldur.

— Caso você não tenha notado, estamos nos libertando — Baldur disse ironicamente.

E estávamos mesmo. Com um gesto raivoso de cabeça, Rydel aparentemente ordenou à sua tripulação que aumentasse a intensidade do feixe. O poderoso puxão no feixe esquerdo confirmou em qual nave o Comandante estava voando. Segundos depois, o segundo cruzador de batalha também aumentou a intensidade do seu feixe. Nossa nave gemeu quando a força combinada de tração recomeçou com sucesso, nos arrastando para trás.

Mais uma vez, eu contive um sorriso. O visor no teto indicava que o vírus já havia se espalhado por 70% da nave, e o aumento da força de atração acelerava a infecção a uma taxa exponencial.

— Não mais — Rydel retrucou com desprezo malicioso — Você deveria ter se rendido quando eu lhe ofereci clemência. Mas, como todas as mulheres, você é burra demais para tomar as decisões certas, e é por isso que precisa que as tomemos por você. Seu único propósito é receber o pau de um homem, gerar filhos, limpar e proporcionar entretenimento.

— Se isso é verdade, então você deve ser o homem mais incompetente do universo, já que está prestes a levar uma surra de uma dessas mulheres estúpidas, uma que nem chegou aos vinte anos ainda — eu disse com um sorriso.

Ele piscou, sua arrogância maliciosa dando lugar à surpresa e confusão diante do meu comportamento reconhecidamente irracional – pelo menos na aparência.

— Vamos jogar um joguinho e ver como você se sente quando tiver que implorar por misericórdia, só para me ver não lhe concedendo nenhuma — eu continuei em uma voz cantante.

— Você tem problemas mentais? — ele perguntou, visivelmente perplexo.

— Não. Mas, como a maioria dos homens Guldans, o excesso de confiança é a sua ruína — eu disse, dando de ombros — Uma parte de mim adoraria te dar uma surra pessoalmente e te fazer lamber minhas botas como o verme que você é, mas eu tenho um encontro. Em vez disso, eu vou livrar o mundo de você com uma morte lenta e muito dolorosa. Seus últimos pensamentos serão sobre mim enquanto você dá seu último suspiro.

Desta vez, uma réstia de preocupação genuína passou por seu rosto. Ele ainda não tinha ideia do que eu estava falando, mas conseguia sentir a confiança letal em minhas palavras e ver a alegria maligna na expressão de Baldur.

Eu abri a comunicação com a Engenharia e dei o comando para Zartag e Yulan.

— Ativem o Dark Raven — eu ordenei.

— Dark Raven ativado — Yulan disse com emoção na voz.

Em segundos, um clarão azulado varreu os escudos de defesa de ambos os cruzadores de batalha, que imediatamente se romperam. Desta vez, eu não contive meu sorriso malicioso quando as luzes da ponte da nave Guldan começaram a piscar. O ar de pânico e horror no rosto de Rydel era literalmente orgástico.

— Substituição do sistema ativada — disse a voz sintética da inteligência artificial da nave Guldan.

— O quê?! — Rydel exclamou — Que porra está acontecendo? — ele perguntou a alguém que eu não conseguia ver na tela.

— O que você acha de mim agora, Rydel? — eu provoquei.

Mas ele estava ocupado demais dando ordens para me dar atenção. Ao fundo, a IA da nave deles continuava listando os efeitos da disseminação do vírus.

Desligando os sistemas de propulsão. Desligando as armas. Desativando os sistemas de comunicação de longa distância. Trancando as cápsulas de escape. Trancando o hangar da nave. Isolando a ala médica.

Minha equipe e eu caímos na gargalhada com o caos total que nosso pequeno truque estava causando.

— Capitão, acho que nossos caças deveriam dar uma voltinha para nos cumprimentar — eu disse com um sorriso irônico.

— Com prazer — ele disse com o sorriso aterrorizante típico dos homens Braxianos.

Quando ele deu o comando, eu me virei para nossos companheiros de tripulação que ocupavam nossos postos de batalha.

— Disparem todos os mísseis contra os sistemas de propulsão e armas de ambos os cruzadores de batalha. Eu os quero mortos agora — eu ordenei.

Como um enxame de gafanhotos, nossos caças saíram do hangar e imediatamente começaram a disparar contra os cruzadores de batalha.

Na tela de vídeo, Rydel e sua tripulação eram abalados pelas explosões que sacudiam a embarcação.

Lá atrás, eu podia ouvir um dos seus companheiros de tripulação gritando que eles estavam bloqueados de todos os sistemas.

— Rydel! — eu gritei.

Ele virou a cabeça em direção à tela, pânico, raiva e ódio puro queimando em seus olhos.

— É uma pena se sentir impotente, não é? Ter todo o controle arrancado das suas mãos por uma pessoa que decidiu que pode ditar o que acontece com a sua vida — eu disse, com a voz cheia de desprezo enquanto as memórias dos anos em que minha mãe e eu sofremos nas mãos de homens abusivos passavam diante dos meus olhos — Você vê esses mísseis destruindo sua nave? Eles são o meu pau te fodendo no cu. E aqui está o meu presente de despedida para você.

Eu toquei em uma instrução no datapad que Baldur me entregou.

— Computador, desligue o suporte de vida — eu ordenei.

— Suporte de vida desligado — confirmou a inteligência artificial da nave Guldan.

Rydel empalideceu visivelmente — Você não pode fazer isso — ele suspirou.

— Ah, com certeza. Aliás, acabei de fazer isso. Já que a Deusa não vai te receber em seus salões, diga oi para Gharah por mim. E quando você der seu último suspiro, lembre-se de que uma garota idiota de dezoito anos derrotou você e toda a sua tripulação, incluindo cruzadores de batalha de alta tecnologia.

Eu ordenei a Yulan que encerrasse a comunicação enquanto Rydel me bombardeava com os insultos mais horríveis que conseguia proferir. Uma parte de mim queria participar da ação a bordo de um caça, mas era uma sede de sangue absurda que me impulsionava. Eu permiti que nossos pilotos continuassem a atacar os sistemas de propulsão dos cruzadores de batalha até que não houvesse mais dúvidas de que eles jamais conseguiriam voar para longe na improvável eventualidade de, de alguma forma, conseguissem se livrar do vírus e retomar o controle de suas naves.

Outra parte de mim queria embarcar em suas naves e levar alguns prisioneiros conosco. O mesmo sentimento brilhava intensamente nos rostos dos meus companheiros. Os Braxianos eram guerreiros sanguinários. Eles sentiriam um prazer enorme em quebrar alguns crânios, especialmente considerando o desrespeito que Rydel demonstrou por mim e por minha mãe. No entanto, embora não tivéssemos detectado nenhuma comunicação antes de assumirmos o controle de suas naves, não podíamos ter certeza de que eles não haviam enviado um sinal de socorro com sucesso. Nós não podíamos arriscar que mais Guldans aparecessem.

Concluída a tarefa, nossos caças retornaram ao hangar da nave. Com os raios tratores desativados, eu ordenei a Yulan que retomasse nossa jornada para Sarenia em nossa velocidade de dobra máxima.

— A ponte é sua, Baldur — eu disse, me levantando da cadeira do Capitão antes de ir em direção à porta.

— Nada mal, garota — Baldur disse, enquanto as portas se abriam diante de mim.

Eu olhei para ele por cima do ombro, com o orgulho crescendo em meu coração — Eu sou Braxiana. Eu me banho no sangue dos meus inimigos, como meu pai me ensinou.

— Ah-hoo! — Baldur gritou, enquanto batia no peito com o punho.

Ao mesmo tempo, o resto da tripulação repetiu o gesto e ecoou o grito de guerra. Eu sorri e saí antes de voltar às pressas para meus aposentos.

Eu liguei para Zerien imediatamente. A julgar pela velocidade estonteante com que ele respondeu, ele claramente estava esperando por isso.

— Siona! Estamos chegando! — ele exclamou assim que a conexão foi estabelecida.

Eu dei um sorriso tranquilizador — Está tudo bem. Nós cuidamos disso.

— O QUÊ?!

— Não fique tão chocado — eu disse, provocando — Nós não somos indefesos. Mas há dois cruzadores de batalha Guldan jogados no espaço e sem suporte de vida. A tripulação deve ficar sem oxigênio nas próximas dez horas, a menos que eles se tornem realmente criativos, extremamente rápido. Talvez você queira rebocá-los para estudar a tecnologia deles.

— Eu já tenho naves de patrulha se aproximando da posição deles. Minha própria nave está a caminho. Nós os encontraremos no meio do caminho — Zerien disse, visivelmente aliviado.

— Está tudo bem. Você não precisa...

— Eu *estou* indo até você, Siona — Zerien disse em um tom que não admitia discussão — Eu envelheci vinte anos na última hora. Nunca mais me assuste assim!

— Tecnicamente, *eu* não fiz nada além de me defender de possíveis sequestradores — eu respondi, impassível, embora uma onda de calor se espalhasse em meu peito ao saber o quanto ele se importava.

— Dá na mesma — ele resmungou — Conte-me tudo.

Eu obedeci.

CAPÍTULO 11
ZERIEN

Assim que as portas da escotilha se abriram, eu saí da câmara de descompressão e corri em direção à minha companheira. Ela gritou em uma mistura de surpresa e diversão quando eu praticamente a esmaguei em meus braços. Minha reação visceral seria considerada constrangedora e até irracional, considerando que eu sabia há horas que ela estava fora de perigo. Mas eu não consegui evitar.

Eu reivindiquei seus lábios com um beijo brutal que também transmitiu a profundidade da angústia que eu senti quando aquelas sirenes soaram pela primeira vez e ouvi que sua nave estava sendo atacada. Esse incidente estúpido realmente me fez perceber o quão instável eu estava sendo com o amor da minha vida. Eu acabei de reconquistá-la depois de muitos dias agonizantes de separação, e ainda assim a ideia de expô-la a mais perigos me fez pensar se talvez fosse mais sensato esmagar meu desejo egoísta por ela e enviar minha alma gêmea de volta para a segurança da casa de seu pai.

Com muita relutância, eu a soltei apenas para segurar seu rosto com as duas mãos e estudar a perfeição de suas feições como se a estivesse vendo pela primeira vez.

— Eu estou bem, Zerien — Siona disse com uma voz levemente repreensiva, misturada com diversão e um leve tom de ternura.

Eu olhei para ela, reprimindo as palavras raivosas que queimavam minha língua, pois não eram dirigidas a ela, mas aos vermes que ousaram ameaçá-la e que tentaram tirá-la de mim.

Pelo modo como seu rosto se suavizou ainda mais, ela adivinhou exatamente quais pensamentos estavam passando pela minha cabeça. Essa era uma das muitas coisas que eu amava nela. Enquanto muitas outras pessoas – especialmente mulheres – teriam percebido meu comportamento raivoso como uma ameaça iminente a si mesmas, levando-as a se encolherem de medo, minha amada estava em perfeita sintonia com minhas emoções, entendendo instintivamente onde eu realmente estava.

Ancestrais, como eu a amo!

— Arrume suas coisas — eu resmunguei — Vamos voltar na minha nave.

Siona abriu a boca para argumentar. Eu não sabia que expressão estava estampada no meu rosto, mas isso pareceu impedi-la de dizer o que quer que fosse que ela pretendia inicialmente. Ela franziu os lábios e me deu um aceno firme antes de lançar um olhar de lado para o Capitão Baldur, parado a alguns metros de distância. Pelo seu olhar descontente, ele também não pareceu concordar com a minha exigência, mas felizmente não me desafiou.

No entanto, envergonhado pela minha grosseria de não tê-lo ao menos reconhecido desde minha chegada, eu murmurei uma saudação que ele retribuiu da mesma forma.

— Nós ajudaremos a transportar os pertences dela para a sua nave. No entanto, escoltaremos sua nave até Sarenia — Baldur disse em um tom que não admitia discussão.

Em outras circunstâncias, eu poderia ter me ofendido. Mas, conhecendo o pai de minha companheira, ele esfolaria seu capitão vivo se descobrisse que Baldur não havia escoltado Siona até seu destino final, conforme sua ordem original.

Foi a minha vez de concordar rigidamente.

Nós fizemos essa tarefa rapidamente. Eu queria ficar sozinho com minha parceira e abandonar a necessidade de aparentar estoicismo que eu não sentia.

Eu a levei diretamente para os meus aposentos e me segurei para não gritar com a tripulação para se apressar, pois eles demonstravam cuidado demais com os pertences dela – o que, para ser justo, seria considerado o nível de cuidado apropriado. Eu simplesmente não tinha paciência para nada disso.

Assim que a porta finalmente se fechou atrás deles, eu arrastei Siona para a minha sala de estar. Eu me joguei no sofá e a puxei para o meu colo. Ela veio de bom grado e não resistiu quando a abracei novamente. Meus dedos se entrelaçaram nos fios sedosos de seus longos cabelos branco-prateados e meu rosto se enterrou em seu pescoço, inalando profundamente seu perfume. Uma imensa sensação de paz, de estar inteiro novamente, tomou conta de mim enquanto eu apertava seu corpo esguio com mais força. Nós permanecemos assim em um silêncio confortável, apenas nos deleitando na presença um do outro.

— Nunca mais me assuste assim, meu amor — eu sussurrei finalmente contra seu pescoço.

Ela riu baixinho e acariciou meu braço — Eu só posso prometer que vou chutar a bunda de qualquer um que tentar me sequestrar de novo.

Eu bufei e dei um beijo em sua artéria pulsante antes de levantar a cabeça para olhar seu rosto deslumbrante.

— Justo. Você foi incrível — eu disse com genuína admiração — Não sei quantas vezes eu assisti à gravação do seu encontro com aquele demônio. Você foi tão estoica e assertiva! Muitos guerreiros experientes teriam ficado estressados em circunstâncias semelhantes.

Ela levantou o queixo com a mais adorável presunção.

— Caso você não saiba, eu sou devidamente treinada para a batalha. Mercy, meu irmão Tevek e meu pai, entre outros, me treinaram exaustivamente tanto na arena quanto na sala holográfica. Quando eu me tornei boa o suficiente, comecei a treinar as mulheres Guldans que se juntaram aos rebeldes do meu irmão.

Eu assenti — Sim, eu sabia disso, mas nunca tinha te visto em ação antes. Isso foi agradavelmente inesperado.

— Uma parte de mim quer se sentir ofendida por você não me achar tão proficiente. Mas eu sei que as mulheres Sarenianas não lutam

– algo que eu quero seriamente mudar — ela acrescentou em um tom muito mais sério — Embora eu não me considere sanguinária, geralmente gosto de lutar e liderar em batalhas. E como uma Braxiana de verdade, eu não tenho piedade dos meus inimigos.

Ela fez uma careta para mim quando levantei uma sobrancelha um tanto duvidosa diante daquela última declaração. Eu não queria desrespeitar, mas lutava contra a ideia de minha jovem e delicada companheira ser implacável.

Para minha surpresa, seu rosto endureceu — Não me subestime, Zerien. Eu fui indefesa durante toda a minha juventude, vivendo constantemente com medo e vendo minha mãe ser forçada a aceitar abuso após abuso só para poder viver mais um dia e me proteger. A capacidade de lutar é poder, é controle sobre minha própria vida e meu destino. Eu nunca mais serei uma vítima incapaz de se defender sozinha. Qualquer um que vier contra mim, eu revido mil vezes mais.

A selvageria feroz que ardia em seus olhos esmeralda fez meu sangue correr até a virilha. Havia algo incrivelmente sexy naquele lado mais sombrio.

— Sabe, meu pai me avisou disso — eu disse pensativamente enquanto acariciava seu chifre preto direito.

— Como assim? — ela perguntou com um olhar curioso.

— Ele disse que Krygor me daria uma Rainha Guerreira, uma general para liderar meu exército. Eu achei ridículo, mas agora percebo que não é uma ideia tão absurda assim. E considerando o que o futuro nos reserva, pode ser exatamente o que eu preciso.

Ela me lançou um sorriso radiante e roçou o nariz no meu antes de beijar meus lábios delicadamente — Há muitas coisas em que talvez eu não consiga te ajudar – pelo menos nestes primeiros dias – mas nisso estou confiante de que posso te deixar orgulhoso.

— Você sempre me deixa orgulhoso, Siona — eu disse, com firmeza — Você não entende o quão incrível você é.

Ela sorriu timidamente antes de tentar – de certa forma sem sucesso – assumir uma expressão arrogante — Eu sou realmente incrível. Mas devo muito à Mercy. Ela me deu a confiança que meu povo havia me roubado. Ela me provou que ser mulher não me torna fraca ou inferior. Sinto muito por ter permitido que inseguranças estúpidas criassem uma barreira entre nós. Mas tudo isso me lembrou que a biologia não determina meu valor, ou se eu sou boa o suficiente para ser sua Rainha. Eu te amo. Mesmo que eu possa passar por outros momentos de fraqueza, nunca mais permitirei que minhas inseguranças se interponham entre nós. Você é minha alma gêmea. Seja qual for a adversidade que o Destino nos reserva, nós a enfrentaremos juntos.

— Minha Siona — eu sussurrei, meu coração transbordando com a profundidade de emoções que eu jamais imaginei ser possível — Porra, eu senti sua falta! Você é tudo para mim.

Nossos lábios se encontraram, e minha companheira derreteu-se contra mim. A chama do desejo acendeu-se instantaneamente na boca do meu estômago. Eu tentei silenciá-la, não querendo que ela pensasse que a luxúria era a única coisa que me animava na presença dela. Mas Siona pareceu tomada pelo mesmo fogo. Ela deixou de se sentar de lado no meu colo e passou a se sentar de pernas abertas em mim, com os joelhos apoiados no sofá, um de cada lado.

Ela agarrou meus cabelos na nuca e aprofundou o beijo com uma fome que me deixou instantaneamente excitado. Por mais que eu gostasse de dominar no quarto, vê-la se impor daquele jeito, expressando abertamente seus desejos, era o que mais me excitava. Eu temia que meu forte impulso sexual Sareniano a assustasse, principalmente devido à sua inexperiência. Mas minha Siona estava mais uma vez provando ser meu par perfeito.

Enquanto nossas línguas dançavam uma na outra, Siona deslizou a faixa que cruzava meu peito para baixo, no meu ombro esquerdo. Sua mão livre acariciou meu peito, seus dedos rapidamente se concentrando no meu mamilo esquerdo. Minha mulher tinha uma queda por eles. Ela adorava beliscar e lamber – e eu não poderia aprovar mais. Minhas próprias mãos deslizaram pelas curvas arredondadas de seu traseiro perfeito antes de se esgueirarem por baixo de sua saia curta e esvoaçante. Embora eu geralmente adorasse me deliciar com sua beleza sempre que ela usava aquele vestido de segunda pele com que desfilava em Venus Hive, eu apreciava ainda mais a facilidade de acesso proporcionada pelas roupas mais soltas, como a que ela estava usando naquele momento.

Apesar da pulsação crescente entre minhas coxas, eu pretendia ir devagar. Deslizando minha mão direita em volta de seu traseiro, eu provoquei a fenda de sua vagina com dois dedos. Encontrá-la já molhada para mim arrancou um rosnado carente da minha garganta.

Para meu choque, Siona mal abaixou minha faixa e enfiou a mão sob a cintura da minha saia. Meu suspiro se transformou em um rosnado ainda mais profundo quando o calor suave de sua palma roçou meu pau. A infeliz mulher sorriu contra meus lábios e usou o pulso para abaixar a cintura da minha saia, liberando meu pau.

Uma onda de tesão explodiu na boca do meu estômago quando ela fechou a mão em volta do meu membro, apertando sua base com força antes de dar algumas estocadas. Eu agarrei os cabelos de Siona em sua nuca e puxei sua cabeça para trás. Eu rosnei para ela. Ela sustentou meu olhar firmemente. O fogo em seus olhos quase me fez entrar em combustão. Minha parceira se levantou de joelhos e alinhou meu pau com sua abertura.

Eu apertei ainda mais seus cabelos, com força suficiente para arder sem causar dor de verdade. Ela não só ignorou meu sinal claro de querer reafirmar meu domínio nessa troca, como a pequena diabinha redobrou a aposta. Arreganhando os dentes, Siona usou a cabeça do meu pau para afastar o tecido estreito de sua calcinha e, com ousadia, se empalou nele.

Eu sibilei com a queimação da vã tentativa do seu corpo de resistir àquela invasão brutal. Siona jogou a cabeça para trás enquanto gritava de prazer e dor autoinfligidos. As unhas da sua mão cravaram-se na carne do meu peito, em volta do mamilo esquerdo que ela ainda estava provocando. A dor intensa ressoou direto no meu pau.

Algo estalou dentro de mim.

Nosso reencontro deveria ter sido terno, repleto de amor gentil e reconciliação. Mas a fera selvagem que se enfurecia dentro de cada Sareniano desde o experimento Korletheano tomou conta de mim com força total. Com um grito selvagem, eu agarrei as nádegas redondas de seu traseiro com as duas mãos, minhas garras parcialmente para fora.

Sem lhe dar a chance de se ajustar à minha circunferência, eu imediatamente estabeleci um ritmo punitivo, investindo para cima dentro dela enquanto levantava seu traseiro com as mãos antes de empurrá-la de volta para o meu pau.

Eu a bombeei com força e rapidez. Um inferno rugia em minhas entranhas enquanto minha companheira enchia meus ouvidos com gemidos sensuais de prazer e dor. Eu queria destruí-la e me perder nela por toda a eternidade ou até que minha alma se estilhaçasse em pedaços demais para ser remontada. Mas suas paredes internas estriadas estavam me destruindo primeiro. Elas ondulavam ao redor do meu comprimento, apertando e massageando-o enquanto eu a penetrava. Chamas líquidas inundavam minhas veias, deixando minha pele febril e acendendo cada uma das minhas terminações nervosas. Minha cabeça girava e minhas bolas estavam pesadas, me torturando com uma necessidade avassaladora de explodir e encher minha companheira até a borda com meu sêmen.

Mas eu não consegui chegar ao clímax antes de Siona.

Justo quando eu pensava que perderia a batalha, suas paredes internas se fecharam em volta do meu pau enquanto seu orgasmo a atingia. Eu rugi de prazer quando meu sêmen jorrou com tanta força que me deixou cambaleando. Meus músculos abdominais e das coxas se contraíram espasmodicamente, quebrando meu ritmo. Mas enquanto eu enchia minha mulher, eu continuei a bombear para dentro e para fora dela.

Mesmo depois de esgotar a última gota, o fogo em minhas entranhas não diminuiu. Eu não me afastei da minha companheira. Embora meus movimentos erráticos tenham se estabilizado, eu só parei tempo o suficiente para me levantar. Com meu pau ainda enterrado profundamente dentro dela, eu recuperei a boca de Siona em um beijo apaixonado enquanto a carregava para a minha cama. Eu a abaixei no colchão com muito menos delicadeza do que eu gostaria, mas a necessidade de fodê-la até a exaustão estava me consumindo com força demais.

Sem hesitar, eu deslizei meus dois braços por trás dos joelhos dela, levantando-os contra seu peito. Minha mão esquerda fechou-se em torno de seu antebraço direito, enquanto a direita prendeu seu pulso esquerdo contra o colchão acima de sua cabeça. Com minha companheira assim presa, escancarada para mim e impotente, a não ser para aceitar tudo o que eu lhe dava, eu libertei minha paixão nela.

O mundo ao meu redor desapareceu enquanto eu a penetrava. Tudo o que importava era ela, a maciez do seu corpo sob mim, os sons guturais dos seus gemidos nos meus ouvidos e a sensação abrasadora dela ao meu redor, me apertando e acariciando com uma voracidade implacável.

Mesmo presa como estava, Siona transmitiu em alto e bom som seu clímax iminente pelo frenesi com que suas paredes internas ondulavam ao redor do meu pau, pelas explosões curtas e cada vez mais rápidas de sua respiração, pela contração dos músculos abdominais e pelo tremor de seu corpo. Eu soltei seu pulso, que eu mantinha preso ao colchão sobre sua cabeça, e agarrei seu chifre esquerdo. Eu dei um puxão firme, o que me rendeu um gemido de aprovação. Assim que pressionei meu polegar na zona erógena ao redor de sua base, Siona soltou um grito agudo, e seu corpo tremeu com tanta violência que ela quase me derrubou.

Para minha surpresa, em vez de cair de volta no colchão enquanto voava alto, Siona se inclinou para frente em uma velocidade vertiginosa e mordeu meu ombro com tanta força que eu me perguntei se ela havia rompido minha pele.

Não que eu me importasse.

Mas naquele instante, um orgasmo devastador me atingiu. Eu me lancei profundamente dentro da minha mulher enquanto um raio atingia a base da minha espinha. Eu rugi quando uma luz ofuscante explodiu diante dos meus olhos. Minha pele formigou, e o quarto girou enquanto uma felicidade líquida jorrava de mim em um fluxo infinito.

Eu desabei em cima da minha companheira, completamente destruído. Só quando ela se mexeu debaixo de mim é que eu percebi que a estava esmagando. Eu me virei para o lado e olhei para o seu lindo rosto enquanto a sala começava a se acomodar ao meu redor. Siona respirava pesadamente, os olhos quase girando, como alguém lutando contra a sedação.

— Meu amor, você está bem? — eu perguntei, com um toque de preocupação na voz.

Ela piscou lentamente, parecendo atordoada, quase grogue, enquanto tentava se concentrar em mim. Seus olhos verdes pareciam quase negros, de tão escurecidos pela paixão. Ela me deu um sorriso lento, e um brilho lascivo brilhou em seus olhos.

— Me dê um segundo para recuperar o fôlego, então estarei pronta para o terceiro round — ela disse arrastando as palavras.

Eu comecei a rir e gentilmente rocei meus lábios nos dela.

Ancestrais me castiguem! Eu amo essa mulher...

CAPÍTULO 12
ZERIEN

Nossa nave pousou na plataforma de pouso no lado leste do palácio, com os Braxianos estacionando a uma curta distância atrás de nós. Como esperado, uma enorme comitiva de boas-vindas nos aguardava, com a presença de nossos mais altos oficiais políticos. Embora eu tenha acolhido com satisfação essa demonstração apropriada de respeito pela minha companheira, eu não pude negar a preocupação que me atormentava.

Minha pobre Siona tinha passado por uma montanha-russa emocional nas últimas semanas. Apesar da determinação que demonstrou ontem, após o nosso reencontro, eu a conhecia bem o suficiente para perceber o nervosismo que ela sentia. Ela estava disfarçando isso muito bem e provavelmente enganaria a maioria dos presentes. Eu só podia rezar para que meus detratores não partissem para a ofensiva imediatamente.

Siona segurou a minha mão assim que o zumbido suave da rampa da nave abaixando cessou. Embora sutil, eu pude sentir sua mão tremendo levemente. Eu a apertei delicadamente. Ela não se virou para me olhar, mas correspondeu ao gesto acariciando suavemente a lateral da minha mão com o polegar.

Segundos depois, as portas se abriram diante de nós.

Meu pai parecia majestoso em seu ruvyn negro bordado em prata. O longo manto sem mangas, com um decote profundo, escondia pouco de seu corpo musculoso. Ele me passou sua pele azul-clara, olhos azul-prateados e cabelos azul-meia-noite. Embora compartilhássemos a mesma altura, eu era um pouco mais corpulento que meu pai, mas longe do tipo de massa impressionante que os Xelixianos alcançavam. Assim como os Korletheanos, os Sarenianos tendiam a ser mais esguios.

Ele estava parado a poucos metros da rampa rebaixada, com um sorriso caloroso no rosto. As cinco mulheres do seu Conselho principal o cercavam, ladeadas por seus guarda-costas. À sua direita, todo o meu Conselho – homens e mulheres, além dos dois Videntes Korletheanos que se juntaram a mim – estava com Kaelin e minha irmã Jastira na frente. Eu olhei ao redor antes de notar a pequena silhueta do meu filho ao lado de Shandar, sua Matriarca protetora, levemente à esquerda do meu Conselho. Do lado oposto, Senadores e outros dignitários observavam. Eles me preocupavam mais. As expressões educadamente neutras estampadas em seus rostos tornavam ainda mais difícil para mim avaliar o sentimento que os animava.

Assim que começamos a descer a rampa, meu pai se aproximou de nós, nos encontrando no meio do caminho. Nós apertamos o antebraço um do outro em cumprimento, embora ele também tenha colocado a mão esquerda na minha nuca e se inclinado para beijar minha testa. Foi uma demonstração rara do meu pai, mas expressou sua verdadeira felicidade por eu finalmente ter o retorno triunfante para casa que eu deveria ter tido na primeira vez com minha companheira ao meu lado.

O amor que eu sentia por esse homem formidável cresceu ainda mais em meu coração.

Sua mão deslizou da minha nuca até o meu ombro, em uma carícia paternal. Ele me deu um aperto suave no ombro, enquanto seu olhar azul-prateado, tão idêntico ao meu, se voltava para a minha amada. O estoicismo com que ela suportou o que devia ser uma pressão tremenda para ela me impressionou genuinamente.

— Minha querida Siona, faz muito tempo que não tenho o prazer da sua presença — meu pai disse com uma voz gentil — Venha cá, filha.

Minha garganta se apertou de gratidão quando ele a puxou para seu abraço. Apesar do esforço dela para controlar as emoções, eu percebi o quanto aquela recepção calorosa a comoveu. Ela retribuiu o abraço e sorriu carinhosamente para meu pai quando ele também lhe deu um beijo suave na testa.

Ele manteve as mãos nos ombros dela enquanto dava um passo para trás para examiná-la — Fico feliz em ver que você está ilesa e chegou aqui em segurança. Zerien me informou sobre sua excelente condução de sua situação. Estou impressionado.

Ela deu de ombros, agindo com indiferença para esconder seu constrangimento com o elogio.

— Eu me beneficiei de um ótimo treinamento ministrado por pessoas fantásticas, sem mencionar a tecnologia incrível que a Mercy forneceu — Siona respondeu humildemente.

Meu pai bufou e segurou sua bochecha direita enquanto lhe lançava um olhar levemente repreensivo.

— Não se subestime, Siona. Você está se provando uma Rainha Guerreira, que é exatamente o que meu filho precisa. Mas venha, você terá bastante tempo para me contar os detalhes desse encontro. Por enquanto, deixe-me apresentá-la ao seu novo povo e depois lhe dar uma chance de descansar dessa longa jornada.

Como ela já havia conhecido o Conselho do meu pai anos antes, quando Faolen a trouxe para Sarenia pela primeira vez, as reintroduções foram rápidas. Eles então se afastaram para que eu pudesse apresentá-la ao meu próprio Conselho. A tensão subiu pela minha espinha enquanto Kaelin e Jastira lideravam o bando. Naquele instante, eu teria dado qualquer coisa para conseguir ler a mente da minha companheira. Mas ela tinha uma expressão ilegível, porém educada, no rosto ao olhar para minha irmã.

— Siona, você deve se lembrar da minha irmã, Jastira. Ela é um dos principais membros do meu Conselho — eu disse com uma voz gentil, gesticulando para ela — Jastira, diga olá para minha alma gêmea, Siona.

O brilho severo e levemente crítico nos olhos da minha irmã me deu um nó no estômago de estresse e irritação. Jastira e eu não nos dávamos exatamente bem. Nossas personalidades não poderiam ser mais opostas, quase conflitantes. Se não fosse por sua lealdade eterna ao trono e ao bem-estar do nosso povo, eu duvidava que tivéssemos qualquer relacionamento. Ela não era uma pessoa maliciosa, mas também não tinha filtros, o que a fazia parecer excessivamente dura, senão rude.

— Olá, Jastira — Siona disse com o nível apropriado de simpatia.

— Faz tempo que não vemos a escolhida de Zerien — ela disse, franzindo os lábios enquanto avaliava minha companheira — Bem-vinda de volta a Sarenia, pequena Guldan.

Eu franzi a testa e mal contive a vontade de repreender minha irmã. Tecnicamente, ela não tinha dito nada ofensivo, mas aquela não era uma maneira apropriada de cumprimentar uma convidada, muito menos sua futura Rainha.

Para minha agradável surpresa, Siona não pareceu desestabilizada pelo comentário.

— Guldan, sim. Pequena, nem tanto — Siona respondeu dando de ombros, lançando um olhar significativo para minha irmã, que por acaso era alguns centímetros mais baixa que ela — Embora você esteja certa sobre minha genética, eu me considero mais uma Braxiana.

Minha irmã ergueu a sobrancelha esquerda com uma expressão que eu não conseguia definir direito. Uma parte de mim acreditava que a resposta rápida da minha companheira impressionou Jastira, enquanto outra se perguntava se sua natureza competitiva interpretaria sua resposta como um desafio que ela precisava enfrentar.

— Entendo — Jastira respondeu em um tom excessivamente doce que me fez pensar que sua motivação era a última opção — Uma pena que você não se considere Sareniana. Mas seja bem-vinda, mesmo assim.

Eu recuei e cerrei os dentes para não expressar o quanto eu estava fervendo por dentro. Com tanta gente ansiosa para minar meu reinado iminente, a última coisa que eu precisava era que minha própria irmã mexesse ainda mais com a situação, questionasse a adequação da minha futura esposa quando tantos já se ressentiam da etnia dela, e fizesse isso em público, cercada por aqueles que adorariam me ver cair.

— Não tenho dúvidas de que isso virá com o tempo — Siona respondeu calmamente, aparentemente imperturbável com a provocação — Mas obrigada pela recepção.

Minha irmã a encarou por mais alguns segundos, com um sorriso enigmático se formando em seus lábios antes de abaixar a cabeça em sinal de concessão e se afastar para deixar Kaelin avançar. Outra onda de orgulho me percorreu por minha mulher. Eu duvido que Siona tivesse percebido, mas com aquele aceno de cabeça, minha irmã reconheceu que ela havia jogado aquela primeira rodada de forma respeitável. Eu não sabia se Jastira considerava um empate ou se ela mesma havia vencido aquele primeiro encontro, mas ela pelo menos concederia à minha companheira o benefício da dúvida por mais um tempo.

A tensão que me contorcia por dentro aumentou ainda mais quando a apresentei a Kaelin. Pelo olhar que trocaram, as duas se reconheceram imediatamente. No caso de Kaelin, ela tinha visto muitas fotos e hologramas 3D da minha Siona ao longo dos anos. Ela costumava me provocar pelo tempo ridículo que eu passava olhando para eles enquanto ansiava pela minha mulher. Siona só a viu uma vez, mas claramente não a esqueceu.

— Meu amor, esta é Kaelin, a Chefe do meu Conselho. Você a conheceu durante a videochamada que eu fiz na Venus Hive — eu disse, tentando parecer casual.

— Eu me lembro — Siona disse calmamente.

— Eu também — Kaelin respondeu, com um tom educado e um toque de provocação — Depois de anos ouvindo Zerien falar sem parar de você, finalmente nos conhecemos pessoalmente.

Assim como eu, Siona não parecia saber muito bem como lidar com aquele comentário da minha amiga. Eu poderia perfeitamente ficar sem que Kaelin também dificultasse a vida dela. Siona precisava desesperadamente do apoio dela para superar os desafios que a esperavam. Embora as duas estivessem agindo de forma educada, eu percebi que elas instintivamente não gostavam uma da outra... o que não era um bom presságio.

— Espero que vocês se tornem amigas — eu disse, lançando um olhar de advertência para Kaelin.

O sorriso exageradamente radiante que ela me deu expressava claramente que ela queria que eu relaxasse. Ninguém lhe dizia o que fazer, muito menos de quem gostar.

— Amigas? Tenho certeza de que seremos irmãs — ela disse em um tom doce e enjoativo que me deu vontade de estrangulá-la.

Mais uma vez, ela ignorou meu olhar de advertência enquanto continuava a encarar minha mulher em um concurso de olhares silencioso. Embora aliviado pelo estoicismo que Siona continuava demonstrando, eu fiquei furioso ao ver que as duas mulheres Sarenianas mais importantes da minha vida não seriam mais compreensivas com minha companheira nestes tempos difíceis.

Um movimento para a direita chamou nossa atenção. Shandar tentava discretamente repreender Eldrin por sua inquietação. O garoto estava impaciente para conhecer Siona desde a primeira vez que a mencionei. Assim que a olhou nos olhos, Eldrin deu alguns passos em sua direção, visivelmente ansioso para ser chamado. Sua Matriarca protetora, Shandar, tentou puxá-lo de volta pela mão que ainda segurava, mas ele resistiu.

No entanto, foram o suspiro suave de Siona e a expressão atordoada em seu belo rosto que prenderam minha atenção. Ela congelou enquanto olhava para o menino, e o tempo pareceu parar. Um silêncio quase ensurdecedor pairou sobre a plateia. Embora eu a tivesse avisado que meu filho estaria presente para que ela estivesse mentalmente preparada, eu temia qual seria sua reação pessoalmente. Sem dúvida, todos os outros presentes observavam atentamente sua reação ao menino.

Minha respiração ficou presa na garganta quando a surpresa de Siona deu lugar a uma expressão suave, enquanto um sorriso caloroso iluminava seu rosto. Eldrin sorriu para ela e puxou a mão, soltando-a do aperto de Shandar. Eu prendi a respiração enquanto ele se aproximava ansiosamente da minha companheira, concentrado demais nela para sequer me olhar. Enquanto ele se aproximava dela, Siona se agachou para ficar na mesma altura que ele.

— Olá — Eldrin disse, sua voz jovem cheia de uma estranha mistura de empolgação e nervosismo.

— Olá — Siona respondeu com uma voz gentil — Você deve ser o Eldrin.

Ele assentiu com entusiasmo, e seu sorriso se alargou — E você deve ser minha *Massi* — ele respondeu.

Siona piscou, perplexa com a palavra estrangeira — *Massi?* — ela repetiu, interrogativa.

Eldrin assentiu vigorosamente novamente — Minha mãe, que não me deu à luz, mas que se casou com meu pai.

— Ah! Entendi! — Siona disse, compreensiva — É um título bonito. Gostei. Mas como eu devo te chamar?

— Só de seu filho — o garoto disse, dando de ombros como se fosse óbvio. Então, ele pareceu hesitar antes de lançar-lhe um olhar incerto — Ou pode me chamar de Eldrin, se preferir.

Eu fiquei com o estômago embrulhado quando Siona não respondeu de imediato que chamá-lo de filho seria perfeitamente aceitável. Imediatamente eu me recriminei por não ter discutido o assunto em detalhes. Eu não queria coagir minha companheira a um relacionamento com meu filho para o qual ela não estava preparada. No entanto, eu deveria ter pelo menos repassado algumas das expectativas básicas do meu povo em relação à interação com os jovens. Não pela primeira vez, eu percebi a dificuldade que minha amada teve que enfrentar para se atualizar sobre todas as questões sociais e culturais que precisava aprender para se adaptar ao meu mundo... seu novo povo.

— Não tenho certeza se sua mãe concordaria com isso — Siona disse cuidadosamente antes de lançar um olhar de lado para Kaelin.

— Por que não? — Kaelin perguntou, parecendo genuinamente surpresa — Crianças são bênçãos em Sarenia. Família – por mais extensa que seja – é uma bênção. Crianças nunca são demais.

Meu coração pulou ao ver como o rosto de Siona imediatamente se suavizou e um brilho de aprovação passou pelos seus olhos esmeralda enquanto ela olhava para minha amiga.

— De fato, amor nunca é demais — ela admitiu antes de voltar a atenção para o menino — Então eu o chamarei de meu filho.

Eldrin estufou o peito e a encarou com algo próximo ao espanto, quase adoração. Eu não entendia por que ele estava tão fascinado pela minha companheira. É verdade que ela era de outro mundo. Mas nossos filhos conheciam bem outras espécies, e muitas já haviam visitado o nosso mundo. Seja qual for o motivo, eu agradeci aos Ancestrais pela química instantânea que surgiu entre essas duas pessoas tão queridas ao meu coração.

— Você é tão bonita, *Massi* — Eldrin disse timidamente.

Siona riu baixinho e acariciou gentilmente sua bochecha antes de provocar a ponta de um de seus pequenos chifres com o dedo indicador.

— Assim como você, querido. Você é a cara do seu pai.

Eldrin sorriu e me lançou um olhar orgulhoso. Eu pisquei para ele, o que só o fez sorrir ainda mais antes de voltar a atenção para minha companheira.

— Posso te dar um abraço? — Eldrin perguntou com uma expressão um pouco tímida.

Para minha alegria, ela lhe lançou um olhar brincalhão que sugeria que era uma pergunta boba de se fazer.

— Claro! Já estava na hora. Achei que você nunca ia perguntar! — ela disse com uma expressão falsamente ofendida.

— Desculpe! — Eldrin disse com uma risada antes de lhe dar um grande abraço.

Meu coração derreteu quando ela retribuiu o abraço com o tipo de amor maternal que eu não ousava esperar que um dia ela pudesse sentir por ele.

Ela beijou o rosto dele e depois a testa antes de olhá-lo diretamente nos olhos — Assim como sua mãe, sua *Massi* sempre terá um abraço pronto para o filho quando ele quiser — Siona sussurrou antes de lhe dar outro abraço.

Um movimento no canto do meu campo de visão chamou minha atenção. Eu olhei para o lado. Minha garganta se apertou ao ver o olhar de choque, fortemente misturado à aprovação, nos olhos de Kaelin. Jastira havia perdido aquele ar frio e quase altivo ao contemplar a imagem comovente da minha companheira e do meu filho. Ela não esperava esse nível de aceitação de uma mulher Guldan. Pela segunda vez, minha Siona desafiou suas expectativas preconceituosas. O rosto do meu pai também demonstrava um orgulho feroz pelo vínculo entre o neto e a nora. Até os guardas e outras pessoas presentes suavizaram.

Obviamente, isso não seria suficiente para conquistá-los. Muitas dificuldades e desafios nos aguardavam nos próximos dias, semanas, meses e talvez até anos. Mas a semente da esperança havia riado raízes em meu coração. Quaisquer que fossem os obstáculos em nosso caminho, enquanto nossa família permanecesse unida, nada poderia nos derrotar.

CAPÍTULO 13
SIONA

A despedida da minha tripulação Braxiana acabou sendo ainda mais difícil do que eu esperava. Quando a nave deles decolou, eu não pude deixar de me arrepender de não ter aceitado a oferta de ficarem comigo em Sarenia por alguns dias enquanto eu me adaptava ao meu novo lar.

Para ser sincera, eu estava mais do que tentada a concordar. No entanto, eu estava comprometida com meu relacionamento com Zerien e com meu papel como sua futura Rainha. Era hora de abrir minhas próprias asas e parar de depender dos outros para me sustentar. Isso também pareceria desrespeitoso com meu companheiro, como se eu dissesse que não confiava nele para me manter segura em meio ao ninho de cobras em que eu havia acabado de pousar.

Certo, eu duvidava que Zerien percebesse dessa forma, mas os outros Sarenianos provavelmente perceberiam isso como mais um sinal de fraqueza e de que eu era indigna de reinar sobre o povo deles ao seu lado.

A apreensão me retorceu por dentro com a dura lembrança de que eu não tinha nenhum amigo ou aliado ali. Além de Nemrox e Eldrin, ninguém gostava de mim, muito menos Kaelin.

Será que eu consigo sobreviver a essa confusão?

Eu não podia me deixar abater por esse tipo de pensamento negativo. Se eu começasse a me concentrar em pensamentos tão sombrios, rapidamente perderia o controle e entraria em um ataque de pânico total. Nos próximos dias e semanas, eu pretendia fazer pleno uso das técnicas de foco e meditação que meu pai me ensinou como parte do meu treinamento de guerreira.

Eu podia ser jovem e isolada em um mundo estranho, mas não era fraca ou indefesa. Qualquer um que tentasse me minar logo descobriria por que o Destino me considerou a alma gêmea de Zerien.

Enquanto nos dirigíamos para a ala de Zerien no palácio, eu deixei meu olhar vagar pelos arredores. Durante minha curta estadia em Sarenia, depois que Faolen sequestrou meu pai, minha mãe e eu, eu não entrei nessa parte do palácio. Minha mãe e eu havíamos ficado no Serail do palácio. Os Serails eram estabelecimentos onde residiam mulheres solteiras, abertas a encontros íntimos e sem compromisso com vários parceiros. Inicialmente, eu fiquei chocada ao saber que seríamos enviadas para lá como se fôssemos profissionais do sexo – o que não era exatamente errado no caso da minha mãe – mas logo eu percebi o quão pouco eu entendia a cultura deles.

Sexo não significava absolutamente nada para os Sarenianos. Essa era uma forma de entretenimento tão comum quanto jogar bola ou assistir a um filme com alguém de quem se gostava. O Serail proporcionava um ambiente seguro para as mulheres, que viviam confortavelmente em uma comunidade acolhedora. Residir ali também não as obrigava a conceder seus favores a quem quer que os solicitasse. Elas podiam recusar qualquer pessoa, a qualquer momento, sem se preocupar com a possibilidade de seus desejos serem ignorados.

Eu ainda lutava contra essa mentalidade livre, mas respeitava o fato de que funcionava para a sociedade deles. Acima de tudo, isso ajudava a controlar a libido excessiva e o instinto predatório que seu povo agora possuía após os experimentos realizados pelos Korletheanos algumas gerações atrás.

Assim como o Serail, o palácio ostentava tons pastéis suaves, predominantemente bege-claro, branco-sujo e tons terrosos claros. Ele contrastava fortemente com as cores muito mais ameaçadoras preferidas pela cultura Braxiana. Em casa, as paletas de cores predominavam entre marrom e cinza-escuro, passando pelo preto. Apesar disso, os Braxianos ainda conseguiam fazer com que suas casas parecessem convidativas em vez de opressivas, graças à excelente iluminação e às grandes janelas.

Enquanto a arquitetura e o design do mundo natal do meu pai, com suas linhas retas e bordas afiadas, exalavam força e disciplina, as curvas suaves das paredes e móveis, os arcos altos e as cores suaves aqui em Sarenia transmitiam uma sensação de paz e harmonia. Considerando a natureza violenta com a qual os Sarenianos lutavam, eu só podia presumir que essa direção arquitetônica desempenhava um papel inspirador, buscando ajudá-los a superar esse desafio imposto a eles.

Eu dei um suspiro de alívio quando Kaelin deixou nosso pequeno grupo com seu filho, e os outros membros de seu conselho também se afastaram ao longo do caminho até que apenas meu companheiro, seus guardas e eu permanecemos enquanto caminhávamos pelos amplos corredores até o que se tornaria meu novo lar.

Depois de morar no complexo do meu pai, residir em nossa própria ala do palácio não seria tão diferente. Ainda assim, eu fiquei imensamente feliz em saber quantos cômodos seriam inteiramente dedicados a nós, garantindo-nos um mínimo de privacidade. Por mais bem-sucedido que meu contato inicial com Eldrin tivesse sido, eu não pude deixar de me sentir aliviada por ele residir em uma área diferente do castelo com sua mãe e a Matriarca zeladora.

Meu coração derreteu ao pensar no garotinho. Que rostinho adorável! A genética do seu pai era inegável. Será que meu próprio filho com Zerien teria uma semelhança semelhante? O menino tinha sido tão doce, tão carinhoso, que os instintos maternais que eu não sabia que possuía ressurgiram com força total.

Mas Kaelin tentará envená-lo contra mim?

A parte ciumenta e insegura de mim queria expulsá-la do palácio e até mesmo do Conselho de Zerien. Será que ele sequer cogitaria essa ideia, quanto mais concordaria, se eu pedisse? Eu não imaginava que meu homem me trairia com ela – ou com qualquer outra pessoa, aliás. Quaisquer que fossem as minhas inseguranças, eu confiava nele implicitamente. Mas eu não confiava que Kaelin não tentaria algo, especialmente agora que ela era a mãe do herdeiro de Zerien. Ela era uma Sareniana puro-sangue, nascida em uma de suas linhagens mais influentes, e já ocupava uma das posições mais altas que alguém poderia aspirar, além de Imperadora.

Se Zerien anunciasse amanhã que a tomaria como noiva, não duvido que o povo ficaria muito feliz.

Ouso perguntar?

Meu estômago embrulhou ainda mais só de pensar nisso. Além dele ter deixado claro que acreditava que Kaelin seria minha aliada mais confiável ali, eu não queria ofendê-lo com aquele pedido. E se ele interpretasse isso como um sinal de que eu não confiava nele para permanecer fiel a mim? E Kaelin, sem dúvida, veria tal pedido como prova de que eu estava com medo e me sentindo ameaçada por ela.

Eu odiava isso. Tudo isso...

Finalmente chegamos à entrada da nossa ala. Ela era magnífica, com um amplo salão circular com teto abobadado e vidro fumê. Estátuas gigantes de mulheres Sarenianas serviam como colunas. As mais altas, com os braços arqueados como se estivessem se estendendo umas às outras, emolduravam o pesado conjunto de portas ornamentadas que levavam à nossa residência.

Em outras circunstâncias, eu estaria maravilhada com a magnificência e a elegância simplistas do cômodo para o qual as portas se abriam. As mesmas cores pálidas nos recebiam em cômodos espaçosos com quase quatro metros de altura. Molduras intrincadas decoravam os cantos do teto, os batentes das portas e a base das paredes. Como em Braxia, janelas gigantescas permitiam a entrada de bastante luz, conferindo a cada cômodo uma aura quase onírica, enquanto os raios refletiam nas superfícies pálidas do interior.

Apesar disso, muitos toques de cor deixavam o lugar aconchegante e convidativo, em vez de excessivamente sedado.

Assim que entramos, Drade acenou para Zerien, antes de sair discretamente, ficando do lado de fora para vigiar com Naax. Assim que a porta se fechou atrás dele, eu me virei para o meu companheiro com uma expressão carente. Ele não disse uma palavra e simplesmente me puxou para seu abraço.

Eu me derreti contra ele e afundei o rosto em seu pescoço. Ele beijou minha testa e apoiou a bochecha no topo da minha cabeça, enquanto acariciava meus cabelos delicadamente, de forma reconfortante. Eu odiava aquela demonstração de fraqueza, mas eu realmente precisava da força dele naquele instante.

Nós ficamos assim por só a Deusa sabe quanto tempo, até que eu finalmente suspirei e me afastei dele, relutante. Uma onda de culpa me invadiu ao notar a expressão preocupada em seu rosto enquanto ele observava minhas feições.

— Eu estou bem — eu disse em um tom tranquilizador — Eu me senti um pouco sobrecarregada por um minuto. Mas está tudo bem. Eu só precisava de um abraço do meu homem.

Embora ele tenha sorrido e acariciado gentilmente minha bochecha, eu percebi que ele não estava convencido.

— Nas palavras da mulher mais linda do mundo, seu companheiro sempre terá um abraço pronto para você quando você quiser.

Eu bufei e me derreti contra ele mais uma vez para ouvi-lo repetir as palavras que eu disse ao seu filho. Ele beijou meus lábios e esfregou o nariz no meu.

— Ele é incrivelmente adorável — eu disse, pensando melancolicamente no pequeno Eldrin — Ele é a sua cara.

Zerien assentiu, com uma expressão sonhadora no rosto, enquanto sorria orgulhosamente ao pensar no filho — É mesmo, não é? E, assim como o pai, ele gosta muito de você.

— O sentimento é mútuo — eu disse com sinceridade — Uma pena que eu não tenha a mesma química com a mãe dele.

Eu repreendi a mim mesma assim que as palavras saíram dos meus lábios. Não era minha intenção começar a atacá-la e colocar Zerien entre a cruz e a espada. Com sua coroação iminente, o flagelo rebelde e a Grande Guerra se aproximando, ser forçado a atuar como árbitro entre sua Rainha e a Chefe de seu Conselho era a última coisa de que ele precisava.

— Minha irmã e Kaelin podem ser um pouco ásperas às vezes e

não demonstram amizade facilmente. Mas eu prometo que as coisas vão melhorar e elas vão te amar tanto quanto eu. É injusto da minha parte exigir tanto de você, tão rápido. Se eu pudesse, eu te ajudaria a lidar com tudo isso em um ritmo muito mais tranquilo. Você pode não perceber agora, mas eu não tenho dúvidas de que Kaelin e você se tornarão grandes amigas. Ela é uma mulher maravilhosa e leal. Por favor, dê uma chance a ela — ele disse em um tom suplicante.

Eu dei-lhe um sorriso tranquilizador — Você parece se esquecer de que eu passei os últimos seis anos vivendo entre os Braxianos. Eu sei uma coisa ou duas sobre pessoas abrasivas. Tenho certeza de que ela e eu vamos dar um jeito.

Zerien bufou enquanto assentia — Aquelas feras podem ser desafiadoras — ele disse, provocante, embora eu não tenha deixado de notar o brilho de gratidão em seus olhos azul-prateados — Eu te amo, Siona. Você é mais forte do que imagina. Eu só posso imaginar o quão difícil deve ser para você ficar sozinha aqui, cercada por tanta hostilidade. Mas posso dizer que você causou uma ótima primeira impressão. Levará tempo, mas as pessoas logo entenderão por que você será a maior Rainha de Sarenia de todos os tempos.

— Sem pressão — eu murmurei para esconder o quanto suas palavras me comoveram.

— Mas, ei, é melhor do que ser Vahleryon Praghan, que deverá liderar uma coalizão intergaláctica durante a Grande Guerra — Zerien disse, provocando.

— Ugh, sério — eu disse, estremecendo — Não consigo nem imaginar como deve ter sido passar a juventude inteira sabendo o peso que estava sobre seus ombros. Ele ainda tem apenas dezesseis anos. Mas ouvi dizer que ele é uma força a ser reconhecida.

— É mesmo — Zerien respondeu com uma expressão séria — Ele é uma alma velha. Assim como seus irmãos. Quando o conheci, dois anos atrás, eu percebi que finalmente havia conhecido a única pessoa que me intimidava e que poderia me derrotar em um combate individual.

— Vocês não se dão bem? — eu perguntei com uma ponta de preocupação.

Ele sorriu e balançou a cabeça — De jeito nenhum. Nós despertamos os instintos territoriais e predatórios um do outro, mas eu o amo como um irmão. Eu terei prazer em segui-lo na Grande Guerra.

— Ótimo! E a irmã gêmea dele, Zharina? Gavin está ansioso para finalmente poder ficar com ela quando ela fizer dezoito anos.

O sorriso dele se alargou — Ela é formidável e a companheira perfeita para o seu sobrinho. Zhara é inteligente, implacável, incrivelmente poderosa, mas também incrivelmente compassiva. Ela não hesitará em arriscar a vida para salvar os outros. Mas se você mexer com quem ela ama, ela literalmente arrancará sua alma do seu corpo e a verá se decompor.

— Então é verdade? Ela consegue arrancar a alma de alguém? — eu perguntei, espantada.

Ele assentiu — Sim. Ela irá arrancá-la e descartá-la como se fosse lixo. Mas ela também pode capturar a alma de alguém recém-falecido e mantê-la em êxtase enquanto cura o corpo antes de devolvê-la para dentro. Foi assim que ela salvou Xevius – o companheiro de Kamala – quando ele foi assassinado diante dos Omniatas Korletheanos.

— Ela parece ser uma ótima amiga. Estou feliz pelo Gavin — eu disse com sinceridade.

Zerien bufou — Eu estou feliz e com pena dele. Ela é filha única de três irmãos. Os pais dela, Khel e Lhor, sem mencionar o tio dela, o Primeiro Oficial Ghan, vão transformar a vida de Gavin em um pesadelo. As dores de cabeça que seu pai me fez passar para finalmente reivindicá-la não serão nada em comparação com o que eles vão submetê-lo.

Eu dei uma risadinha, me sentindo divertida e solidária com o meu sobrinho — Eu entendo. Mas você conhece o Gavin, ele encanta qualquer um. Ele vai ficar bem.

— Tenho certeza que sim — Zerien disse antes de pegar minha mão e me mostrar nossa casa.

Era uma ala impressionante com doze cômodos: quatro quartos – cada um com banheiro privativo e closets – dois escritórios, duas salas de estar – uma formal e outra privativa para a família – uma cozinha, uma sala de jantar, uma sala de recreação e uma sala de meditação.

Cada sala de estar levava a um enorme terraço com acesso direto ao nosso jardim particular. Ao redor, um rio serpenteava pelo jardim, dividindo cada ala do palácio.

Era naquele rio fechado que eu deveria dar à luz nossos filhos, onde eles completariam sua maturação de girino a criança completa.

Embora eu tivesse meu próprio quarto, naturalmente eu compartilharia o de Zerien. Para minha alegria, os criados já haviam trazido meus pertences pessoais enquanto eu era apresentada a todos.

— Este lugar é lindo. Eu adorei — eu disse sinceramente quando terminamos o passeio.

— Fico feliz que tenha gostado — Zerien respondeu com um sorriso — Mas sinta-se à vontade para fazer qualquer modificação que desejar, seja na mobília ou na disposição dos cômodos. Kaelin poderá ajudá-lo a selecionar os trabalhadores necessários para a obra.

— Certo — eu disse, meu bom humor um pouco abalado pela lembrança de Kaelin.

— Infelizmente, tenho que abandoná-la — Zerien disse timidamente enquanto voltávamos para o salão de entrada da nossa casa.

— Já?! — eu exclamei, desanimada.

— Sim. Eu saí inesperadamente para me juntar a você depois da tentativa de sequestro. Isso me obrigou a deixar assuntos urgentes em espera. Tentarei me apressar para poder voltar para você — ele disse em tom de desculpas.

— Certo, eu entendo — eu disse, me forçando a silenciar minha decepção — Mas tudo bem. Eu tenho que desfazer as malas.

— Eu te amo — Zerien disse, me dando um beijo profundo e apaixonado que fez meus dedos dos pés se curvarem antes dele ir embora.

Um milhão de pensamentos passaram pela minha cabeça enquanto eu desfazia as malas rapidamente. Assim que eu terminei, fui para o segundo escritório de proporções executivas, que Zerien considerou ser o meu. Eu configurei meu laptop e coloquei alguns retratos holográficos da minha família em cima.

Uma onda poderosa de saudade me atingiu com força. Era cedo demais para sentir saudades de casa. Mas o verdadeiro desafio era o quão solitária e isolada eu me sentia. Por enquanto, eu só podia esperar ter um bom relacionamento com os dois Korletheanos que se juntaram à corte de Zerien. Eu já havia conhecido Killian, o poderoso vidente Korletheano com um talento especial para obter visões com laços políticos. Nossas interações tinham sido cordiais, mas não tínhamos nenhum relacionamento propriamente dito. Afinal, na época, eu era apenas filha de um Conselheiro Braxiano.

Mas foi Deliah quem me deu mais esperança. A Oráculo Korletheana demonstrou um pouco de simpatia por mim quando Nemrox nos apresentou antes. Ela se casou com Faolen, o Caçador que originalmente sequestrou minha mãe, meu pai e eu. Como os Korletheanos ainda eram odiados pelos Sarenianos, ela poderia ser uma grande amiga para mim.

Um som de campainha me assustou. Eu levei um segundo para perceber que era a campainha da porta. Uma rápida olhada na minha braçadeira indicava que duas horas haviam se passado desde que comecei a desfazer as malas. Com o coração disparado, eu corri para a entrada, imaginando quem seria. Eu havia recusado a oferta de Zerien de ter um criado para me servir, pois eu tinha braços e pernas. Talvez mais tarde, quando me sentisse mais bem-vinda ali e encontrasse alguém em quem pudesse confiar para ficar à espreita o dia todo, eu pudesse rever essa posição.

Uma parte de mim esperava que Deliah estivesse atrás daquela porta, mas meu instinto me dizia o contrário. Assim que a abri, meu coração apertou ao ver o rosto lindo demais de Kaelin. Para minha surpresa, uma bandeja cheia de comida e bebidas pairava ao lado dela.

— Não estou com fome — eu deixei escapar antes que meu cérebro tivesse tempo de processar completamente a situação.

Minhas bochechas pareciam prestes a explodir em chamas de vergonha quando ela levantou uma sobrancelha nada impressionada com aquela saudação um tanto rude.

— Olá para você também, Siona — ela respondeu com desdém, antes de se espremer para entrar em nossa casa — Mas não se preocupe. Cada prato possui temperatura controlada. Você pode comer depois, quando estiver com fome.

— Como é?! — eu exclamei incrédula enquanto a observava caminhar desfilando em direção à sala de estar formal.

— Levará algum tempo, mas tenho certeza de que um dia conseguirei — ela disse despreocupadamente por cima do ombro enquanto eu corria atrás dela.

Eu pisquei, ainda mais confusa com a resposta sem sentido dela — O quê?

Kaelin parou em frente à grande mesa baixa no meio da sala de estar, cercada por um sofá de quatro lugares, uma poltrona de pelúcia, um sofá de dois lugares e um banco, todos feitos de madeira clara e um luxuoso tecido bege que eu não conhecia. Ela me olhou com uma expressão levemente irritada, como se não conseguisse acreditar em como eu era burra.

— Eu aceito suas desculpas, mas levará algum tempo para processá-las e digeri-las — ela respondeu friamente.

Meu queixo caiu de choque, e meu cérebro congelou por um instante — Eu certamente não lhe devo desculpas! — eu exclamei por fim.

— Ah, mas você deve — Kaelin respondeu com voz severa, enquanto colocava o conteúdo da bandeja flutuante em cima da mesa baixa — E você deve uma especialmente a Zerien. Pelo menos você se recuperou de qualquer loucura que a tenha tomado e finalmente veio.

O que em nome da Deusa está acontecendo aqui?!

Agindo como se fosse dona do lugar enquanto eu estava ali, entorpecida demais para reagir, Kaelin se sentou no sofá e começou a servir uma bebida quente em uma das duas xícaras na bandeja.

— Chá? — ela me perguntou com a polidez cordial que se esperaria de uma anfitriã com sua convidada.

— Eu não a convidei para entrar na minha casa nem a convidei para sentar! — eu exclamei.

— O que foi bem rude — Kaelin disse, me lançando o tipo de olhar penetrante que um mentor lançaria a um aluno decepcionado, antes de gesticular em direção ao sofá do outro lado da mesa — Mas eu não vou segurar a longa conversa que você e eu precisamos ter. Portanto, faça um favor a nós duas e sente-se, garotinha. Nós estamos presas juntas e temos muito o que fazer. Então, podemos muito bem furar o abscesso agora.

A fúria tomou conta de mim enquanto eu lutava contra a vontade de ir até ela e dar um tapa na sua cara. Se ela achava que ia impor seu domínio na minha própria casa, estava enganada. Eu cruzei os braços sobre o peito para evitar que minha mão se fechasse e lhe desse o que sua audácia merecia.

— Primeiro, você é só dois anos mais velha que eu. Então, acalme-se com essa coisa de "garotinha" — eu disse em um tom seco — Segundo, não precisamos ficar presas juntas. Ninguém vai te manter aqui contra a sua vontade. Você pode ir se foder.

Ela fez um gesto de desdém — Idade é só um número. As ações das pessoas revelam o nível de maturidade delas, que você claramente não tem. E sim, estamos presas uma à outra. Não importa o quanto você queira, eu não vou a lugar nenhum.

Eu olhei para ela, estupefata com seu senso delirante de direito e importância.

— Você acha que Zerien escolheria você em vez de mim? Acha que seria uma rainha melhor para ele do que eu? — eu perguntei, incrédula.

Ela tomou um gole de chá, recostou-se na cadeira e cruzou as pernas casualmente enquanto me estudava com uma expressão leve-mente zombeteira.

— Essa é uma pergunta boba. Obviamente, neste momento, eu seria uma Rainha muito melhor do que você — Kaelin respondeu de forma autoexplicativa.

— Então você quer isso! — eu sibilei.

Para minha surpresa, ela revirou os olhos e olhou para mim como se o nível da minha estupidez desafiasse qualquer lógica.

— Eu não quero o seu homem, sua menininha boba. Eu amo o Zerien? Sim, com certeza. Assim como ele me ama. Nós nos amamos desde a infância e sempre nos amaremos. Nada que você diga ou faça mudará isso — Kaelin disse com uma convicção que me dilacerou — No entanto, não estamos apaixonados um pelo outro. Nunca estivemos e nunca estaremos. Então pare de desperdiçar seu tempo e energia com essas bobagens.

Aquilo me deixou sem fôlego. De todas as coisas que eu esperava que saíssem da boca dela, isso não estava em lugar nenhum da lista.

— Ele e eu tivemos um caso? Sim, tivemos, como é óbvio pela existência do nosso filho. Em Sarenia, todo mundo transa com todo mundo em algum momento. Para Zerien e eu, foi só isso. Terminou há mais de oito anos, ou seja, mais de um ano e meio antes dele conhecer você. Desde então, Zerien não olhou para nenhuma outra mulher. Qualquer um de nós com olhos pode ver que vocês dois estão em perfeita harmonia. Você é a alma gêmea dele. Então, para responder à sua primeira pergunta, sim, Zerien sempre escolherá você. Ele tiraria a própria vida antes mesmo de pensar em te trair. E é exatamente por isso que eu não vou a lugar nenhum, e por isso que nós duas estamos presas uma à outra.

— O que isso tem a ver? — eu perguntei em um tom bem mais contido, minha mente girando com aquela reviravolta inesperada na conversa.

— Sente-se — ela disse com uma voz um pouco cansada enquanto gesticulava com o queixo em direção ao sofá em frente a ela.

Desta vez, minha necessidade instintiva de desafiar sua aparente propensão a me dizer o que fazer permaneceu silenciosa. Curiosa demais para que ela esclarecesse o que queria dizer, eu simplesmente obedeci. Eu me sentei, com as costas rígidas de tensão. O brilho de aprovação em seus olhos azul-claros me causou algo estranho. Aquela mulher estava me dando uma chicotada, e eu não conseguia decifrar as emoções conflitantes que ela agora despertava em mim.

— No minuto em que percebi que Eldrin era meu, eu soube que seria um problema para uma mulher de fora — ela continuou em tom de conversa — Vocês, estrangeiros, não pensam como os Sarenianos. Mas isso é apenas uma parte do problema. Você tem muito mais inimigos aqui do que imagina. Sem a minha orientação, você será completamente ferrada, e de mais de uma maneira.

— Ninguém é insubstituível — eu disse em um tom um pouco

arrogante, meu olhar penetrante para ela deixando claro o meu significado subjacente.

Ela bufou — Neste caso, eu não sou substituível. Em circunstâncias diferentes, você estaria certa. Alguém poderia ter intervindo. Teria sido muito mais doloroso para vocês dois, mas as coisas poderiam ter dado certo.

— E o que a torna tão especial? O fato de você ser a mãe do Eldrin? — eu desafiei.

— Não. Como eu disse, pessoas de fora frequentemente não conseguem entender nossa estrutura social. Poucos de nós criamos nossos próprios filhos. Pessoas mais adequadas, como nossas Matriarcas e Patriarcas, supervisionam os primeiros anos críticos da vida de uma criança. Eu não preciso morar no palácio para ser mãe dele. É comum que os genitores de uma criança simplesmente a visitem, enquanto pessoas mais adequadas cuidam de criá-la.

— Então por que você é insubstituível? — eu insisti.

Uma expressão estranha passou pelo rosto deslumbrante de Kaelin. Ela tomou outro gole de chá, parecendo estar pensando em como responder à minha pergunta, ou até mesmo se deveria respondê-la. Isso aguçou ainda mais minha curiosidade.

— Porque assim que retornamos ao palácio depois de encontrar Eldrin, eu fui ver a Oráculo para ajudar a avaliar a melhor maneira de lidar com a situação no futuro — Kaelin disse com naturalidade — Com base nos rumores que eu ouvi sobre como as mulheres Guldans tratam as ex-esposas de seus parceiros, ou os filhos nascidos de uniões ou relações anteriores, era meu dever, como mãe de Eldrin e Chefe do Conselho de Zerien, prestar contas de todos os possíveis resultados se e quando você retornasse.

Eu estremeci ao ouvir aquele comentário. Kaelin não me conhecia e, portanto, não tinha motivos para me considerar diferente das outras mulheres da minha espécie. Embora fosse uma generalização exagerada, não seria mentira dizer que podíamos ser extremamente cruéis e implacáveis nesse aspecto. Meu próprio pai biológico, Doruk Siddik, havia sido expulso pela mãe depois que o primeiro marido dela a repudiou. Quando ela voltou para a casa dos pais, ela só precisava reconhecer o menino que ele era naquela época para que ele fosse cuidado pelos avós. Em vez disso, ela o renegou, não apenas para não ter mais a lembrança do homem cruel com quem foi casada, mas também para se tornar mais atraente para os novos pretendentes que seus pais estavam encontrando para ela.

Ele passou muitos anos praticamente morrendo de fome nas ruas, sofrendo abusos e maus-tratos nas mãos de estranhos e outras crianças abandonadas. Foi somente com Gruuk – o traficante de escravos mais influente de nossos tempos, que também desempenhou um papel fundamental na sobrevivência da raça Verediana – que a vida do meu pai mudou. Depois que Gruuk o acolheu, meu pai adquiriu grande riqueza, poder e influência.

Mas sua juventude sofrida também o tornou amargo e alimentou seu ódio pelas mulheres. Ele só se casou com minha mãe para elevar seu status, já que ela era filha de uma família de elite. Assim como seu pai havia feito com ele, Doruk expulsou minha mãe assim que se cansou dela. No entanto, em vez de devolver a ela e a mim aos seus pais, meu pai a vendeu como escrava.

— Eu não sou como minha avó — eu disse rigidamente.

— Foi o que Deliah disse quando a consultei sobre o assunto — Kaelin admitiu, dando de ombros — Depois de sondar o futuro, ela também disse que em cada cenário em que eu saio do palácio, você morre.

Eu fiquei sem fôlego e a encarei, incrédula. Ela balançava preguiçosamente a perna cruzada para a frente e para trás, permitindo que suas palavras fossem assimiladas. Embora eu já não soubesse mais exatamente o que sentia por ela, meu instinto me dizia, visceralmente, que ela não mentiria sobre algo assim, especialmente algo que eu pudesse verificar facilmente.

— E se você ficar? — eu perguntei em voz baixa.

— Em 85% dos casos em que fico, você vive para ver a Grande Guerra. Portanto, você e eu estamos presas juntas — ela respondeu com naturalidade.

Eu engoli em seco. As coisas finalmente estavam começando a

fazer sentido. Não é de se espantar que Zerien estivesse tão desesperado para que eu me desse bem com ela.

— Então Zerien exigiu que você ficasse para me proteger — eu concluí, surpresa com o tom de amargura que se infiltrava em minha voz.

Kaelin bufou — De jeito nenhum. Ele nem sabe.

Eu enrijeci e a encarei em choque — O quê?! Por que você não contou a ele? — eu desafiei, a desconfiança começando a se instalar no meu estômago — Isso é algum tipo de mentira distorcida?

Ela jogou seus longos cabelos azul-claros por cima do ombro, sem se impressionar — Não é mentira. Sinta-se à vontade para perguntar à Deliah na próxima vez que a encontrar. Tenho certeza de que vocês terão muitas discussões no futuro. Mas Zerien já tem bastante com que lidar agora sem esse estresse extra. Ele precisa se concentrar em rastrear e erradicar os traidores que tentam destruir nossa República, em vez de caçar as sombras atrás de você.

— Se nossos papéis fossem invertidos, eu gostaria de saber que há uma ameaça pairando sobre minha alma gêmea — eu argumentei, me sentindo indignada em nome de Zerien.

— E o que você acha que isso vai resolver? — Kaelin rebateu em um tom levemente zombeteiro — Deliah previu centenas de possíveis resultados diferentes. Você sabe o quanto ele precisaria se esforçar para dar conta de cada um deles? Cada mudança tem seu próprio efeito cascata, desencadeando mais mudanças em uma reação em cadeia sem fim que cria novas situações a serem combatidas. Onde isso termina? Como Chefe do Conselho dele, e você como sua futura Rainha, é nosso dever tirar todos os fardos que pudermos dos ombros dele. A solução aqui é simples. Eu fico, você vive.

Minha cabeça entendeu o que ela disse e até concordou até certo ponto, mas outra parte sentiu que era um erro manter segredo. E, no entanto, não havia dúvida de que meu companheiro faria de tudo para me proteger, em detrimento de suas outras obrigações.

— Então, veja bem — Kaelin continuou — se eu quisesse me livrar de você ou tomar o seu lugar, eu só teria que ir embora e deixar o

Destino seguir seu curso. Mesmo que soubesse da visão do Oráculo, Zerien não poderia me forçar a ficar.

Eu estreitei os olhos para ela — Você deixou bem claro que não gosta de mim e que não me considera a melhor Rainha para ele. Então por que ficar? Tem medo que ele descubra?

Em vez do tom de indignação ou defensivo que eu esperava que ela adotasse, Kaelin assumiu uma expressão séria que me pegou de surpresa.

— Zerien está perdidamente apaixonado por você. Eu quero que ele seja feliz, e só você pode fazer isso por ele. O Destino a escolheu. Para ser sincera, eu não entendo. Não vejo como você é a pessoa certa para ele — ela disse de forma factual, sem qualquer desdém que suas palavras pudessem transmitir — Mas eu não preciso. Zerien será o maior Imperador Sareniano da história. Você é a companheira dele. Isso significa que, de alguma forma, você também será nossa maior Rainha. Não me cabe questionar o Destino.

— Mas você odeia isso — eu retruquei, me sentindo inexplicavelmente magoada com a forma fatalista como ela simplesmente aceitou o que preferiria ter podido mudar — É porque eu sou de outro planeta? Uma Guldan?

Ela deu de ombros e fez um gesto de desdém — Eu não me importo com isso. É verdade que você ser uma Sareniana puro-sangue teria sido melhor, mas isso não foi um obstáculo. Até as últimas semanas, eu estava bastante ansiosa para conhecer a mulher que conseguia colocar um sorriso tão radiante em seu rosto só de ouvir o nome dela. Mas eu me ressinto de você pelo que fez com ele.

Eu recuei — O que eu fiz com ele?

— Você partiu o coração dele — ela sibilou.

A raiva repentina e quase violenta que tomou conta de suas feições antes estoicas me deixou perplexa. Naquele instante, eu percebi que a negatividade que ela vinha projetando em mim não tinha nada a ver com ciúmes mesquinhos ou rivalidade. Uma raiva profunda, do tipo expressa por uma mamãe ursa furiosamente protetora, alimentava seu ressentimento por mim.

— Durante anos, a lealdade absoluta dele a você minou sua autoridade. Pelos padrões Sarenianos, ele já deveria ter mais de meia dúzia de herdeiros. Ele teve que lutar para convencê-los a serem pacientes, para que ele honrasse a promessa que fez ao seu pai de que não a reivindicaria até que você completasse dezoito anos. E quando esse dia finalmente chegou, em vez de retornar triunfante com sua jovem Rainha, ele voltou envergonhado, sozinho e sem nenhuma explicação. Seus detratores o atacaram com ainda mais ferocidade, exigindo sua deposição.

Eu abracei a mim mesma, uma mistura de vergonha e raiva borbulhando dentro de mim. Essas pessoas não me conheciam, não nos conheciam. Eu odiava que minhas inseguranças o tivessem colocado em uma posição tão difícil. Eu odiava ainda mais por estar tão focada nos meus próprios problemas a ponto de não ter avaliado completamente como minhas ações o afetariam. Mas certamente ela também conseguia entender o quão avassalador tudo aquilo tinha sido para mim?

Para minha consternação, sua raiva só pareceu aumentar enquanto ela me encarava com uma expressão quase selvagem.

— Zerien é o predador mais feroz e implacável que eu já conheci. É isso que o torna nosso futuro governante, meu Imperador. Mas no dia em que ele voltou, ele chorou como um bebê! Eu o segurei em meus braços enquanto ele chorava cada lágrima do seu corpo por você. POR VOCÊ!

Eu estremeci, com lágrimas brotando dos meus olhos ao pensar que o havia magoado tanto. Nos dias que se seguiram à sua partida, eu chorei tanto que fiquei enjoada. Em nenhum momento imaginei que ele também pudesse estar tão devastado.

— Você o fez questionar o próprio valor — Kaelin continuou, impiedosamente — Ele se perguntou se talvez eles estivessem certos, que ele era fraco e inapto demais para governar, porque não conseguia imaginar uma vida sem você. Você o destruiu, e por quê? Porque não queria que a gravidez arruinasse sua silhueta perfeita?

Eu me levantei com um pulo, indignada com tal suposição escandalosa — De jeito nenhum! Não foi por isso que eu não queria um filho!

— Então o que foi? O primeiro e mais importante dever do casal governante é ter herdeiros — Kaelin retrucou — Como Braxiana, você, melhor do que ninguém, deveria saber disso.

— Não importa agora — eu gritei de volta, com raiva — O que está feito, está feito. Se eu pudesse voltar atrás, lidaria com toda essa confusão de forma diferente. Mas Zerien agora tem Eldrin, um herdeiro adequado para seguir seus passos. Então, tudo isso é irrelevante.

Kaelin franziu a testa, parte da raiva dando peso à confusão — Um herdeiro de verdade? — ela repetiu.

— Ele não te contou? — eu a desafiei com raiva, a velha vergonha ressurgindo misturada com o ressentimento por ela me obrigar a passar por toda essa provação mais uma vez.

— Me contou o quê? — ela perguntou com uma ponta de irritação.

— Eu quero ter filhos com ele. Na verdade, eu adoro famílias grandes e quero ter muitos descendentes. Mas que tipo de filho ele pode ter com uma Guldan? — eu cuspi, lutando contra as lágrimas que brotavam em meus olhos — Você diz que ele tem inúmeros detratores. Como acha que eles vão reagir quando eu começar a gerar bebês sem poderes como eu?

Pela primeira vez, Kaelin pareceu completamente sem palavras. O silêncio se estendeu pelo que pareceu uma eternidade enquanto ela me olhava boquiaberta, estupefata.

— Foi por isso que você o afastou? — ela sussurrou, atordoada — Sua boba!

Eu abracei minha cintura novamente e me deixei cair no sofá, me sentindo derrotada. Apesar da minha conversa com Zerien e do meu alívio por saber que ele acolheria nossos filhos, independentemente do poder que tivessem ou não, eu não conseguia deixar de me sentir carente como mãe para seus filhos.

Kaelin abriu a boca para dizer algo, mas pareceu mudar de ideia. Eu podia ver suas engrenagens girando enquanto ela me lançava um olhar avaliador.

— Seus filhos ficarão bem — ela disse de repente — Os genes Sarenianos são dominantes. Mesmo que seus filhos acabem tendo algumas características Guldan, eles ainda terão nossos poderes. Até hoje, eu não conheço nenhum híbrido que tenha se parecido com algo além de um Sareniano completo. E acredite, essa foi uma das primeiras coisas que investiguei depois que você foi confirmada como a futura Rainha de Zerien.

Foi a minha vez de ficar perplexa, mesmo quando uma grande onda de alívio e esperança tomou conta de mim.

— Mas... Por que Zerien não me contou isso? — eu perguntei, perplexa.

Ela deu de ombros — Provavelmente porque ele não sabe. Não é algo com que ele se preocuparia. Não acredito que vocês dois passaram por uma separação dessas por causa disso.

Eu fiquei irritada com o desdém com que ela disse essas palavras — Esta era só uma parte do problema, embora fosse a maior.

— O que mais a incomoda? — ela perguntou com genuína curiosidade.

— Vocês todos me odeiam — eu retruquei, irritada por minha voz revelar o quanto aquilo realmente me afetava. Eu não queria que ela me achasse mais fraca e vulnerável do que ela já achava — Você, Jastira, até os guardas deixaram bem claro que me odeiam.

Ela revirou os olhos — Ódio é uma palavra forte. Você não causou o tipo de dano que justificaria uma emoção tão forte. Nós apenas achamos que você é inadequada. E sua pequena façanha não ajudou. Como qualquer recém-chegada, o fardo é seu: provar seu valor e conquistar nosso amor e lealdade, e não o contrário.

— Por que eu deveria? — eu perguntei abruptamente, com um toque de desafio.

A maneira decepcionada com que ela franziu os lábios e balançou a cabeça para mim doeu muito mais do que eu esperava.

— Viu? É por isso que eu te chamo de criança — Kaelin disse com naturalidade — Você não pode governar sem lealdade. E Zerien não pode perder tempo se preocupando com você porque você não está conseguindo aliados para si entre o povo dele. Seu trabalho é ser a rocha dele e aliviar o máximo possível dos seus fardos. Claro, não é justo com você, mas é disso que se trata ser uma verdadeira Rainha. Sua mercy fez o mesmo por Ravik. Você deve ser a Mercy de Zerien. E eu vou te impor isso se for preciso — ela acrescentou, com um desafio levemente ameaçador.

Eu me irritei novamente e cerrei os dentes para conter a vontade de dizer umas palavrinhas. Mas ela voltou a falar, tirando a oportunidade de eu pensar em uma resposta inteligente.

— Você tem uma ladeira íngreme para subir — ela continuou, desta vez com um tom um pouco mais amigável — Mas você ganhou alguns pontos por escapar dos Guldans sozinha, e também pela forma como lidou com Eldrin. Se você tivesse rejeitado meu filho ou sido cruel com ele de alguma forma, eu teria deixado o palácio e a deixado morrer.

Eu recuei e pressionei a palma da mão contra o peito, chocada com o brilho quase selvagem em seus olhos.

— As crianças são sagradas em Sarenia — ela disse como única explicação.

— Crianças são inocentes — eu respondi em um tom levemente defensivo — Meu padrasto me aceitou total e abertamente como sua. Eu pretendo fazer o mesmo com qualquer criança que Zerien já tenha gerado. Eu amo crianças e jamais as faria pagar pelos atos de seus pais.

— Ótimo — Kaelin respondeu, desta vez com clara aprovação — Nossos sentimentos mútuos são irrelevantes. Se for preciso, eu darei minha vida de bom grado para protegê-la por Zerien e pelo bem do Império. Você entrou em um covil de víboras. Quer você goste ou não, eu serei sua única amiga verdadeira até que você consiga mais por conta própria. Então, é melhor você começar a se acostumar.

— Com uma personalidade tão encantadora, você está realmente facilitando as coisas — eu rosnei.

Ela bufou, e seu rosto se suavizou com uma mistura de diversão e o mesmo brilho de aprovação.

— Eu só guardo meu charme para os homens com quem pretendo transar. Seus Braxianos têm sorte de você tê-los libertado tão rápido. Eu não me importaria em experimentar alguns deles.

Eu fiquei de queixo caído ao ouvir aquela declaração grosseira. O pior é que eu realmente acreditava que ela falava sério. Levaria um tempo para me acostumar com a liberdade que os Sarenianos tinham em relação à sexualidade.

— Por enquanto, precisamos prepará-la para a recepção de boas-vindas esta noite — Kaelin continuou, totalmente imperturbável com o meu choque — Muitos a desafiarão, especialmente as mulheres que querem ser Rainhas. Afie a língua e esteja pronta para mostrar por que elas jamais poderão tomar o seu lugar.

CAPÍTULO 14
SIONA

Minha mente ainda se revirava com aquela reviravolta inesperada com a Kaelin. Eu esperava que ela se aproveitasse das minhas inseguranças e aproveitasse qualquer oportunidade para transformar minha vida em um pesadelo. Em vez disso, ela se esforçou para aliviá-las sem tentar me bajular ou se insinuar. Por mais rude que ela tivesse sido, eu apreciei a honestidade brutal. Eu não precisava ser mimada. Eu preferia uma verdade dolorosa a uma mentira enganosa a qualquer momento.

Dito isso, ainda me incomodava que ela tivesse tido intimidade com Zerien, apesar de tudo ter acontecido e terminado muito antes dele e eu nos conhecermos. Mas eu precisava superar isso. Durante seus anos como serva contratada em um clube exótico, minha mãe foi forçada a conviver com uma variedade de homens. Meu pai nunca a envergonhou por isso. O passado era o passado, tudo o que importava era o futuro que eles haviam construído juntos.

Além disso, gostasse ou não, eu precisava desesperadamente de aliados aqui. E Kaelin era a mãe de Eldrin. Eu havia me beneficiado das maravilhas e da força de uma família extensa, com meu padrasto Krygor e meus meio-irmãos Anton, Demar e Gorav. Não havia motivo para não conseguirmos o mesmo aqui.

Eu consigo fazer isso.

Virando-me para um lado e para o outro, eu me dei uma olhada crítica no espelho, apenas para ver meu deslumbrante parceiro entrar em cena atrás de mim. O olhar lascivo em seu rosto enquanto seu olhar me percorria fez meus seios instantaneamente pesarem e minhas paredes internas se contraírem. Pela Deusa, aquele homem tinha poder demais sobre mim.

— Você está de tirar o fôlego, minha companheira — ele sussurrou enquanto pressionava o peito contra minhas costas e sua mão direita pousava em minha barriga exposta.

Ele se inclinou para depositar um beijo suave na curva do meu pescoço, causando um arrepio delicioso na minha espinha. A risada presunçosa que escapou dele me fez querer dar uma cotovelada nele.

Eu passei os dedos pelos seus longos cabelos azul-escuro por cima do ombro enquanto observava o quadro impressionante que formávamos no reflexo do espelho. Seguindo a forte sugestão de Kaelin, eu optei por usar uma roupa Sareniana. Aqui, a moda envolvia muita pele exposta, saias até o gancho e vestidos com recortes como o que eu estava usando. As roupas deles tendiam a ser ou um drapeado fluido com um toque grego, ou incrivelmente justas.

A minha era definitivamente a última opção. Eu teria preferido que fosse preta – minha cor favorita – mas o vestido coral realçava minha pele da maneira mais agradável possível. Assim como minha tia Grace – mãe do Gavin – eu não me importava em exibir um pouco minhas curvas. E este vestido me abraçava nos lugares certos. Ao contrário dos estilos Sarenianos comuns, este vestido tinha mangas compridas, uma saia tubinho na altura dos tornozelos e um recorte enorme que expunha toda a minha barriga, desde logo abaixo dos seios até o início da minha pélvis.

Pela primeira vez, eu quase desejei ter um piercing no umbigo.

A gola quadrada deixava um belo vislumbre das curvas superiores dos meus seios sem cair em território vulgar ou correr o risco de qualquer problema de figurino. Seguindo as recomendações de Kaelin, eu não usei nenhuma joia além de um discreto par de brincos projetados especialmente para mim por Mercy, que funcionava como um disruptor psíquico para impedir que qualquer Sareniano me controlasse mentalmente.

— Kaelin sugeriu esta roupa — eu disse honestamente — Ela disse que eu era uma Sareniana agora e, portanto, tinha que adotar sua moda para exibir minha "beleza natural" na frente de todas as harpias e fazê-las se emocionarem.

Zerien caiu na gargalhada — Ah, elas certamente vão ficar verdes de inveja. Mas fico feliz que a Kae tenha te aconselhado. Eu concordo plenamente com essa escolha.

Eu não deixei de perceber o alívio oculto que ele sentiu por ela e eu não termos arrancado os olhos uma da outra.

— Ela é realmente protetora com você e parece determinada a garantir sua felicidade a todo custo — eu disse em voz baixa.

Zerien se endireitou e me virou para que eu pudesse encará-lo, com uma expressão séria no rosto.

— Kaelin é realmente minha melhor amiga e inteiramente dedicada a proteger o Império. Ela também pode ser sua melhor amiga — ele disse com convicção, com um tom levemente suplicante na última frase.

— Sim, eu também acho — eu disse com toda sinceridade.

Ele se enrijeceu, e seus olhos se arregalaram de surpresa, cheios de esperança — Sério?

Eu concordei — Não há dúvida de que eu posso me beneficiar muito com os conselhos e a orientação dela. Eu confio em você, mas não confiava nela. No entanto, agora que a conheci e ouvi o que ela tinha a dizer, acredito que ela é honesta tanto em suas palavras quanto em suas intenções.

— Fico feliz que você se sinta assim — ele disse com alívio genuíno antes de se inclinar e me beijar.

Foi breve demais, quase me fazendo gemer em protesto quando ele se afastou. Meu olhar o percorreu com voracidade. Ele estava de saia novamente, mas desta vez um shaal – as saias mais longas até os tornozelos – com uma faixa pendurada no ombro. Não era exatamente branco-sujo ou bege, mas mais próximo do ouro branco, com um leve brilho. Acima de tudo, ele parecia delicioso.

— Vamos, minha companheira. Se continuar me olhando assim, nunca vamos conseguir chegar à recepção — ele rosnou.

Eu lancei-lhe um olhar lascivo, sem qualquer remorso — A culpa é sua por estar tão apetitoso.

— Guarde esse pensamento para quando voltarmos — ele resmungou antes de me dar outro beijo ardente.

De mãos dadas, nós saímos da nossa casa e encontramos Naax e Drade nos esperando do lado de fora. Os olhares de aprovação dos guardas ao verem minha roupa me deram mais um impulso de confiança muito necessário. Eu agradeci silenciosamente a Kaelin por me guiar na direção certa.

Meu pulso acelerou ao nos aproximarmos do Salão Principal, onde a maioria dos convidados já estava reunida. Eu me perguntava se deveríamos estar lá para recebê-los, mas como Nemrox ainda era o Imperador, ele continuava sendo o anfitrião do evento. Zerien também queria que fizéssemos uma entrada triunfal. Eu só queria sumir no cenário e passar despercebida enquanto estudava meus novos convidados. Obviamente, isso era apenas uma ilusão, já que o objetivo era me apresentar a todos e dar a eles a chance de me conhecerem um pouco.

Acima de tudo, era a minha vez de provar a eles que eu não só era digna de ser a futura Rainha deles, mas também que Zerien não tinha sido tolo nem fraco por permanecer leal e devotado a mim ao longo dos anos.

Normalmente, Drade caminharia à nossa frente antes de entrarmos, com Naax fechando a marcha atrás de nós. Desta vez, com tantos guardas já rondando a área, Zerien e eu assumimos a liderança. Os dois homens que guardavam a entrada do Grande Salão acenaram para nós com deferência antes de abrirem as portas maciças. Suas expressões indecifráveis não revelavam nada sobre o que pensavam a meu respeito.

A imensa sala e a multidão de pessoas dentro dissiparam qualquer pensamento persistente sobre a possível opinião dos guardas. Todos os pares de olhos se voltaram para nós. O zumbido da conversa diminuiu. Se não fosse pela suave música ambiente tocando ao fundo, um silêncio mortal teria se instalado na sala. Apesar do pânico ameaçar me sufocar, eu concentrei minhas feições e levantei levemente o queixo em desafio.

Eu passei os últimos seis anos crescendo cercada por alguns dos homens mais aterrorizantes da galáxia, fortes o suficiente para quebrar minha espinha em dois com uma única mão. Eu me daria mal se permitisse que um bando de estranhos me intimidasse só porque eu não me encaixava na imagem que eles tinham do que a noiva do futuro Imperador deveria ser. O polegar de Zerien acariciando discretamente minha mão, que ele ainda segurava, me deu outra descarga de energia e confiança.

No fim das contas, o que qualquer uma daquelas pessoas pensava de mim não importava. Contanto que eu tivesse o apoio do amor da minha vida, eu superaria qualquer desafio que surgisse. Na verdade, a hostilidade, o desdém e a arrogância nada sutis demonstrados por alguns dos convidados só pareciam incitar minha determinação ao frenesi.

Querem me enfrentar de igual para igual? Desafio aceito.

Eu estampei uma expressão amigável e educada enquanto sorria e acenava com a cabeça para cumprimentar as inúmeras pessoas presentes. Elas se abriram como uma cortina diante de nós, dividindo-se em duas metades, criando um caminho para que nos dirigíssemos ao estrado no fundo do imenso salão, que servia tanto de salão de recepção quanto de baile. Zerien mencionou alguns nomes ao longo do caminho, chegando a fazer uma pausa para que pudéssemos fazer apresentações mais formais. Durante todo esse tempo, eu repetia mentalmente as palavras do meu pai: "Não alimente seus inimigos com seu medo".

Eu me alimentaria deles.

Havia nomes e rostos demais para lembrar, mas um deles garantiu que eu não o esquecesse tão cedo. Como a maioria dos Sarenianos, ele era quase obscenamente bonito. Ele parecia ter entre 20 e 30 anos, cabelo azul-claro e pele e olhos azul-escuros. Em vez das saias curtas ou longas que muitos dos outros homens usavam, ele vestia um ruvyn cáqui – o traje longo, sem mangas e com um decote profundo que o pai de Zerien adorava usar.

Ele estava presente na plataforma de pouso mais cedo quando chegamos. Nemrox praticamente o impediu de puxar conversa comigo depois de nossas apresentações. Mas o brilho intenso e a determinação teimosa em seus olhos me diziam que ele esperaria até que a oportunidade de atacar se apresentasse novamente.

E agora parecia ser a hora.

— Você provavelmente se lembra de Lucius Feydar, um dos nossos Senadores — Zerien disse — Ele estava presente no dia em que Mercy se tornou a Rainha Braxiana.

A ausência de calor em seu tom, de resto educado, foi toda a confirmação de que eu precisava quanto à natureza do relacionamento deles. Isso aumentou ainda mais minha antipatia instintiva pelo homem bonito.

— Sim — eu respondi de forma cordial, mas discreta.

— É um prazer revê-la, e principalmente finalmente ter a chance de falar com você — Lucius disse em um tom que deixava bem claro que ele ficou descontente com nossa falta de interação anterior — Então, Sarenia também ganhou uma Rainha Guldan. Você será como Mercy Xeldar para nós?

O tom de escárnio em sua voz me incomodou imediatamente. Talvez eu estivesse sendo paranoica, mas meu instinto me dizia que o que ele queria dizer era que eu jamais conseguiria atingir o nível incrível que Mercy estabeleceu quando se tornou a Rainha Braxiana.

— Só podemos esperar — eu respondi com indiferença — Os desafios são diferentes. Eu não busco ser ninguém além de mim mesma. Mas certamente me esforçarei para que minha contribuição ao meu novo povo seja o mais benéfica possível, com base nas necessidades específicas de Sarenia, e para ser a melhor Rainha possível para minha alma gêmea.

— Você precisa controlar suas expectativas, Senador — disse uma voz feminina de repente atrás de Lucius, chamando a atenção de todos.

Pela forma como Zerien se tensionou ao meu lado – por mais sutil que fosse – eu sabia que aquela mulher era um problema. Como esperado, ela era deslumbrante. Mas, por outro lado, todas as pessoas na sala também eram. Ao lado das Veredianas, os Sarenianos eram considerados as pessoas mais bonitas da galáxia.

Ela tinha cabelos azul-esbranquiçados até a cintura, rosto oval, maçãs do rosto salientes e queixo pontudo. Cílios longos cobriam seus olhos azul-prateados. Seu nariz pontudo era mais estreito, acima de um par de lábios carnudos. Seu vestido gritava por atenção. Enquanto a maioria das pessoas usava tons pastéis e terrosos, seu vestido quase invisível era de um vermelho-fogo com bordados dourados. Parecia que ela havia jogado um longo pedaço do tecido luxuoso sobre o ombro para cobrir os seios em diagonal, e depois o enrolado em volta da cintura para esconder suas partes íntimas.

De alguma forma, ela conseguiu fazer com que ele parecesse elegante e cheio de classe, em vez de vulgar.

O meu lado mesquinho adorava que, apesar dos saltos altos que ela usava, eu ainda fosse pelo menos meia cabeça mais alta que ela.

— A Rainha Mercy é inteligente como um gênio, rica além das palavras e uma experiente guerreira Tuureana — a mulher disse em um tom que implicava que eu jamais poderia esperar rivalizar com esse tipo de conquistas estelares.

— Na verdade, Meriel, minha Siona também é extremamente inteligente — Zerien disse com a voz cheia de orgulho, mesmo com os olhos lançando dardos na direção da mulher — Ela quer cursar engenharia. Quanto ao combate, ela é uma lutadora fenomenal. Você não ficou sabendo como ela derrotou a frota Guldan que tentou sequestrá-la em seu caminho para cá?

Naquele instante, eu poderia ter lhe dado um abraço esmagador, mas ele não hesitou em me defender. No entanto, eu precisava me defender. Ele nem sempre estaria por perto para me proteger das víboras, e eu gostava de lutar minhas próprias batalhas.

A mulher que ele chamava de Meriel deu de ombros, desdenhosa — Pfft, claro que ouvi. Mas ela só usou a tecnologia da Rainha Mercy.

Zerien abriu a boca para argumentar, mas eu coloquei a mão em seu antebraço, o impedindo.

— Claro que sim — eu respondi, com um tom que deixava claro que deveria ser evidente — Todo Guerreiro sábio usa as ferramentas fornecidas por seus mentores. E a Deusa sabe que eu aprendi com os melhores.

— Guerreira? Você se considera uma Guerreira? — Meriel perguntou, olhando para a multidão que se formava ao nosso redor, como se quisesse angariar apoio dos presentes para a sua insinuação de que eu não era muito boa da cabeça.

— Com certeza — eu respondi, com naturalidade.

Os olhares divertidos e incrédulos das pessoas ao meu redor refletiam o olhar cruel e presunçoso de Meriel.

— Nossa, o que a fez pensar isso? O que você aprendeu para se sentir no direito de ter esse título?

Pelo sangue de Gharah, eu queria dar um tapa na cara dela para tirar aquela presunção. Mas eu também não podia deixar que ela me irritasse. Ela estava tentando me fazer de boba, e eu não ia deixar que ela vencesse tão fácil... ou melhor, de jeito nenhum.

— Vejamos — eu disse, fingindo sondar minha memória — Eu aprendi todas as técnicas de combate Veredianas, desde combate corpo a corpo até espadas, cajados e lanças, armas de longo alcance, incluindo arcos e pistolas, e até dominei suas técnicas de batalha mais avançadas. Aliás, no meu décimo sétimo aniversário, a própria Almirante Lee – a líder militar das Veredianas – me deu minha própria armadura Tuureana e espada de celesium. Ninguém, além das Veredianas e sua ala militar, os Tuureanos, possui essas armaduras e armas de ponta. E eu nem vou falar de todas as técnicas de combate que aprendi com meu pai e os guerreiros de elite de Braxia.

Ver o rosto dela se fechar um pouco mais a cada uma das minhas palavras foi um orgasmo. Naturalmente, eu senti a necessidade de esfregar um pouco mais de sal na ferida.

— Desde a minha chegada a Braxia, há mais de seis anos, a Rainha Mercy me acolheu e me ensinou rigorosamente tudo sobre batalhas, incluindo liderar uma frota. Nos últimos dois anos, eu fui a treinadora-chefe das mulheres Guldans que se juntaram à rebelião. Então, sim – Meriel, acredito que seu nome seja? – eu mereci o título de Guerreira. Mas, ei, eu ficaria feliz em treinar com você qualquer dia, usando qualquer arma. Eu domino todas elas.

Alguns bufos irromperam ao nosso redor, com meu próprio companheiro rindo descaradamente enquanto olhava para a infeliz mulher com uma expressão zombeteira.

Meriel empalideceu, uma mistura de humilhação e raiva tomando conta de seu rosto. Mas, em vez de recuar diante de uma batalha perdida, a idiota redobrou a aposta.

— Mulheres não lutam. Temos nossos homens para isso — ela retrucou em tom altivo.

Todo o divertimento desapareceu do meu rosto — Você não luta. Mulheres Sarenianas não lutam... por enquanto. Mas isso é algo que pretendo remediar.

Expressões preocupadas passaram por muitos rostos ao meu redor enquanto Meriel recuava abertamente.

— O quê?! Você quer mudar nossos hábitos e nos transformar em algo que não deveríamos ser?! — ela exclamou.

Eu estreitei os olhos para ela, percebendo como ela estava tentando distorcer minhas palavras para me fazer a vilã.

— Mudar seus hábitos? Não — eu respondi calmamente — Fortalecer a parcela mais vulnerável da população e dar-lhes as ferramentas adequadas em preparação para a guerra que se aproxima? Com certeza. Ninguém deveria ficar desamparado. E acredite, eu já passei por isso e não desejo isso a ninguém. Se eu puder evitar ou ajudar a mitigar, farei tudo o que estiver ao meu alcance para garantir isso.

Ela bufou com desdém — Boa sorte com isso.

— Não tem nada a ver com sorte, e tudo a ver com previsão e prontidão — eu retruquei.

Ela abriu a boca para dizer mais alguma coisa, mas Lucius a interrompeu.

— Você disse que vem treinando mulheres Guldans nos últimos dois anos. Então isso significa que concorda que uma colaboração entre Sarenianos e Guldans é possível, certo? — Lucius perguntou.

Eu reprimi a vontade de encará-lo com raiva diante da armadilha óbvia que ele tentava me preparar — Sim, acredito que uma colaboração seja possível, mas apenas com os rebeldes. Absolutamente não com as pessoas que estão no poder no meu planeta natal.

— Interessante — Lucius respondeu com um brilho malicioso nos olhos — Você será nossa futura Rainha. Mas como podemos confiar que não nos trairá se está traindo abertamente o governante do seu próprio povo?

— Cuidado, Lucius — Zerien sibilou enquanto dava um passo ameaçador em sua direção.

Eu coloquei a palma da mão em seu peito e fiz uma carícia reconfortante, embora meus olhos permanecessem grudados no Senador.

— Está tudo bem, meu amor. Ele fez uma pergunta justa — eu disse em um tom razoável — Você não pode trair um traidor. Eu estou tentando salvar o povo do meu planeta natal de governantes corruptos e abusivos. Você sabe como eles tratam as mulheres, como tratam as crianças. Meu próprio pai foi expulso pela mãe e deixado para morrer de fome e ser maltratado nas ruas até que alguém finalmente tivesse pena dele. Você espera que eu tolere isso e apoie um governo que multiplica as regras e leis para manter as mulheres como propriedade a serem usadas e abusadas como bem entenderem? Que nega aos mais vulneráveis entre nós, crianças inocentes que nunca pediram para nascer, a mais básica das proteções?

— Claro que não — Lucius disse, parecendo indignado — Se você sabe alguma coisa sobre a nossa história, então deveria saber que, depois do que os Korletheanos fizeram ao nosso povo, Sarenia se reconstruiu com uma variedade de regras e sistemas para garantir que nunca mais machucássemos nossas mulheres e protegêssemos nossas crianças.

— Eu sei, e acredite, posso me identificar mais do que você jamais entenderá — eu respondi ferozmente — Minha mãe e eu fomos vendidas pelo meu pai, que desejava uma noiva diferente. Nós fomos maltratadas, privadas de direitos, de qualquer possibilidade de fuga até que Krygor Aldriss nos salvou. Então, sim, Senador Feydar, enquanto eu respirar, lutarei para proteger e libertar aqueles sem esperança, aproveitando cada bênção que o Destino e a Deusa me concederam.

— É um sentimento grandioso, mas você está se tornando a Rainha de Sarenia, não de Guldar — Lucius respondeu.

— Você está certo — eu admiti — No entanto, neste momento,

todas as grandes nações estão em uma corrida para formar as alianças certas. Há milhões de mulheres e crianças em Guldar. A Grande Guerra iminente é uma oportunidade de apertar o botão de reinicialização naquele mundo e dar esperança aos que ainda não o têm. Sarenia mudou. Braxia mudou. Guldar mudará, mas não se fecharmos os olhos para seus crimes, e muito menos nos deitando na cama com aqueles que espancam, estupram e matam mulheres por diversão. Ou você está dizendo que deveríamos?

— De jeito nenhum! — Lucius exclamou com indignação, enquanto várias pessoas o olhavam com desaprovação.

— Então você concorda que uma aliança com Guldar é uma má ideia? — eu insisti, aproveitando minha vantagem.

— Com uma mudança de governante...

— Essa é uma hipótese sem sentido — eu interrompi Lucius — Pode levar meses, anos ou até décadas até que a praga atualmente no poder seja deposta. E isso não nos levará a lugar nenhum quando o futuro de todo este planeta e da própria galáxia estiver ameaçado. Como Senador-Chefe, espero que você aja com base na realidade e não em ilusões.

Seu suspiro de choque foi ecoado por muitos outros, sem mencionar algumas risadas. Eu percebi então que muitos dos presentes estavam gostando de vê-lo sendo colocado de volta em seu lugar.

— Adaptação é a regra número um do combate — eu continuei, sem lhe dar a chance de interromper meu ímpeto — Prepare-se para todas as eventualidades, mas lide com a realidade. A realidade é que não podemos confiar em Guldar. O simples fato deles tentarem sequestrar a alma gêmea do seu futuro Imperador já lhe diz tudo o que precisa saber. Eles não querem uma aliança com Sarenia, eles querem controlar e escravizar a todos nós. Então, sim, Senador, eu incentivarei a assistência contínua aos rebeldes Guldans, me oporei a qualquer aliança com os governantes oficiais Guldans e usarei todas as ferramentas do meu arsenal para ajudar a manter nosso próprio povo seguro aqui em Sarenia, antes, durante e depois da Grande Guerra.

Zerien riu baixinho. Ele passou um braço possessivo em volta da minha cintura e olhou para mim com orgulho antes de lançar um sorriso cheio de alegria maliciosa para Lucius.

— Bem, parece que alguém está recebendo uma lição da... Como você a chamou mesmo? — Zerien perguntou, provocando.

— A Rainha Criança — disse a voz de Kaelin atrás de nós, levemente à direita, me assustando.

Eu olhei na direção dela, me sentindo irracionalmente aliviada por vê-la ali. Me incomodava mais do que eu conseguia explicar não tê-la visto em lugar nenhum.

— No entanto, parece que você tem muito a aprender com a criança — ela acrescentou ironicamente.

Ele bufou e resmungou algo sobre as coisas serem muito mais complicadas do que eu imaginava. Para minha consternação, Drade se aproximou de Zerien e sussurrou algo em seu ouvido. Meu companheiro franziu a testa e assentiu antes de me lançar um olhar de desculpas.

— Com licença, meu amor. Eu sou necessário — ele disse.

Ele olhou para Kaelin por cima do meu ombro, deixando claro que esperava que ela cuidasse de mim em sua ausência. Eu dei-lhe um breve sorriso de compreensão, mas me senti completamente desolada quando o calor do seu braço em volta da minha cintura desapareceu e ele se afastou apressadamente. Para meu alívio, Lucius pediu licença e saiu também.

— Vamos pegar algo para comer — Kaelin disse com firmeza.

Feliz demais para escapar da multidão que se aglomerava ao nosso redor, eu não discuti e a segui, surpresa ao ver um homem alto e forte nos seguindo a uma curta distância. Percebendo o olhar desconfiado que lancei em sua direção, Kaelin sorriu.

— Você tem uma boa noção situacional. Isso é excelente. Mas, neste caso, pode relaxar. Este é o Alred. Ele será seu guarda-costas pessoal. Nós faremos as apresentações mais tarde. Por enquanto, preciso atualizá-la rapidamente sobre algumas coisas antes que as harpias nos ataquem — Kaelin disse em tom baixo.

Para minha surpresa, ela não me levou às muitas mesas dispostas nas paredes laterais do salão, repletas de uma variedade de bebidas e amuse-bouche. Em vez disso, ela me levou a uma seção levemente arqueada, quase em forma de alcova, com dois guardas a emoldurando. Lá, outra mesa menor tinha iguarias semelhantes espalhadas.

— Você não deve comer nem beber nada que não tenha sido trazido por alguém em quem confia plenamente — Kaelin disse severamente ao perceber meu ar confuso — Isso inclui Zerien, seu pai, os guardas deles, Jastira ou eu. Os únicos estranhos de quem você deve aceitar comida são aqueles vestidos com aquele uniforme azul-escuro.

— Você está falando sério? — eu perguntei, sentindo o sangue sumir do meu rosto.

Crescendo tão perto da família real Braxiana, eu imaginei uma vida um tanto semelhante à que Ravik e Mercy desfrutaram, e mais recentemente à de Keran e Dawn, desde sua ascensão ao trono. Embora também andassem com guarda-costas, eles nunca se preocupavam com possíveis envenenamentos ou tentativas de assassinato dentro de sua própria casa.

— Nós vivemos em tempos desagradáveis — Kaelin disse, sombriamente — Não costumava ser assim. Mas os rebeldes têm intensificado seus ataques para impedir Zerien de ascender ao trono. Você ouviu o quão longe eles foram em Haven quando atacaram Keran. Não tenho dúvidas de que a vinda de Guldans atrás de você foi um esforço coordenado com os rebeldes Sarenianos. Com a coroação a menos de um mês de distância, eles multiplicarão suas tentativas de impedi-la. Não se engane, eles não hesitarão em tentar usá-la novamente para atacá-lo. Você deve estar sempre em guarda e se manter segura até que erradiquemos o flagelo.

Eu assenti lentamente, mais uma vez impressionada com o quão avassaladora toda essa situação poderia se tornar se eu entrasse em pânico.

O garçom nos ofereceu uma série de bebidas. Eu escolhi um coquetel sem álcool. Embora a idade legal para consumo de bebidas alcoólicas intergalácticas fosse dezessete anos – não havia limite mínimo em Braxia – eu nunca fui muito fã de álcool. Meus instintos de sobrevivência odiavam a sensação de embriaguez e a perda de controle que acompanhavam o consumo, sem mencionar o fato de que a maioria das bebidas mais fortes tinha um gosto simplesmente horrível. Eu nunca entendi por que as pessoas se submetiam a essa tortura até finalmente desenvolverem o gosto por ela.

Dito isso, eu certamente apreciava um coquetel ocasional e uma taça de vinho com uma refeição requintada. Mas, naquele momento, eu queria manter a cabeça fria para o que eu sabia que seria uma noite longa e desafiadora.

— Você se saiu bem com aquela vadia da Meriel e aquela cobra do Lucius — Kaelin disse enquanto nos afastávamos da mesa de refrescos.

Eu me peguei estufando o peito com o elogio — Obrigada. Mas quem é ela? O que mordeu a bunda dela?

Kaelin bufou e me olhou com um sorriso travesso — Ela é a rainha das harpias, cheia de amargura e veneno. É inacreditável, considerando que ela é filha do Senador Kendel Carric. Ela é tão cobra quanto ele é leal e devotado ao Império. O problema dela é a ambição desenfreada.

— Deixa eu adivinhar — eu disse sarcasticamente — Ela queria ser Rainha e está chateada porque uma pessoa de outro planeta conseguiu o papel.

Ela riu baixinho — Na mosca! Ela perseguiu Zerien a vida toda. Seu objetivo era gerar um filho dele na esperança de que ele a recompensasse com a coroa.

Meu estômago embrulhou só de pensar nos dois juntos. Mesmo que ele não demonstrasse nada além de desdém por ela, eu fiquei com o estômago embrulhado pensando que aquela vagabunda pudesse ter estado com ele primeiro.

— Relaxa — Kaelin disse severamente, sem nenhuma graça no rosto — Você precisa parar de se enojar pelo fato de que Zerien tinha uma vida antes de te conhecer. E, neste caso específico, você está se torturando à toa. Zee a via como ela era e sempre a recusou.

Eu me animei — Ele nunca dormiu com ela?!

— Nunca — Kaelin disse inequivocamente — Ela está furiosa com isso e encara como uma afronta pessoal. Em vez de recuar e salvar a reputação, ela só ficou mais determinada, senão obcecada, pelo desejo de fazê-lo ceder a ela. A esta altura, duvido que ainda seja pelo trono, mas apenas pela sua necessidade desesperada de vencer.

Não há palavras que expressem a profundidade do alívio que eu senti.

— E as outras mulheres aqui? — eu insisti.

Kaelin franziu a testa e me lançou um olhar decepcionado e desaprovador — Não faça isso.

— Relaxa — eu retruquei, imitando a resposta anterior dela — Eu não vou surtar por causa disso. Por mais que tudo isso me desagrade, preciso saber com o que estou lidando. Se houver mais delas como Meriel, eu quero estar preparada caso comecem a jogar seus relacionamentos passados com ele na minha cara.

Kaelin apertou os lábios, visivelmente descontente enquanto estudava minhas feições.

— Eu disse que consigo lidar com isso — eu repeti com uma ponta de irritação — Você disse que sempre seria honesta comigo. Então, fale.

— Tudo bem! — ela retrucou, antes de olhar ao redor da sala — É seguro presumir que ele esteve com a maioria das mulheres aqui que são dois anos mais novas ou mais velhas do que ele. Mas lembre-se de que tudo acabou há mais de seis anos, no dia em que ele a conheceu.

Eu acenei com a mão, a dispensando — Sim, sim, eu sei muito bem disso. Só fico feliz que ele nunca tenha tocado nela.

— Nunca — Kaelin reiterou energicamente.

— E o Lucius? Por que ele parece tão interessado em uma aliança com os Guldans? — eu perguntei.

— Ele odeia os Korletheanos — ela explicou — Assim como muitos Sarenianos, ele considera os experimentos que eles realizaram conosco e as tragédias que decorreram disso ainda mais imperdoáveis do que o que os Guldans fazem com suas mulheres e crianças. Nosso povo esteve unido até o dia em que Zerien convenceu Nemrox a não se aliar aos Guldans.

— E agora, ele não apenas concordou com uma aliança envolvendo os exilados Korletheanos, mas também trouxe dois deles para sua própria corte — eu disse com compreensão.

Kaelin assentiu sombriamente — Sim. Mesmo que entendam o raciocínio dele, as feridas são profundas. Linhagens inteiras foram exterminadas por causa do que os Korletheanos fizeram. Lucius e muitos outros como ele acreditam que podemos simplesmente controlar a mente dos Guldans para que eles se curvem à nossa vontade. Portanto, uma aliança com eles seria a atitude mais sensata, porque seriam essencialmente nossos fantoches. Mas Zerien quer que estejamos do lado certo da história. O vínculo com Veredianas, Braxianos e Xelixianos é forte demais agora para ser posto em risco com essas manobras dissimuladas.

Eu assenti lentamente enquanto refletia sobre suas palavras — Há alguma possibilidade de Lucius ou Meriel serem os traidores?

Kaelin franziu os lábios e pareceu refletir sobre como responder — Ela, duvido muito. Ela não é inteligente o suficiente para orquestrar o tipo de golpes cirúrgicos eficazes aos quais nós fomos submetidos. Meriel também não tem nenhuma opinião política forte. Ela é apenas uma narcisista, obcecada pela própria importância e sedenta por poder pelo poder. Ela também é mimada e gosta de coisas fáceis.

— Justo. Admito que ela me deu essa impressão superficial — eu disse.

— Mas ela poderia estar envolvida de alguma forma? Tudo é possível. Quanto a Lucius, ele definitivamente está no topo da minha lista de suspeitos em potencial. Ele tem a inteligência, a disciplina e a determinação para perseguir algo assim. Infelizmente, nós não temos absolutamente nenhuma prova, nem mesmo um resquício de prova incriminadora para levantar a menor acusação contra ele.

— Entendo — eu respondi pensativamente.

Quando eu estava prestes a fazer outra pergunta, meu estômago embrulhou ao ver Jastira, alguns membros do Conselho de Zerien e algumas outras mulheres vindo em nossa direção. Para minha consternação, Meriel acompanhava o grupo. A única luz brilhante em tudo isso era a presença da Oráculo Deliah entre eles.

Para meu alívio, Kaelin fez as apresentações novamente, tendo acertado que eu havia esquecido a maioria dos nomes, considerando o número de pessoas que eu vinha conhecendo desde a minha chegada.

Mais uma vez, Jastira agiu de forma fria e distante, embora não abertamente hostil. Duas das outras mulheres – Tephy e Lyndis – também faziam parte do Conselho de Zerien. Naturalmente, elas eram ridiculamente bonitas, mas felizmente pareciam ter pelo menos de cinco a oito anos a mais que meu companheiro. Para minha alegria, embora não fossem exatamente afetuosas comigo, elas pareciam cautelosamente amigáveis e um pouco reservadas. Mas Deliah sorriu abertamente para mim.

Isso me deu muito conforto.

Tudo começou bem, com conversas casuais em que cada mulher me contou um pouco sobre si mesma e, ao mesmo tempo, fez perguntas educadas sobre mim. Quando eu achava que não seria tão ruim, Meriel começou a assumir o controle, com perguntas incisivas sobre minha jornada até aqui.

— Ficamos bastante surpresos ao ver Zerien interromper a viagem e retornar sem você. O que aconteceu? — ela perguntou com falsa inocência.

— Eu fiquei detida por questões pessoais — eu respondi em tom neutro.

— Questões pessoais? — ela repetiu, fingindo surpresa — Como o quê?

Eu lancei-lhe um olhar de "Você está falando sério?" — Você perdeu a parte em que eu disse questões pessoais? — eu perguntei em um tom bem mais tranquilo.

Ela fez um gesto de desdém — Uma Rainha abre mão do seu direito à privacidade em nome do bem-estar do povo. Nós temos o direito de saber o que pode levar nossa futura soberana a não honrar seus compromissos e se há alguma divergência entre nossos futuros governantes.

Embora visivelmente chocadas com o comentário ultrajante, as outras mulheres não a repreenderam nem intervieram. A julgar pelo olhar intenso que me lançaram, elas estavam aproveitando a oportunidade para testar minha capacidade de lidar com situações de confronto. Isso provavelmente também determinaria suas futuras interações comigo e o que elas achavam que poderiam fazer sem sofrer.

Uma parte de mim queria manter a paz. Kaelin havia comentado que ela era filha de um respeitado e influente Senador. No entanto, eu não era mole e acreditava firmemente em colocar os valentões de volta em seus devidos lugares desde o início, para evitar que se sentissem fortalecidos para intensificar os abusos. O fato de Kaelin ter me encorajado a revidar me confortou a fazer exatamente isso.

— Primeiro, eu não me comprometi com ninguém. E segundo, de onde você tirou essas noções sobre a privacidade de uma Rainha? — eu perguntei com óbvio desdém na voz.

— Todo mundo sabe disso — ela respondeu, levantando o queixo desafiadoramente.

— Sabe mesmo? — eu desafiei, com um bufo nada impressionado — Diga-me, Meriel. Você já foi uma Rainha ou viveu ao lado de uma?

— O quê? — ela perguntou, surpresa.

— É uma pergunta simples de sim ou não — eu respondi, antes de repeti-la lentamente, articulando de forma exagerada, como se ela fosse burra demais para entender o contrário — Você já foi uma Rainha ou viveu ao lado de uma? Imagino que a resposta seja não. Mas eu já. Caso tenha esquecido, eu passei os últimos seis anos treinando com uma das Rainhas mais famosas do Quadrante Oriental. Então, posso te dizer uma coisa ou duas sobre o tipo de privacidade a que elas têm direito. E, neste caso, o motivo da minha demora não é da sua conta. O que importa é que o problema foi resolvido e que eu estou aqui.

Pelo canto do olho, eu notei Kaelin e Tephy franzindo os lábios em uma tentativa muito fraca de esconder a vontade de sorrir. Isso aumentou ainda mais minha confiança.

Embora visivelmente descontente com minha resposta, a infeliz mulher continuou insistindo, determinada a tentar me envergonhar.

— Você está mesmo aqui — ela admitiu, a contragosto — No entanto, correm boatos de que você desistiu e estava reconsiderando se deveria ou não realizar o casamento.

Isso me atingiu com mais força do que eu esperava. Será que ela estava dando palpites mirabolantes na esperança de atingir um ponto sensível ou alguém havia vazado a natureza do conflito que abalou nosso relacionamento? Felizmente, eu consegui conter a vontade instintiva de recuar e lancei-lhe um olhar condescendente.

— Aposto que você adoraria — eu retruquei, sem fazer esforço algum para esconder o desprezo que ela me causava — Mas não, quando se trata de casar com minha alma gêmea, nunca haverá dúvidas ou reconsiderações da minha parte. Nada, nem ninguém — eu acrescentei, lançando-lhe um olhar penetrante — vai separar Zerien de mim. Nem mesmo uma frota Guldan.

Ela apertou os lábios em uma linha fina — Que bom ouvir isso — Meriel disse, a amargura e o ciúme latentes eram audíveis em sua voz — Ainda assim, deve ter sido um choque descobrir que o Príncipe já gerou seu herdeiro com outra. Ele provavelmente tem muitos outros filhos por aí. Não te chateia saber que qualquer filho que você possa ter com ele não herdará o trono?

A maneira maliciosamente melosa com que ela pronunciou essas frases, carregadas de falsa empatia, fez meu punho coçar com a vontade de conhecer intimamente seu rosto arrogante.

— Por que isso me aborreceria? — eu perguntei, abrindo os olhos com uma expressão de surpresa — Cada criança é uma bênção. Os Braxianos acolhem todas as crianças, assim como meu pai me acolheu. E você já conheceu Eldrin? Ele não só é uma criança absolutamente adorável, como também veio do homem que eu amo. Eu acolherei com prazer qualquer filho que ele possa ter gerado. Quanto a quem se sentará no trono depois dele, o tempo dirá. Afinal, Zerien não é o primogênito do Imperador Nemrox. Assim como com os Braxianos, o mais apto e forte governa. Eu confiarei no Destino para garantir que o melhor homem ascenda quando chegar a hora.

— Ouçam, ouçam — Lyndis disse em tom de aprovação, enquanto algumas outras mulheres ao nosso redor concordavam com a cabeça.

— Então, você está dizendo que Zerien se conteve durante todos esses anos em que você esteve em Braxia à toa?! — Meriel deixou escapar, revelando abertamente uma das fontes de sua amargura.

— Não, sua tola. Reprimir-se implica lutar contra a vontade de ceder à tentação. Não havia tentação para ele resistir. A única que ele desejava era sua alma gêmea. Ele não se "entregou" a outras mulheres por amor a mim e por lealdade. Por mais abertos e livres que os Sarenianos possam ser em relação à sexualidade, seu povo automaticamente se torna fiel e leal quando encontra sua alma gêmea. Por que você esperaria menos do seu futuro Imperador?

Ela murmurou algo ininteligível, mais ou menos como se não fosse a mesma coisa.

— A questão é: por que você está tão chateada com tudo isso? Você esperava dar à luz o futuro herdeiro? — eu perguntei com uma boa dose de deboche.

Ela ergueu o queixo em desafio, desta vez deixando claro seu desafio — Eu sou de uma das grandes linhagens de Sarenia. Não é assim que os governantes e líderes de clãs Braxianos escolhem a mãe de seu herdeiro?

Eu dei de ombros — É, a menos que já tenham encontrado sua alma gêmea. E você pode ter uma linhagem excelente, mas isso não muda nada. Zerien não estava interessado no que você tinha a oferecer antes mesmo de me conhecer. Por que isso mudaria depois que ele me conheceu?

Seu suspiro audível e olhar de descrença fizeram as outras mulheres bufarem ou rirem alto.

— Como eu disse ao Senador Lucius, é preciso lidar com a realidade. Você nunca terá Zerien. Faça as pazes com isso.

Humilhada, Meriel virou as costas e saiu pisando duro, furiosa. Uma parte de mim queria sentir pena dela, mas eu não consegui evitar o sorriso malicioso que se formou em meu rosto.

— Ora, ora, Pequena Rainha — Jastira disse em um tom divertido — Você não é tão mole assim, afinal.

Para minha surpresa, Deliah respondeu antes que eu pudesse responder.

— A Rainha Guerreira é muitas coisas, mas não é fraca — ela disse com uma voz estranhamente solene — Eu vejo muitos caminhos. E na maioria deles, incontáveis mundos tremerão diante de você.

CAPÍTULO 15
ZERIEN

A temida recepção de boas-vindas acabou sendo muito melhor do que eu esperava. A raiva ainda fervilhava dentro de mim pelo comportamento desagradável de certas pessoas. Eu queria estrangular Lucius e proibir Meriel de entrar no palácio novamente. Mas isso seria dar a eles um reconhecimento exagerado de que tinham me irritado.

O que importava era que Siona havia se destacado, superando todas as minhas expectativas para esta primeira interação com um público tão hostil. Ela impressionou meu Conselho, o que foi um passo vital na direção certa. É verdade que ela ainda tinha um longo caminho a percorrer, mas as primeiras sementes já haviam sido plantadas.

De pé no terraço principal, com vista para a área privativa do jardim, eu observei minha amada realizando sua rotina de treinamento. Ela não havia exagerado ao se gabar para Meriel sobre sua destreza em combate. Envergonhava-me que, durante todos os anos em que a cortejei, eu nunca a tivesse visto em ação.

Siona me contava sobre seu treinamento, tanto o que recebeu de Mercy e dos Braxianos quanto o que deu às rebeldes Guldans. Embora eu ouvisse com genuíno interesse, uma parte de mim presumia que se tratava de algo mais casual, como quando pessoas comuns faziam aulas de autodefesa ou praticavam algum tipo de esporte de combate por diversão.

Eu percebi então que havia falhado com minha companheira ao longo dos anos. Na minha cabeça, sempre que fantasiava com ela finalmente ao meu lado, eu a reduzia a uma esposa troféu e mãe dos meus filhos. Outra onda de vergonha me invadiu enquanto ela investia e golpeava os inimigos holográficos com uma selvageria implacável que contrastava fortemente com o cenário pacífico ao seu redor. Seus gritos de guerra e os sons de espadas se chocando e armas disparando ressoavam sobre o suave canto do Rio Nambra, que serpenteava pelos vários jardins do palácio.

Antes, eu ficava aqui olhando para o rio, desejando melancolicamente que em breve nossos descendentes estivessem nadando em suas águas frescas enquanto amadureciam lentamente. Mas agora, eu queria que o mundo inteiro visse que feroz donzela de batalha seria sua futura Rainha.

Eu não me virei ao ouvir os passos discretos de Drade e Naax se juntando a mim na sacada. Meus olhos permanecem grudados na minha mulher, vestida com a armadura Tuureana justa que as Veredianas lhe deram de presente.

Embora não tivesse deixado o cabelo crescer tanto quanto o das Veredianas – cuja raça Guerreira geralmente deixava o cabelo crescer até os tornozelos – minha Siona, ainda assim, prendeu o dela em uma única trança blindada. O traje inteligente se estendia sobre a trança, que terminava em uma lâmina implacável. A ponta telescópica da armadura, logo abaixo da lâmina, estendia-se até quatro metros em resposta aos comandos neurais de Siona.

Em um movimento de ataque característico das Veredianas, minha companheira chicoteou a cabeça, fazendo sua trança voar como um arpão. A lâmina afundou profundamente na garganta de um de seus oponentes virtuais. Ele fechou as mãos em volta da trança enquanto ela puxou a cabeça para trás, prendendo-o. O inimigo cambaleou para a frente apenas para ser decapitado por sua espada de celesium em um único golpe certeiro. Sem parar, ela girou, bloqueando o ataque de um segundo inimigo com sua espada e, simultaneamente, agarrando a ponta de sua trança logo abaixo da lâmina para usá-la como uma adaga para eviscerar um terceiro oponente.

Drade assobiou entre os dentes e Naax grunhiu em aprovação enquanto ela prosseguia na luta com uma série de saltos e cambalhotas acrobáticas, desviando de ataques, bloqueando outros e nocauteando um de seus alvos com um chute giratório sólido na bochecha esquerda, apenas para explodir sua cabeça com um tiro perfeitamente direcionado ao rosto.

— Ela não é magnífica? — eu sussurrei, minha voz transbordando do orgulho que sentia pela minha companheira.

— Ela é realmente impressionante — Drade admitiu.

— Dê uma chance a ela, e você verá o que eu vejo nela — eu disse, lançando-lhe um olhar de lado.

Meu coração afundou quando seu rosto se fechou.

— Nós a serviremos — ele respondeu de forma evasiva.

— Não foi isso que eu pedi — eu respondi em um tom um pouco mais áspero.

Ele sustentou meu olhar com firmeza, uma expressão teimosa se formando em seu rosto — Nossos sentimentos pessoais são nossos. A forma como eles evoluírem não muda o fato de que a defenderemos com nossas vidas.

Por mais que eu odiasse aquela resposta, era justa. Isso não me deixou mais feliz.

— Se eu duvidasse, já teria te dispensado — eu rosnei.

Ele bufou — Não, meu Príncipe. Se não acreditasse que serviríamos lealmente, você teria nos matado.

Foi a minha vez de bufar, minha raiva crescente desapareceu instantaneamente enquanto eu concordava com a cabeça.

— E é por isso que o seguimos — Drade continuou, com todo o divertimento desaparecendo do rosto — Você é o mais feroz e implacável entre nós – o Alfa mais poderoso de Sarenia. Ninguém mais pode conquistar nossa lealdade como você.

— E ela é minha alma gêmea! — eu argumentei.

Ambos os homens assentiram.

— Nossos olhos realmente confirmam — Naax disse — Mas

nossos corações têm vontade própria. Sua companheira não conhece nossos costumes. Ela o minou em um momento crítico antes da sua ascensão e parece constantemente sobrecarregada. Não é isso que eu procuro em uma Rainha.

— Você não se sentiria sobrecarregado na idade dela, com todo mundo tão abertamente hostil e te odiando sem que você tenha feito nada de errado, mas apenas por ser diferente? — eu retruquei.

Ele deu de ombros — Sem dúvida, sim. Mas também me colocaria à altura da situação e mostraria minha força. Eu não me deixaria ceder à pressão.

— E ela não fez isso! — eu exclamei, antes de acenar para ela enquanto ela continuava a lutar com uma ferocidade que me excitava além das palavras — Veja a luta dela! Parece alguém que está se desintegrando sob a pressão? Ela capturou a frota de Guldans que tentaram sequestrá-la. Ela não só envergonhou Lucius até o silêncio, como também fez Mcriel fugir com uma bronca. Como ela é fraca?

Os dois homens riram baixinho.

— Com certeza. Acho que Meriel não vai aparecer no palácio por um tempo para se recuperar da humilhação — Naax disse, entretido.

— Mas falando dos Guldans, os prisioneiros estão prontos para você interrogá-los — Drade disse.

Eu assenti com firmeza — Muito bem, mas esta conversa ainda não acabou.

O rosto de Drade se fechou novamente, o que me irritou profundamente — Você não pode nos forçar a amá-la. Os sentimentos que temos por ela, ela precisa merecer. Você sabe disso.

— Ela irá — eu disse com convicção.

Uma expressão estranha passou por seu rosto — Seja lá o que você pense, meu Príncipe, todos nós realmente esperamos que sim.

E eu acreditei que ele falava sério. Mais uma vez, eu me repreendi pela forma como lidei com os últimos seis anos de namoro. A culpa foi minha, pois eles não viam a força incrível que Siona tinha. Eu nunca reconheci isso publicamente nem lhe dei a chance de brilhar. Eu estava ocupado demais me apaixonando e tentando saborear os poucos momentos que passamos juntos, em vez de prepará-la para uma entrada mais bem-sucedida em nosso mundo.

Um erro que eu pretendia reparar.

Nós fomos para a masmorra localizada nos níveis inferiores, na outra extremidade do palácio. Enquanto meus homens haviam executado metade da tripulação Guldan nas duas naves que atacaram minha companheira, nós mantivemos os oficiais superiores, especialmente o filho de um krillik que ousou insultar e ameaçar Siona.

Eu acenei com a cabeça para os dois guardas na entrada da masmorra. Um deles abriu as portas reforçadas e nos escoltou até a sala de interrogatório onde Rydel Corrak e Vargan Maluk estavam algemados. A espaçosa sala tinha uma única mesa de metal na metade da frente. Os dois homens Guldans estavam sentados em um banco de metal no lado oposto da mesa, com os pulsos algemados em cima dela. Na parede do fundo, três conjuntos de algemas pendiam de correntes presas ao teto.

O som das minhas sandálias nas placas de metal gradeadas que cobriam o chão ressoava ameaçadoramente dentro da sala, que de resto era silenciosa. Deliberadamente, eu pisei com mais força do que o necessário para enfatizar o fato de que não se tratava de uma escolha estética, mas funcional. O piso gradeado facilitava a lavagem do sangue e das vilosidades que poderiam resultar de interrogatórios mais intensos.

E eu pretendia fazer bom uso desse recurso hoje...

O medo que surgiu nos rostos dos dois homens instantaneamente fez meu sangue correr até a virilha. O terror e a dor de nossos inimigos realmente agiam como um potente afrodisíaco para nós, Sarenianos. Um sorriso maligno se abriu em meus lábios enquanto eu me dirigia para me sentar na única cadeira em frente à mesa. Mais algumas cadeiras se alinhavam na parede perto da porta para meus guardas, se quisessem. Mas, como de costume, eles se contentavam em se encostar nas paredes esquerda e direita de cada lado da mesa.

— Comandante Rydel, eu lhe daria as boas-vindas ao meu planeta natal. Mas as circunstâncias me obrigam a recebê-lo de uma maneira bem diferente — eu disse com uma voz doce e enjoativa.

— Eu invoco a proteção do Acordo de Telran! — Rydel exclamou. Eu comecei a rir enquanto meus guardas bufavam em descrença.

— Em primeiro lugar, esse acordo só se aplica a planetas membros da Aliança Intergaláctica. Da última vez que ouvi, Guldar foi expulso por sua prática contínua de escravidão e tráfico de carne. Em segundo lugar, Sarenia deliberadamente escolheu não fazer parte dela devido à crescente corrupção em sua liderança. Portanto, qualquer proteção que oferecessem não seria estendida a você. Não que isso se aplicasse de qualquer maneira. O Acordo de Telran é para prisioneiros de guerra, não para criminosos que tentaram sequestrar uma mulher inocente.

— Eu sou de fato um prisioneiro de guerra! — Rydel retrucou — Eu sou o Comandante da minha nave, obedecendo às ordens diretas dos meus superiores. Eu também não tentei sequestrar uma mulher inocente, apenas devolver uma mulher fugitiva ao seu devido lugar em Guldar. Nossas mulheres não têm permissão para sair do planeta a menos que estejam acompanhadas de seus maridos ou tutores legais.

— Não faça joguinhos mentais comigo, *Comandante* — eu sibilei, colocando todo o desprezo que consegui reunir em seu título — Siona foi oficialmente adotada pelo Conselheiro Krygor Aldriss. E mesmo que vocês, tolos, não tenham reconhecido a união dele com a mãe dela, seu irmão Tevek agora é seu tutor legal pela lei Guldan. Ele aprovou sua situação de vida atual e deu sua bênção à união dela comigo, não que isso mudaria alguma coisa.

— Tevek Siddik é um traidor! Ele se voltou contra seu povo e se juntou à rebelião. Seu próprio pai, que havia alcançado os mais altos níveis da elite de Guldar, foi forçado a fugir de nosso planeta natal ou enfrentar as consequências da desonra que seu filho trouxe à sua casa. É meu dever como um homem Guldan – e como oficial – trazer Siona Siddik de volta para casa.

— Mesmo que algum senso equivocado de dever o tenha levado a seguir esse curso de ação, que loucura te possuiu para ameaçar e insultar minha companheira?

Ele se mexeu, inquieto, as correntes que o prendiam à mesa fazendo barulho — Eu posso ter perdido um pouco a paciência. Mas ela não deveria ter me desrespeitado daquele jeito. Claramente, a mãe vadia dela não a ensinou a ficar no seu devido lugar na presença de um homem.

As costas da minha mão atingiram violentamente a lateral de sua bochecha antes mesmo que eu percebesse que havia me movido. O som ressoou como um trovão na sala. Ele gritou e cuspiu em choque e dor. Seu colega se encolheu e engoliu em seco, tremendo de medo. Eu quase senti pena dele. Vargan Maluk era apenas o chefe de cozinha da nave deles. Ele não possuía nenhum treinamento na arte de enfrentar interrogatórios. Mas eu pretendia fazer uso extensivo de suas outras habilidades.

— Desrespeite minha companheira, a mãe dela ou qualquer outra mulher, e eu vou arrancar cada dente da sua boca, um por um, e te fazer engoli-los — eu disse em uma voz perigosamente baixa enquanto me inclinava ameaçadoramente sobre a mesa em direção a ele.

— P... peço desculpas — ele gaguejou, visivelmente abalado, pois sua bochecha já começava a inchar.

A julgar pela força do golpe, eu não ficaria surpreso se tivesse fraturado um dos seus ossos. Mas, não importa, uma dor muito maior o atingiria em breve.

Eu me recostei na cadeira, cruzei as pernas despreocupadamente e sorri para ele de uma forma quase amigável antes de retomar o interrogatório como se fosse uma conversa casual.

— Então diga, Rydel Corrak, quem te enviou?

— Eu recebi essa ordem específica do Comandante da Guarda Real, Tanik Olak — ele disse com a voz trêmula.

— Então, foi uma ordem direta do Regente Taegen Falar — eu disse pensativamente, embora sem surpresa.

Uma réstia de pânico passou por seus olhos castanho-escuros — Eu nunca disse isso! Eu só afirmei que recebi a ordem do Comandante Olak. Eu não sei nada sobre quem está no comando. Eu apenas faço o que me mandam.

— E Tanik Olak responde diretamente ao Regente. Ele não ousaria lançar tal ataque sem a sua bênção. Não tema, Guldar responderá por essa ofensa — eu disse friamente, me deleitando com a expressão desolada do Capitão — Mas que tal me contar agora sobre Deimos Arrin?

O homem Guldan se enrijeceu, e outro lampejo de medo cruzou seu rosto, rapidamente disfarçado — O que tem ele? Ele é um dos seus rebeldes. Na verdade, você deveria estar me contando sobre ele — Rydel respondeu com uma provocação que quase despertou minha admiração.

— É verdade — eu admiti — Mas ele também é um dos seus espiões.

Rydel imediatamente assumiu uma expressão teimosa — Eu não sei de nada disso. Tudo o que ouvi é que ele quer uma aliança conosco.

— Não minta para mim, Guldan — eu disse entre os dentes, minha voz assumindo um tom ameaçador — Os registros da sua nave indicam que você estava perto de Haven quando Deimos sequestrou o Magnar Keran.

O Capitão engoliu em seco, mas manteve a expressão teimosa — Uma porra de coincidência. Afinal, nós patrulhamos o Quadrante Oriental.

— Eu te avisei para não mentir para mim, seu tolo. Mas insista e terei o maior prazer em fazê-lo falar — eu disse com uma voz excessivamente calma.

Ele bufou e ergueu o queixo, presunçoso — Seus truquezinhos de controle mental não funcionam comigo. Então, se você vibrar essa sua voz e piscar esses olhos lindos, não vai adiantar nada.

Eu sorri maliciosamente enquanto me recostava no assento — Meu caro Rydel, você acha que eu não sei da existência desse chip no seu cérebro? Quando eu terminar com você, mandarei meus cientistas arrancá-lo da sua cabeça para que possamos estudá-lo a fundo. Obrigado por entregá-lo diretamente no meu colo.

Desta vez, sua arrogância desapareceu e um medo verdadeiro começou a crescer dentro dele. Só que ele não fazia ideia da pequena surpresa que eu lhe reservava.

— No entanto, seu amiguinho aqui não desfruta dos benefícios de um chip semelhante — eu disse provocativamente enquanto gesticulava com a cabeça para seu colega.

— Vargan é cozinheiro! — Rydel exclamou — Ele não sabe de nada. Se você verificar nossos registros, verá que ele tem a autorização mais baixa necessária para embarcar na minha nave.

— Ah, eu sei muito bem disso. Não preciso do pouco conhecimento que ele possa possuir inconscientemente. Eu preciso daquele que você está deliberadamente escondendo. Meu caro Vargan aqui vai me ajudar a convencê-lo a falar — eu respondi com uma voz doce.

O cozinheiro empalideceu, um ar de pânico percorrendo seu rosto enquanto olhava alternadamente para o Capitão e depois para mim. No entanto, Drade se afastou da parede contra a qual estava encostado e se aproximou dos dois homens, fazendo-os imediatamente puxar em vão as correntes que os prendiam à mesa.

— O que... O que você está fazendo?! — Rydel exclamou com a voz trêmula quando meu guarda tirou um hipospray do bolso fundo de seu xale.

— Ele vai apenas administrar em você algo para torná-lo um pouco mais cooperativo durante o que está por vir.

— Não! Fique longe de mim! — Rydel gritou.

Com pouco esforço, Drade agarrou o chifre direito do Capitão e puxou sua cabeça para o lado, expondo seu pescoço. O homem patético gritou quando Drade pressionou o hipospray na curva de seu pescoço, perto de sua artéria, e injetou seu conteúdo nele.

— O que é isso?! O que você injetou em mim? — ele perguntou, enquanto seu corpo começava a enrijecer.

Usando suas garras, Drade cortou o tecido da camisa do uniforme de Rydel antes de jogar a vestimenta destruída no chão.

— É veneno de Quinmar — eu disse em um tom de conversa — É uma substância química deliciosa que paralisa a maior parte do seu corpo sem anestesiar sua capacidade de sentir ou roubar sua capacidade de falar. Quero que você fique parado enquanto temos uma pequena conversa agradável, sem perder nenhum momento da experiência.

Então eu me virei para Vargan, que tremia em seu assento. Com os olhos arregalados, ele me encarou com o olhar apavorado de uma presa encurralada pela morte iminente.

Eu mudei minha voz, dando a ela a vibração irresistível que iniciava o controle mental antes mesmo de eu dar meu comando.

— *Você não atacará nem tentará causar mal a ninguém aqui além de Rydel. E não tentará fugir. Eu farei perguntas a ele. Se ele desobedecer ou mentir, você cortará dois centímetros quadrados da pele dele.*

Assim que eu terminei de dizer essas palavras, meus olhos brilharam, selando a ordem. Vargan piscou, o mesmo horror que sentiu tomando conta do rosto de seu Capitão.

— Você não pode fazer isso! Isso é ilegal! — Rydel gritou.

— Meu mundo natal, minhas regras — eu disse com um sorriso maligno — Mas você deveria me agradecer, Capitão. Como chef, ele sabe como esfolar carne de forma limpa em vez de te massacrar como qualquer outro tripulante faria. O quão bonito você ainda estará quando terminarmos depende de você. Responda-me honestamente e você sofrerá o mínimo de dor. Mas espero que não.

Eu ignorei Rydel enquanto ele protestava em voz alta e gesticulei com a cabeça para Naax prosseguir. Ele sacou uma lâmina afiada do cinto de armas e a colocou sobre a mesa, em frente a Vargan, antes de remover as algemas. Apesar da expressão um tanto vidrada nos olhos do cozinheiro, sua vontade de pegar a arma e nos atacar queimava profundamente dentro dele. Sempre me divertia ver pessoas sob nosso domínio tentando, em vão, se libertar dessa compulsão.

Uma vez que os controlamos mentalmente, eles não perdem a si mesmos nem a capacidade de pensar e sentir livremente. Eles simplesmente não conseguem desobedecer à ordem que lhes damos. Nesse caso, ele seria incapaz de se impedir de esfolar seu superior, mesmo que tudo nele tentasse resistir ou ficasse horrorizado com isso.

— Vamos começar, sim? — eu disse, entusiasmado — Vamos começar com uma pergunta fácil. Você ajudou Deimos em sua tentativa de controlar os híbridos Braxianos em Haven?

— Eu disse que não tivemos nada a ver com isso. Meu objetivo era capturar Siona Siddik — Rydel disse em um tom suplicante.

— Resposta errada — eu disse, de forma factual, antes de olhar para Vargan — Comece pelo ombro. Dois centímetros quadrados.

— Não! — Rydel gritou — Eu falo. Eu vou contar o pouco que sei!

— Tarde demais — eu disse com falsa compaixão.

Ele ficou paralisado pelo veneno, impotente, mas gritou de dor quando seu chef começou a cortar sua epiderme na parte carnuda do ombro esquerdo. Apesar de parecer à beira do vômito, as mãos de Vargan eram firmes e eficientes, fazendo um corte limpo, quase perfeitamente quadrado.

O cheiro metálico de sangue fez cócegas em meu nariz, enquanto escorria do ferimento em seu ombro. Meu próprio sangue correu ainda mais entre minhas coxas. Meu pau endureceu, e eu quase me arrependi quando o cozinheiro terminou sua tarefa rápido demais. Ver Drade se ajeitar discretamente confirmou que ele também estava ficando excitado com a dor de Rydel.

Embora eu tivesse me conformado com o fato de que isso havia se tornado uma característica irreversível entre os homens Sarenianos, isso ainda reacendeu as brasas do antigo ódio que eu nutria pelos Korletheanos, que transformaram nossa espécie, antes pacífica, em predadores sanguinários com seus experimentos.

Não é de se admirar que tantos do meu povo ainda contestassem minha decisão de me aliar aos Exilados Korletheanos, que haviam virado as costas para seu planeta natal. Assim como eles, uma parte de mim ainda ardia de desejo de descer sobre Korlethea, arrasar seu mundo e exterminar toda a sua espécie da existência por nos transformar em aberrações.

— Vamos tentar de novo — eu disse, me forçando a afastar aqueles pensamentos sombrios da cabeça — Você ajudou Deimos?

— Só me ordenaram que eu lhe entregasse a tecnologia Siren para ajudá-los a derrubar a fragata Braxiana e ensiná-los a usá-la. Só isso! Eu juro. Nós não estávamos envolvidos no que quer que eles estivessem tramando em Haven — Rydel disse com uma voz aguda e cheia de dor.

Que patético que ele tenha alcançado um posto tão alto e tenha tão pouca resistência à dor... não que isso me entristecesse. Eu adorava o som dos gritos dos meus inimigos, o cheiro do medo deles e a expressão do terror deles.

Infelizmente, eu não detectei nenhuma mentira naquela resposta e me senti um tanto enganado por ter sido privado da oportunidade de Vargan retalhá-lo ainda mais.

— Muito bem. E quanto ao plano deles quando retornassem a Braxia? — eu perguntei.

— Nós não tivemos nada a ver com isso. Esse plano era só deles — Rydel disse um pouco rápido demais.

Eu sorri — Mentira. Vargan, pegue um pedaço do peito dele. Ele não precisa daquela tatuagem linda sobre o coraçãozinho murcho.

— Nãããão! — Rydel gritou.

Uma onda pecaminosa de prazer percorreu meu corpo enquanto os sons deliciosos de seus gritos enchiam meus ouvidos. Quando Vargan colocou o segundo pedaço de pele na mesa ao lado do primeiro, seu reflexo de engasgo entrou em ação.

— Vomite, e eu o farei lamber tudo. E depois vou te fazer dar a pele dele para ele comer — eu disse ameaçadoramente para o chef.

Ele ficou ainda mais pálido enquanto Rydel choramingava ao lado dele.

— Agora, eu vou perguntar novamente. O que você sabe sobre os planos deles para quando retornassem a Braxia?

— Eu juro que não estávamos envolvidos — Rydel disse, quase chorando — Isso era inteiramente plano deles. Nossa pequena frota deveria estar de prontidão para fornecer qualquer assistência que solicitassem. Nós não tivemos nenhuma participação no planejamento. Tudo o que sabíamos era que eles pretendiam executar o Príncipe e colocar Gavin no trono. Assim que o garoto estivesse sob seu controle, eles convidariam um Embaixador Guldan para se estabelecer em Braxia. Mas seus planos falharam. Assim que o Príncipe Braxiano prevaleceu, nós recebemos ordens de partir para não afundarmos com os rebeldes Sarenianos. Juro que foi até aí que chegamos!

Ele começou a chorar na metade da última frase. Eu olhei para ele com o mesmo desgosto visível nos rostos dos meus guardas.

— Muito bem. Então me conte tudo o que sabe sobre os rebeldes aqui em Sarenia — eu disse.

— Eu não sei de nada! Deimos foi minha única interação com os rebeldes. Eu nunca pisei no seu planeta até hoje! — Rydel disse, suplicante.

— Tsc, tsc, tsc. Você estava indo tão bem — eu disse, parecendo um pai decepcionado — Vargan, a bochecha esquerda.

Enquanto o cozinheiro trabalhava em seu capitão, eu me acomodei mais confortavelmente na cadeira. Nós ficaríamos ali por um bom tempo, e eu pretendia saborear cada minuto.

CAPÍTULO 16
SIONA

Eu saí do chuveiro e me vesti rapidamente, com a adrenalina ainda correndo pelas veias. Com o passar dos anos, eu havia me tornado uma verdadeira viciada em batalhas. O fato de meu pai, meus irmãos e os Braxianos em geral serem guerreiros sanguinários só reforçava essa característica em mim. Depois de um treinamento tão intenso, eu deveria me sentir esgotada. Mas isso sempre me revigorava e me dava ânimo para enfrentar quaisquer desafios que surgissem.

Uma rápida olhada ao redor confirmou que Zerien havia partido. Como era quase hora do almoço e ele não havia mencionado nenhuma viagem para longe do palácio, eu decidi ir procurá-lo. Eu gemi por dentro quando Alred imediatamente começou a me seguir a uma distância respeitável. Meu guarda-costas designado parecia gentil, mas, como os outros, não gostava muito de mim. Seu comportamento permaneceu impecável, pois sempre se dirigia a mim com o devido respeito que se deve demonstrar a qualquer pessoa. Era a ausência de calor humano e a frieza em seus olhos cinza-prateados que revelavam a natureza de seus sentimentos.

Ao contrário da maioria dos Sarenianos, que tendiam a ter uma tez azul-clara, Alred Thana tinha pele azul-escura e cabelos quase pretos. Ele os prendia em um único rabo de cavalo, preso por três argolas de prata, quase da mesma cor de seus olhos marcantes. Naturalmente, ele era ridiculamente bonito e um tanto intimidador, com seus ombros largos e expressão feroz. Com cerca de 1,98 m, ele era um pouco mais baixo que os 2,03 m do meu Zerien.

Ele raramente falava comigo, contentando-se em simplesmente me acompanhar sempre que eu saía dos nossos aposentos. De certa forma, isso me convinha perfeitamente. Ao mesmo tempo, me irritava profundamente. Eventualmente, eu precisaria encontrar uma maneira de criar um vínculo com aquele homem. Eu queria o mesmo tipo de camaradagem com ele que Zerien desfrutava com Drade e Naax.

Nós mal tínhamos saído do salão de recepção, em frente à nossa ala do palácio, quando eu notei Deliah vindo em minha direção. Eu soube imediatamente que não era uma coincidência. Os poderes de previsão das Oráculos e Videntes Korletheanos me fascinavam e me perturbavam ao mesmo tempo. As Oráculos – que eram formadas apenas por mulheres – me intrigavam mais. Enquanto os homens – chamados Videntes – recebiam visões aleatórias que certamente ocorreriam, as Oráculos só viam possibilidades que poderiam ser alteradas com base nas ações que as pessoas tomassem no futuro.

Embora os Videntes recebessem suas visões, em sua maioria, do nada, eles podiam deliberadamente tentar acioná-las por meio da meditação. No entanto, eles não tinham controle sobre o que veriam. As Oráculos, por outro lado, podiam buscar previsões sobre uma pessoa, evento ou linha do tempo específica. Uma variedade de resultados potenciais se desenrolava diante de suas mentes. Era tanto uma bênção quanto uma maldição, pois permitir que essas visões ditassem as ações de alguém poderia efetivamente privá-lo do livre-arbítrio. Os Korletheanos cometeram algumas atrocidades ao longo dos séculos, tornando-se excessivamente dependentes de visões, causando desastres ainda maiores em seus esforços para evitá-las.

— Olá, Siona — Deliah disse em um tom caloroso ao parar na minha frente — Está com pressa?

Eu balancei a cabeça e lhe dei um sorriso amigável, cheio de curiosidade — Não. Só estava procurando o Zerien para ver se ele queria almoçar comigo.

— Ele está na masmorra interrogando os Guldans que você capturou — Deliah respondeu de maneira factual.

Minhas costas se enrijeceram e uma profusão de emoções conflitantes me invadiu. O sentimento de ser desprezada me dominou. Tecnicamente, eles eram meus prisioneiros. A única razão pela qual os homens de Zerien conseguiram trazê-los de volta para Sarenia foi porque eu desativei suas naves. Portanto, como alvo principal do ataque, eu deveria ter participado do interrogatório.

Eu queria acreditar que meu companheiro não me convidou por hábito – já que as mulheres Sarenianas nunca se envolviam nesse tipo de procedimento – e não porque ele achava que não era da minha conta ou que eu não seria apta a participar.

— Bem, então eu sei para onde estou indo — eu disse com uma pitada de desafio que fez um sorriso discretamente divertido aparecer nos lábios da mulher Korletheana.

Ela era uma mulher atraente. Alta e esbelta, possuía a estrutura óssea delicada típica das mulheres de sua espécie. Grandes olhos verdes, cheios de inteligência, iluminavam seu adorável rosto em formato de coração, emoldurado por longos cabelos castanho-escuros. Eles caíam retos até a cintura. Eu não conseguia dizer se sua escolha de sempre usar aquele manto tradicional Korletheano chamado Dhalla – uma versão um pouco mais etérea e significativamente mais recatada do ruvyn Sareniano – era um ato de desafio ou apenas uma questão de moda.

— Eu vou com você. Eu sei o caminho — ela ofereceu imediatamente, reforçando ainda mais minha crença de que ela me procurou deliberadamente, sabendo que as coisas acabariam assim.

— Obrigada — eu disse, seguindo sua orientação.

— Então, como você está se adaptando à sua nova casa? — ela perguntou em voz baixa.

Eu lancei-lhe um olhar um tanto desanimado — Faz só dois dias, então é muito cedo para fazer qualquer declaração definitiva sobre isso. Mas não posso negar que é difícil estar cercada de pessoas que me odeiam.

Deliah bufou — Acredite, minha querida, eu me identifico.

Eu sorri com simpatia — Aposto que sim. Como você está lidando com isso? Já faz dois anos que você está aqui. As coisas melhoraram?

Ela assentiu — Ainda é difícil. O tipo de trauma geracional causado pelos meus ancestrais não se apaga facilmente – nem deveria. Mas compartilhar nosso conhecimento sobre *kaa* está fazendo uma diferença significativa para o povo deles. Nossa presença aqui nos ajuda a nos tornar mais palatáveis para os Sarenianos, além de melhorar suas próprias vidas. Nós vemos como nossa contribuição já diminuiu significativamente a luta deles para controlar sua natureza selvagem.

— Eu posso imaginar. Ouvi dizer que isso mudou completamente as coisas para os Titãs Veredianos — eu disse, pensativa — Pelo que entendi, se Eryon – o Avô do jovem General – não tivesse entrado na vida deles e começado a ensinar-lhes aquela técnica de meditação, poderia ter havido um banho de sangue.

Ela assentiu novamente, mas desta vez com uma expressão sombria — Foi um erro terrível da nossa parte nos recusarmos a nos envolver com os jovens Titãs. Nós estávamos obcecados demais com o medo da natureza violenta deles e de seus poderes incríveis, como nunca tínhamos visto antes. Então, em vez de dar a eles as ferramentas necessárias para controlar sua natureza selvagem, nós queríamos apenas erradicá-los. A coragem e o amor de Eryon por sua filha Amalia nos ajudaram a perceber o erro de nossos caminhos e mudaram o curso da história. Sem mencionar que me ajudaram a encontrar meu companheiro.

Eu sorri, comovida e divertida pelo olhar melancólico em seu rosto.

— Como você pode imaginar, eu não era exatamente fã do seu companheiro no começo, considerando que ele sequestrou minha mãe, meu pai e eu — eu disse ironicamente.

Ela riu baixinho — Eu ouvi falar! Espero que você o tenha perdoado por ter te reunido com sua alma gêmea no processo?

Eu assenti — Sim, eu o perdoei há muito tempo. Afinal, ele não era o vilão que acreditávamos que fosse. Ele protegeu minha mãe e eu quando foi preciso. E suas intenções sempre foram boas.

— Faolen é um bom homem — Deliah disse com convicção — Se

serve de consolo, no começo ele não gostou nem um pouco de mim. Dizer que ele fiicou irritado porque o Destino escolheu uma Korletheana como sua alma gêmea seria o eufemismo do século.

Eu bufei — Só consigo imaginar o horror que ele deve ter sentido.

— Você não tem ideia — Deliah disse com uma risada — Afinal, ele foi a Veredia para revelar os segredos obscuros do nosso povo. Ele contou como os experimentos dos nossos ancestrais com eles, com os Veredianos e com os Xelixianos quase causaram a extinção das três espécies. Seu objetivo – ordenado por Zerien – era virar a galáxia inteira contra nós para que fôssemos exterminados. Então, descobrir que seu único e verdadeiro amor era um deles foi um choque e tanto.

— Como você se sentiu em relação a isso? — eu perguntei, genuinamente curiosa.

Ela me lançou um olhar estranho — Certamente me surpreendeu, mas não me chocou nem me ofendeu. Eu fiquei feliz por ter encontrado a outra metade da minha alma. Deu trabalho fazê-lo abaixar as barreiras e se abrir para o inevitável. O Destino não comete erros. Nós estamos todos exatamente onde deveríamos estar. Lutar contra isso é inútil e traz dor desnecessária.

Sua mudança de tom deixou claro que tínhamos encerrado a conversa fiada. A Oráculo estava se preparando para entregar qualquer mensagem que havia vindo me dizer.

— E o que o Destino está lhe dizendo agora? — eu perguntei.

Ela fez uma pausa e lançou um olhar discreto para o punhado de criados que passavam por nós enquanto nos aproximávamos das grandes portas que levavam aos andares inferiores do palácio. Ela só retomou a conversa quando já estávamos fora do alcance de sermos ouvidas.

— Como você sabe, o Destino só me mostra possibilidades — Deliah disse, cautelosa — Nós sabemos que Korletheanos, Sarenianos, Xelixianos, Braxianos e Veredianos lutarão juntos na Grande Guerra. Mas não sabemos se serão apenas os exilados Korletheanos que vivem atualmente em Veredia ou se será todo o meu povo. Eu quero paz entre Sarenia e meu planeta natal. É por isso que Killian e eu estamos aqui. Estamos nos redimindo do passado.

— E quanto a Guldar? — eu perguntei, com apreensão na voz.

Apesar da forma horrível como meu povo tratou minha mãe e eu, eu não queria ver meu planeta natal destruído. Nem todos ali eram monstros.

— Guldar estará do lado dos inimigos — ela disse com uma firmeza que me partiu o coração — No entanto, eu também posso confirmar que Guldar sobreviverá à Grande Guerra e prosperará.

Eu parei de repente e olhei para ela com uma expressão horrorizada — Você está dizendo que o nosso lado vai perder?!

Ela sorriu e balançou a cabeça — Não é isso que estou dizendo. Nós não sabemos o resultado da guerra. Nossos Videntes receberam visões que confirmam que, vencendo ou perdendo, Guldar não será destruída. Infelizmente, nós não temos visões semelhantes para os outros planetas da aliança.

Eu assenti lentamente, minha mente acelerada enquanto descíamos a longa escadaria em direção às entranhas do palácio.

— E eu? O que o Destino te diz sobre mim? — eu perguntei.

Ela ficou com aquele olhar estranho novamente e parecia escolher cuidadosamente as palavras. Oráculos e Videntes juravam sempre falar a verdade sobre suas visões. No entanto, sabendo como tais revelações poderiam ter um impacto devastador sobre os destinatários, eles precisavam ser cuidadosos na forma como transmitiam a mensagem, para não influenciar a decisão que o alvo tomaria de uma forma que pudesse ser prejudicial ou privá-lo do livre-arbítrio.

— Você é Sareniana agora, Siona. Abrace os costumes do seu novo povo e não inveje Zerien por um passado que não era apenas aceitável, mas normal em sua cultura.

Eu fiz um gesto de desdém — Se você está se referindo à Kaelin, não se preocupe. Ela e eu já conversamos. Ela parece honesta e não tem nenhuma intenção oculta.

Deliah assentiu e pareceu aliviada — Ótimo. Fico feliz que o assunto esteja resolvido.

Eu inclinei a cabeça para o lado e lancei-lhe um olhar avaliador enquanto chegávamos ao pé da escada — Kaelin alegou que eu morreria se ela deixasse o palácio.

Deliah recuou e me encarou com uma expressão atordoada — Ela te contou?!

— Então é verdade.

Ela assentiu — Com certeza.

Uma poderosa sensação de alívio me invadiu. Eu percebi então o quanto eu ficaria magoada se Kaelin tivesse me enganado e mentido.

— Confie sua vida a ela, Siona — a Oráculo disse com voz intensa — Kaelin não hesitaria em dar a vida por você.

— O quê?! Ela vai...?

— Não! Paz, Siona — ela disse em um tom tranquilizador — Embora eu não tenha uma visão real desse evento, eu quero dizer literalmente que ela morreria para salvá-la. Tudo o que posso dizer é que te imploro que abrace Sarenia, em todos os seus aspectos... e implacabilidade. Eles são um povo cruel, mas não maligno.

Eu lancei-lhe um olhar divertido — Você não ouviu falar da reputação do meu pai? Krygor Aldriss tem a justa reputação de sádico. Mas isso não o impede de ser um ótimo marido e pai. E eu sou filha do meu pai. Não se deixe enganar pela minha aparência doce e frágil. Eu me banharei no sangue de qualquer um que se meter comigo. Eu não temo o que Zerien possa fazer aos nossos inimigos. É o que eu fizer que pode perturbá-lo.

A Oráculo riu baixinho e seu rosto se iluminou em aprovação — Então parece que sua aparência frágil é realmente enganosa.

Eu esperava que ela continuasse falando, mas ela parou de andar e seus olhos perderam o foco. Eu esperei pacientemente, curiosa para saber que tipo de previsão ela havia acabado de receber. Ela franziu a testa ao emergir da visão e me encarou com uma expressão indecifrável.

— Algumas dificuldades nos aguardam. Confie em Kaelin e confie em si mesma.

— Dificuldades como o quê? — eu insisti.

— Como eu não vou mentir para você, jovem Rainha, não direi mais nada. Falar mais pode influenciar negativamente suas escolhas. Confie em Kaelin e confie em seu instinto.

Ela olhou ao redor. Estávamos quase no final do longo corredor que levava às salas de interrogatório. Dois homens que eu não conhecia guardavam o posto de guarda bem em frente às portas que levavam até lá. Alguns segundos antes, nós passamos por um conjunto diferente de portas reforçadas que davam acesso às celas de detenção. Eu me lembrava bem daquele lugar, pois minha mãe e eu tínhamos permissão para visitar meu pai, que estava preso ali depois de termos sido capturados.

— Você chegou — ela disse por fim, gesticulando para o posto de guarda com a cabeça — Mantenha-se firme e lembre-se de que você é a futura Rainha Guerreira de Sarenia.

Para minha surpresa, ela acariciou meu braço exposto depois de terminar de dizer aquelas palavras enigmáticas e então se virou para ir embora.

— Por que você fez isso? — eu perguntei abruptamente, instintivamente cobrindo o local que ela havia tocado com a mão.

Ela fez uma pausa e me lançou um olhar confuso.

— Por que você acariciou meu braço desse jeito? — eu perguntei com genuína curiosidade — Ontem à noite, durante a recepção, eu notei muitas pessoas fazendo isso. Eu presumi que fossem parceiros íntimos.

Seu rosto se iluminou com compreensão, e ela riu baixinho, com uma expressão levemente atordoada estampada em seu rosto.

— Ora, ora. Parece que eu segui meu próprio conselho e comecei a adotar alguns dos costumes Sarenianos — Deliah disse em um tom divertido — Este toque não tem nada de sexual. Como você sabe, os Sarenianos são um povo extremamente físico e sensual. Esta carícia é uma demonstração de afeto e lealdade. Quanto mais perto do seu rosto, mais profundo é o vínculo. No nível mais baixo, eles tocarão sua mão ou pulso. O segundo nível é qualquer lugar do seu antebraço. A parte superior do braço, e especialmente o ombro, é uma prova de profunda lealdade e afeição. Se eles tocarem sua bochecha, significa que morreriam por você.

Eu fiquei de queixo caído ao ouvir suas palavras. Uma ou duas vezes, eu vi homens e mulheres tocando os ombros de Zerien, e ocasionalmente acariciando seu rosto. Isso me deixou louca de raiva pelo que eu percebi como um desrespeito para comigo. Mais de uma vez, eu tive a intenção de tocar no assunto com ele, especialmente quando o vi fazendo um gesto semelhante com algumas pessoas. O fato delas serem significativamente mais velhas me confundiu ainda mais, pois não me pareciam alguém com quem ele remotamente cogitaria ter intimidade. Os Sarenianos tinham regras bastante rígidas em relação à diferença de idade, que só eram suspensas quando todas as partes envolvidas tinham mais de trinta anos.

— Você vai querer que o máximo de pessoas possível te toque dessa forma — ela avisou em um tom sério — Especialmente seu guarda-costas — ela acrescentou, olhando para Alred por cima do ombro.

Eu franzi a testa, me sentindo um pouco desconfortável com a perspectiva de pessoas, especialmente homens, me acariciarem aleatoriamente, por mais assexuadamente que fosse. Esse desconforto deve ter transparecido em meu rosto quando a expressão de Deliah endureceu.

— Você é Sareniana agora. Abrace os costumes deles. E lembre-se, mantenha sua posição — ela disse antes de se virar e ir embora.

Ela acenou para Alred ao passar por ele. Ele retribuiu o gesto e continuou a encará-la até que ela começou a subir as escadas. Sua expressão indecifrável – embora um pouco perturbada – me fez pensar em quanto da nossa conversa ele ouviu. Considerando a distância considerável entre nós e o fato de termos conversado em um tom um tanto sussurrado, eu duvidei que ele tivesse ouvido muita coisa.

Afastando esses pensamentos errantes, eu marchei com passos determinados em direção ao posto de guarda no final do corredor. Um dos dois homens se levantou de sua posição sentada, com a testa franzida enquanto me observava aproximar. A julgar pela presença de suas nadadeiras – os apêndices dobrados em suas costas que lhe permitiam deslizar pelas correntes de vento e nadar mais rápido – ele era um Sareniano maduro, com mais de cinquenta anos. Esses novos membros e as guelras em seu pescoço não aparecem antes que seu povo atinja essa idade.

A maneira como ele se posicionou em frente às portas indicava que pretendia me impedir de entrar. As palavras proferidas pela Oráculo ecoaram imediatamente em minha mente: "Mantenha sua posição".

Eu naturalmente teria feito isso, mas isso reforçou minha determinação. Eu levantei o queixo preventivamente e sustentei seu olhar com firmeza.

— Posso ajudá-la, Princesa? — perguntou o guarda.

Tecnicamente, eu não tinha esse título oficialmente, mas a maioria dos guardas e criados se dirigia a mim dessa forma. Alguns dos convidados menos hostis fizeram o mesmo na noite da recepção.

— Eu estou aqui para me juntar a Zerien no interrogatório dos prisioneiros que capturei — eu disse em um tom que não admitia discussão.

Ele piscou, surpreso com o pedido — Salas de interrogatório não são lugares apropriados para mulheres — ele disse cuidadosamente.

— Quem disse? — eu desafiei — O fato de nenhuma mulher Sareniana ter expressado o desejo de entrar em tal sala antes não significa que seja inapropriado para nós. Você diria a uma mulher Verediana para não entrar? Você bloquearia o acesso à Rainha Braxiana?

Ele abriu e fechou a boca algumas vezes, sem palavras.

— Não estou pedindo permissão para entrar. Estes são meus prisioneiros. Eu os capturei depois que tentaram me sequestrar. Então, afaste-se — eu disse com a voz severa.

A raiva explodiu dentro de mim quando ele lançou um olhar incerto para meu guarda-costas e depois para seu colega.

Eu dei alguns passos à frente, invadindo seu espaço pessoal — Eu não vou me repetir uma terceira vez — eu sibilei.

Ele engoliu em seco. Por mais que isso me enfurecesse, eu sabia que não era o medo de mim que o deixava tão nervoso, mas as consequências que ele previa caso Zerien descobrisse que ele havia maltratado uma mulher, e pior ainda, sua companheira. Mas eu queria que ele tivesse medo de mim. Apesar do seu tamanho maior, eu não duvidava por um segundo que conseguiria deitá-lo de costas sem suar a camisa.

Ele resmungou algo ininteligível antes de ceder e se afastar. Eu olhei para ele, meu sangue ainda fervendo, enquanto ele nos acompanhava para dentro de uma antecâmara octogonal. Uma porta adornava cada uma das oito paredes, a nossa dando acesso à pequena sala, e as demais dando acesso às sete salas de interrogatório. Uma única delas tinha uma luz azul acesa acima do batente, indicando que estava ocupada.

O guarda correu à minha frente quando me viu indo direto para aquela porta. Ele bateu, e a porta se abriu alguns segundos depois com um Naax curioso. O som estridente que ressoou atrás me assustou. O guarda que me acompanhou até ali lançou um olhar de pânico enquanto Naax se enrijecia ao notar minha presença. Um milhão de emoções diferentes percorriam seu rosto em rápida sucessão.

Eu não lhe dei tempo para tomar uma decisão.

Empurrando os dois homens, eu entrei na sala, apenas para congelar a poucos passos de distância. Meu queixo caiu ao ver o que eu só podia presumir ser um Rydel Corrak desfigurado. Vários pedaços de pele haviam sido cuidadosamente arrancados de seu braço esquerdo, peito, ambas as bochechas e testa. Seu companheiro Guldan estava terminando de esculpir outro pedaço de epiderme, desta vez de suas costas.

Traços de vômito ao redor do queixo e no canto da boca do Guldan mais jovem, com o bisturi nas mãos ensanguentadas, explicavam o cheiro azedo que dominava o cheiro de sangue. Eu não consegui ver nenhuma poça regurgitada em lugar nenhum. No entanto, as manchas secas em cima da mesa sugeriam uma história bastante sombria.

Será que...?!

Meus olhos se voltaram para o chão ao ouvir um som de gotejamento. Eu percebi que um fino fio d'água fluía por baixo das placas gradeadas no chão, provavelmente para lavar o sangue e as entranhas que se infiltravam entre os buracos. A "sala de jogos" do meu pai em Braxia passou pela minha mente. O aparato de tortura lá dentro me dava arrepios. Embora ele tivesse me permitido entrar uma vez, eu nunca o testemunhei "punindo" um inimigo. Eu só ouvi falar do destino que ele reservou a Luther Stromland – o antigo mestre da minha mãe – pelos anos de abuso a que ele nos submeteu.

Eu gostaria de tê-lo visto recebendo o castigo que merecia.

Meu cérebro levou segundos para registrar todas essas informações. Pelo canto do olho, eu notei Zerien enrijecer e se endireitar na cadeira onde estava recostado casualmente. Drade também se endireitou na parede em que estava encostado. Seus rostos exibiam a mesma tensão que Naax havia expressado ao me ver ali.

— Socorro! Ele é louco! Por favor, pare-o! — Rydel grasnou, sua voz tão irreconhecível quanto seu rosto devastado.

Eu inclinei a cabeça para o lado e lancei-lhe um olhar perplexo — Por que eu faria isso? Você teria impedido qualquer tortura à qual eu, sem dúvida, teria sido submetida se você tivesse conseguido me sequestrar? Nós dois sabemos que a resposta é não.

Eu mal contive a vontade de rir das expressões de espanto em todos os rostos. Em vez disso, com os olhos ainda grudados no rosto destroçado de Rydel, eu caminhei até a cadeira de Zerien e passei a mão pelos seus cabelos, logo acima da nuca. Eu acariciei delicadamente seu couro cabeludo, do jeito que ele adorava, para que soubesse que estava tudo bem.

— Se divertindo com meu amigo sem mim? — eu perguntei a Zerien em um tom levemente repreensivo.

Ele bufou, toda a tensão se esvaindo. Ele me encarou com uma mistura de admiração, amor e orgulho que me causou uma sensação estranha. Obviamente, ele presumiu que eu ficaria horrorizada com tudo aquilo, como a maioria das pessoas provavelmente ficaria.

Claramente, ele não me conhecia bem.

— Definitivamente não é uma conversa amigável. Amigos não guardam segredos uns dos outros, e Rydel é bem mesquinho com os dele.

— Não estou surpresa. Os modos dele são extremamente ruins. Mas, por favor, continue. Não me deixe interromper — eu disse em um tom brincalhão.

Um sorriso selvagem se formou nos lábios de Zerien. Para minha surpresa, suas presas haviam descido e estavam aparecendo entre seus lábios. Ele tirou minha mão do cabelo, beijou minha palma e me puxou para seu colo. Eu me acomodei confortavelmente, encostando nele. Ele passou um braço em volta da minha cintura, inclinou minha cabeça para o lado e depositou um beijo carinhoso na curva do meu pescoço. Um arrepio delicioso me percorreu.

— Minha Rainha… — ele sussurrou.

Ele mordeu o lóbulo da minha orelha antes de se virar para Rydel com uma expressão cruel.

— Então, onde estávamos? Ah, sim, você ia nos contar o que mais sabe sobre os contatos de Deimos aqui em Sarenia — Zerien disse em um tom doce e maligno.

— Eu não sei de mais nada! — Rydel disse com uma voz dolorosa e suplicante — Seus engenheiros já acessaram nossas comunicações. Se houvesse algo para encontrar, você já teria encontrado!

— Mas você tem um contato aqui em Sarenia — Zerien insistiu.

— Eu não! Juro que não!

— Como quiser — ele respondeu calmamente, antes de gesticular com a cabeça para o outro Guldan prosseguir — Vargan, o antebraço dele.

Eu observei com fascínio mórbido enquanto o jovem lutava visivelmente contra a compulsão e prosseguia com a tarefa de cortar outro pedaço de pele. Apesar de parecer doente, a firmeza com que realizava a tarefa indicava que ele tinha experiência séria com esse tipo de procedimento. Seria ele o médico da nave?

Testemunhar algo tão horrível deveria ter me revirado por dentro. Quão perturbada eu era por não apenas achar isso divertido, mas também por sentir prazer com sua agonia evidente e os gritos dilacerantes que o capitão emitia? Eu queria acreditar que não era falta de empatia ou um traço puramente sádico que motivava minha reação, mas que meus instintos de sobrevivência estavam me dominando depois de anos vivendo com medo e incerteza por causa de pessoas cruéis como ele.

No entanto, uma sensação de endurecimento sob mim afastou todos esses pensamentos. Eu levei um momento para perceber que meu companheiro estava ficando ereto. Meu choque inicial de que ele pudesse estar se excitando por eu estar sentada em seu colo enquanto um homem era esfolado diante de nossos olhos deu lugar a um choque ainda maior quando notei Drade e Naax se ajeitando.

A dor dele, essa demonstração de violência está excitando eles!

Zerien distraidamente começou a acariciar a pele exposta da minha barriga com o polegar. Eu lancei-lhe um olhar de lado apenas para encontrá-lo ainda encarando Rydel com uma alegria maliciosa. Eu parei um momento para avaliar como me sentia em relação a isso. Aquilo deveria me assustar, mas não aconteceu. Não posso dizer que me deixou indiferente, mas eu também não conseguia expressar em palavras as emoções que aquilo realmente despertava em mim.

Então as palavras de Deliah ressurgiram. Seria isso também parte de sua mensagem de que eu deveria abraçar Sarenia em toda a sua glória implacável?

O homem chamado Vargan completou sua tarefa e colocou mais um quadrado perfeito de pele sobre os outros na mesa, pondo fim aos meus devaneios. Ele parecia prestes a desmaiar, e uma parte de mim quase sentiu pena dele. No entanto, eu sabia como os tripulantes a bordo das naves Guldans se orgulhavam de abusar das pobres mulheres que tinham o infortúnio de serem capturadas ou escravizadas por eles. Se tivessem me capturado, ele não teria me poupado um pingo de simpatia ou compaixão.

— Pode parar com essas mentiras inúteis. Nós sabemos que você se comunicou com alguém aqui em Sarenia — Zerien disse em um tom duro.

— Sinceramente, eu não sei de nada. Deimos só mencionava ocasionalmente alguém chamado Dread — Rydel disse com a voz embargada — Que a própria Deusa me castigue se eu mentir, mas eu só encaminhava mensagens para ele e não recebia nenhuma resposta. Eu juro.

— Ele fala a verdade — Drade disse sombriamente — Nós verificamos. Eles enviaram mensagens direcionadas a Sarenia, mas não deram em nada.

— Como um endereço errado ou inexistente? — Zerien perguntou, franzindo a testa.

— Parece que sim. Simplesmente se perdeu no éter — Drade respondeu, dando de ombros.

Eu me enrijeci e me endireitei no colo de Zerien — Espere. O que você quer dizer com isso? Não houve nenhuma mensagem de erro? Nada que dissesse que o usuário não pôde ser encontrado ou que o endereço estava incorreto?

— Nada. Simplesmente se perdeu no vazio.

Eu bufei, a empolgação borbulhando dentro de mim enquanto eu me virava para dar a Rydel um olhar de "Você foi um menino travesso".

— Tsc, tsc, tsc, Capitão. Seus pais não lhe ensinaram que mentir é ruim? — eu perguntei em tom de brincadeira e reprovação.

Uma réstia de pânico passou pelos seus olhos, vermelhos de dor e choro — Eu não menti! O guarda do Príncipe confirmou!

— Seu tolo — eu disse com uma expressão de decepção — Você deveria saber que não deve dobrar a aposta depois de ser pego.

— O que você quer dizer, minha companheira? — Zerien perguntou, intrigado.

— Quero dizer que ele de fato recebeu respostas às suas mensagens — eu disse enquanto digitava freneticamente na minha braçadeira para recuperar um arquivo.

— O que a faz dizer isso? — ele perguntou, perplexo.

— Só um momento — eu respondi distraidamente.

Um som vitorioso escapou de mim quando eu finalmente localizei o arquivo e o encaminhei para o comunicador de Drade.

— Peça para um engenheiro executar esse algoritmo nos registros de comunicação deles — eu disse com um sorriso irônico.

— O que é isso? — Drade perguntou com a mesma curiosidade refletida nos rostos de Zerien e Naax.

— A chave — eu disse, presunçosamente — Eu tenho quase certeza de que estão usando a Máscara Peiros. Meu irmão a projetou para ocultar comunicações de longo alcance à vista de todos. Se eu estiver certa, ela não só mostrará o destino exato da chamada, como também revelará as respostas recebidas.

— Sua filha da puta traiçoeira! Eu vou te matar! — Rydel gritou.

Eu gritei enquanto a sala girava e me vi de pé ao lado da cadeira. Antes que eu percebesse o que tinha acontecido, eu ouvi um violento som de palmas seguido por um grito de dor, e então o som de pedrinhas sendo arremessadas. Eu levei um momento para perceber que Zerien havia dado um tapa violento no idiota, fazendo alguns de seus dentes voarem para fora. A julgar pelo ângulo torto de sua boca, o golpe deslocou seu maxilar.

— *Pegue os dentes dele* — Zerien ordenou a Vargan com sua voz vibrante seguida por seus olhos brilhando.

Eu senti um arrepio na espinha. Obedecendo à compulsão, Vargan recuperou os dentes no chão, pois as aberturas nas placas gradeadas eram pequenas demais para que eles passassem.

— Ninguém desrespeita a minha Rainha. Eu avisei — Zerien sibilou na cara dele — Eu não posso fazê-lo engolir suas palavras, mas o farei engolir seus dentes.

Ele gesticulou com a cabeça para Vargan.

— *Dê-lhe comida e cubra sua boca e nariz até que ele engula* — ele ordenou com sua voz cativante.

Outro arrepio percorreu meu corpo. Eu pensei em pedir para ele parar, mas não tive vontade.

O filho de um krillik mereceu.

Os protestos de pânico de Rydel foram rapidamente silenciados pela mão de Vargan. Com os olhos esbugalhados, ele gritou, mas mal conseguia mexer a cabeça. Qualquer que fosse a paralisia a que o haviam submetido, aquela coisa era eficiente. Prestes a perder a consciência por falta de oxigênio, o Capitão Guldan finalmente cedeu e engoliu em seco. Imediatamente ele começou a tossir e a vomitar. Eu suspeitei que fosse mais um reflexo de engasgo, já que os dentes eram pequenos o suficiente e suas bordas muitas vezes não eram tão afiadas a ponto de causar qualquer dano ao esôfago ou aos intestinos durante a descida.

Zerien se acomodou na cadeira e me puxou de volta para o seu colo. A raiva ainda brilhava intensamente em seu rosto. Eu acariciei delicadamente seu antebraço em volta da minha cintura para acalmá-lo enquanto observava suas feições.

— Seu tempo está contado — Zerien disse com uma voz áspera — Por que você está demonstrando tanta lealdade? O que você tem a ganhar além de prolongar seu sofrimento? Guldans são muito apegados à autopreservação.

— Eu... eu estou morto de qualquer maneira — Rydel respondeu entre dois gemidos, suas palavras arrastadas por seu maxilar deslocado.

— A casa dele — eu respondi em seu lugar com convicção, atraindo o olhar de todos para mim — Ele está lutando por sua linhagem. Se ele trair o Imperador – neste caso, o Regente – eles arruinarão a casa dele. Para Guldans, sua reputação e status são tudo. Como ele já está morto, ele está tentando salvar o que sobrou da casa dele.

Um sinal sonoro disparou, me interrompendo.

— Ancestrais! — Drade exclamou, olhando para o seu comunicador — Ela tinha razão! A chave dela desbloqueou as mensagens!

— Claro que eu tinha razão! — eu disse presunçosamente, estufando o peito.

Em silêncio, eu agradeci ao meu irmão Tevek por todas as vezes em que ele compartilhou seu conhecimento e pesquisa comigo. Tanto ele quanto Mercy alimentaram meu desejo de prosseguir estudos avançados em engenharia.

— Minha companheira! — Zerien disse com orgulho selvagem antes de reivindicar meus lábios em um beijo possessivo.

Ele acariciou minha bochecha, a profundidade das emoções em seus olhos me aquecendo até os ossos. Depois de um instante, e com muita relutância, ele se virou para Rydel.

— Parece que você cumpriu seu propósito, Capitão — Zerien disse em um tom de desprezo — O que você disse, minha Siona, sobre ele arrancar seus chifres e se foder?

Eu bufei — Acho que eu disse que ele devia arrancar o chifre e enfiar no cu. Mas como essa última parte seria difícil dele fazer, e eu realmente não quero pensar em nada entrando no traseiro dele, ter um dos chifres arrancado já deve ser o suficiente.

— Como quiser, meu amor.

Ele se virou para Vargan, que tremia de terror. Os olhos de Zerien começaram a brilhar antes que ele voltasse a falar com aquela voz vibrante.

— *Arranque o chifre esquerdo dele e enfie-o em sua boca menti-rosa. Depois, corte a sua própria garganta.*

Os dois homens Guldans imploraram por uma misericórdia que jamais viria. Sob os gritos agonizantes de Rydel Corrak, ele me ajudou a levantar e me conduziu para fora da sala. Enquanto saíamos, o pensamento de que eu deveria estar horrorizada com o que havia acabado de testemunhar não parava de me ecoar, mas não me ocorreu.

Eu sorri.

CAPÍTULO 17
SIONA

Os quatro dias seguintes passaram voando, com Kaelin acumulando tanta coisa na minha cabeça que parecia que ia explodir. Entre me ensinar todos os protocolos oficiais, resolver os detalhes do meu casamento com Zerien e da coroação dele, sempre havia algo que precisava da minha atenção e que me obrigava a tomar decisões rápidas.

Por mais avassalador que fosse, e por mais que eu quisesse estrangular aquela mulher miserável, a gratidão que surgia em meu coração por ela não parava de crescer. Com Kaelin, você sempre sabia onde estava pisando. Embora ela pudesse ser um pouco mais gentil na abordagem, ela não foi má nem abusiva – apenas direta e objetiva. Mais importante ainda, ela era extremamente organizada e bem estruturada, facilitando para mim lidar com as inúmeras coisas que ela me lançava.

Eu também percebi que, por trás de sua postura severa e eficiente, espreitava uma mulher atenciosa e empática. Eu levei muito tempo para perceber que ela mudava de assunto de forma aparentemente abrupta, coincidindo convenientemente com o momento em que eu estava prestes a explodir ou simplesmente saturada com aquela tarefa específica. A cada vez, embora eu reclamasse da nova tarefa, essa mudança de ritmo e de assunto sistematicamente me dava a pausa e o impulso de energia de que eu precisava para continuar.

Quaisquer dúvidas que eu pudesse ter sobre o desejo dela de me ver bem-sucedida desapareciam a cada hora que eu passava ao seu lado – o que era quase o dia todo, todos os dias. Ela só desaparecia por uma ou duas horas para supervisionar os assuntos do Conselho e voltava logo para mais uma rodada de tortura.

De vez em quando, Eldrin aparecia para uma visita. Dizer que eu estava me apaixonando por aquele garotinho seria um eufemismo. Eu só queria abraçá-lo e apertar seu rosto. Havia tanta alegria e amor naquela criança que irradiava por toda parte e aquecia até os ossos como os raios quentes do sol em seu apogeu. A maneira como ele me adotou como sua segunda mãe sem hesitar tornou o vínculo mais forte.

O fato de Kaelin ter encorajado esse relacionamento tornou tudo ainda melhor. Eu não sabia se era por um desejo genuíno de ter uma família extensa, saudável e amorosa para todos nós, ou se era para reduzir as chances de eu desafiar a ascensão do filho dela ao trono após a abdicação do meu companheiro. Na verdade, eu não me importava. Eu conhecia Eldrin havia poucos dias, mas ele já havia conquistado um lugar no fundo do meu coração, e eu o abracei de verdade como meu filho.

Mais tarde, naquela noite, ele e eu brincaríamos no jardim. Ele era inflexível em me ensinar um dos esportes locais. Eu esperava que Zerien pudesse se juntar a nós. Infelizmente, além de suas tarefas regulares consumirem muito do seu tempo, ele ficou ainda menos disponível desde que concluímos o interrogatório de Rydel.

Graças à minha intuição e ao algoritmo que eu compartilhei com os engenheiros deles, eles identificaram com eficácia o local para onde as mensagens haviam sido enviadas. Desde então, Zerien vinha organizando um ataque contra o local que acreditavam servir de base para o traidor. Era realmente uma pena que eu não pudesse participar. Oficialmente, eu não fazia parte do exército deles e não poderia ser integrada às suas fileiras da noite para o dia.

De qualquer forma, eu não só já tinha protocolos e rituais demais para aprender para o nosso casamento iminente, como também era necessário erradicar aquela rebelião interna deles. Além de me tornar a Rainha de Zerien, qual outro papel específico eu desempenharia no futuro em relação ao Império Sareniano ainda estava indefinido. Agora não era hora de me impor só porque eu queria participar da ação.

Ainda era uma droga.

Pelo menos, a atitude de Drade, Naax e até mesmo de Alred em relação a mim havia mudado visivelmente. Eu não era tola o suficiente para interpretar isso como uma aceitação total e repentina, mas eu inegavelmente havia conquistado um certo nível de aprovação deles. Mesmo não sendo calorosos e amigáveis, eles não eram mais frios ou distantes. Sua polidez não parecia mais forçada. Mais de uma vez, eu os peguei me observando e analisando minhas interações com Zerien ou outros como se tentassem ter uma ideia melhor de quem eu era.

Esse interesse genuíno me mostrou que eles pararam de me considerar como uma daquelas tarefas inevitáveis que sempre acompanham qualquer trabalho e começaram a me ver como alguém com quem realmente valia a pena ter amizade.

A outra parte decepcionante de tudo isso era que ninguém sabia da minha contribuição em fornecer-lhes uma nova pista para capturar os traidores depois que todas as anteriores já tinham esfriado. Para evitar alertar nossos inimigos, o ataque que estava por vir teve que ser mantido em segredo.

Mas, por enquanto, eu precisava me concentrar no meu treinamento para evitar ser repreendida por Kaelin se eu não tiver feito progresso suficiente até o momento em que ela fizer o check-in, o que deveria acontecer nos próximos trinta minutos a uma hora.

De pé no amplo terraço do lado de fora da sala de estar formal, eu usei o tutor artificial que Kaelin me deu. Ele projetava um holograma 3D do oficiante que presidiria a coroação de Zerien. Um personagem genérico desempenhava o papel de meu companheiro. Assim como nesses tipos de cerimônias, havia uma série de partes móveis envolvidas, com frases específicas para recitar, gestos para executar e todo um ritual com várias pessoas fazendo sua parte em momentos específicos. Como eu não teria permissão para usar uma cola, eu precisava memorizar minha parte e torcer para que minha mente não ficasse em branco no dia oficial por causa do nervosismo.

O desafio residia principalmente nas frases cerimoniais. Nos últimos seis anos, desde que eu conheci Zerien, eu havia me tornado fluente em Sareniano. No entanto, esses rituais continuavam a usar a versão antiga da língua deles, o que me atrapalhava. Mas seria preciso muito mais do que isso para me derrotar.

Eu estava apenas passando pela parte central da cerimônia, segurando o cajado imperial – ou melhor, uma almofada aleatória para imitar aquela sobre a qual ele repousaria durante o evento real – para levar ao falso príncipe quando a campainha da porta tocou. Assustada, eu olhei para minha braçadeira e murmurei algo sobre Kaelin estar adiantada. Eu não tinha dominado a coisa toda tanto quanto esperava quando ela chegou. Uma parte tola de mim queria impressioná-la com meu progresso.

Eu fui abrir a porta. Kaelin entrou valsando, seguida por uma bandeja de comida e bebidas, com uma aparência excepcionalmente alegre. Sempre que saía das reuniões do Conselho, ela costumava ficar irritada, especialmente com a irmã de Zerien, Jastira, que tinha o hábito de questioná-la sobre muitas das políticas que ela queria promover.

— Você chegou cedo — eu disse, dando um passo para o lado para deixá-la entrar — A julgar pelo seu comportamento alegre, devo presumir que as coisas correram bem com os outros?

— Com certeza — ela respondeu, indo direto para a sala de estar — O que significa que você poderá se beneficiar ainda mais da minha encantadora presença.

Eu bufei enquanto a observava colocar a bandeja na mesa. Ela imediatamente encheu um copo e o estendeu para mim. Eu aceitei com um agradecimento e a observei servir-se também. Eu tomei um gole da bebida gelada, levemente adocicada e frutada. Não era um suco de fruta propriamente dito, mas apenas água aromatizada com um pouco da essência de suas frutas silvestres. Eu agradeci seu efeito calmante depois de todas as dificuldades a que a antiga língua Sareniana me submeteu.

— Beba e pegue qualquer lanche agora mesmo. Nós temos uma

agenda lotada, e eu preferiria que você não nos interrompesse no meio do caminho porque seu estômago está roncando de repente — Kaelin disse severamente antes de tomar um gole do seu próprio copo.

Eu fiz uma careta para ela e tomei mais alguns goles antes de pegar um dos canapés na bandeja. Embora não estivesse com muita fome, eu tinha me apegado bastante àquelas pequenas iguarias e as devoraria facilmente se me permitissem.

— Como foi seu treinamento profissional...

Um bipe no seu comunicador interrompeu Kaelin. Ela olhou para a interface antes de revirar os olhos e grunhir, irritada. O meu lado mesquinho sorriu para o seu desânimo. Era justo que ela tivesse a sua própria dose de irritação, considerando o quanto estava me maltratando.

— Más notícias? — eu perguntei com a mais sincera compaixão.

Ela me encarou — Algumas pessoas são tão ridiculamente carentes. Às vezes me pergunto se elas ao menos sabem limpar a própria bunda. Preciso resolver isso. Já volto. Esteja pronta para trabalhar assim que eu voltar.

— Sim, Senhora — eu respondi com um tom excessivamente subserviente, o que só fez com que ela fizesse uma cara ainda mais irritada antes de sair apressada.

Eu dei uma risadinha e peguei meu tablet antes de me sentar no sofá para me deliciar com mais algumas guloseimas. Sem querer ficar muito cheia, eu me forcei a parar de comer, mas enchi meu copo vazio para bebericar a água doce enquanto repetia em voz alta as antigas frases Sarenianas que mais me davam dor de cabeça.

Cerca de vinte minutos depois, eu me levantei para voltar à sacada e reexecutar a simulação. Quando eu estava prestes a sair, a campainha da porta tocou novamente. Eu revirei os olhos e fui em direção à porta. Por que era sempre no momento específico em que estávamos prestes a ir a algum lugar ou fazer alguma coisa, que as pessoas decidiam ligar ou bater?

Dito isso, eu fiquei surpresa por ela voltar tão cedo. Só a caminhada até a Câmara do Conselho levaria quase dez minutos da nossa ala privativa do palácio. É verdade que ela não havia especificado para onde estava indo. Mas, ainda assim, qualquer assunto que a tivesse chamado devia estar por perto e ser fácil de resolver.

Eu abri a porta e encontrei Kaelin mal-humorada. Minha satisfação em encontrá-la com a aparência que eu esperava da primeira vez que ela apareceu desapareceu rapidamente, dando lugar à confusão.

— Você não vai me deixar entrar? — ela perguntou irritada quando eu fiquei ali parada, olhando.

— Por que você trouxe comida de novo? — eu perguntei, olhando fixamente para a bandeja pairando ao lado dela.

Ela piscou, olhou para a bandeja e então voltou sua atenção para mim.

— O que você quer dizer com trazer comida de novo? — Kaelin perguntou, com a voz subitamente tensa.

Eu apontei para trás, na direção da sala de estar — Você trouxe comida para nós vinte minutos atrás, antes de ser chamada. Você está bem?

Meu estômago embrulhou quando Kaelin empalideceu, e uma expressão de medo tomou conta de seu rosto. Ela praticamente me empurrou para o lado e correu para a sala de estar formal.

— Não! Não! Não! — ela sussurrou com uma voz cheia de medo — Onde você conseguiu isso? — ela gritou, apontando para a bandeja e o pote meio vazios sobre a mesa baixa.

— Você trouxe isso para mim! — eu exclamei, o pânico começando a se instalar no fundo do meu estômago.

— Eu não estive aqui até agora! — Kaelin exclamou enquanto mexia freneticamente na braçadeira — Quem você viu não era eu. Quanto disso você bebeu ou comeu?

Eu fiquei paralisada, horrorizada ao vê-la tirar algo de um compartimento secreto da braçadeira. Parecia uma agulha conectada a ela por um fio fino. Ela digitou algumas instruções na interface da braçadeira e enfiou a ponta da agulha no copo ainda quase cheio que a "Kaelin" anterior havia servido para si e abandonado ao se desculpar.

— SIONA!! Quanto disso você bebeu ou comeu?! — Kaelin gritou quando eu não respondi.

Eu saí do meu torpor de medo e gaguejei uma resposta — Eu bebi um copo cheio e cerca de metade de um segundo. E talvez uma dúzia de canapés.

— Há quanto tempo?

— A impostora apareceu há uns vinte minutos. Eu parei de comer uns cinco minutos antes de você chegar — eu respondi, me sentindo fraca — O quê...?

— Destinos abençoados! — Kaelin sussurrou com uma expressão horrorizada.

A expressão de puro pavor em seu rosto fez meu sangue gelar. Seja lá o que o teste dela tivesse revelado, eu estava ferrada. Sem dizer uma palavra, ela se levantou de um salto, agarrou meu pulso e me arrastou atrás de si enquanto fazia uma ligação pelo seu computador. Ela ignorou minhas perguntas em pânico enquanto corríamos para o que percebi ser a sala de higiene.

— Jastira! Venha aqui imediatamente. Siona foi envenenada com Urixid. Traga um antídoto e não confie em ninguém! Se me encontrar no corredor, avise os guardas. Há uma impostora no palácio!

— Estou a caminho! — Jastira respondeu pelo comunicador.

— O que é U...?

— Coloque os dedos na garganta e tente vomitar — Kaelin ordenou, me interrompendo — Temos pouco tempo antes que seja tarde demais.

Eu queria discutir e fazer perguntas, mas me forcei a obedecer. Inclinando-me sobre a pia, eu pressionei dois dedos no fundo da garganta. Meu reflexo de engasgo instantâneo não produziu o resultado desejado. Eu repeti o gesto várias vezes, conseguindo apenas cobrir a mão de baba e fazer meu estômago doer de ânsia de vômito.

Enquanto isso, Kaelin se ocupava freneticamente, vasculhando os armários até encontrar uma espécie de frasco. Ela despejou o conteúdo no copo que eu costumava usar para escovar os dentes, encheu-o com água e o estendeu para mim no momento em que eu finalmente consegui regurgitar um pouco do que havia comido.

Outra onda de pavor me invadiu quando o que saiu da minha boca tinha uma cor preta anormal. Era como se eu tivesse engolido um galão de alcatrão e cuspido de volta em uma versão um pouco mais líquida.

Só que queimou minha garganta, língua e lábios como pimenta muito forte, mas com mais intensidade, como se pequenas agulhas estivessem me espetando no processo. Não tinha nem o cheiro acre de vômito. Pelo contrário, tinha um aroma fresco quase agradável, com um toque de menta.

Kaelin xingou baixinho antes de agarrar meu cabelo e prendê-lo atrás da minha nuca.

— Enxágue a boca e beba isso. Tudo! — ela ordenou.

Apavorada, eu fiz o que ela me disse sem dizer uma palavra. O líquido turvo no copo tinha gosto de giz misturado com vinagre. Eu duvidei que fosse o verdadeiro gosto, pois suspeitava que a substância que eu havia vomitado estava destruindo minhas papilas gustativas.

Assim que engoli os primeiros goles, a sensação de formigamento na boca e nos lábios diminuiu. No entanto, eu fui forçada a me limpar e cuspir uma espécie de espuma que se formava onde o líquido entrava em contato comigo, como água oxigenada em um corte.

— Deixe isso! Está neutralizando o veneno. Apenas beba — Kaelin ordenou em um tom duro, antes de olhar por cima do meu ombro para a porta — Onde diabos ela está?!

Eu não sabia exatamente quanto tempo havia se passado desde que ela ligou para Jastira, mas duvidava que fosse o suficiente para ela ir de onde quer que estivesse até a Enfermaria para pegar o antídoto – supondo que fosse lá que ele estaria – e então chegar até nossa ala privada.

Enquanto engolia as últimas gotas, o rosto de Zerien surgiu em minha mente. Ele não estava no palácio naquele momento, tendo partido algumas horas antes em uma missão de reconhecimento para confirmar que de fato haviam descoberto o esconderijo do traidor.

Precisamos deixá-lo saber o que está acontecendo.

Assim que eu terminei, abri a boca para lhe dizer isso, mas ela tirou o copo de mim, segurou meu rosto com as duas mãos e levantou minhas pálpebras com os polegares para examinar meus olhos.

— Você sente alguma dor? — Kaelin perguntou.

— Não. Meu estômago só está revirado e estou um pouco enjoada.

Mas acho que é por causa daquela coisa que vomitei e da bebida que você me deu. O que é Urixid? Quão ruim isso é?

Minha resposta pareceu mais angustiá-la do que tranquilizá-la.

— A ausência da dor causada pelo veneno é algo bom — ela disse com a voz tensa — Ele age nas sombras, espalhando-se silenciosamente até que seja tarde demais. E então a morte chega rapidamente em pura agonia. Mas o expurgo deveria estar fazendo você vomitar. Não deveria demorar tanto para começar a agir. Talvez eu precise te dar mais...

Assim que ela disse essas palavras, as contrações de algumas cólicas leves se manifestaram. Eu coloquei a palma da mão sobre a barriga. Kaelin se animou.

— Cólicas? — ela perguntou com uma voz esperançosa.

— Sim. É...

O resto da frase morreu em um gemido de dor enquanto eu me curvava, apoiando a mão livre no balcão em frente à pia. Eu engoli em seco mais um pouco enquanto cólicas terríveis me reviravam por dentro.

— Não se contenha. Cuspa tudo o que puder — Kaelin ordenou – como se eu estivesse me torturando deliberadamente para reter qualquer coisa.

Meus olhos lacrimejaram e meu nariz se encheu de ranho, enquanto a pior dor dilacerava minhas entranhas. Era como se eu estivesse sendo rasgada por dentro. E então, finalmente, eu comecei a vomitar. A camada protetora do líquido calcário que ela me fez beber rapidamente perdeu a eficácia. E, à medida que mais daquela substância semelhante a piche saía de mim, a sensação de pontada dentro da minha boca e ao redor dos meus lábios voltava com força total.

Embora as cólicas diminuíssem gradualmente à medida que meu estômago esvaziava, um tipo diferente de dor começou a se espalhar por todo o meu corpo. Minha pele parecia áspera, como se tivesse sido raspada com lixa. Respirar tornou-se doloroso, como se partículas de poeira preenchessem o ar e obstruíssem os alvéolos que revestem meus pulmões. Minha cabeça girava e o quarto começou a ficar insuportavelmente quente, como se eu tivesse entrado em um forno gigante. Uma parte de mim percebeu que eu provavelmente estava ficando febril, mas formar pensamentos racionais estava se tornando difícil.

Ao longe, eu ouvi água jorrando de uma torneira. Eu não sabia dizer se Kaelin estava me preparando um banho ou enchendo um recipiente com água. Não importava. A porta se abriu atrás de nós segundos antes de meus joelhos cederem.

As vozes de pânico de Kaelin e Jastira encheram meus ouvidos.

— Por que, em nome de Gharah, ela ainda está acordada? — Jastira gritou — E onde diabos está o Alred?

— Eu tive que dar uma limpada nela — Kaelin respondeu, na defensiva — E o que você quer dizer? Alred estava lá fora quando cheguei.

— Não tem ninguém lá fora guardando a porta — Jastira respondeu com a voz tensa — Ajude-me a carregá-la para a cama.

Eu não consegui entender a resposta de Kaelin. Ambas soaram abafadas, como se minha cabeça estivesse submersa. Dois pares de mãos me agarraram e me ajudaram a sair do quarto. Eu não tinha certeza se havia caído no chão ou se havia conseguido me segurar na lateral da pia.

Mas isso também não importava.

Eu demorei muito para perceber que era minha voz gemendo de dor e pronunciando o nome de Zerien com dificuldade. Eu queria que parassem de me tocar. Até o contato das minhas roupas na pele era como um ferro em brasa me queimando. Eu gritei ao sentir algo macio embaixo de mim. Seria um colchão? Nada tão macio deveria doer tanto.

— Relaxe! — gritou a voz de Jastira com raiva.

Eu não sabia se ela estava falando comigo, mas não me importava. Eu só precisava romper o contato com todas aquelas coisas que me causavam tanta dor.

— Segure-a! — Jastira gritou.

Outro grito escapou de mim quando o que pareceu mil agulhas pressionou cada um dos meus ombros.

— Depressa! Injete nela! — Kaelin gritou — Eu preciso ver como está Eldrin.

— Ele está bem. Eu liguei para Shandra quando estava vindo para cá — Jastira respondeu com a voz tensa.

Eu tentei dizer alguma coisa, embora não conseguisse entender o que era. Mas um som engasgado escapou de mim, e minhas costas se arquearam, meu coração se contraindo como se tivesse sido atingido por um raio.

— Não! — Kaelin gritou — É cedo demais! Não morra! Não ouse morrer, porra! Injete nela, sua maldita!

Eu mal senti a sensação de formigamento. Muitas outras dores me destruíam enquanto o que parecia ser o ácido mais virulento me consumia por dentro. Eu me agarrei ao belo rosto de meu companheiro enquanto um véu de escuridão descia diante dos meus olhos.

Cedo demais. Era cedo demais para eu morrer.

CAPÍTULO 18
ZERIEN

A confusão ainda dominava todos os meus pensamentos enquanto nossa nave se aproximava do Santuário. Este lugar abrigava pessoas que buscavam uma vida de eremita, com foco na paz, na meditação, em alcançar a harmonia consigo mesmas e em estreitar os laços com a natureza.

Assim como a maioria dos planetas do Quadrante Oriental, Sarenia não praticava nenhuma religião. Os Irmãos e Irmãs dos Santuários eram o que nós tínhamos de mais próximo de uma congregação religiosa, embora não houvesse regras, rituais ou divindades específicas para servir ou adorar. Um pequeno número de seus membros eram ex-criminosos que haviam cumprido suas penas ou viciados em recuperação que optaram por adotar um estilo de vida que os manteria longe dos tipos de tentações que os fizeram se desviar do caminho certo desde o início.

Como eles tinham regras muito rígidas quanto ao tipo de atividades que podiam ocorrer em seus domínios, eu não conseguia nem imaginar como uma organização criminosa clandestina poderia prosperar ali. Sendo o Santuário mais próximo do palácio, eu conhecia alguns de seus membros mais antigos. A maioria deles morava ali há muitos anos, alguns há décadas. Eles jamais se uniriam a traidores.

Depois de confirmar que a Irmã Alanis ainda era a líder da congregação, eu optei por fazer uma visita não oficial para avaliar a situação, em vez de partir para um ataque massivo. Mesmo assim, três naves camufladas seguiram minha nave auxiliar, prontas para intervir se as coisas se tornassem tão ruins quanto eu temia.

A extensa propriedade doada à congregação para a construção do santuário tinha um enorme gramado frontal com mais de trezentos metros de extensão. Um prédio de dois andares abrigava a recepção, o escritório principal, o refeitório, o salão de reuniões e dois grandes dormitórios, um masculino e outro feminino.

Uma cadeia de montanhas de médio porte delimitava os lados oeste e sul do terreno. Várias portas indicavam as entradas para as residências particulares esculpidas diretamente na face rochosa. Pelo que eu entendi, os dormitórios eram usados principalmente pelos recém-chegados ou pelas poucas pessoas que desejavam um pouco mais de interação social do que os verdadeiros eremitas. Mas a maioria dos moradores de longa data tinha suas próprias pequenas cavernas, com alguns outros optando por casas menores de três ou quatro cômodos espalhadas ao longo do lado leste do terreno. Um grande lago no lado norte desaguava em um rio a uma curta distância.

Se não fosse pelo punhado de pessoas caminhando no gramado da frente, quase se poderia acreditar que o lugar estava deserto. Algumas cabeças se viraram desapaixonadamente para olhar minha nave enquanto Drade descia em direção à plataforma de pouso perto do prédio principal. Eles nos dispensaram rapidamente e continuaram com seus afazeres. Eu ordenei que minhas outras naves ocultas permanecessem em prontidão antes de desembarcarmos, com Drade na liderança e Naax fechando a marcha.

Antes mesmo de chegarmos à entrada, a porta se abriu para a Irmã Alanis. Ela sorriu calorosamente, e seu rosto enrugado se iluminou com aquele ar quase maternal que costumava ter sempre que me via. Ela era amiga íntima da minha mãe antes de seu falecimento. Assim como ela, minha mãe tinha dificuldade em lidar com interações frequentes com as pessoas. Na verdade, Jastira demonstrava muitas semelhanças com a nossa mãe no que se referia ao que a maioria das pessoas percebia como comportamentos antissociais.

Embora ela não fosse sua alma gêmea, meu pai sentia uma afeição genuína por ela. Se ela quisesse, ele a teria feito sua concubina exclusiva, e talvez até sua Rainha. Mas ela escolheu uma vida de reclusão. Ocasionalmente, ela participava da Caçada – um evento recorrente durante o qual mulheres solteiras, abertas a encontros aleatórios, se espalhavam pela floresta, permitindo que nós, homens, nos entregássemos aos nossos instintos predatórios e as caçássemos. A menos que ela recusasse expressamente o consentimento – uma escolha que precisava ser honrada – o homem que a capturasse teria permissão para fazer o que quisesse com ela ali mesmo, naquele momento.

Minha mãe sempre ia ao mesmo lugar e recusava qualquer homem, a menos que meu pai aparecesse. E assim minha irmã e eu fomos concebidos, com cinco anos de diferença. Ela nos deu à luz naquele mesmo lago, e nós nadamos por meses, à medida que amadurecíamos, até chegarmos ao abrigo onde nossas Matriarcas e Patriarcas adotivos nos criaram. O ano em que eu reencontrei meu pai foi também o ano em que conheci minha mãe biológica. Seis meses depois, a Irmã Alanis nos informou de sua morte repentina devido a um aneurisma cerebral. Ela escorregou e caiu, e machucou gravemente a cabeça, mas recusou qualquer tratamento médico, pensando que poderia simplesmente dormir para se recuperar.

Eu fiquei arrasado por não ter passado muito tempo com ela antes de sua morte. Nas semanas e meses seguintes, eu vinha aqui para falar com a Irmã Alanis, que me contava sobre minha mãe. Através dela, eu conheci um pouco minha mãe. Nós mantivemos uma amizade próxima desde então. O que tornava ainda mais desconcertante que as comunicações de e para os traidores viessem daqui.

Nada passava despercebido pela Irmã Alanis quando se tratava de proteger a paz do Santuário.

— Meu querido Zerien! Que surpresa agradável receber esta mensagem sua — disse a Irmã Alanis, abrindo os braços maternalmente.

Eu me aproximei da mulher mais velha e a abracei. Uma onda de ternura me percorreu ao sentir seu aroma familiar, uma mistura única de fumaça e ervas frescas. Isso me lembrou da minha juventude, quando ela me sentava em seu colo enquanto me contava histórias do passado. Ela me soltou e acariciou minha bochecha com um sorriso. Ela era dezesseis anos mais velha que meu pai. As barbatanas balançando orgulhosamente em suas costas como uma longa capa a identificavam como uma Sareniana madura.

— Faz muito tempo desde a sua última visita. Mas entre. Eu preparei um chá e seu bolo favorito!

Eu sorri e a segui para dentro, enquanto conversávamos um pouco. Drade e Naax examinaram discretamente o local antes de acionar seus scanners de médio e longo alcance para detectar qualquer coisa suspeita. Nós nos acomodamos na sala de estar do escritório principal. Uma bandeja com temperatura controlada já nos aguardava na mesa baixa. Depois de passar uns bons dez a quinze minutos colocando o papo em dia, eu gradualmente direcionei a conversa para o verdadeiro assunto que me trouxe ali.

— O Santuário parece estranhamente silencioso hoje — eu disse, despreocupadamente — A menos que minha memória falhe, acho que havia muito mais movimento durante o dia.

Ela assentiu — Você tem razão. Nossos membros costumavam interagir muito mais nos anos anteriores. Mas isso não é incomum. Muitas vezes, quanto mais tempo as pessoas fazem parte desse tipo de congregação, mais confiantes elas ficam de que pertencem aqui e mais começam a se isolar. Para muitos, eles se obrigam a socializar no início porque foram repreendidos ou marginalizados em seus círculos anteriores por serem antissociais.

— Entendo — eu disse, soando duvidoso até para os meus próprios ouvidos.

Ela me deu um sorriso indulgente — A congregação conta com muitas pessoas neurodivergentes que anseiam por isolamento. Você sabe disso. Elas ainda socializam de vez em quando, mas no seu próprio tempo e nos seus próprios termos, quando precisam.

Ela acenou para as grandes janelas que davam para o lado oeste do Santuário. Uma pequena ponte levava a algumas das moradias escavadas diretamente na face da montanha.

— Como vocês provavelmente notaram, o número de moradias aumentou ao longo dos anos, tanto as cavernas quanto as pequenas casas — ela continuou — Como somos em grande parte autossuficientes, muitos de nossos membros conseguem passar muito tempo sem sair em público. Por razões de segurança, todos são obrigados a sinalizar sua presença pelo menos uma vez a cada dez dias para confirmar seu bem-estar contínuo. Mas é raro que alguém espere tanto tempo para isso. Normalmente, todos saem a cada dois ou três dias para buscar comida ou produtos frescos, para participar de uma sessão de meditação ou simplesmente para buscar companhia amigável ou um parceiro para a noite.

— Você notou algo incomum ultimamente nessa rotina? — eu perguntei.

Ela pareceu surpresa com a pergunta e franziu a testa levemente enquanto refletia sobre ela, buscando na memória. Ela balançou a cabeça.

— Não, não consigo pensar em nada especial.

— Nada de forasteiros ou recém-chegados? — eu insisti.

A Irmã Alanis começou a balançar a cabeça antes de parar e hesitar. Eu estreitei os olhos para ela.

— Bem, eu não os chamaria exatamente de recém-chegados, já que não são membros da nossa congregação — ela disse cuidadosamente — No entanto, nós começamos a realizar sessões regulares de *kaa* no pátio.

— Para visitas? — eu perguntei, me animando.

— Pode-se dizer que sim. O Irmão Lindel solicitou o uso do pátio para realizar sessões de treinamento para os moradores das aldeias vizinhas.

Foi a minha vez de franzir a testa — Por quê? — eu perguntei, genuinamente intrigado.

— Muitos não podem comparecer às sessões organizadas pelos Korletheanos, pois elas entram em conflito com suas respectivas agendas. E há aqueles que não querem — ela acrescentou timidamente — Como você sabe, o ódio e o ressentimento pelos Korletheanos ainda são arraigados entre o nosso povo. Mas os ensinamentos que eles nos trazem são valiosos demais para não serem compartilhados o mais amplamente possível. O Santuário promove a paz em todos os sentidos. Portanto, nós temos o prazer de oferecer um local para aquelas pessoas que precisam ainda mais da bênção do *kaa*.

Embora minhas suspeitas não diminuíssem, uma onda de alívio ainda me inundou ao ouvir aquela explicação bastante plausível de por que ela permitiria pessoas potencialmente perigosas em suas terras sem que ela percebesse as maquinações tortuosas que elas estavam tramando. Mas isso permanecia altamente especulativo da minha parte. Eu precisava de muito mais respostas.

— E onde acontece esse treinamento de *kaa*? — eu perguntei, tentando soar casualmente curioso sobre tudo aquilo.

— Bem aqui, no jardim da frente — ela respondeu.

— Que legal. Você tem participado?

— Ah, não! — ela disse com uma expressão horrorizada que me fez rir — Tem gente demais lá. Nenhum dos nossos membros participa. A gente só assiste de longe.

— Demais quanto? — eu perguntei, fingindo diversão.

— Eu nunca contei, mas diria facilmente entre setenta e cem pessoas — Alanis disse, dando de ombros.

Minha sobrancelha se ergueu. Era muito mais gente do que eu esperava.

— Você os conhece?

Ela balançou a cabeça — Não. Como não me misturo com eles, nunca os conheci. Mas eu reconheceria alguns rostos se os encontrasse – não que isso seja provável — ela acrescentou com uma risada.

Eu dei um sorriso indulgente — Aposto que sim. Posso perguntar quando será a próxima sessão?

— Só na semana que vem. A última aconteceu ontem — ela disse em tom de desculpas.

— Aaah! Que pena — eu disse com genuína decepção — Lindel está aqui?

Ela balançou a cabeça novamente — Lindel está entre os poucos que trabalham fora do Santuário. Em média, ele sai por cerca de cinco dias para trabalhar e depois retorna aqui por nove dias em rodízio.

— Por nove dias? — eu repeti, surpreso — O que ele faz para ter uma rotina tão estranha?

Ela sorriu — O trabalho perfeito para alguém como nós. Ele é apicultor. Ele realiza inspeções e manutenção para todos os produtores do condado. Pelo que entendi, ele só precisa visitar cada um deles uma vez a cada duas semanas. Portanto, ele viaja para cada um deles por vez durante esse sprint de cinco dias e depois volta para casa até a próxima rodada. Mas por que tantas perguntas? Lindel está com problemas? — ela perguntou, com um tom de preocupação transparecendo em sua voz.

— De jeito nenhum — eu respondi em tom tranquilizador — Eu não vou mentir sobre o fato de que, além de querer vê-lo depois de todo esse tempo, também estou patrulhando a terra em busca dos traidores que tentam desestabilizar nossa sociedade. Eu apenas combinei dever e prazer ao vir aqui. Caso contrário, eu teria simplesmente enviado alguns guardas para realizar a investigação.

O sorriso grato e emocionado que ela me deu confirmou que eu tinha feito a escolha certa ao ser sincero com ela. Ela era astuta demais para não perceber que não era apenas uma visita amigável. Ela merecia mais do que eu insultar sua inteligência com mentiras.

— Mas estou genuinamente curioso sobre o que Lindel instituiu aqui. É algo inteligente. Como você sabe, muitos entre nós continuam resistindo a aprender as técnicas de meditação e autocontrole dos Korletheanos. A teimosia deles não está punindo os Korletheanos. Eles estão se prejudicando. Então, eu estou definitivamente interessado no que ele está fazendo. Se for tão eficiente quanto parece, valeria a pena considerar expandir isso para outro lugar.

— Ah! Pois bem, tenho certeza de que o Irmão Lindel ficará mais do que encantado em compartilhar como ele organizou tudo isso. Ele volta em quatro ou cinco dias. Ele costuma dar as sessões às quartas ou quintas-feiras.

— Obrigado, Irmã Alanis. Vou ver se consigo liberar minha agenda para isso. Com meu casamento e coroação iminentes, eu provavelmente terei que esperar até depois — eu disse com uma expressão triste.

— Claro! Você deve estar emocionado e nervoso com...

— Meu Príncipe — Drade disse, a interrompendo — Recebi uma mensagem que você vai querer ver.

Minha espinha ficou tensa imediatamente. Embora ele mantivesse o que a maioria consideraria uma expressão neutra, eu conhecia Drade bem o suficiente para perceber que algo ruim ou bastante sério estava acontecendo.

Ele estendeu o antebraço na minha frente para que eu pudesse ver o texto exibido na interface.

— O que é isso...?

Minha voz sumiu e eu me levantei com um pulo.

— Está tudo bem? — a Irmã Alanis perguntou, com a voz carregada de preocupação.

— Surgiu um problema no palácio. Receio que eu preciso me retirar — eu respondi, com a tensão que sentia audível na voz.

— Naturalmente. Foi bom revê-lo. Espero que o assunto seja resolvido rapidamente — ela respondeu com uma simpatia que não escondia em nada a preocupação que ainda sentia.

Eu a abracei rapidamente e saí correndo do prédio.

— O que Alred quis dizer quando disse que estava esperando do lado de fora do meu escritório? — eu perguntei em um tom áspero quando já estávamos longe o suficiente do prédio ou de qualquer ouvido indiscreto.

— Alred disse que você o chamou. Mas quando ele chegou ao seu escritório, obviamente percebeu que você tinha saído — Drade respondeu com uma expressão preocupada.

— O quê?! — eu exclamei.

— Ele ficou esperando do lado de fora do seu escritório pelos últimos trinta minutos antes de finalmente perceber que algo estava errado.

— Se ele deixou o posto por tanto tempo, quem está com Siona? —

eu perguntei, com uma sensação de pavor se instalando no fundo do meu estômago.

— Segundo ele, Kaelin o dispensou de seu posto e alegou que eu ficaria em seu lugar nesse meio tempo — Drade disse sombriamente.

— O QUÊ?!

Deixando de lado qualquer pretensão de estoicismo, eu corri em direção ao ônibus espacial. Assim que entramos, eu liguei para Alred e o coloquei no viva-voz.

— Que porra está acontecendo? — eu perguntei em vez de cumprimentá-lo.

— Eu estava de guarda do lado de fora da sua residência. Kaelin entrou com comida para sua companheira antes do treino. Ela voltou alguns instantes depois e me disse que você havia me chamado ao seu escritório. Quando eu disse que não podia deixar meu posto, ela disse que Drade estava a caminho para assumir, e que eu podia sair imediatamente, pois ela estava lá dentro com a Princesa. Como isso veio de Kaelin, eu não tive motivo para questionar suas ordens.

— Tem certeza de que era a Kaelin? — eu perguntei, com a mente em polvorosa.

— Sim, meu Príncipe. Não há dúvida de que era ela — Alred respondeupelo comunicador.

— Kaelin jamais mentiria, principalmente sobre algo assim. Precisamos chegar ao fundo disso. Volte para a minha companheira imediatamente — eu sibilei antes de me virar para Drade — Leve-nos para o palácio o mais rápido que puder.

— Meu Príncipe — Drade respondeu em reconhecimento.

Eu desliguei a chamada com Alred e imediatamente contatei Kaelin. O telefone tocou indefinidamente sem que ela atendesse. O medo que eu senti aumentou ainda mais quando liguei para ela pela segunda vez, e depois pela terceira. Eu quase perdi o controle quando ela finalmente atendeu. Antes que eu pudesse dizer uma única palavra, a voz estressada de Kaelin ressoou pelo comunicador.

— Zee, não posso falar agora. Volte logo para o palácio. Siona foi envenenada.

— O QUÊ?! — eu gritei.

— Kaelin, concentre-se! — gritou a voz abafada de Jastira ao fundo.

— Desculpe, Zee. Preciso ir!

Kaelin desligou antes que eu pudesse dizer mais alguma coisa. Eu liguei de volta, mas mais uma vez ela não atendeu. Eu me senti fraco de medo pelo amor da minha vida. Qual era o estado dela? Que veneno era aquele, e quão letal? Quanto dele circulava pelo organismo dela? Como diabos o assassino chegou até ela? E, acima de tudo, como isso pôde acontecer sob o meu próprio teto?

Muitas perguntas continuavam a disparar em minha mente, enquanto um terror como eu nunca havia experimentado antes tentava me roubar qualquer pensamento racional. Depois de mais uma tentativa frustrada de fazer Kaelin voltar a me atender, eu estava prestes a tentar entrar em contato com minha irmã – embora duvidasse que ela atendesse – quando meu próprio comunicador tocou com uma ligação do meu pai. Eu atendi o mais rápido possível.

— Como ela está? — eu perguntei imediatamente no momento em que a conexão foi estabelecida.

— Siona está lutando — ele disse, a tensão na voz revelando que a situação era tão grave quanto eu temia, se não mais — Jastira e Kaelin estão fazendo todo o possível para estabilizá-la. Mas é Urixid. As próximas horas serão críticas. Nós não a deixaremos morrer, filho.

— Onde está o Eldrin? — eu perguntei, sentindo outra onda de medo tomar conta de mim, assim como de vergonha por ter demorado tanto para pensar no garoto.

— Eldrin está bem — ele disse, me tranquilizando — Ele está bem aqui, na outra sala com Shandar. Meus guardas estão de guarda lá fora.

— Quem diabos fez isso? Eu quero o sangue deles! — eu sibilei.

— Ainda não sabemos — ele disse com a voz carregada de frustração e raiva — É ainda mais complicado localizar o assassino, pois estamos tentando não dar alarme.

— Por que não?! Eu quero todo mundo vasculhando o palácio para encontrá-los! — eu gritei, indignado.

— Não, filho — ele respondeu em um tom que não admitia discussão, me deixando atordoado — Alguém que se passou por Kaelin conseguiu enganar a todos, até mesmo nossos scanners. Nós não podemos espalhar a notícia, ou o pânico e a paranoia se espalharão. Precisamos controlar a narrativa, entender melhor a situação e definir um plano de ação antes de tornar isso público. Sua companheira quase foi assassinada sob seu próprio teto dias após sua chegada. Mesmo que ela sobreviva – e faremos com que sobreviva – isso vai te prejudicar. Precisamos controlar os danos.

— Para Gharah com toda essa bobagem! Um assassino...!

— Zerien, chega! — meu pai disparou — Venha aqui e eu explicarei tudo. Fique em segurança e não confie em ninguém.

Eu queria discutir e me enfurecer, mas mesmo com a loucura que ameaçava me dominar, eu reconheci o tom do meu pai como firme. Ele não seria convencido e, como ainda era o Imperador, sua palavra era lei.

— Não a deixe morrer — eu implorei.

— Por minha vida, filho, não vamos. Venha até aqui — ele disse em um tom bem mais suave antes de encerrar a conversa.

O resto do voo de quinze minutos de volta ao palácio na velocidade máxima da nave oi o mais longo da minha vida. Drade nos levou diretamente ao hangar particular da nave, conectado a uma passagem secreta. Alred estava do lado de fora, me esperando. Eu queria arrancar a cara dele por ter falhado com minha companheira, embora, pelas informações que eu tinha até então, ele não pudesse ser responsabilizado pelo ocorrido. Pela expressão envergonhada e culpada em seu rosto, ele estava se castigando por aquela falha. Naquele exato momento, eu não poderia me importar menos com seus infortúnios e autorecriminações.

Eu lidaria com ele mais tarde.

— Por aqui, meu Príncipe — Alred disse em voz baixa — Eles a levaram para a Enfermaria.

Eu não andei, mas corri, forçando os outros homens a tentarem me acompanhar. Eu dispensei o elevador da passagem subterrânea e usei as escadas. Para meu alívio, o corredor que levava à segunda Enfermaria – a menor das duas localizadas dentro do palácio – estava completamente vazio, sem funcionários ou visitantes. Ele era reservado principalmente para membros da família real, mas ocasionalmente atendia oficiais de alto escalão e convidados ilustres.

Eu quase atravessei os dois guardas do meu pai, parados em frente à clínica médica. Sem hesitar, eu corri em direção à sala principal de tratamento intensivo. Eu entrei abruptamente e encontrei Jastira tirando sangue do braço da minha companheira. Kaelin estava de pé do outro lado da cama, dando leves batidinhas na testa de Siona com um pano úmido.

Meu pai, Eldrin, o Dr. Nimue e a Enfermeira Lara não estavam em lugar nenhum.

Na pressa de chegar ao lado da minha mulher, eu quase derrubei Kaelin. Meu sangue azedou ao observar o estado da minha alma gêmea. Sua pele, normalmente luminosa, parecia pálida e úmida ao toque. Os belos traços de Siona estavam tensos, embora não demonstrassem dor visível. Sua respiração era difícil e levemente sibilante.

— Siona! — eu gritei enquanto me sentava na beira da cama.

Eu deslizei um braço por trás de seus ombros e outro em volta de sua cintura e, instintivamente, a puxei para o meu abraço. Ela estava mole em meus braços, suas pálpebras trêmulas deixando entrever seus olhos parcialmente revirados para trás da cabeça.

Uma dor lancinante percorreu meu peito como se meu coração tivesse sido partido ao meio.

— Não me deixe, Siona. Você tem que lutar, meu amor — eu disse com a voz embargada.

Eu pressionei meus lábios em sua testa e, em seguida, descansei minha cabeça sobre a dela enquanto a balançava suavemente para frente e para trás. A maior dor que eu já havia sentido estava me destruindo por dentro. Por mais devastadora que tenha sido nossa separação anterior, a agonia que eu senti naquele momento era insignificante em comparação com aquela. Eu não podia perdê-la e nem queria contemplar a possibilidade de uma vida sem ela.

Se ela morresse, eu duvidava que pudesse continuar.

Perdido em minha tristeza, eu mal registrei as palavras ditas com raiva pela minha irmã. Foi preciso a ferroada de um hipospray no meu pescoço para me trazer de volta à realidade.

— O quê...?

— O antídoto — Jastira disse severamente, descartando a seringa na bandeja médica, irritada — Evite beijá-la, seu idiota. Há uma concentração tão alta de toxina no suor dela que poderia te matar. Já estamos ocupadas demais tentando salvá-la sem ter que cuidar de você também.

Eu sabia disso, mas estava perturbado demais para pensar com clareza. Eu abri a boca para me desculpar, mas saiu uma pergunta.

— Qual é a situação dela? — eu perguntei.

— É ruim — ela disse, parecendo tensa enquanto digitava na interface do dispositivo que monitorava seus sinais vitais — Sua companheira ingeriu uma grande quantidade de veneno. Sem o raciocínio rápido e a reação imediata de Kaelin, essa garota teria partido. Francamente, estou surpresa que ela tenha sobrevivido.

— Mas ela vai conseguir, certo? — eu insisti.

— Sozinha? Não sei — minha irmã respondeu, embora soasse um tanto duvidosa — Sua companheira está lutando, mas duvido que seja o suficiente. Ela é jovem, está em forma e, no geral, possui excelente saúde. Isso joga a favor dela. Mas Urixid em tal quantidade raramente perdoa.

— Tem que haver algo mais que possamos fazer — eu disse, com a raiva transparecendo em minha voz.

— Eu já entrei em contato com as Veredianas — Kaelin interrompeu em voz baixa.

Eu virei a cabeça bruscamente em sua direção, sentindo o peito apertar ao ouvir aquelas palavras, mesmo enquanto uma onda de alívio, carinho e gratidão me invadia. Ela era minha melhor amiga, minha maior apoiadora e meu porto seguro nos momentos mais difíceis. E agora, graças a ela, o amor da minha vida ainda vivia. Kaelin estava sempre no controle das coisas, não importava o quão loucas e desafiadoras fossem, eu sempre podia contar com ela para pensar alguns passos à frente. Havia um motivo para que, apesar da idade que muitos consideravam muito jovem, ela fosse a Chefe do meu Conselho.

— As Veredianas? É tão ruim assim que precisamos de uma das

curandeiras delas? — eu suspirei no momento em que meu pai entrava na sala.

Ele se aproximou silenciosamente e apertou meu ombro de forma encorajadora.

— Talvez — Kaelin respondeu com uma expressão angustiada — Infelizmente, o mais rápido que eles podem chegar aqui é daqui a doze dias. E isso se conseguirmos encontrá-las no meio do caminho.

— Então vamos partir imediatamente — eu ordenei.

— Não — Kaelin disse com firmeza — Elas não conseguirão traçar um curso para Sarenia antes de pelo menos três dias. E nós saberemos se a ajuda delas será necessária nas próximas 48 horas.

— Ela pode não aguentar tanto tempo!

— Você tem razão — Jastira retrucou — Se chegar a esse ponto, vamos colocá-la em estase. Independentemente da minha opinião sobre Siona, eu não vou deixá-la morrer.

Jastira! — meu pai exclamou com uma voz severa.

— Não, pai. Algumas coisas precisam ser ditas — Jastira sibilou antes de me encarar — Não me importa que você seja meu irmão. Nossas personalidades nunca se alinharam – não que a minha se alinhe com a de qualquer outra pessoa, aliás. Sua dor é irrelevante para mim. A única coisa com que me importo é Sarenia. Eu não sei se você é o Imperador certo para nos liderar na Grande Guerra. E, principalmente, não sei se ela é a Rainha certa para o que nos espera. Eu também não concordo com as políticas que você e Kaelin promovem.

Cada uma de suas palavras era como uma adaga cravada no meu peito. Embora ela nunca escondesse suas opiniões ou sentimentos sobre mim, ainda doía. Apesar da total ausência de química entre nós, ela continuava sendo minha irmã mais velha. Uma parte de mim sempre a amaria.

— Mas eu sei que vocês dois amam Sarenia e morreriam por ela. Portanto, enquanto continuarem a lutar abnegadamente pelo nosso povo, eu estarei ao seu lado... o que significa ao lado dela também. Pelo bem de todos nós, espero que o Destino realmente tenha um plano para vocês.

Seu olhar se desviou de mim para minha companheira, que ainda permanecia mole em meus braços. Uma expressão indefinível passou pelo seu rosto enquanto ela observava o rosto de Siona.

— Eu achei que ela era uma perda de tempo e oxigênio — Jastira continuou, pensativa, como se estivesse falando consigo mesma — Mas ela me impressionou. Sua companheira é inteligente, se esforça para aprender nossos costumes e possui conexões e amigos poderosos que só podem beneficiar nosso povo.

Eu cerrei os dentes, enfurecido com a forma puramente transacional como ela considerava minha alma gêmea. Eu queria incutir um pouco de bom senso e compaixão em Jastira. Mas ela tinha uma maneira completamente diferente de ver o mundo e as pessoas em geral. Eu não conseguia nem odiá-la por isso, já que não era maldade que motivava aquele comportamento. Seu cérebro simplesmente funcionava de forma diferente.

— Então eu a salvarei, como exige meu juramento de médica, mas também porque talvez ela seja o que precisamos, afinal — Jastira concluiu, severamente — Agora, solte-a e deixe-me voltar ao trabalho se você a quiser curada.

— Que tipo de trabalho? — eu resmunguei, enquanto invocava meu *kaa* para conter a fúria que suas palavras e atitude insensível despertavam em mim.

— Estamos tentando confundir a toxina com outra coisa para que ela se fixe enquanto limpamos seu sangue e damos um reforço ao sistema imunológico dela para ajudá-la a lutar sozinha — minha irmã respondeu distraidamente enquanto recolocava a bolsa intravenosa conectada nas costas da mão direita de Siona.

— Pelas próximas quarenta e oito horas, pelo menos um de nós quatro deve estar sempre aqui com ela — Kaelin disse, claramente tentando mudar o assunto para um terreno mais seguro e aliviar a tensão que tomava conta da sala — Podemos fazer rodízios até sabermos exatamente como ela está e quais devem ser os próximos passos. Enquanto isso, você precisa encontrar aquela assassina, Zee.

— Se essa pessoa conseguiu se passar por um de nós tão facilmente e de forma convincente, precisamos começar a usar palavras-chave para confirmar nossas identidades — eu disse, franzindo a testa — Sugiro que usemos o nome da mãe de Siona.

Kaelin assentiu, assim como meu pai e minha irmã. Hope era uma palavra-chave apropriada, e era o que eu mais precisava naquele momento.

CAPÍTULO 19
ZERIEN

Com muita relutância, eu saí da enfermaria. Apesar da minha vontade ardente de segurar minha amada em meus braços enquanto ela lutava por sua vida, eu não lhe seria útil. Por ora, eu precisava encontrar aquela assassina para fazê-la pagar caro por seu crime e impedi-la de atacar novamente.

Outra onda de raiva tomou conta de mim quando eu saí e vi quem continuava de guarda.

— Onde diabos está o Alred?! — eu sibilei.

Os guardas do meu pai e os meus estremeceram. Eu não precisava de um espelho para saber o quão selvagem e cruel eu parecia naquele momento. Havia uma razão para ninguém ousar me desafiar pelo trono. Minha reputação de selvagem e sádico não era infundada. Eu era o homem mais gentil e compassivo do mundo... até você me trair.

— Ele foi até a sala de controle para verificar as imagens da câmera de segurança e descobrir o paradeiro do assassino — Drade respondeu cautelosamente.

Eu comecei a me mover antes mesmo que ele terminasse a frase. Ele e Naax me acompanharam. Nos poucos minutos que levamos para chegar ao nosso destino, minha raiva se aproximava de uma fúria assassina. Eu me obriguei a invocar meu *kaa* para acalmar meus ânimos. Não pela primeira vez, eu agradeci silenciosamente a Vahleryon – nosso futuro Grande General – por insistir que eu permitisse que os Korletheanos nos ensinassem essa técnica avançada de meditação e esse poder. Antes disso, reduzir minha raiva a níveis controláveis teria falhado – resultando na mutilação grave ou na morte do meu alvo – ou exigido uma quantidade absurda de tempo e esforço.

Mesmo assim, eu invadi a sala e imediatamente usei meus poderes de controle mental em Alred antes que ele pudesse dizer uma única palavra.

— *Você esteve envolvido de alguma forma na tentativa de assassinato contra minha companheira?* — eu exigi com minha voz vibrante antes de selar o comando com um flash de meus olhos.

Em outras circunstâncias, o olhar magoado de Alred teria me envergonhado. Mas, naquele momento, saber em quem eu podia confiar e prender o filho de krillik que machucou minha mulher era tudo o que me importava. Para a sorte dele, ele não tentou resistir à compulsão – não que fosse conseguir – e obedeceu de bom grado.

— Eu não tive participação alguma nisso — ele disse em um tom firme, sustentando meu olhar com firmeza — Uma pessoa que eu realmente acreditava ser Kaelin me dispensou do meu dever e me instruiu a ir encontrá-lo em seu escritório. Eu jamais teria deixado meu posto sem receber minhas ordens pelos canais de comunicação padrão se fosse qualquer outra pessoa que não a Chefe do seu Conselho. Eu juro por minha vida que eu jamais teria permitido que qualquer mulher – muito menos sua companheira – sofresse algum mal.

Embora aliviado pela sinceridade com que ele falou, minha raiva não diminuiu. A parte irracional e selvagem de mim ainda queria espancá-lo até deixá-lo inconsciente por seu fracasso. Pela expressão em seu rosto, o meu demonstrava plenamente meus sentimentos.

— Nossa futura Rainha, sua alma gêmea, se machucou sob meu comando — Alred continuou, desta vez com a raiva direcionada principalmente a si mesmo transparecendo em sua voz — Eu aceitarei qualquer punição que você considerar apropriada pelo meu fracasso. Mas eu imploro, meu Príncipe, por favor, deixe-me ajudá-lo a capturá-lo primeiro. Eu gostaria de vê-lo morrer da maneira mais dolorosa.

Eu cerrei os dentes, sentindo finalmente a vergonha se instalar no fundo do meu estômago por ter direcionado injustamente minha raiva para ele.

— O assassino enganou a todos, inclusive minha companheira — eu admiti em um tom áspero — Mas não podemos presumir que o assassino seja realmente um homem. Meu instinto diz que sim, mas precisamos levar em conta a possibilidade de uma mulher ter feito isso. Afinal, eles se passaram por Kaelin. Eles poderiam ter simplesmente se passado por Drade, o que teria levantado menos dúvidas sobre por que você não pôde esperar a chegada dele para substituí-lo.

— Sim — Alred respondeu com óbvio alívio misturado à gratidão — Estamos considerando essa possibilidade. Mas, assim como você, acreditamos que estamos lidando com um homem. Nossas mulheres não participam de missões. Se uma delas estiver envolvida, eu suspeitaria que ela seja uma das mentoras, não a executora.

— Eu concordo — eu respondi antes de voltar minha atenção para a parede de monitores em frente aos dois técnicos que analisavam as imagens — O que vocês descobriram?

Ele gesticulou para que um dos dois técnicos repetisse o que eles tinham coletado até então.

— Nós fizemos uma montagem de todas as imagens que capturaram a impostora e a verdadeira Kaelin, para recriar a sequência de eventos — Alred disse, apontando para o monitor principal no topo — Como você pode ver aqui, Kaelin entrou no palácio pelo Átrio.

— Ancestrais! — eu sibilei baixinho.

A semelhança era perfeita. Se a própria Kaelin não tivesse confirmado que havia sido personificada, eu jamais teria acreditado que se tratava de outra pessoa.

— Naturalmente, ninguém questionou sua presença. Ela foi buscar comida na cozinha. Os cozinheiros confirmaram que prepararam a comida, mas tiveram que se apressar porque ela chegou quase quarenta minutos antes do previsto.

— Nossos cozinheiros prepararam aquela comida envenenada?! — eu exclamei.

— Eles não a contaminaram — Alred disse rapidamente — A

assassina fez isso. Foi difícil precisar o momento exato. Mas nesta filmagem, observe como ela se move bem perto da parede, como se quisesse evitar atrapalhar alguém enquanto atende uma chamada. Não podemos confirmar se houve mesmo uma chamada. Mas esta seção quase nunca tem trânsito. Na verdade, ela estava sozinha lá quando fez isso. E, convenientemente, era o único lugar onde você consegue ficar em pé e ficar praticamente fora das câmeras. Apenas dois passos para trás, e teríamos visto a bandeja dela e o que quer que ela estivesse fazendo com ela.

— Embora eu concorde que esta pareça uma explicação plausível, você não pode ter certeza de que ela colocou o veneno nesse momento específico — eu argumentei.

— Eu estou bastante confiante porque veja aqui quando ela volta a andar à vista da câmera — Alred rebateu antes de pausar a gravação — Veja a posição do jarro e a tampa do prato com temperatura controlada.

Ele gesticulou para o técnico, que exibiu uma imagem estática da bandeja segundos antes de Kaelin ficar fora da câmera e a exibiu ao lado do vídeo pausado. Ficou claro que, nos poucos segundos em que não conseguimos ver a bandeja, seu conteúdo havia sido adulterado. A posição da jarra havia mudado e a alça da tampa havia girado pelo menos trinta a quarenta graus.

— Muito bem — eu disse, genuinamente impressionado.

— Ela não foi a nenhum outro lugar e foi direto para o Salão de Saudações, em frente aos seus aposentos. Ela até me cumprimentou com a cabeça no caminho, e eu retribuí o cumprimento. Menos de dez minutos depois, você a vê saindo. Foi quando ela me disse que você estava me invocando. Como pode ver, eu fiquei bastante perplexo por Drade não ter simplesmente me contatado diretamente. Eu deveria ter seguido meu instinto. Mas obedeci e fui embora.

— Como você disse, não tinha motivo para duvidar dela. A verdadeira Kaelin teria te mastigado e cuspido se você tivesse desafiado as ordens dela — eu disse distraidamente, com os olhos ainda grudados no monitor.

Para minha surpresa, a impostora observou Alred sair por alguns segundos antes de se virar para a entrada dos meus aposentos. No entanto, ela não entrou. Em vez disso, ela começou a interagir com a interface de sua braçadeira. Na montagem, a câmera deu o zoom o máximo possível, mas a assassina estava no ângulo perfeito para nos impedir de ver a tela com clareza.

— Depois de alguns minutos, algum tipo de interferência atrapalhou a transmissão. Ela não interrompeu, apenas a deixou borrada. E então Kaelin sumiu, mas aqui estou eu — Alred disse, irritado — Mas não sou eu!

— Que porra é essa?! — eu sibilei.

— Não sou eu — Alred reiterou energicamente quando lancei um olhar desconfiado em sua direção.

Pela resposta dele, após a minha compulsão, eu sabia que não era ele. Mas a evidência em vídeo estava me deixando confuso.

Ele mostrou outra filmagem ao lado daquela do lado de fora da minha casa — Está vendo as marcações de tempo? Este sou eu – o verdadeiro eu – parado do lado de fora do seu escritório, esperando por você. E este é o impostor fingindo ser eu, parado do lado de fora da sua casa exatamente no mesmo horário.

— Isso é algum tipo de disfarce holográfico?! — eu exclamei.

— Eu não faço ideia, meu Príncipe. Mas, como pode ver aqui, a impostora esperou até que a verdadeira Kaelin chegasse. Assim que a Princesa a deixou entrar, a assassina foi embora. Nós conseguimos rastrear seus movimentos até o hangar da nave. Seis naves partiram desde então.

— Você conseguiu rastreá-las e fazê-las voltar?

— Nós as interceptamos e as forçamos a pousar para uma inspeção. Toda a tripulação foi localizada e suas identidades confirmadas — Alred disse em tom de desculpas — Receio que tenhamos perdido o assassino. Ele deve ter saído do hangar, mas não como Kaelin ou eu.

— Como ele conseguiu mudar de aparência de novo?! Se fosse um disfarce holográfico, nossos scanners teriam detectado! — eu exclamei.

— Esse também era o nosso pensamento — Alred disse, passando a mão pelos cabelos, frustrado — Mas seja qual for o método que estejam usando, está enganando nossos scanners. Até mesmo nossos exames de DNA não revelam nada de anormal. Ninguém andou por estas paredes sem autorização.

— Como diabos eles estão fazendo isso?! — eu rosnei.

— Não temos ideia, meu Príncipe.

— Descubra! — eu respondi bruscamente, me sentindo imediatamente um merda por causa do meu desabafo.

Eu suspirei fundo, balancei a cabeça, decepcionado comigo mesmo, e lancei-lhe um olhar de desculpas. Ele sorriu, confirmando que estava tudo bem. Assim que eu estava abrindo a boca para falar, a porta da sala de controle se abriu para Faolen. Meus guardas e eu imediatamente assumimos uma postura ofensiva.

— Sou o verdadeiro Faolen — ele disse preventivamente — Você sugeriu a gema que eu usei na joia que dei à minha companheira no nosso aniversário, pois ela tem um significado especial para os Korletheanos.

Eu relaxei instantaneamente, embora minha mão direita coçasse de vontade de dar um tapa na cara dele para tirar aquela expressão presunçosa.

— O que vocês têm? — eu resmunguei enquanto meus homens também recuavam.

— Nós rastreamos o assassino — ele disse.

— O QUÊ?! — eu exclamei, meu choque refletido nos rostos dos guardas — Onde?

— Uma jovem chamada Adana deixou o palácio e foi para o Serail — Faolen disse.

— E você a pegou? — eu perguntei, minha esperança instantaneamente destruída por sua expressão sombria.

— Não. Ela voou a bordo de um ônibus espacial não registrado — ele disse, se desculpando.

Eu franzi a testa — Então como você sabe que era o assassino?

— Um dos guardas tinha acabado de sair da cama de Adana — ele explicou — Ele ficou chocado ao vê-la embarcando em um ônibus espacial, já que ela ainda estava literalmente deitada na cama momentos antes dele descer do elevador. Não havia como ela ter se vestido e chegado ao hangar antes dele.

— Ele tem certeza de que era Adana? — eu insisti.

— Ele insiste que era a mesma mulher. Ele ficou tão chocado que voltou para o andar de cima e a encontrou no chuveiro — Faolen respondeu — Quando ele perguntou se ela tinha uma irmã gêmea, Adana disse que ela tinha três irmãos e apenas uma irmãzinha, doze anos mais nova que ela, e filha de outro pai. O guarda achou estranho, até saber o que aconteceu. Então, ele imediatamente fez um boletim de ocorrência.

— Nós temos alguma informação sobre o paradeiro desse ônibus espacial? — eu perguntei, mesmo já sabendo a resposta.

Faolen balançou a cabeça negativamente — Nós não monitoramos nenhuma das idas e vindas no Serail por questões de privacidade. Mas estamos reunindo as imagens de todas as câmeras na área que possam ter captado a nave auxiliar. Todas as nossas forças de paz receberam uma descrição da nave e estão à procura dela.

— Ótimo. Eu também quero saber o nome de todas as pessoas com quem ela interagiu, especialmente os visitantes do Serail — eu disse.

— Já estamos trabalhando nisso — Faolen respondeu.

— Eu quero que você cuide pessoalmente de outra tarefa — eu continuei, despertando seu interesse — O Irmão Lindel, um dos moradores do Santuário da Capital pode estar envolvido em tudo isso. Quero que você reúna absolutamente todas as informações possíveis sobre ele. Isso inclui seu paradeiro, contatos, passado, comunicações, tudo o que você imaginar.

— Seu desejo, meu Príncipe — Faolen disse com um aceno de cabeça.

— Agora, eu quero falar com sua companheira — eu disse.

No mesmo instante, Faolen enrijeceu. Em circunstâncias diferentes, eu me divertiria com o brilho protetor em seus olhos. Embora finalmente tivesse se conformado com isso, durante o primeiro ano de seu casamento com Deliah, que já durava dois anos, Faolen lutou para aceitar que sua alma gêmea era uma Korletheana. Mas agora, ele estava perdidamente apaixonado por ela e despedaçaria qualquer um que a ameaçasse.

— Ela não previu esse ataque e não poderia tê-lo evitado — Faolen interrompeu defensivamente.

— Deliah irá me contar pessoalmente o que viu e o que não viu — eu rosnei — Não estou pedindo sua permissão, mas dando uma ordem. Leve-me até sua companheira, agora mesmo!

Pela primeira vez, Faolen considerou genuinamente desobedecer à minha ordem, ou pelo menos desafiá-la. Qualquer outra pessoa já estaria sentindo minha ira. No lugar dele, eu também gostaria de defender minha companheira. Mas, naquele momento, isso ia além de Deliah e Siona. Um inimigo como nunca havíamos enfrentado antes se infiltrou casualmente no palácio, enganou pessoas extremamente inteligentes e cautelosas e saiu ileso antes de desaparecer. Com Deliah sondando constantemente os possíveis caminhos do nosso futuro, como ela não previu essa possibilidade?

— Deliah é leal a você. Qualquer conhecimento que ela possua, ela compartilhará livre e sinceramente — Faolen disse com raiva reprimida, embora um desafio continuasse a arder em seus olhos.

Ele não esperou pela minha resposta – não que eu soubesse exatamente o que responderia – e se virou para sair da sala de controle. Em um silêncio carregado de tensão, nós marchamos para a ala noroeste do palácio, onde alguns de nossos oficiais de alto escalão e convidados de honra tinham seus aposentos designados. No caso de Deliah e Killian – nossa Oráculo e Vidente Korletheanos – era também para garantir a segurança deles. Ninguém ousaria atacá-los nos terrenos do palácio.

A porta da casa deles se abriu segundos antes de chegarmos. Deliah a segurou para nós com uma expressão indecifrável.

— Você nos esperava — eu disse, meu tom um pouco mais áspero do que o pretendido.

— Obviamente — ela respondeu com um encolher de ombros.

Seu olhar se voltou para o marido. Faolen estava visivelmente fervendo, mas se controlando. Curiosamente, o olhar que trocaram indicava que cada um tentava tranquilizar o outro. O amor profundo que os unia me comovia e me envergonhava. Mesmo assim, eu afastei essas emoções e me concentrei no assunto em questão. Eu era o futuro

Imperador de Sarenia. Meu dever tinha precedência sobre sentimentos ternos ou amizades.

Dois passos para dentro da casa revelaram a presença de Killian. Eu não sabia como me sentir em relação a isso. Embora isso confirmasse que eles realmente previram que eu viria exigir respostas, também me fez questionar se eles haviam se reunido para resolver o possível engano.

— Você previu isso? — eu perguntei, indo direto ao ponto.

— Você não quer se sentar...

— Eu te fiz uma pergunta! — eu respondi bruscamente, interrompendo Deliah.

Faolen emitiu um rosnado baixo de advertência que fez minhas garras se projetarem instantaneamente. Deliah deu alguns passos em direção ao seu companheiro e esfregou a palma da mão em seu peito de forma reconfortante. O tempo todo, seus olhos permaneceram fixos em mim.

— Este foi um dos muitos caminhos que eu previ — ela respondeu de forma factual.

Minhas presas desceram, e eu as mostrei para ela enquanto outra onda de raiva me invadia. Mas mesmo através da névoa vermelha que tingia minha visão, eu não deixei de ver a expressão de espanto no rosto de Faolen. Sua companheira também não havia lhe contado.

Que outros segredos ela esconde dele? De nós?

— Você sabia e não disse nada?! — eu gritei.

— Eu contei para as pessoas que precisavam saber — ela respondeu, desafiadora — Kaelin e Siona sabiam que a vida dela estava em perigo.

— VOCÊ MENTE! — eu gritei, dando um passo ameaçador em sua direção, o que fez com que Faolen, meus guardas e até Killian dessem um passo à frente, em tom de proteção.

Apesar da minha raiva, eu fiquei profundamente magoado ao saber que eles considerariam a mínima possibilidade de eu machucar uma mulher.

— Eu não minto, meu Príncipe — Deliah respondeu com firmeza, mantendo o olhar fixo em mim — Eu não tenho motivo para mentir sobre algo tão facilmente verificável.

— Elas não teriam escondido algo tão importante de mim — eu sibilei.

— Com certeza! — Deliah retrucou com uma ponta de raiva — Aquelas mulheres estão te protegendo, como deveriam. Você já tem muita coisa para fazer sem ter que lidar com isso também.

— Se eu soubesse...

— Você não poderia ter feito nada, quanto mais ter evitado! — Deliah disparou, me interrompendo, antes de jogar os longos cabelos por cima do ombro em um gesto de raiva — Contar só teria piorado as coisas. Você teria ficado paranoico e estabelecido todos os tipos de protocolos de proteção que teriam criado caminhos ainda mais mortais para ela. Todos os dias, uma dúzia de novos caminhos de desastre se abrem para você e seus entes queridos. Suas escolhas os mudam, fechando a maioria deles, mas também criando novos.

— Mas o envenenamento é fácil de identificar e prevenir! — eu retruquei.

Ela suspirou, exasperada — Este envenenamento específico foi apenas uma das inúmeras variações que poderiam ter ocorrido. Se eu listasse todas as possibilidades que vejo, sua companheira teria sido forçada a morrer de fome. A única dica razoável que eu poderia dar a elas era que, se Kaelin deixasse o seu lado, se ela algum dia abando-nasse sua função no palácio, Siona morreria. E hoje foi a prova. Kaelin salvou a vida dela!

— Siona ainda pode morrer! — eu rosnei.

Deliah balançou a cabeça com firmeza — Ela não vai. Esse caminho está selado. Kaelin e Jastira garantiram isso agindo com tanta rapidez e decisão. Há muitos caminhos para a recuperação dela – seja por conta própria ou com a ajuda das Veredianas – mas ela se recupera completamente.

A onda de alívio que me invadiu quase me fez desmaiar. As garan-tias de Kaelin e Jastira de que tinham a situação sob controle já haviam aliviado algumas das minhas preocupações, mas isso as selou. Era como se a pedra invisível que esmagava meu peito, dificultando a respiração, finalmente tivesse sido levantada.

— Fico feliz em ouvir isso. Mas o assassino escapou. Você viu quem fez isso?

Ela balançou a cabeça em um tom de desculpa, embora seu rosto demonstrasse uma profunda confusão compartilhada por Killian — O assassino não tem rosto. Ele tem todos os rostos, e ainda assim nenhum. Eu nunca vi isso antes. Embora, para ser justa, seja extremamente raro uma visão revelar o rosto do inimigo. Nós vemos claramente o destino do alvo, mas não uma descrição detalhada dos eventos que levaram a esse resultado, nem dos instigadores. Por exemplo, para sua companheira, eu apenas a via beber ou comer algo e então a visão saltava para o momento em que ela estivesse convulsionando por causa do veneno com Kaelin ao seu lado, prestando socorro.

— Então nenhum Vidente ou Oráculo consegue identificar esse desgraçado? — eu gritei entre os dentes.

Deliah hesitou — Nós, Korletheanos, não podemos fazer isso. A única pessoa com esse tipo de poder seria a mãe do Grande General, Amalia Praghan. Mas o poder dela funciona de uma maneira muito diferente. O assassino precisaria atacar dentro de um intervalo de quinze minutos durante o qual Amalia estaria concentrando ativamente seu dom em Siona. As chances disso acontecer são mínimas. E Amalia nunca conheceu Siona. Ela precisa ter conhecido a pessoa ou tocado sua mente pelo menos uma vez para poder sondar seu futuro próximo.

Eu soltei um suspiro de frustração — Então, voltamos à estaca zero.

— Sim, mas com uma pressão de tempo adicional — Deliah disse sombriamente.

— O que você quer dizer? — eu perguntei, a preocupação voltando a tomar conta de mim.

— Você precisa encontrar e deter o assassino antes da sua coroação. Não fazer isso resultará em um enorme banho de sangue.

— Todos nós morreremos? — eu perguntei, sentindo meu estômago se revirar dolorosamente enquanto os rostos dos meus entes queridos apareciam diante de mim.

— Você não vai — Killian respondeu no lugar de Deliah — Mas, de acordo com as visões dela, muitos outros vão, incluindo seu pai, seu filho, Jastira e Kaelin.

— E Siona? — eu suspirei, meu peito latejando com uma dor lancinante ao pensar em perder ao menos um deles.

— Impossível dizer — Killian disse — Como você sabe, para nós, Videntes, o que vemos é garantido. Na visão que Eryon e eu tivemos sobre a Grande Guerra, nós vimos você, Faolen, e muitos Sarenianos lutando ao lado de Korletheanos, Veredianas e Braxianos. Isso significa que vocês dois e aqueles que lhes são leais se juntarão à aliança. Mas não posso dizer se será na sua condição de Imperador. Mais importante ainda, nenhum de nós jamais viu Siona.

— O caminho dela é incerto — Deliah disse em voz baixa — Alguns a mostram lutando ao seu lado na Grande Guerra. Infelizmente, muitos a mostram encontrando uma morte prematura. Mas em todos os casos em que você não exterminou a rebelião antes da sua coroação, ela inevitavelmente morre, naquele dia ou nas semanas seguintes. De qualquer forma, ela não vive além do primeiro mês após a sua ascensão.

— Mas certamente você consegue ver qual é o gatilho para esse banho de sangue! — eu exclamei, perturbado e irritado.

— Eu não vejo o gatilho, apenas o caos que se segue. Há mais ataques sendo planejados, mas eles mudam rápido demais para que eu consiga me concentrar em apenas um. As escolhas de muitos influenciam seu futuro — Deliah disse, desanimada — No entanto, eu tenho duas imagens recorrentes que nunca mudam. Uma é um vasto pátio cercado por cavernas, e a outra é centenas de Sarenianos entrando em um rio. A julgar pelo xale que usam, presumo que seja para treinar seu *kaa* debaixo d'água, pois isso realmente complementa sua natureza anfíbia.

— Lindel! — eu exclamei triunfante — Algum de vocês se lembra de treinar os Irmãos e Irmãs dos Santuários?

Killian assentiu — Eu fui a alguns Santuários, embora não me lembre de nenhum Lindel. Como você sabe, muitos do seu povo ainda nos odeiam demais e não interagem conosco, por mais benéfico que isso possa ser para eles. Então, os mais talentosos deles recebem nossos ensinamentos e os transmitem aos outros.

Eu estava prestes a pressioná-lo mais sobre o assunto quando notei o rosto de Deliah se contraindo e seus olhos perdendo o foco. Eu reconheci bem o olhar de uma pessoa entrando em transe profundo enquanto sonda o futuro.

Todos nós nos viramos para encará-la, esperando que a Oráculo emergisse da visão que ela estava recebendo.

Depois de um instante, ela piscou e olhou para mim.

— A água… Ouça as águas rasas — ela disse com uma voz solene.

— O quê?! Que porra isso significa? — eu disse.

— Exatamente o que eu disse. Ouça as águas rasas — Deliah repetiu, fechando o rosto.

— Por que diabos você não me dá uma resposta clara em vez de uma dica vaga e sem sentido? — eu perguntei com raiva.

— Porque dar uma resposta mais detalhada vai roubar sua autonomia. Isso irá te levar para um caminho que pode não ser o que você queria, ou pior do que teria acontecido sem essa interferência. Quando chegar a hora, essa "dica vaga" será exatamente o que você precisa para tomar a decisão certa.

CAPÍTULO 20

SIONA

O som de uma voz doce cantando uma suave canção de ninar perfurou a névoa que envolvia minha mente. Atraída por seu chamado encantador, eu lentamente me despertei do que parecia um sono sobrenatural. Ao acordar, inúmeras dores e incômodos percorreram meu corpo. Seria de se esperar que eu tivesse acabado de passar por um daqueles extenuantes treinamentos de combate aos quais os Guerreiros Braxianos se submetiam, que geralmente os deixavam machucados e exaustos por alguns dias.

Meus olhos tremeram, e um sorriso terno se formou em meus lábios ao sentir uma mão pequena e familiar acariciando gentilmente meus cabelos de uma forma quase distraída.

— Eldrin — eu sussurrei, sentindo minha garganta um pouco dolorida e minha voz rouca pela falta de uso.

— *Massi*! — Eldrin exclamou, seu lindo rostinho se virando em direção ao meu.

Apesar de minha visão permanecer um pouco turva enquanto me ajustava à luminosidade do ambiente, eu não deixei de perceber seu ar de pura alegria e surpresa.

Por mais dolorida que eu estivesse, meu coração derreteu de amor pelo menino quando ele me deu um abraço de esmagar os ossos com toda a sua força. Meus próprios braços pesavam uma tonelada, mas isso não me impediu de retribuir o abraço. Eu não entendia como ele conseguiu se enterrar tão fundo no meu coração em tão pouco tempo. Ele não era do meu sangue, mas era, sem dúvida, meu filho.

Eu beijei sua testa entre seus pequenos chifres e acariciei gentilmente seus cabelos azul-escuros na altura dos ombros, um tom semelhante ao de seu pai, mas com fios muito mais finos.

Ele levantou a cabeça para me olhar. A expressão severa que ele exibiu me pegou de surpresa.

— Nunca mais me assuste assim, *Massi* — Eldrin disse severamente — Você não tem permissão para morrer.

Meu peito se apertou quando suas palavras me fizeram lembrar da minha recente provação. Eu tinha tantas perguntas. Mas o fato dele poder se aproximar de mim e de eu ter recuperado a consciência assim me tranquilizou, pois o pior já havia passado.

Engolindo minhas próprias preocupações com meu bem-estar, eu me rendi aos instintos de proteção que surgiram, exigindo que eu tranquilizasse o pequeno.

— Me desculpe, querido. Prometo ser muito mais cuidadosa no futuro — eu disse em voz baixa.

Ele me deu um aceno severo, como se quisesse demonstrar sua aprovação à minha promessa, antes de assumir uma expressão culpada.

— Sinto muito por ainda ser pequeno demais para te proteger por enquanto. Mas o Destino a enviou para nós... para mim. Você não pode morrer.

— O que você quer dizer? — eu perguntei, perplexa com o comentário.

— A primeira vez que te vi, eu soube que era o Destino continuando o trabalho que começou — ele declarou com uma convicção que me deixou atordoada.

— Como assim? — eu insisti.

— Eu me lembrei do seu rosto e do seu cheiro — Eldrin disse com naturalidade.

Eu pisquei, me sentindo ainda mais confusa — Não entendi.

Ele respirou fundo e seus olhos ficaram desfocados enquanto ele vasculhava suas memórias.

— Minha primeira lembrança verdadeira é de uma dor sem fim — ele disse pensativo — Eu estava faminto, cansado e preso em uma gaiola onde pensei que morreria. E então eu vi seu rosto. Eu jamais esquecerei aquele lindo cabelo branco, os olhos verdes brilhantes, os chifres negros, o doce perfume e a voz mais gentil do mundo. Você me salvou e me alimentou.

Uma voz atrás de nós ecoou o suspiro que me escapou quando eu fui tomada por uma compreensão repentina. Meus olhos se voltaram para ele. Só então eu notei sua mãe sentada atrás dele, levemente à nossa esquerda, no que presumi ser uma estação de trabalho de enfermagem na enfermaria. Ela olhava boquiaberta para o filho, em choque total. Eu estava tão concentrada no menino que não havia parado para avaliar o ambiente. E, no entanto, mais uma vez eu ignorei, minha mente turva com o comentário de Eldrin.

— Foi você durante a Caçada?! — eu exclamei, atordoada.

Ele assentiu com um sorriso doce.

Depois que minha mãe, meu pai e eu fomos sequestrados e trazidos para cá, fomos forçados a participar de uma Caçada – que foi a maneira inteligente do Imperador Nemrox nos fornecer um método para recuperar nossa liberdade sem causar maiores atritos com o Embaixador Guldan, que estava tentando executar meu pai e trazer minha mãe e eu de volta para Guldar. Mamãe e eu estávamos correndo na floresta à esquerda do rio, que era segura e reservada às mulheres que consentiam e queriam ser capturadas por um parceiro em potencial. Papai e seus homens correram à direita do rio, em uma floresta infestada pelas criaturas mais selvagens de Sarenia. Se todos nós conseguíssemos chegar ao farol sem sermos pegos, estaríamos livres para partir, o que obviamente conseguimos.

No entanto, minha mãe e eu estávamos separadas no início. Ao longo do caminho, ela ouviu os gritos desesperados do que inicialmente presumiu ser um animal jovem e ferido. Quando foi investigar, ela viu um filhote Sareniano que havia acabado de completar seu processo de maturação no rio. O filhote havia ficado preso em uma série de arbustos espinhosos, formando uma gaiola ao seu redor. Se ela não o tivesse encontrado naquele momento, ele provavelmente teria morrido de fome e exaustão nas horas seguintes.

Faolen – que nos havia sequestrado, mas que na época atuava como nosso protetor – alcançou minha mãe e a ajudou a alimentar o bebê. Ele então o colocou de volta na água para que pudesse completar sua jornada até o centro de adoção, onde escolheria uma Matriarca e um Patriarca. Eles, por sua vez, o criariam até o dia em que ele se reunisse com seus pais biológicos.

— Não fui eu quem te salvou — eu disse em voz baixa, ainda atordoada com a revelação.

Para minha surpresa, Eldrin assentiu e continuou sorrindo — Eu sei. Eu fiquei confuso no começo. Mas depois percebi que foram sua mãe e o Caçador Faolen que me resgataram. Mas ainda assim foi porque o Destino te trouxe aqui. Sua mãe nunca teria vindo a Sarenia se não fosse por você. O Destino nos uniu, *Massi*.

Eu sorri e acariciei delicadamente sua bochecha. Atrás dele, Kaelin pressionava a palma da mão contra o peito, diante da revelação de quão perto esteve de nunca conhecer o filho.

— É porque o Destino quer que você se torne Imperador depois do seu pai — eu disse carinhosamente.

Para minha surpresa, Eldrin franziu a testa e balançou a cabeça, seu rosto assumindo uma expressão desanimada.

— O que foi? — eu perguntei, imediatamente preocupada.

— Eu não quero ser Imperador — ele murmurou.

Atordoada, eu respirei fundo e estudei suas feições como se elas pudessem revelar o que poderia ter motivado tal declaração.

— O quê?! — eu sussurrei, com confusão evidente na minha voz.

Eldrin ergueu o queixo pontudo com um toque de desafio, enquanto me encarava com firmeza — Eu não quero ser Imperador. Eu serei, se for preciso, mas espero que você tenha muitos filhos e que um deles assuma esse papel.

— Mas por que você não quer ser Imperador? — eu perguntei, tentando entender aquilo enquanto lutava contra uma suspeita crescente.

— Porque eu sou da Casa Vagho — Eldrin disse como se isso explicasse tudo — A linhagem da mamãe sempre serviu ao trono. Eu quero ser como a mamãe. Eu quero ser um conselheiro, protetor e executor. Não um governante.

Meus olhos se voltaram para Kaelin, que fitava o filho com uma expressão indecifrável, desprovida do choque, da decepção e talvez até da indignação que eu esperava. Isso aguçou ainda mais minhas suspeitas.

Eu olhei para o garoto com a testa franzida — Sim, você é da Casa Vagho por parte de mãe, mas também é da Casa Aerith por parte de pai. Alguém lhe disse que é isso que você deve fazer?

Ele balançou a cabeça com firmeza — Não. Esta é a minha opinião. Todo mundo fica me dizendo que eu sou o herdeiro. Eu não gosto disso. Eu não digo nada porque sei que o povo se sente melhor por meu pai ter um por enquanto. Mas eu não quero governar. Eu só quero ajudar e proteger o nosso Imperador.

Eu observei suas feições por um tempo para ter certeza de que aqueles eram seus verdadeiros sentimentos. A maneira como ele sustentou meu olhar sem pestanejar apagou qualquer dúvida que eu ainda tivesse. Aturdida, eu olhei para sua mãe atrás dele. Uma compreensão repentina me atingiu quando a maneira calma e afetuosa com que ela observava o filho finalmente me fez entender.

— Você sabia! — eu sussurrei, atordoada.

Seus olhos se voltaram para mim, e ela hesitou, refletindo primeiro sobre a resposta — Eu suspeitava — ela respondeu de forma factual — Eldrin é forte, inteligente e determinado. Não tenho dúvidas de que ele se tornará um Guerreiro destemido. No entanto, ele parece ser mais um cuidador do que um predador. Então, não, isso não me surpreende nem um pouco. Estou apenas impressionada que ele tenha percebido isso sozinho tão cedo.

Eldrin sorriu afetuosamente para a mãe, que retribuiu. Eu não soube identificar a expressão que ele viu em meu rosto quando se virou para mim e me viu ainda o observando, mas uma ponta de cautela se instalou em suas feições delicadas.

— Você está decepcionada, *Massi*? — ele perguntou em voz baixa.

Eu me enrijeci e balancei a cabeça com firmeza — Não, querido! De jeito nenhum! Isso só me pegou de surpresa — eu respondi com toda a sinceridade antes de sorrir para ele — Eu acabei de perceber que você é igualzinho ao Gavin, uma das pessoas que eu mais amo no mundo.

— Gavin? — ele repetiu, seu rosto se iluminando de curiosidade e prazer por eu compará-lo a alguém por quem eu tinha profunda afeição.

Eu concordei — Tecnicamente, Gavin é meu sobrinho. Mas, no meu coração, ele é mais como um irmão mais velho, já que é alguns meses mais velho que eu. Ele é o Braxiano mais forte vivo. Ele não só é um guerreiro feroz, como também é inteligente, carismático, empático e a pessoa mais leal que se pode conhecer. Muitos de seu povo queriam que ele se tornasse o próximo Magnar – o equivalente a um Imperador em Braxia. Mas ele recusou. Ele não tem interesse em governar. Ele só quer servir e proteger a coroa. E ele o fez. Keran – que eu sei que será um Magnar tão maravilhoso quanto seu pai foi – ainda está vivo hoje e sentado no trono graças a Gavin, que salvou sua vida.

Eldrin estufou o peito e sorriu para mim — E eu pretendo fazer o mesmo com o meu irmãozinho quando você o tiver!

Meu coração se derreteu pelo garotinho enquanto eu acariciava sua bochecha — Eu te amo, Eldrin. Você é uma das almas mais lindas que já conheci.

Seus lábios delicados tremeram, e ele me envolveu em um abraço de partir os ossos — Eu também te amo, *Massi*.

Eu retribuí o abraço e beijei sua têmpora antes de olhar para sua mãe. Vê-la tão profundamente comovida e claramente aprovando o que havia acabado de acontecer acalmou meu coração. Sem nem pensar, eu estendi a mão para ela. Kaelin se levantou e veio se juntar a nós. Ela pegou minha mão e se acomodou na beira da cama.

— Você ainda é insuportável — eu disse com a voz um pouco trêmula — mas você é minha irmã. Obrigada por salvar minha vida e por nos dar este filho maravilhoso.

Kaelin engoliu em seco. Ela não disse uma palavra, apenas beijou minha testa, depois a do filho, antes de nós três nos abraçarmos.

Enquanto os abraçava com força, eu agradeci silenciosamente à Deusa por mais uma vez expandir minha família e me lembrar que o amor no coração – e não o sangue – definia o verdadeiro vínculo familiar.

~

Cinco dias depois daquele terrível suplício, eu ainda me sentia como se tivesse sido atropelada. Cada músculo, cada articulação, até meus ossos doíam, gemiam e reclamavam sempre que eu fazia o menor esforço. A simples ideia de treinar me fazia choramingar, eu que, de outra forma, era viciada nisso.

Infelizmente para mim, por mais que eu quisesse me afogar em autopiedade e me enrolar na cama até me recuperar completamente, Kaelin me envergonhou e me fez voltar aos negócios. A infeliz se referiu ao coma induzido em que me colocaram enquanto eu lutava contra o pior do veneno como meu "cochilo preguiçoso". Naturalmente, ela estava fazendo isso para me irritar e me incentivar a agir, mas isso não me impediu de querer chutar a bunda dela.

Quando eu disse isso, ela simplesmente riu na minha cara e disse que, com toda a minha autopiedade, o único chute na bunda que eu provavelmente darei no futuro próximo terá que ser durante meus cochilos preguiçosos. Eu não conseguia me lembrar do que joguei nela, mas a facilidade com que ela se esquivou só colocou mais sal na ferida. Ela riu ainda mais e saiu da minha casa, enquanto me ordenava que me preparasse para uma caminhada pelas alas Comuns do palácio. As pessoas precisavam me ver de pé e andando para apaziguá-las e silenciar os boatos.

Eu fiquei triste por Zerien não estar ao meu lado quando eu o fizesse. Mas ele vinha trabalhando dia e noite para encontrar a possível localização do assassino e dos demais rebeldes. O fato de ninguém ter sido preso o enfraqueceu ainda mais e alimentou o descontentamento. Com a coroação se aproximando, eu precisava parar de ser um fardo e a fraqueza que seus inimigos continuavam a explorar para machucá-lo.

Eu mandei uma mensagem para Alred para avisá-lo que estava pronta e que sairia a qualquer momento. Nós não nos falamos desde o incidente. Na verdade, eu não havia saído da minha morada nem visto ninguém além do pequeno círculo formado pelo Imperador Nemrox, Jastira, Kaelin, Eldrin e, claro, meu amado Zerien.

Assim que abri a porta, Alred me deu a palavra-chave combinada e seguiu na frente em direção à área comum. Embora ela tenha se oferecido para me acompanhar se eu quisesse, Kaelin achou que caminhar sozinha teria um impacto maior. Seria uma demonstração inegável de força e independência.

Eu concordei.

Dito isso, como meus joelhos continuavam um pouco bambos, eu andei pela sacada com vista para a Câmara das alas Comuns para que os visitantes – oficiais ou não – não pudessem tentar puxar conversa. Mas eu aproveitei para me encostar no corrimão em vários pontos, dando a eles a chance de me olharem bem e verem que eu estava mesmo me saindo bem.

Pelo menos na aparência.

Na verdade, eu estava me cansando rapidamente. Algumas dessas "poses" eram, na verdade, eu precisando de apoio. Ainda assim, a julgar pelos sorrisos cordiais – alguns deles até parecendo aliviados – que eu recebi, nossa estratégia pareceu funcionar. Alguns criados, convenientemente, tinham negócios na varanda por onde eu passeava, o que lhes deu uma desculpa para me olharem mais de perto. Eu não fiz alarde. Eles se gabavam animadamente de quão perto estavam de mim e ajudavam ainda mais a tranquilizar as pessoas sobre o meu bem-estar.

Depois de pouco mais de meia hora assim, eu voltei alegremente para nossa casa, ansiosa para descansar. Para minha surpresa, ao chegarmos em casa, em vez de voltar para ficar de guarda no Salão de Saudações, Alred pigarreou e me lançou uma expressão preocupada.

— O que foi? — eu perguntei com o tom educadamente distante que sempre usei com ele.

Ele girou os ombros e esticou o pescoço como se quisesse liberar a tensão que se acumulava ali.

— Eu... eu gostaria de dizer que estou feliz em vê-la se recuperando gradualmente e pedir desculpas por permitir que essa tragédia acontecesse. Eu falhei com você. Você nunca deveria ter sido prejudicada sob minha supervisão. Eu entendo se perdi sua confiança.

O tempo se estendeu enquanto eu o encarava em silêncio. A cada segundo, seu desconforto aumentava visivelmente. Eu não estava tentando fazê-lo se contorcer, mas um milhão de pensamentos diferentes disparavam em minha mente enquanto eu tentava avaliar suas palavras, seu potencial significado subjacente e meus próprios sentimentos em relação a ele e à situação.

— O assassino enganou a todos, inclusive a mim. Então, quaisquer que sejam meus pensamentos sobre o que aconteceu, eu não posso colocar a culpa em você. Dito isso, você deseja renunciar ao seu cargo? — eu perguntei, surpresa, finalmente.

O alívio instantâneo que eu senti ao ver a expressão desolada de Alred me pegou de surpresa. Como obviamente não havia amizade ou afeição entre nós, eu esperava ser indiferente e talvez até mesmo ansiosa pela ideia de substituí-lo. No entanto, não só isso me pareceria um fracasso por não ter conseguido conquistar sua lealdade, como o fato de Zerien tê-lo escolhido para mim significava que ele tinha grande fé na capacidade de Alred de me manter segura acima de todos os outros.

— Não, Princesa — Alred disse com firmeza, a preocupação claramente audível em sua voz — Essa é a última coisa que eu quero. Eu quero encontrar o filho de um krillik que fez isso e quero fazê-lo pagar caro. Já que eu falhei com você, não tenho o direito de pedir uma segunda chance. Mas eu imploro que me permita redimir minha honra.

Eu inclinei a cabeça para o lado enquanto observava suas feições — Por quê? Qualquer um com olhos pode ver que você não me aprova — eu desafiei.

Embora ele tenha feito um bom trabalho tentando esconder, eu não deixei de notar a forma como ele se encolheu levemente.

— Minha opinião é irrelevante para o desempenho do meu dever — ele respondeu de forma evasiva.

Eu fiz um gesto de desdém e bufei de irritação — É importante para mim. Considerando o evento que acabou de acontecer, eu quero ter certeza de que as pessoas responsáveis pela minha proteção realmente se importam comigo, e não apenas com a honra pessoal delas.

Dessa vez, em vez de se contorcer como eu esperava, Alred franziu os lábios e assentiu lentamente enquanto ponderava minhas palavras.

— Essa é uma expectativa justa — ele admitiu — Eu não vou mentir para você, Princesa. Neste momento, eu não sei se você é a Rainha certa para nós. Mas não tenho dúvidas de que o Príncipe Zerien é o único e verdadeiro Imperador que nos guiará pela Grande Guerra. É claro que você é a alma gêmea dele. Portanto, o Destino a considerou sua Rainha perfeita. Quem sou eu para desafiar o Destino?

— E mesmo assim você ainda não me aprova — eu insisti.

— Eu não sei se a aprovo, mas posso dizer com certeza que não a desaprovo mais — Alred respondeu com naturalidade — Eu a tenho observado nas últimas três semanas. Você é forte, inteligente, gentil – especialmente com o pequeno Príncipe – e mantém a calma em situações de estresse ou sob ataque. Você parece possuir as qualidades necessárias para o papel. E, acima de tudo, Kaelin acredita de todo o coração que você é a escolhida. É impossível obter um endosso mais forte. Portanto, se você permitir, eu a servirei com todo o meu potencial.

Foi a minha vez de franzir os lábios enquanto o avaliava com um olhar. Suas palavras não me convenceram. Obviamente, meu ego ferido por ele não ter me aceitado completamente teve um grande papel nisso. Mas eu respeitei sua honestidade em vez dele tentar me bajular com mentiras bonitas só para manter sua posição.

Eu me virei e dei distraidamente alguns passos para dentro da casa enquanto continuava a refletir.

— Que medidas de segurança você tomou desde o ataque? — eu perguntei, olhando para ele por cima do ombro.

Mais uma vez, o alívio dele ao ouvir essa pergunta, em vez de eu rejeitá-lo categoricamente, me causou um efeito estranho. Eu não sabia se era só porque eu queria acreditar que ele realmente esperava que eu fosse "a escolhida", mas me acalmou o fato dele parecer realmente querer fazer o que é certo para mim desta vez.

— Nós reconfiguramos todas as câmeras e adicionamos novas para eliminar quaisquer pontos cegos como os que o assassino explorou anteriormente — Alred disse, orgulhoso — Qualquer funcionário com acesso direto a você e aos Príncipes deve ter palavras-chave específicas da divisão, que serão alteradas em intervalos variados. Outros funcionários com acesso a áreas seguras do palácio agora precisam ter um chaveiro biométrico rastreando seus movimentos pelos vários pontos de entrada do palácio. Será impossível para alguém tentar entrar em uma área com uma aparência e sair por qualquer saída – seja a mesma ou uma secundária – com um rosto diferente. Caso isso ocorra, um alarme disparará imediatamente e o cômodo em que ele se encontrar será bloqueado.

— Isso é bom — eu disse em tom de aprovação.

— Nossos engenheiros estão trabalhando em nossos scanners para tentar descobrir por que os exames biológicos não detectaram que o DNA do assassino não correspondia ao de Kaelin. A resposta para essa pergunta ainda os escapa — Alred disse, franzindo a testa — Mas, pelo menos, agora eles conseguem detectar a presença de quaisquer substâncias letais conhecidas, assim como identificar uma combinação de substâncias químicas, toxinas e outras substâncias que possam ser usadas para causar danos.

— Muito bem. Como parece que você tem tudo sob controle, não vejo motivo para delegar essa tarefa a outra pessoa agora — eu disse em um tom neutro.

Alred expirou audivelmente e seus ombros caíram de alívio. Minha garganta se apertou ao ver a expressão de profunda gratidão em seus olhos. Quaisquer reservas que eu ainda tivesse em relação a ele desapareceram. Mesmo que fosse apenas pelo bem da sua própria honra, eu acreditava que ele lutaria com todas as suas forças para garantir que nunca mais me decepcionasse.

— Você não vai se arrepender, Princesa. Eu juro pela minha vida e pela minha honra que vou garantir isso — Alred prometeu em tom solene.

Eu abri a boca para responder, mas um bipe na braçadeira dele me silenciou. Ele olhou para ela antes de olhar de volta para mim.

— O Príncipe acaba de entrar no Salão de Saudações. Eu lhes concederei privacidade — ele disse, abaixando a cabeça antes de sair.

Eu ouvi as vozes abafadas dos dois homens trocando as palavras-chave antes de Zerien entrar em nossa casa. A ternura que imediatamente se instalou em seu rosto no momento em que me viu me derreteu de dentro para fora.

— Minha companheira — Zerien sussurrou com amor infinito enquanto me puxava para seu abraço.

Eu me inclinei contra ele, e nossas bocas se encontraram em um beijo que expressou a profundidade das emoções que sentíamos um pelo outro.

— Eu estou mofado — ele murmurou contra meus lábios antes de esfregar o nariz no meu — Preciso tomar um banho.

— Então terei prazer em lavar suas costas — eu disse em um tom ronronante.

Seu peito vibrava com um ronronar de aprovação. Um grito escapou de mim quando ele me pegou no colo. Minha surpresa deu lugar à diversão, e eu ri enquanto ele me carregava para a sala de higiene. Embora eu continuasse um pouco fraca, Zerien estava sendo o típico macho superprotetor, constantemente tentando me impedir de fazer o menor esforço, como se eu fosse me despedaçar com a menor brisa. Normalmente, eu repreenderia qualquer um que tentasse me mimar. Mas eu adorava ser cuidada pelo meu homem.

Assim que entramos na sala de higiene, ele me sentou na bancada da pia. Em vez do chuveiro, Zerien começou a encher a banheira grande e afundada. Eu adorava um banho de espuma, mas gostava ainda mais de ficar na banheira com meu homem. Com nossas agendas lotadas, quase virou um ritual nos aconchegarmos em um banho quentinho e simplesmente curtir a presença um do outro enquanto conversávamos casualmente sobre o que nos dava vontade.

Ele voltou e prendeu meu cabelo em um coque para que não molhasse. Assim que ele terminou, eu o fiz ficar entre as minhas pernas, de costas para mim, para que eu pudesse retribuir o favor. Eu adorava a sensação do seu cabelo comprido enquanto eu passava os dedos por ele. O meu só tinha alguns centímetros a mais que o dele.

Mais uma vez, ele me pegou no colo e me carregou para dentro da banheira, entrando e se abaixando na água, ainda me segurando nos braços. Ele nem tentou exibir sua força, o que era fenomenal considerando o quão esguio ele parecia em comparação com os enormes Braxianos com quem cresci.

Nós nos lavamos, nossas mãos percorrendo nossos corpos com delicadeza e ternura. Por mais que estar com meu companheiro sempre me excitasse, não havia luxúria entre nós naquele instante. Nosso toque não era clínico, mas cheio de devoção. Enquanto eu esfregava a toalha em seu lado direito, eu parei e tracei a marca de nascença em forma de lágrima que ele tinha ali, logo acima do quadril. Ele abaixou a cabeça para olhar meu dedo antes de olhar para o meu rosto. Embora eu sentisse seus olhos em mim, eu continuei a encarar a marca enquanto a acariciava.

— Eldrin tem uma idêntica — eu pensei em voz alta.

Zerien assentiu, e seu rosto se derreteu de ternura — Ele tem. Ele é idêntico a mim em tantos aspectos... até no amor que sente por você.

Foi a minha vez de sorrir — Eu sei. Ele cantou para mim enquanto eu lutava pela minha vida.

— Ele cuidou de você em cada minuto livre que tinha — Zerien concordou.

— Eu o amo tanto. Ainda não consigo acreditar que a mamãe e Faolen o salvaram no rio — eu disse, balançando a cabeça em descrença.

— Foi realmente o Destino — ele respondeu com convicção — Você e eu sempre fomos destinados um ao outro. Enquanto permanecermos fiéis um ao outro, nada nem ninguém jamais nos destruirá. Eles já tentaram muitas vezes e falharam sistematicamente. Eu não vou perder você, nosso filho ou qualquer pessoa que amamos.

Eu assenti com a cabeça, franzindo levemente a testa, movida pela determinação — Foi mesmo o Destino. Eu não me preocupo mais com todas as bobagens que me faziam sentir inadequada. Você e eu somos almas gêmeas. Eu não estou com medo, estou com raiva. Por muito tempo, eu permiti que outros me mantivessem vivendo com medo e tentassem destruir minha vida em benefício próprio. Mas desta vez, nós vamos destruí-los... juntos.

O sorriso predatório que se estendeu em seus lábios acendeu uma chama na boca do meu estômago.

— Juntos — ele ecoou.

— E quando eu estiver totalmente recuperada, nós daremos um irmãozinho ao Eldrin — eu disse.

A profundidade do amor em seu rosto me destruiu. Como eu poderia duvidar do meu lugar ao seu lado? O amor daquele homem por mim transcendia qualquer coisa que pudesse ser expressa em palavras. Assim como o meu por ele.

CAPÍTULO 21
ZERIEN

Demorou mais três dias intermináveis até que Lindel finalmente realizasse sua próxima sessão de treinamento de *kaa* no Santuário. Nós debatemos longa e intensamente sobre como proceder. No final, decidimos ir com tropas suficientes para realizar um ataque, se necessário, mas primeiro usar a furtividade para avaliar a situação.

Nossa maior preocupação era não saber que tipo de tecnologia os rebeldes possuíam. Assim que o Capitão Rydel confirmou que os Guldans de fato forneciam a tecnologia avançada que Deimos utilizou contra o Príncipe Keran em Haven antes de sua ascensão como Magnar, nós tínhamos todos os motivos para acreditar que eles estavam fazendo o mesmo com nossos rebeldes locais.

As mensagens secretas entre o Capitão e o homem chamado Dread em Sarenia – que Siona nos revelou graças ao seu algoritmo de descriptografia – eram vagas demais para nos dar uma ideia real do que eles estavam tramando. Nada ali sugeria qualquer tipo de troca tecnológica. Nós ainda precisávamos nos preparar para essa possibilidade, incluindo o risco de que os sistemas superiores dos Guldans pudessem ver através dos nossos dispositivos de camuflagem.

Enquanto isso, enquanto Siona se recuperava de forma realmente fenomenal, ela insistiu em trabalhar no implante disruptor psíquico que havíamos removido do cérebro de Rydel. Ao longo dos últimos anos acompanhando a Rainha Braxiana e seu irmão Tevek – ambos gênios científicos – minha amada adquiriu habilidades de engenharia impressionantes. Não é de se admirar que ela tenha pedido para prosseguir seus estudos nessa área, na medida em que seu papel como Rainha permitia.

Minha reação instintiva de descartar isso como um hobby que ela poderia fazer paralelamente quando mencionou o assunto pela primeira vez me envergonhou. Mais uma vez, isso mostrou como eu não havia reconhecido os verdadeiros dons e potencial da minha alma gêmea, além do meu desejo de tê-la ao meu lado. Nós estávamos agora começando nossa descida em direção ao Santuário – a maior pista que tivemos em meses em nossos esforços para eliminar as células rebeldes – graças à sua brilhante perspicácia. Assim como eu havia subestimado suas habilidades de combate, eu não havia compreendido a extensão de seu intelecto. E esse era outro erro que eu não cometeria novamente.

Não só eu não me opus ao estudo do implante, como também me certifiquei de que ela fosse responsável por todo o trabalho que seria realizado. Assim que nosso casamento e coroação fossem concluídos, eu pretendia colocar todas as ferramentas e o apoio de que ela precisasse à disposição de Siona para perseguir quaisquer objetivos que ela quisesse estabelecer para si mesma.

O Destino continuava me dizendo que tinha grandes planos para minha companheira, mas eu estava cego demais para enxergar. Eu não a atrapalharia mais, eu a capacitaria a alcançar tudo o que ela deveria alcançar. Não havia dúvidas em minha mente de que minha Siona entraria para a história como a maior Rainha de Sarenia... nossa Rainha Guerreira.

Mas a visão de quase cento e vinte homens reunidos no gramado da frente do Santuário afastou qualquer pensamento sobre minha companheira. Nós sobrevoamos furtivamente o impressionante número de participantes. Não só eles eram todos homens, como seu nível de condicionamento físico era muito mais adequado ao de um exército do que ao de civis aleatórios de aldeias vizinhas. É verdade que, em geral, os Sarenianos eram muito saudáveis e naturalmente atraentes. Mas esses participantes tinham os corpos mais musculosos de Caçadores e Guerreiros, como Faolen. Isso não podia ser coincidência.

— Alguns de nós deveríamos descer e fingir que queremos participar do treinamento? — Drade perguntou, ecoando os pensamentos que me vinham à mente.

— Eu tenho pensado nisso há alguns dias — eu refleti em voz alta — Mas vamos ficar escondidos por enquanto. Se nos virem, eles podem mudar a rotina. Contanto que possamos registrar tudo o que dizem e fazem, é melhor não nos entregarmos ainda.

Meu guarda-costas, que também pilotava nossa nave de combate desta vez, assentiu antes de transmitir a mensagem às nossas outras naves, em particular a Faolen. O Caçador era o único autorizado a pisar em solo firme.

Ao contrário de nós, ele não voou, ele usou sua moto flutuante com uma camuflagem furtiva para chegar pelo canto sudeste do Santuário. O plano era bisbilhotar. Com sorte, Lindel não teria trancado sua casa enquanto participava do treinamento, permitindo assim que Faolen desse uma olhada lá dentro.

Após vinte minutos de exercícios de respiração e relaxamento, todos os participantes retiraram uma folha de alga marinha do bolso do xale e começaram a mastigá-la. Até então, nada em seu comportamento despertava a menor suspeita, exceto a aparência de elite militar. Se as mensagens do Capitão Rydel não apontassem para este local, o evento que estava ocorrendo ali não teria despertado nenhuma suspeita por parte dos meus guardas ou de mim. E, no entanto, meu instinto me dizia que estávamos à beira de uma revelação gigantesca.

Assim que terminaram de consumir a folha, o que aumentava o transe meditativo que poderíamos alcançar naturalmente por meio do foco, os homens se levantaram como um só homem e tiraram suas saias e sandálias, colocando-as em pequenas pilhas bem em frente ao local onde antes se ajoelhavam para meditar.

Completamente nus – algo que não faria ninguém piscar em nossa sociedade, naquele cenário – os homens caminharam em doze fileiras perfeitas de dez em direção ao rio. Eles entraram na água azul e caminharam calmamente até que suas cabeças estivessem completamente submersas.

Drade moveu nossa nave para que pairássemos silenciosamente sobre suas cabeças. As ondas claras e calmas não escondiam nada dos homens que, debaixo d'água, retomaram uma posição semelhante à que tinham no jardim da frente, cada um ajoelhado a exatamente um metro de distância um do outro em todos os lados. Lindel também entrou na água, ajoelhando-se diante deles como um mestre diante de seus alunos.

"Ouça a água."

As palavras ditas pela Oráculo de repente me vieram à mente. Eu me endireitei na cadeira, uma onda de empolgação me percorrendo.

— Naax, faça uma varredura em todas as frequências Sarenianas em busca de qualquer sinal, especialmente os ultrassônicos — eu ordenei.

Meu guarda me olhou por cima do ombro com um olhar confuso antes de seu rosto se iluminar com uma compreensão repentina. Drade engasgou segundos depois, ao também captar a ideia que surgiu na minha cabeça.

Meus ombros se curvaram conforme o tempo se estendia, os segundos se transformando em minutos em que reinava o silêncio perfeito. Será que essas pessoas realmente vieram aqui simplesmente para aprender a controlar melhor sua raiva e selvageria naturais através do *kaa*? Será que elas entraram na água apenas para se beneficiar do transe mais profundo que poderíamos alcançar como anfíbios quando submersos?

Isso não faz sentido.

Eu não tinha a previsão padrão ou o sexto sentido que muitos Korletheanos possuíam. No entanto, meus instintos raramente me enganavam. E naquele exato instante, eles gritavam em alto e bom som que a resposta estava ao meu alcance. Eu só precisava estender a mão e tocá-la. E, no entanto, eu não a via nem a ouvia.

O que eu estou deixando passar?

— Contate Faolen — eu ordenei a Drade, com frustração audível — Eu quero saber a posição atual dele. Estamos deixando passar alguma coisa. Tem que estar dentro da residência de Lindel. Não tem como isso ser inocente.

— Sim, meu P...

Um sussurro pelo sistema de comunicação interrompeu Drade. Meu coração disparou, e meus homens encararam o sistema de comunicação da nave com o mesmo ar de surpresa misturado à empolgação.

— Aumente o sinal — eu ordenei, me inclinando para a frente, mais perto da borda do meu assento.

Meu guarda obedeceu. A água naturalmente transportava e amplificava os sons. Como anfíbios, nós podíamos nos comunicar debaixo d'água usando pulsos ultrassônicos. Nós possuímos uma linguagem abrangente que nos permite comunicar frases complexas com apenas uma série de cliques. O fato desses homens usarem sussurros ultrassônicos em vez de transmitir em um nível regular confirmava que eles estavam tentando limitar a disseminação de sua mensagem para além do seu pequeno grupo. A menos que você estivesse ali na água com eles ou ouvindo ativamente, não teria ideia do que estava acontecendo bem debaixo do seu nariz.

Embora fosse possível reconhecer a voz do remetente ao ouvi-la diretamente na água, através do sistema de comunicação, era impossível identificar a pessoa que emitia os cliques. No entanto, neste caso específico, eu não duvidei por um minuto que era Lindel falando.

— A mulher Guldan não só sobreviveu, como está se recuperando rapidamente. É uma reviravolta lamentável. Eu sei o quanto vocês lutam contra a ideia de matar mulheres, mas Siona Aldriss é atualmente nossa maior ameaça. Ela é a chave para o sucesso do Príncipe Rebelde. Enquanto ela sobreviver, ele se erguerá. Ela liderará seus exércitos à vitória e destruirá tudo pelo que lutamos todos esses anos. Siona *precisa* morrer.

A fúria ofuscante que me invadiu me deixou atordoado. Eu queria correr direto para a água e despedaçá-lo, membro por membro. Mas eu precisava controlar minha raiva. Ainda sabíamos muito pouco. Embora seu envolvimento na tentativa de assassinato fosse agora inegável, isso não significava que ele fosse o verdadeiro assassino. Também me angustiava que ele estivesse tão claramente ciente da rápida recuperação da minha companheira. É verdade que Kaelin insistiu que Siona fosse vista em público para tranquilizar a população sobre sua saúde. Seria assim que ele ficou sabendo o quão bem ela estava? Será que ele tinha um espião dentro das muralhas do palácio? Seria ele mesmo o assassino?

— Temos poucas janelas de oportunidade — Lindel continuou — Eliminar a mulher Guldan resultará no menor número de baixas. Como esta primeira tentativa falhou, estamos explorando outras opções, mas o aumento da segurança torna improvável o sucesso.

— E o menino? — perguntou outra pessoa.

Embora os radares indicassem a posição aproximada de onde o som emanava, nunca conseguiríamos identificar o autor, a menos que pudéssemos enviar uma câmera para capturar seus rostos. A única coisa que nos permitiu determinar que os cliques vieram de outra pessoa foi o fato de quase terem interrompido o fluxo do primeiro interlocutor.

— O jovem Príncipe não é uma ameaça por enquanto — Lindel respondeu — Ele só se torna um problema se a *Massi* sobreviver. Mas ela o ama de verdade, o que é surpreendente para uma mulher da espécie dela. Quando tomarmos o palácio, caso ela resista à captura, não hesitem em usar o garoto como isca. Ela daria a vida por ele. Então, sintam-se à vontade para explorar essa fraqueza.

A parte de mim que queria se derreter de amor pela minha companheira, por ela ter realmente aceitado meu filho como seu, curvou-se diante da parte furiosa que queria derramar sangue por alguém sequer cogitar machucar as duas pessoas que eu mais amava. Mais uma vez, eu precisei de toda a minha força de vontade para não bombardeá-los ali mesmo.

— Dadas as circunstâncias, e como é improvável que consigamos realizar outra tentativa de assassinato, precisamos partir para o plano alternativo. Infelizmente, isso envolverá um derramamento de sangue significativo de ambos os lados. Se caírem, lembrem-se de que são heróis para o futuro de Sarenia — Lindel continuou.

— Traidores de merda — Drade sibilou — O pior é que os tolos provavelmente estão tão doutrinados que acreditam nessas bobagens.

E essa era de fato a parte mais triste. Quando, como e sob quais condições eles foram recrutados e submetidos a uma lavagem cerebral para se juntar a essa célula terrorista era um mistério que precisávamos resolver rapidamente para evitar mais mortes absurdas. Apesar da raiva queimando profundamente em mim, o protetor dentro de mim lamentava a perda inevitável de pessoas que poderiam ter sido súditos leais se tivéssemos chegado até elas primeiro.

— A Princesa Siona deve morrer antes da coroação. Se tivermos sucesso, o Príncipe Zerien poderá ser poupado. Sei que muitos de vocês ainda o amam, e ainda há muitas oportunidades para que ele se torne o Imperador de que precisamos. Portanto, lançaremos nosso ataque nos próximos dias. Primeiro, eu preciso ativar as outras células para que possamos coordenar nosso ataque. Estejam prontos para o chamado a qualquer momento. Sejam quais forem seus assuntos pendentes, certifiquem-se de colocar a casa em ordem o mais rápido possível.

Com essas últimas palavras, o rio ficou calmo, e os homens pareceram mudar para uma genuína sessão de meditação de *kaa*.

— Precisamos acabar com eles agora — Drade disse entre os dentes enquanto me olhava por cima do ombro com uma expressão esperançosa.

Eu queria apenas concordar, mas balancei a cabeça — Precisamos dessas outras células. E Lindel nos levará até elas. Abram um canal seguro para as outras naves.

Embora visivelmente decepcionado, meu guarda obedeceu.

— Capitães, quero ouvidos e olhos em todos os rios rasos de meditação em todas as cidades e vilas que fazem fronteira com a Capital — eu ordenei — Vocês designarão suas unidades mais confiáveis para seus respectivos setores. Comecem pelos Santuários e todos os outros locais de reunião de massa usados por grupos privados. NÃO deixem que eles os detectem. Eu quero os nomes de todas as pessoas presentes nesses eventos.

O sinal sonoro de uma mensagem recebida me interrompeu.

— Zerien saindo — eu disse no comunicador antes de gesticular com a cabeça para Drade atender a ligação.

— Meu Príncipe, temos um problema maior — disse a voz de Faolen pelo comunicador — Eu estou do lado de fora da caverna de Lindel. Ele armou várias armadilhas muito discretas que não conseguirei contornar sem acionar pelo menos uma delas. Mas varreduras profundas revelam a presença de alguém lá dentro.

— Quem?! — eu perguntei, com as costas enrijecidas preventivamente por causa do que eu sabia que seria uma informação angustiante.

— Lindel — Faolen respondeu.

— O QUÊ?! — eu exclamei, e os suspiros dos meus guardas ecoaram o choque que senti.

— Lindel está dentro da caverna — Faolen reiterou severamente.

— Então quem diabos está na água? — eu perguntei, olhando para Naax.

Seus dedos já voavam sobre a interface dos scanners avançados da nave.

— Os exames de DNA confirmam que também é Lindel na água com os outros — Naax disse com a voz preocupada — Será que ele tem um irmão gêmeo?

— Não — Faolen respondeu — Eu já verifiquei. Ele não tem irmãos de sangue. Os pais dele já faleceram. Quando Lindel ainda era adolescente, seu pai matou a mãe em um acesso de raiva e, em seguida, tirou a própria vida por culpa. Isso levou Lindel a uma espiral descendente de abuso de substâncias e a uma vida de pequenos crimes. Foi assim que ele acabou no Santuário após concluir sua reabilitação. Desde então, ele tem levado uma vida exemplar. Considerando que seus sinais vitais parecem estáveis, mas muito lentos, acredito que ele esteja dormindo, mas provavelmente sedado.

— Um prisioneiro? — eu perguntei, embora tenha formulado a pergunta mais como uma declaração.

— Possivelmente — Faolen respondeu — Devo prosseguir com o resgate correndo o risco de acionar as armadilhas?

Eu silenciei minha inclinação instintiva de dizer sim. Eu odiava a ideia de que um homem provavelmente inocente, que havia mudado de vida depois de tantas dificuldades, agora tivesse que ficar à mercê de um terrorista implacável. Mas havia vidas demais em jogo para que eu arriscasse tudo por ele. As necessidades de todos tinham que vir em primeiro lugar.

— Não. Não podemos revelar nossa identidade tão perto de chegar à raiz de tudo. Espero que possamos salvá-lo durante o ataque, se ele for inocente.

— Sim, meu Príncipe — Faolen disse.

— Eu quero que você use reconhecimento facial para rastrear todos aqui conforme eles saem da água. Use todas as ferramentas e o pessoal necessários para obter todos os detalhes possíveis sobre eles — eu disse a Faolen — Eu quero os nomes deles, o que eles têm em comum, onde se conheceram, onde moram e onde trabalham. Não temos muito tempo. A coroação é em oito dias. O ataque deles pode acontecer nos próximos dias. A rapidez com que ele contatar as outras células determinará o momento do ataque. Precisamos estar prontos.

— Deixa comigo — disse o Caçador.

Após encerrar a comunicação, eu dei ordens adicionais ao restante da minha frota. Uma das embarcações permaneceria ali para ajudar Faolen a concluir o processo de identificação que já havia sido iniciado enquanto os participantes realizavam a primeira parte do treinamento no pátio da frente.

A viagem de volta ao palácio pareceu curta e interminável. Eu mal podia esperar para voltar para minha amada, mas também temia ter que revelar a ela o que descobrimos. Como Sareniano, eu fui criado para proteger as mulheres do perigo. Como meu Conselho era composto majoritariamente por mulheres, elas cuidavam de assuntos diplomáticos, jurídicos, econômicos, sociais e administrativos. Todos os assuntos relacionados à guerra eu reservava para o pequeno círculo que eu considerava meu Conselho de Guerra.

Mas minha Siona não era uma administradora. Ela era a Rainha Guerreira de Sarenia.

Assim que nossa nave pousou, eu convoquei uma reunião de emergência com meu pai, Kolvar – o Comandante de sua Guarda Imperial – Drade, os Korletheanos Deliah e Killian, assim como minha Siona. Eu me repreendi por não ter dito a Faolen para retornar ao palácio imediatamente, já que ele normalmente participava de todas essas reuniões.

Para minha agradável surpresa, Siona pediu que eu convidasse Alred. Eu fiquei imensamente feliz ao ver que um laço de confiança estava se formando lentamente entre eles.

Para evitar levantar muitas suspeitas, nós realizamos a reunião na sala de reuniões privada dentro da minha residência. Realizá-la nos aposentos do meu pai teria dado o que falar. Se realmente houvesse espiões entre nós, eu evitaria ao máximo fornecer-lhes qualquer informação.

Nós nos sentamos ao redor da grande mesa, meu pai à cabeceira, Siona e eu na extremidade oposta, os Korletheanos e o Comandante Kolvar à esquerda da mesa, enquanto meus guardas e Alred se acomodaram à direita. Janelas reflexivas proporcionavam uma vista deslumbrante para o jardim compartilhado do palácio. Apesar do cômodo estar localizado em minha residência pessoal, eu recebi várias pessoas aqui – algumas das quais eu não gostaria que vissem o jardim particular onde minha companheira treinava regularmente e onde eu esperava que nossos jovens um dia brincassem.

Eu rapidamente informei os presentes sobre o que havia acontecido no Santuário. O estoicismo misturado à raiva justificada que emanava da minha mulher quando repeti as declarações do falso Lindel a respeito dela me encheu de orgulho. Nem o menor sinal de medo passou por seu belo rosto, apenas uma determinação implacável.

Sua reação não passou despercebida enquanto meus homens a estudavam discretamente.

— De alguma forma, eles têm acesso a uma Oráculo — Siona refletiu em voz alta quando terminei de falar — Isso me surpreende. Considerando que os rebeldes Sarenianos começaram seu movimento por ódio aos Korletheanos, como eles podem colaborar com eles? Será que eles têm uma aprisionada aqui?

— O que a faz pensar que eles ainda têm acesso à essa Oráculo? — perguntou o Comandante Kolvar com genuína curiosidade, sem qualquer provocação — Eles podem estar obtendo as informações de seus aliados Guldans. Afinal, sabemos que eles estão colaborando com os rebeldes Korletheanos.

— Porque essa informação é muito recente — Siona explicou de forma factual — Desde que capturamos o Capitão Rydel, nós monitoramos todas as frequências que eles usaram para se comunicar com os rebeldes. Não houve nenhuma comunicação de entrada ou saída. O novo plano deles se baseia no fato de que eu sobrevivi à primeira tentativa de assassinato e afirma claramente que ainda há esperança de pouparem a vida de Zerien e Eldrin se conseguirem, de alguma forma, me matar antes da coroação. Isso significa que eles receberam uma atualização desde então, com base nos eventos recentes. De quem?

Eu sorri orgulhosamente para minha mulher, enquanto as outras pessoas ao redor da mesa assentiam em aprovação.

— A Princesa tem razão — Deliah disse, franzindo a testa — Só uma Oráculo poderia dar esse tipo de aviso. E essa avaliação está correta. Minhas próprias investigações sobre o futuro indicam o mesmo. Isso complica as coisas. Não há dúvida de que nossos rebeldes jamais se aliariam aos Sarenianos. A guerra civil que atualmente destrói meu planeta se deve ao fato deles não sentirem remorso pelos erros cometidos por nossos ancestrais. Eles ainda querem erradicar as Veredianas e Sarenianos da galáxia. Então, se eles estão de fato recebendo ajuda de uma Oráculo, é contra a vontade dela.

— Então, precisamos fazer com que nossas unidades também examinem o DNA Korletheano enquanto eles exploram os rios rasos, santuários e outros locais que todos os rebeldes presentes visitarão nos próximos dias — eu disse com um olhar penetrante para Drade, que assentiu em reconhecimento.

— Entendo seu raciocínio para não capturar ele e os outros ali mesmo — meu pai disse, pensativo — Mas poderíamos tê-lo feito falar se você o tivesse capturado enquanto ele estava ao seu alcance.

— Poderíamos tê-lo feito falar — eu admiti — ou ele poderia ter tirado a própria vida primeiro. Ao ouvi-lo, fica claro que ele é um daqueles fanáticos dispostos a morrer por uma causa, assim como ele pediu aos outros que fizessem isso quando lançassem o ataque. Também não podíamos nos dar ao luxo de deixá-lo enviar um aviso às outras células e fazê-las desaparecer. Esta é a nossa chance de cortá-las pela raiz. Não podemos permitir que esse câncer continue a se espalhar entre nós. A Grande Guerra está quase chegando. Se tivermos que lutar em duas frentes, nós fracassaremos.

— O Príncipe está certo — Deliah disse — Revelar a presença deles hoje mais cedo e capturar o máximo possível de rebeldes teria fechado o caminho para uma potencial vitória total aqui.

— Por que você não nos avisou dessa possibilidade antes? — perguntou o Comandante Kolvar com uma voz cortante que revelava sua contínua antipatia pelos Korletheanos.

— Porque ela não tinha certeza — Siona interveio, severa — Você já deveria saber que o futuro é fluido e muda constantemente com base nas várias decisões que cada um de nós toma. Se a Casa Aerith cair, o que você acha que acontecerá com ela e Killian? — ela perguntou, gesticulando com a cabeça para a Oráculo e o Vidente — O que você acha que acontecerá com o filho híbrido dela com Faolen e com o próprio Faolen? Eles não vieram aqui só por diversão. Eles estão arriscando suas vidas todos os dias para garantir que Zerien reine e que nossa aliança sobreviva. Nós estamos todos lutando no mesmo time. Vamos nos concentrar em questões construtivas.

Eu mordi o interior das minhas bochechas para esconder o sorriso que queria florescer em meu rosto ao ver o guerreiro maduro ser devidamente castigado pela minha companheira. Embora totalmente leal à minha família e à coroa, ele estava entre aqueles que viam minha Siona como a "Pequena Rainha" de outro mundo, delicada demais para o papel. Meu pai não fez esforço algum para esconder o próprio divertimento, enquanto Deliah e Killian endereçaram a ela um sorriso agradecido.

— A boa notícia é que eles confirmaram que as novas medidas de segurança ao redor do castelo frustraram seus esforços para outra tentativa de assassinato — Siona continuou, com um aceno de aprovação para Alred, que estufou o peito orgulhosamente — Com base no que Zerien disse, temos que presumir que eles lançarão um ataque ao próprio palácio. Como não tenho saídas planejadas que me coloquem em um local público o suficiente para que eles tentem novamente, não vejo outras alternativas se o objetivo deles for me eliminar antes da coroação.

— Há muitos caminhos possíveis — Deliah disse, se desculpando — A maioria deles começa daqui a dois dias, alguns deles não antes do próprio dia da coroação. Mas também há casos em que começam hoje e outros ao longo dos próximos dias. A situação continua mudando.

— Como Siona disse, o futuro é muito fluido — meu pai disse, pensativo, antes de voltar o olhar para mim — Precisamos simplesmente estar preparados para responder a qualquer ataque, a qualquer momento, no futuro próximo. Não podemos dispersar todas as nossas tropas mais confiáveis para caçar essas outras células rebeldes. O palácio – e especialmente sua companheira e seu filho – devem ser protegidos a todo custo.

— Eu não discordo. Você sabe que eu não quero nada além de mantê-los seguros. Eles são o meu coração. Mas detê-los antes que cheguem ao palácio poupará inúmeras vidas — eu argumentei — Se possível, devemos partir para a ofensiva contra eles, e não deixar que eles nos ataquem.

— Eu concordo — Siona interveio em voz baixa — Precisamos abater o máximo possível deles antes que cheguem ao palácio. Há muita gente aqui que não possui a mínima habilidade de combate, especialmente as mulheres. Encontrar e erradicar as células rebeldes deve ser a prioridade das tropas nas próximas 48 horas.

— Mas e você e o jovem Eldrin, minha filha? — meu pai desafiou — Deliah disse que há um caminho por onde eles podem atacar hoje ou amanhã.

Siona assentiu — Sim, mas o palácio não ficará totalmente desprotegido. Na pior das hipóteses, temos pelo menos três bunkers onde podemos nos refugiar. Os Santuários da Capital e as vilas mais próximas ficam, em média, a apenas quinze minutos de voo, vinte no máximo. Podemos contê-los por tempo suficiente para permitir o retorno de nossas unidades. Além disso, manter tropas demais aqui quando todos sabem que Zerien está caçando os rebeldes levantará suspeitas. Eles devem continuar acreditando que não temos a mínima ideia dos planos deles.

Eu sorri com aprovação para minha companheira. Kaelin relatava regularmente o progresso da minha Siona, enquanto aprendia tudo sobre nós, incluindo nossa geografia, os líderes de cada cidade e condado, assim como sua economia. Seus elogios à aluna dedicada que minha Siona havia se mostrado agora estavam à mostra.

— Nós já dobramos nossas patrulhas ao redor do palácio após a tentativa de assassinato. Aumentar nossa presença defensiva só vai gerar mais rumores — eu respondi ao meu pai — Mas suas preocupações são válidas. Devemos elaborar estratégias para vários cenários de ataque e protocolos de evacuação caso a situação piore.

E nas próximas horas, nós fizemos exatamente isso.

CAPÍTULO 22
ZERIEN

Mais tarde, o Conselho de Guerra finalmente se dispersou, concedendo a mim e à minha Siona a tão merecida privacidade. Meu coração se encheu de amor por ela enquanto caminhávamos de mãos dadas para o nosso quarto. Em nenhum momento ela reclamou, ficou inquieta ou impaciente enquanto as coisas se arrastavam e as discussões se estendiam indefinidamente por causa de desentendimentos.

Eu parei no meio do nosso quarto e a puxei para o meu abraço. Ela sorriu e se derreteu contra mim daquele jeito que eu tanto amava. Eu acariciei seu rosto lindo, minha mão deslizando para cima, pousando sobre seu chifre direito. Meu polegar pressionou suavemente aquela junção altamente sensível na base onde a pele da testa recuava, dando lugar ao marfim obsidiano de seu chifre. Um arrepio a percorreu enquanto eu provocava aquela área altamente erógena para os Guldans. Eu não estava tentando excitá-la, mas adorava testemunhar seu prazer, em todas as suas formas.

Seja qual for a expressão que Siona leu em meu rosto, ela ofuscou seu sorriso. Ela assumiu uma expressão levemente preocupada enquanto seus olhos esmeralda se moviam entre os meus.

— O que houve? — ela perguntou.

Eu balancei a cabeça e sorri, tranquilizadoramente — Nada, meu amor. Eu só estava pensando em como eu estava errado e que te devo um pedido de desculpas.

— Por quê? — ela perguntou, surpresa.

— Lá na Venus Hive, eu disse que você era uma criança, quando na verdade eu precisava de uma Rainha. Agora, vejo o quão errado e cego eu estava. Você não é criança, minha Siona. Seu corpo pode ser jovem, mas uma verdadeira Rainha se esconde dentro de você. Não há palavras para expressar o quanto você me orgulha. Eu esperava muito... demais de você. E, no entanto, aqui está você, superando até os meus sonhos mais loucos.

Siona prendeu a respiração e uma onda de emoções poderosas percorreu seu rosto, dominadas pela gratidão e pelo alívio. Naquele instante, eu percebi que ela ainda duvidava de si mesma, apesar da imagem confiante que vinha projetando ultimamente. Eu precisava dizer a ela com mais frequência o quão incrível ela estava se saindo para fortalecê-la ainda mais. Minha companheira merecia saber o quão maravilhosa ela era.

— Sinto muito que nosso tempo juntos tenha sido tão tenso — eu disse, me desculpando — Essas primeiras semanas deveriam ter sido gastas te deslumbrando e te deixando sem chão. Em vez disso, tem sido um estresse e uma crise sem fim. Eu prometo compensar. Eu só...

Siona pressionou dois dedos nos meus lábios, me silenciando e lançando um olhar severo.

— Pare com isso — ela disse em um tom que não admitia discussão — Você não tem nada pelo que se desculpar. Nenhum dos desafios que estamos enfrentando é culpa sua. O que importa é que você e eu permaneçamos unidos. Juntos, não há nada que não possamos superar. Na verdade, tudo o que nos atiram só nos fortalece. Você não se lembra de como as coisas eram igualmente loucas quando Ravik e Mercy se conheceram?

Eu bufei e assenti lentamente. No primeiro dia em que se conheceram, os Guldans infectaram sua nave com um vírus com a intenção de sequestrar e assassinar o Rei Braxiano. Após o fracasso – graças aos poderes psiônicos únicos de Mercy – eles revidaram com uma violenta tentativa de invasão no dia seguinte à sua chegada a Braxia. Com tantas outras crises que enfrentaram em sequência, sem mencionar a economia de todo o planeta à beira do colapso, foi um milagre que o relacionamento deles tenha sobrevivido.

— Para mim, tudo isso é só mais um sinal de que você e eu fomos feitos um para o outro, e que sairemos do outro lado tão fortes quanto Ravik e Mercy. E caso você não tenha notado, eu gosto de lidar com situações complicadas — ela acrescentou com uma expressão travessa que iluminou seu rosto — Não se preocupe comigo. Nada disso me abala. Eu já vi muita loucura em Braxia. Estou feliz por estar aqui ao seu lado e por podermos lutar essa batalha juntos.

— Por que você é tão perfeita? — eu sussurrei, meu coração quase explodindo enquanto eu acariciava sua bochecha mais uma vez.

Ela se pressionou contra mim e acariciou meus ombros antes de afundar os dedos em meus cabelos.

— Meus pais e irmãos provavelmente discordariam dessa avaliação — ela respondeu, provocante, antes de assumir uma expressão séria — Mas eu sou perfeita para você, assim como você é perfeito para mim, porque nós somos almas gêmeas. O Destino nos uniu, e ele nos ajudará a superar isso. Eu aceito um bom desafio a qualquer momento e mal posso esperar para me banhar no sangue dos nossos inimigos.

Outra onda de orgulho selvagem surgiu dentro de mim. Mesmo sabendo da educação feroz que ela recebeu em Braxia, ainda me fascinava a ver mulher incrível que ela havia se tornado. As nossas eram intelectuais, não guerreiras. Minha amada era ambas.

Perfeição pura.

Eu me inclinei para capturar seus lábios com a intenção de transmitir a profundidade do amor que sentia por ela. Mas minha mulher parecia ter uma ideia diferente. Seus dedos delicados imediatamente apertaram meus cabelos com mais força, e ela se apertou ainda mais contra mim. Meu peito vibrou com um ronronar involuntário de aprovação enquanto o calor do desejo queimava em meu ventre.

Os lábios de Siona se separaram, deixando claros seus desejos. Ela não assumiu o controle do beijo, mas ainda assim direcionou o que queria. Eu sempre esperei desejar uma mulher submissa, mas minha companheira não se qualificava para isso. Ela tinha um jeito cativante de seguir a linha para me empurrar na direção que queria, enquanto ainda me deixava assumir o controle de nossas relações, como minha natureza alfa ápice ansiava.

Pelos Ancestrais, ela realmente foi feita para mim.

Dito isso, eu não posso negar que gostei das poucas vezes em que ela se tornou ainda mais assertiva e exigiu que eu me rendesse ao seu controle. Para minha vergonha, mesmo tendo obedecido, já que pertencia a ela, raramente durava tanto quanto ela gostaria. Uma parte de mim suspeitava que Siona realmente me provocava de propósito, pois, uma vez que eu assumia o controle, geralmente era porque a paixão havia tomado conta de qualquer força de vontade que eu ainda possuísse. E minha mulher me amava de forma selvagem e desenfreada.

Atendendo ao seu chamado, eu deslizei minha língua entre seus lábios, e a dela saudou avidamente a minha. Porra, como eu amava o gosto dela. A simples carícia de nossas línguas se misturando foi suficiente para me deixar duro e pulsante, ardendo de desejo de fazê-la minha. Ela era uma droga saturando minhas veias, um vício do qual eu nunca quis me recuperar. Eu não me importava que as pessoas a vissem como minha fraqueza. Siona era tudo para mim.

Conforme eu aprofundei o beijo, minha parceira soltou meus cabelos e sua mão direita deslizou em uma carícia suave pelo meu pescoço e peito. Ela deslizou por baixo da faixa que cobria meu torso. Ela não a empurrou para baixo imediatamente, mas começou a provocar meu mamilo esquerdo por baixo. Desde que descobriu o quão sensíveis eles eram para mim, Siona sempre fez questão de dar-lhes atenção. Eu adorava especialmente quando ela os chupava e mordia.

Ela beliscou meu pequeno nó com força suficiente para causar uma ardência tão forte que me fez chiar contra seus lábios. Eu senti seu sorriso enquanto meu pau se contraía em aprovação sob sua vagina.

Com meu hábito de não usar roupa íntima, o tecido relativamente grosso da saia não conseguia esconder minha ereção. Não que eu me importasse... Eu adorava quando minha mulher me infligia esse tipo de dor, incluindo uma boa mordidinha e quando ela arranhava minha pele com as unhas com força suficiente para queimar.

Como se ouvisse os pensamentos que me cruzavam a mente, Siona interrompeu o beijo e deixou uma trilha de beijos no meu queixo, pescoço e peito. Ela empurrou minha faixa para o lado, fazendo-a deslizar pelo meu braço enquanto o inferno úmido de sua boca se fechava em volta do meu mamilo. Eu fechei os olhos e inclinei a cabeça para trás enquanto respirava fundo, sibilante de prazer. A faísca de desejo rapidamente se transformou em um inferno na minha barriga enquanto ela chupava e lambia meu mamilo.

Com uma das mãos, eu agarrei os cabelos da sua nuca e, com a outra, esfreguei o polegar na base erógena do seu chifre direito. Ela estremeceu instantaneamente daquele jeito que eu achava incrivelmente sexy. Sua mão esquerda deslizou por baixo da minha bainha para acariciar um caminho subindo pelas minhas coxas até o ápice delas, me deixando tenso imediatamente. Por mais que eu desejasse as mãos e a boca da minha mulher em mim, minha necessidade de protegê-la superava meu desejo por gratificação pessoal.

Eu soltei o chifre dela e segurei seu pulso esquerdo para impedi-la de agarrar meu pau. Ela ergueu a cabeça bruscamente para me olhar com uma expressão indignada.

Eu dei um sorriso de desculpas e balancei a cabeça — Não, meu amor. Você foi gravemente ferida.

— E eu me recuperei — ela respondeu, franzindo ainda mais a testa.

— Não totalmente — eu argumentei.

— Mas chega! Lindel e seus capangas já roubaram tempo demais de mim, eu não vou deixar que eles me roubem a intimidade com meu companheiro. Você é meu, Zerien Aerith. Eu não vou ser negada — ela rosnou.

Qualquer outra pessoa que ousasse se dirigir a mim daquela

maneira estaria deitada de costas com o maxilar quebrado. Mas esse fogo da minha mulher foi a maior excitação que eu já experimentei. Isso acariciou o predador dentro de mim da forma mais deliciosa, fazendo minhas presas cravarem.

Eu as mostrei a ela com um sorriso levemente ameaçador que a fez levantar o queixo em desafio.

— Você fica gostosa quando age assim — eu rosnei, apertando ainda mais seu pulso.

A pirralha puxou para fora e agarrou meu pau com uma força quase contundente, me fazendo rosnar ainda mais alto.

— Vou ficar ainda mais gostosa quando você estiver dentro de mim — ela disse, antes de abrir brutalmente o fecho que prendia a saia em volta da minha cintura.

Quando a peça de roupa solta deslizou por minhas pernas com um farfalhar suave até se acumular aos meus pés, algo estalou dentro de mim. Seja qual for a expressão que ela viu em meu rosto, Siona se emocionou. No entanto, o brilho triunfante em seus olhos deu lugar ao choque quando a levantei pela cintura e a joguei de costas na cama.

Ela caiu de costas no meio do colchão. Antes que pudesse completar o segundo salto, eu já estava em cima dela. Com força de vontade, minhas garras se projetaram e eu cortei o tecido bordado do seu vestido, rasgando-o em pedaços. Sua risada rouca e sua expressão lasciva me incitaram. Eu arranquei a peça de roupa destruída e a joguei no chão. Minha boca imediatamente mergulhou em um de seus mamilos, sugando-o.

— Sim — Siona sussurrou, sua voz sensual e carente.

Eu pretendia que, em nossa primeira vez juntos após sua recuperação, eu fosse cuidadoso, gentil e com longas preliminares, mas minhas garras encontraram o caminho até sua calcinha, destruindo-a tão impiedosamente quanto haviam feito com seu vestido. Sem hesitar, dois dos meus dedos afundaram dentro dela, e as saliências de suas paredes internas começaram a ondular instantaneamente, puxando meus dedos avidamente para dentro dela.

Meu sangue correu para o meu pau, a pulsação surda se intensificando com a necessidade de me enterrar até o fundo e fodê-la sem dó. Mas eu ignorei e movi meus dedos para dentro e para fora dela em um ritmo frenético. Eu não havia retraído minhas garras. Embora elas pudessem massacrar qualquer outra mulher, elas intensificavam o prazer da minha Siona. Como uma mulher Guldan, o revestimento de suas paredes internas era reforçado para permitir que ela desse à luz bebês grandes e cheios de chifres sem sofrer ferimentos internos. As mulheres Guldans se adaptavam, elas não rasgavam.

Além disso, as saliências irregulares que cobriam seu endométrio – e que me davam uma quantidade insana de prazer sempre que ondulavam ao redor do meu pau – agiam como o ponto G de uma mulher humana. Uma parte de mim quase se sentiu enganada, pois o corpo dela havia sido feito para garantir seu prazer, não importava quão ótima ou péssima fosse a performance do parceiro. Eu queria acreditar que meu toque a levava a patamares muito maiores de êxtase.

Em pouco tempo, ela começou a atingir o clímax, seus quadris girando enquanto minha mão continuava a fazer amor com ela. Depois de uma última mordidinha e lambida em seu seio, eu beijei um caminho até sua barriga, roçando minhas presas em sua pele sensível ao longo do caminho. Seus músculos abdominais se contraíram. Eu não sabia dizer se era por antecipação, por causa do clímax iminente, ou uma mistura dos dois.

Não importava.

Assim que meus lábios se fecharam em torno de seu clitóris, minha companheira explodiu, suas pernas se erguendo tão abruptamente que quase me derrubou. Eu pressionei minha palma esquerda em sua barriga para imobilizá-la enquanto a devorava avidamente. Seu gosto ácido em minha língua e o aroma inebriante de seu almíscar incendiaram minhas entranhas. Eu continuei a devorá-la até que ela começou a descer.

Um único olhar para o rosto de Siona me fez cerrar os dentes para conter a vontade de me jogar sobre ela e arrebatá-la. Com os lábios entreabertos e os olhos esmeralda tão escurecidos pela paixão que quase pareciam negros, ela me encarou com um olhar lascivo que me fez ferver o sangue. Seus seios empinados subiam e desciam enquanto ela respirava ruidosamente pela boca, fazendo minhas mãos coçarem de vontade de acariciá-los e minha boca salivar por sua textura divina em minha língua.

Siona abriu mais as pernas enquanto puxava meus ombros para deixar claro o que queria dizer. Eu quase resisti, pois não confiava totalmente em mim mesmo para não perder o controle quando o prazer me dominasse. Para me controlar, eu invoquei meu *kaa* enquanto tirava os dedos da minha mulher. Com os olhos fixos nos dela, eu enfiei os dedos na boca, lambendo sua essência. Embora com cuidado para não cortar minha língua ao meio, eu passei delicadamente minhas garras sobre ela para saborear ainda mais.

A respiração da minha companheira engatou enquanto eu beijava e acariciava a perfeição que era seu corpo antes de me acomodar sobre ela. Eu reivindiquei seus lábios em um beijo cheio de devoção e comecei a me penetrar nela.

Ancestrais tenham misericórdia!

Eu mal havia inserido a cabeça e suas paredes internas já me puxavam mais para dentro. A capacidade de ajuste de sua vagina era enganosa. Mesmo enquanto se esticava para receber minha invasão, ela apertou meu membro com mais força, em um abraço que me deixou louco de tesão. Seu interior me apertava e acariciava com uma voracidade que fez o pré-sêmen vazar em segundos. Um gemido profundo vibrou em meu peito enquanto eu começava a me balançar para dentro e para fora dela. Um inferno rugia dentro de mim, cada estocada ameaçando me roubar o que ainda me restava de controle. As mãos de Siona em mim, arranhando minhas costas, e seus lábios contra os meus atiçavam as chamas que tentavam me consumir.

Interrompendo o beijo, eu enterrei meu rosto em seu pescoço e cravei minhas presas na minha própria língua para que a dor me impedisse de me render à fera que queria destruí-la. Gemidos torturados saíam de mim enquanto o prazer intenso se chocava com a contenção impossível que eu me impunha para manter um ritmo cuidadoso e constante.

Mas minha companheira não concordou.

Siona começou a se mover embaixo de mim, erguendo a pélvis para encontrar a minha enquanto me incentivava a tomá-la com mais força e mais rápido. Se ao menos ela soubesse o quanto eu queria. Mas ela chegou tão perto da morte que eu não ousei ir com tudo tão cedo, com medo de machucá-la para saciar meus desejos egoístas. Eu poderia fazê-la chegar ao clímax repetidas vezes sem enlouquecer.

No entanto, suas dicas sutis logo deram lugar a uma frustração flagrante, que ela verbalizava abertamente. Eu odiava desagradar minha companheira de qualquer forma, mas também não conseguia esquecer os estragos que o Urixid havia causado em seu corpo. É verdade que ela havia se recuperado quase milagrosamente, em grande parte graças às avançadas habilidades médicas que nosso povo havia conquistado. E, no entanto, eu não conseguia parar de pensar demais nisso.

Para meu choque, Siona emitiu um som raivoso, empurrou meus ombros para trás para me afastar e fechou as pernas com tanta força que quase me forçou a sair dela. Eu levantei a cabeça para lhe lançar um olhar interrogativo. A fúria em seus olhos me atingiu em cheio.

— Seja lá o que você está pensando que está fazendo agora, eu não estou interessada. Você pode me foder com vontade ou sair de cima de mim! — Siona sibilou.

Algo estalou dentro de mim. Com vontade própria, minha mão direita fechou-se em volta de sua garganta e apertou. Com as presas à mostra, eu rosnei ameaçadoramente, meu rosto a um fio de cabelo do dela. Longe de assustá-la, minha reação só a excitou ainda mais. Além da ondulação de suas cristas, suas paredes internas se contraíram ao redor do meu pau de excitação. Seus olhos escureceram de antecipação, e um brilho provocador me desafiou a fazer o meu pior.

— Lembre-se de que você pediu por isso — eu rosnei antes de enfiar meu pau bem fundo dentro dela.

Suas costas arquearam-se e suas unhas cravaram nas minhas enquanto ela gritava. Meus lábios esmagaram os dela em um beijo brutal enquanto eu engolia seus gritos e gemidos, e me entreguei à paixão. Pelo sangue de Gharah! Eu morreria de prazer. Eu a tomei com força e rapidez, estimulado pela forma febril com que ela se contorcia sob mim, me segurando e tocando com quase desespero, como se não conseguisse chegar perto o suficiente.

Uma dor aguda e dilacerante me arrancou do oceano de êxtase que me envolvia. Meu grito ressoou ao mesmo tempo em que Siona berrava, arrebatada por outro orgasmo. Eu levei um instante para que minha mente nebulosa percebesse o leve cheiro de ferro que emanava dos pequenos ferimentos que as unhas da minha companheira involuntariamente me infligiram quando ela gozou.

Isso me levou ao limite.

Com um rosnado selvagem, eu deslizei um braço por baixo de sua perna esquerda, abrindo-a ainda mais para mim, e comecei a estocá-la. Não havia ternura na forma como a tomei, apenas luxúria desenfreada e uma fome primitiva que jamais poderia ser saciada por completo. Ela não tentou se libertar do meu ataque, mas implorou para que eu a destruísse ainda mais.

Nada existia além do som voluptuoso de seus gemidos em meus ouvidos, a sensação ardente de sua pele sedosa contra a minha, suas unhas arranhando minhas costas e o calor escaldante de sua vagina apertando meu pau com sua força implacável. Era como se a mão da própria Deusa o envolvesse. Naquele instante, eu senti que ia morrer de prazer. Mas eu não conseguia me cansar dela.

O próximo orgasmo de Siona veio violento e inesperado. Ela jogou a cabeça para trás com tanta força enquanto gritava que a ponta dos seus chifres cravou no colchão e ficou presa. Por instinto, eu fechei a mão em volta do seu pescoço, mantendo-a imóvel para que ela não se machucasse em meio ao êxtase, mas não diminuí a selvageria com que eu a penetrava e a extraía.

Eu não lhe dei a chance de se recuperar completamente do seu êxtase. Com um movimento rápido, eu soltei seus chifres e saí dela apenas tempo o suficiente para virá-la de bruços. Eu abri suas pernas com o joelho direito e me penetrei com uma estocada poderosa. Meu grito selvagem abafou seu suspiro estrangulado. Mas mesmo ainda meio atordoada, minha Siona não hesitou. Apesar do meu peso quase a esmagando contra o colchão, minha companheira se contorceu embaixo de mim, erguendo o traseiro para me encontrar, estocada após estocada.

Parcialmente apoiado nos joelhos e com os cotovelos apoiados no colchão, emoldurando sua cabeça, eu agarrei seus chifres pela base e puxei para trás, de uma forma que equivaleria a ter seu ponto erógeno estimulado para um Guldan de qualquer gênero. Minha mulher imediatamente desmoronou novamente.

Sentir seu corpo esguio tremendo com violentos espasmos de êxtase quase fragmentou minha mente. Uma névoa vermelha desceu diante dos meus olhos enquanto eu liberava minha paixão nela. Só quando o gosto de ferro explodiu em minhas papilas gustativas é que eu percebi que havia cravado minhas presas nela e estava bebendo um pouco de seu sangue.

Minha espinha travou, e eu puxei minhas presas para fora enquanto um rugido selvagem irrompia de mim. A sensação de queimação que explodiu na boca do meu estômago e percorreu minhas veias me deixou tonto e fraco enquanto o êxtase líquido jorrava de mim. Eu me joguei com tudo, o chifre direito da minha companheira ainda firmemente preso em minha mão, enquanto minha mão esquerda agarrava sua cintura com força contundente. Minha pele formigava, e o quarto girava enquanto minha semente continuava a fluir dentro dela em um fluxo infinito.

Tremendo da cabeça aos pés, eu desabei de lado e rolei de costas antes de puxá-la para os meus braços. Siona me abraçou com uma possessividade que me destruiu. Porra, ela era perfeita. Eu a beijei e a acariciei enquanto o ambiente se acomodava ao nosso redor.

Eu ainda não conseguia acreditar que a tinha mordido. Embora pudéssemos beber sangue, essa característica já havia praticamente desaparecido, e nosso povo só usava nossas presas para ocasionalmente injetar um paralisante em um inimigo. Mas, com nossos poderes de controle mental, raramente usávamos nossas presas. Eu quase me assustei com o quão profundamente minha alma gêmea despertou minha natureza mais primitiva e a acolheu plenamente.

Mesmo agora, o brilho em seus olhos quando nossos olhares se encontraram refletia intensamente com amor, paixão e devoção sem fim.

— Eu te amo, minha Siona — eu sussurrei — Você me possui, por inteiro. Agora e sempre.

— Você e eu, sempre — ela repetiu.

Parado na base da rampa do nosso perseguidor, eu segurei minha mulher contra mim. Eu me ressentia de como meu traje de combate de couro me privava da sensação de sua pele contra a minha. O brilho preocupado em seus olhos me causava sensações estranhas. Eu adorava que ela se importasse comigo, mas odiava que ela se sentisse incomodada com o meu bem-estar.

— É uma pena que eu não possa ir com você — ela disse num tom um pouco amuado.

— Desculpe, meu amor. Mas precisamos de você aqui, segura, no palácio, pelo menos até a coroação — eu disse, me desculpando.

Ela suspirou — Sim, eu sei. Mas eu ainda queria poder participar da ação. Só tente trazê-lo de volta, ainda respirando, para que eu possa cuspir na cara dele antes que ele morra — ela resmungou.

Eu bufei, e alguns dos meus homens riram baixinho. Ela estava se afeiçoando a eles, lenta mas seguramente. O trabalho fenomenal que ela havia realizado com o implante disruptor psíquico do Capitão Guldan em tão pouco tempo lhe rendeu o respeito de todos. Nossos testes preliminares com o punhado de tripulantes Guldans que mantivemos vivos foram bem-sucedidos, nos permitindo controlá-los mentalmente. A contramedida que Siona havia criado ainda precisava de bastante aperfeiçoamento, mas continuava sendo um grande trunfo em nosso arsenal.

— Eu farei o meu melhor para trazê-lo de volta para você, mesmo que seja em um respirador — eu disse com um sorriso selvagem.

Ela sorriu e ergueu o rosto para receber meu beijo. Ancestrais, como eu amava aquela mulher. Com muita relutância, eu a soltei e acariciei sua bochecha antes de soltar sua mão.

— Volte para mim, Zerien Aerith — ela disse em tom de comando.

— Sempre, meu amor. Sempre.

Eu olhei para meu pai, que estava parado alguns passos atrás de nós. Ele me deu um aceno sutil, que era sua promessa silenciosa de que cuidaria da minha companheira e do meu filho. Eu retribuí o aceno e subi a rampa para dentro da minha nave, seguido pelos meus guardas pessoais e os outros oito homens da minha unidade. Pela janela, eu observei meu pai passar um braço protetor pelos ombros de Siona e, em seguida, conduzi-la para longe do perseguidor. Momentos depois, estávamos no ar, seguidos por uma pequena frota de seis outras naves.

Esta manhã marcou o terceiro dia desde que havíamos espionado a falsa sessão de treinamento de *kaa* dos rebeldes. Cada hora em que estávamos acordados havia sido repleta de tensão, na expectativa de um ataque iminente que, felizmente, nunca aconteceu. No entanto, o atraso se mostrou altamente benéfico, pois localizamos cada uma das células e identificamos um número suficiente de seus membros para garantir que um ataque obliteraria a maioria, senão todas as suas forças. Supondo que alguém sobrevivesse, levaria anos, décadas até, para eles se reconstruírem. Àquela altura, eu queria acreditar que a Grande Guerra já teria sido coisa do passado.

Meu sangue fervia de impaciência para cravar minhas garras no desgraçado que ousou ameaçar minha companheira. Idealmente, teríamos mais alguns dias para aperfeiçoar nosso ataque e reforçar nossas defesas no palácio. Mas uma grande movimentação em todas as células, com os rebeldes convergindo em massa para vários pontos de encontro, confirmou que eles provavelmente pretendiam lançar o ataque naquele mesmo dia.

O problema era que eu não sabia se tínhamos realmente encontrado todas as células ou se a mudança repentina de hoje tinha sido apressada devido à suspeita de que poderíamos estar atrás delas. Obviamente, as pessoas notaram todas as medidas defensivas adicionais erguidas ao redor do palácio. Nós conseguimos justificar isso como preparativos para a coroação. Com tantos líderes galácticos esperados, um ataque terrorista poderia desferir um golpe devastador em nossa aliança ainda frágil. Portanto, nós tínhamos um dever ainda maior do que o habitual para garantir a segurança deles.

Embora seja verdade, não foi esse o verdadeiro motivador por trás desses esforços.

Ao iniciarmos a descida em direção ao Santuário, eu me concentrei novamente na tarefa em questão. Através do comunicador, nossas unidades nos outros locais confirmaram que estavam em posição, com suas naves camufladas e prontas para entrar em ação. A adrenalina pré-batalha corria por minhas veias.

Abaixo, reunidos no gramado da frente, os homens que haviam participado da reunião de treinamento disfarçados estavam de prontidão. Para minha surpresa, em vez da armadura tática que eu esperava que usassem para a batalha, a maioria deles vestia nossas tradicionais túnicas ruvyn, sem armas aparentes.

— O que é isso? — eu sussurrei mais para mim mesmo do que para minha tripulação.

— Algo não está certo — Naax respondeu, seus dedos voando sobre a interface do painel de navegação.

Ao mesmo tempo, mensagens vindas de nossas outras embarcações também me fizeram levantar suspeitas. Um arrepio percorreu minha espinha enquanto eu me preparava para a terrível notícia que eu imediatamente suspeitava, mas temia.

— É uma armadilha — Naax sussurrou com uma expressão horrorizada.

— Drade, recue! — eu gritei, ainda sem saber qual era a natureza da armadilha, mas sem querer me tornar um alvo fácil — Todas as naves, recuem!

Antes que meus homens pudessem reagir, os mais de cem rebeldes parados no gramado da frente do Santuário desapareceram. Por uma fração de segundo, pareceu que eles haviam se teletransportado, mas as mensagens de socorro recebidas do restante da nossa frota alegavam que eram projeções holográficas com uma tecnologia poderosa o suficiente para enganar nossos sistemas.

Simultaneamente, uma nave enorme descamuflou-se bem à nossa frente. Eu nunca tinha visto uma nave daquele tipo. Ela não pertencia à minha espécie nem aos Guldans. Uma luz brilhante saiu da proa da nave, nos engolfando. Um tremor violento sacudiu nossa nave, como se tivesse sido perfurada por um arpão gigante. Eu não precisava de um relatório de status para saber que eles tinham acabado de nos prender em um poderoso raio trator. A julgar pelas vozes frenéticas dos líderes da minha unidade, sobrepostas umas às outras pelo comunicador, a mesma coisa estava acontecendo em cada uma de suas posições.

Eu ouvi suas palavras, mas não lhes dei atenção enquanto me levantava lentamente da cadeira de capitão do meu barco. Horror e descrença me roubaram qualquer pensamento racional enquanto eu observava a figura solitária caminhando na proa da embarcação estrangeira. Ela chegou à borda e abriu os braços antes de levitar em nossa direção.

— Vahleryon Praghan — eu sussurrei.

— Isso é impossível! — Naax suspirou, seu choque ecoado pelos outros membros da minha unidade.

Era realmente impossível. O jovem Grande General – o Titã mais poderoso vivo – nunca havia posto os pés no Quadrante Oriental, muito menos em Sarenia. Nós não éramos apenas aliados, ele também era um irmão para mim. Nunca, nem em um milhão de anos, ele nos atacaria daquele jeito. Foi ele quem me convenceu a dar aos Exilados Korletheanos a chance de lutar ao nosso lado.

— É o mímico — eu disse, com uma compreensão repentina — Atire nele e nos tire desse! — eu ordenei.

Assim que eu pronunciei essas palavras, nossa energia acabou. Meu estômago revirou com a sensação nauseante de uma rápida queda de altitude. Se não fosse pelo raio trator, teríamos despencado no chão – o mesmo destino que se abateu sobre as outras embarcações que me acompanhavam.

— *Isso não é muito legal, Príncipe Zerien* — a voz de Vahleryon disse na minha cabeça, a sensação estranha e altamente perturbadora — *Por que você não tira um cochilo e podemos conversar do outro lado?*

Um sorriso malicioso se abriu em seus lábios segundos antes de uma sensação de formigamento se espalhar rapidamente por mim. Eu mal tive tempo de pegar minha braçadeira e tocar em uma função de emergência. Enquanto um véu de escuridão descia diante dos meus olhos, eu ouvi e vi cada um dos homens da minha unidade desmaiar.

Enquanto o lindo rosto de Siona brilhava diante dos meus olhos, um pensamento terrível cruzou minha mente antes que eu perdesse a consciência.

Se isso é um mímico, como ele possui os poderes biocinéticos de Vahl?

CAPÍTULO 23

SIONA

Encostada em uma das ilhas centrais do laboratório, eu mostrei a Nemrox a interface do programa que desenvolvi para embaralhar e destruir os implantes disruptores psíquicos que os Guldans que capturamos usavam para evitar serem controlados mentalmente.

— Depois de ativar o programa dessa forma, o bracelete emitirá um sinal de baixa frequência em um raio de até cem metros — eu expliquei — Infelizmente, o processo é bem lento.

— Por que isso? — ele perguntou com curiosidade.

— Porque os Sarenianos percebem um amplo espectro ultrassônico. O sinal está sendo emitido agora, mas você não consegue ouvi-lo, certo?

Ele aguçou a audição, assim como Alred, que estava por perto. Os dois homens balançaram a cabeça.

Eu estufei o peito, presunçosamente, antes de mudar a frequência — Mas se eu aumentar assim...

— Sim! — Nemrox disse — Estou ouvindo agora.

Eu olhei para Alred, que assentiu para confirmar que também podia ouvir.

— Nesta frequência atual, eu poderia desativar o disruptor em cerca de cinco minutos. O problema é que um Sareniano o detectaria.

Se estivéssemos lidando apenas com os Guldans, não seria um problema. Mas seu povo perceberia rapidamente o que está acontecendo e agiria de acordo — eu continuei — Em uma frequência mais alta, eu poderia desativá-lo em segundos, mas qualquer pessoa com poderes psiônicos ao alcance correria o risco de sofrer graves contusões psíquicas ou pior. Então, por enquanto, precisamos nos ater a esta frequência mais baixa para manter nossos homens seguros. Leva muito mais tempo para fazer seu trabalho, mas pelo menos é indetectável e pode nos dar o elemento surpresa, o que pode virar o jogo.

— Mas o atraso pode ser problemático se for muito longo — Nemrox refletiu em voz alta.

Eu concordei — Por esse motivo específico, eu enviei uma mensagem ao Tevek para me dar dicas de como podemos acelerar o processo. Nem preciso dizer que ele está intrigado com o desafio — eu acrescentei, entretida, com o coração transbordando de carinho ao pensar no meu irmão mais velho.

Eu desejava me tornar uma engenheira tão brilhante quanto ele e colocar minhas habilidades em prática para a prosperidade do meu novo povo.

— Excelente. Suas habilidades e conquistas são impressionantes, minha filha — Nemrox disse em um tom paternal que me fez sentir toda quentinha e confortável por dentro.

A maneira como ele me acolheu de todo o coração, não apenas como companheira de seu filho e futura Rainha, mas como um membro pleno de sua família, com apoio inabalável, significou muito para mim.

— Obrigada. Eu gosto muito de fazer isso, principalmente sabendo que pode nos deixar mais seguros — eu disse, enquanto colocava uma mecha do meu cabelo prateado atrás da orelha pontuda, me sentindo um pouco tímida e constrangida.

— Me agrada imensamente vê-la prosperar — Nemrox disse em um tom gentil — Confesso que, quando percebemos que você era a alma gêmea do meu Zerien, eu realmente não via como vocês seriam compatíveis. Como o Destino não se engana, eu não questionei nem duvidei. Mas agora, é claro que você sempre foi destinada a ser nossa.

Nós somos abençoados por tê-la. Mal posso esperar para ver aonde você e Zerien levarão nosso povo.

Minha garganta se apertou de emoção — Obrigada. Isso significa mais para mim do que você jamais saberá. Foi bem assustador – para não dizer aterrorizante – no começo. Mas agora estou me encontrando. E devo dizer que ter Kaelin ao meu lado tem sido uma bênção tremenda.

O olhar de profunda aprovação em seu rosto deslumbrante me fez perceber que ele também temia um possível conflito entre Kaelin e eu.

— Ela é realmente uma bênção. Não há palavras para expressar o quanto estou feliz por vocês duas se darem bem. Kaelin não é fruto do meu corpo, mas, assim como você, ela é uma verdadeira filha para mim.

Eu assenti — Ela é uma boa mulher. Para mim, ela se tornou uma irmã.

Para minha surpresa, Nemrox levantou a mão e acariciou minha bochecha delicadamente, daquele jeito carinhoso que eu já havia visto outros Sarenianos fazerem ocasionalmente. Eu me lembrava muito bem de Kaelin me dizendo que eu iria querer que as pessoas do meu círculo íntimo me dessem instintivamente esse tipo de toque gentil. Isso transmitia lealdade e verdadeira devoção. Uma carícia no rosto expressava o vínculo mais profundo.

Eu sorri para ele e pisquei para conter as lágrimas idiotas que brotavam em meus olhos. Não era do meu feitio me emocionar assim aleatoriamente. Mas eu nunca tinha estado em uma situação em que quisesse desesperadamente ser amada e aceita do jeito que eu era pelas pessoas que se tornariam minha nova família.

Meu sorriso desapareceu quando um repentino tumulto lá fora se infiltrou pelas portas fechadas. Momentos depois, as portas se abriram com tudo. Antes que eu pudesse ver quem havia invadido, movendo-se na velocidade da luz, Nemrox e Alred tomaram posições defensivas à minha frente.

— Princesa! Precisamos falar com você! — Deliah exclamou.

— Afastem-se, Korletheanos, antes que eu os derrube! — gritou o

Comandante Kolvar, apontando suas armas ameaçadoramente para Deliah e Killian.

— Parem! — eu gritei, abrindo caminho entre Nemrox e Alred.

— Qual é o significado disto?! — Nemrox perguntou em tom severo, seus olhos azuis gélidos encarando alternadamente o Comandante de sua Guarda Imperial e os dois Korletheanos.

— Eles exigem falar com a Princesa, embora tenhamos dito a eles que ela não deve ser incomodada — Kolvar disse, com o olhar fulminante para a Oráculo.

— O que foi, Deliah? — eu perguntei com uma voz suave, embora o pânico tentasse se enraizar em meu coração — É sobre o Zerien?

Ela pressionou as pontas dos dedos nas têmporas, massageando-as com uma expressão de dor, como se estivesse sofrendo com uma dor de cabeça particularmente brutal.

— Há muitos caminhos se cruzando — ela disse com a voz assombrada — Muita morte, muito sangue. Tudo muda antes que eu consiga entender completamente o que está acontecendo. Acredito que o ataque acontecerá hoje.

Assim que ela pronunciou essas palavras, Nemrox assentiu para Kolvar. Como costumava acontecer com pessoas que compartilhavam um vínculo estreito ou anos de colaboração, o Comandante não precisava que seu Imperador falasse para entender o que queria. Ele digitou freneticamente na interface de sua braçadeira, abrindo uma comunicação em um canal seguro antes de ordenar que todos ficassem em alerta máximo e procurassem por intrusos.

Afastando-o dos meus pensamentos, eu me concentrei novamente na Oráculo.

— E quanto a Zerien? — eu insisti.

Ela balançou a cabeça e me lançou um olhar angustiado — Desculpe. Todos os meus esforços para sondar o futuro não mostram nada. Não consigo vê-lo.

— Não! — eu exclamei, com o sangue fugindo do meu rosto.

— Paz, Princesa — Killian interrompeu, erguendo a palma da mão em um gesto de detenção — O Príncipe está vivo. Eu o vi lutando durante a Grande Guerra. Aconteça o que acontecer hoje ou no futuro próximo, ele sobreviverá.

Meus ombros se curvaram de alívio. Claro, eu sabia disso. Mas quando se tratava do bem-estar do amor da minha vida, a menor ameaça me dificultava continuar pensando racionalmente.

— Então precisamos levar Eldrin, as mulheres do Conselho e toda a equipe não combatente para um lugar seguro imediatamente — eu disse em um tom firme antes de me lembrar do meu lugar e olhar para Nemrox em busca de sua aprovação.

Até a coroação de Zerien, Nemrox permanecia como Imperador.

— Eu concordo — ele respondeu.

— Hmm... — Killian disse, parecendo estar procurando as palavras.

— Você parece preocupado — eu disse ao Vidente.

— Eu a vi conversando com um Guldan — ele disse cuidadosamente — Você grita e então ele dispara sua arma em Eldrin.

— Oh, Deusa, não! — eu exclamei, pressionando a palma da mão contra o peito — Ele morre?!

Ele abriu as palmas das mãos em um gesto de impotência — Eu não sei, Princesa. A visão parou quando ele atirou.

Eu inclinei a cabeça em direção à Oráculo — Deliah? — eu perguntei.

Ela hesitou antes de responder em um tom cauteloso — Em alguns caminhos, ele vive. Em outros, não. Em todos eles, você é a chave.

— Qual caminho? Em que caminho ele vive? — eu insisti.

— Não é assim que funciona, Siona. Eu só vejo que ele vive, não as escolhas que você fez que levaram a esse resultado. Eu só sei que existem alguns caminhos positivos — ela disse com uma expressão triste.

Eu rosnei de irritação de uma forma assustadoramente parecida com a do meu pai em circunstâncias semelhantes.

— Há mais uma coisa que vocês deveriam saber — Killian disse, recuperando nossa atenção — Eu vi uma explosão nos túneis, batalhas nos jardins e ainda mais lutas na Câmara das alas Comuns. Se não for hoje, será amanhã. Mas, a julgar pelas visões em constante mudança de Deliah, estou convencido de que o ataque é iminente.

Ele pareceu prestes a dizer mais alguma coisa, mas depois mudou de ideia. Eu abri a boca para pressioná-lo a não guardar segredos, pois qualquer informação poderia ser valiosa, mas a fala de Nemrox me impediu.

— Kolvar, entre em contato com Zerien — ele ordenou.

— Não! — eu exclamei — Se ele estiver sob ataque, não podemos distraí-lo nem revelar aos nossos inimigos que sabemos que estão prestes a atacar. Zerien precisa se concentrar em sua missão, especialmente se houver a mínima chance de que ele os corte pela raiz. Eu digo que devemos proteger o palácio e nosso povo até que ele retorne, como planejado.

— O Príncipe ordenou que lhe enviássemos uma mensagem assim que estivéssemos sob ameaça — Kolvar desafiou.

— Ele pediu que o contatássemos assim que o ataque começasse — eu corrigi em um tom gentil, mas firme, me forçando a conter minha irritação com seu tom condescendente tão frequente.

Eu entendia a dificuldade dele em me levar a sério, tanto pela minha pouca idade quanto pelo fato de eu ser um ser de outro planeta. Mas ele era um tolo por me subestimar. Eu posso não ter enfrentado uma batalha de verdade, mas passei pelo tipo de treinamento intenso com que a maioria das pessoas só poderia sonhar.

— O ataque ainda não começou e não temos certeza de que acontecerá hoje — eu continuei em um tom sensato — Não faz sentido afastá-lo de sua missão por um acaso. Nós não estamos indefesos.

— Então o que você sugere? — Nemrox perguntou em um tom gentil.

Pelo motivo mais bobo, o fato dele parecer querer genuinamente acatar a minha opinião de repente me deixou extremamente constrangida e um pouco menos convencida. Eu precisei de toda a minha força de vontade para não prender o cabelo atrás da orelha ou me contorcer. Esse era o tipo de sinal que ninguém queria ver de alguém em posição de poder durante uma crise.

— Acredito que devemos mover as mulheres do Serail, e os Conselhos, o seu e o de Zerien, para os bunkers por segurança. Depois, devemos mandar todo o pessoal não essencial de volta para casa para reduzir o risco de baixas desnecessárias ou sequestro — então eu me virei para olhar para o Vidente Korletheano — Killian deve ir até a sala de controle para ver se consegue reconhecer qual túnel desabou. Como eu só consigo pensar naqueles que levam aos bunkers, queremos evitar prender alguém naquele que pode ficar inacessível por causa dos destroços.

Embora assentisse, Kolvar franziu a testa levemente — Você não disse que deveríamos levar Eldrin e sua Matriarca para o bunker.

— Por causa da situação do bunker. Não sabemos quais permanecerão seguros após o colapso. Se chegar a esse ponto, o Conselho lidará confortavelmente com a possibilidade de ficar preso por alguns dias até que sejam resgatados. O jovem Príncipe, nem tanto. Acho que devemos levá-lo para a minha ala, pois temos uma passagem secreta direta para cada um dos bunkers. Ou podemos mandá-lo para a ala de Nemrox — eu corrigi timidamente, olhando para o meu sogro.

— A sua é melhor — Nemrox disse imediatamente — Como eu liderarei o ataque com a Guarda Imperial, não me sentirei confortável com ele sem um de nós.

Não sei que expressão surgiu no meu rosto, mas isso fez Nemrox cair na gargalhada.

— Não fique tão chocada, minha querida. Eu não sou o Imperador só porque sou o Sareniano mais bonito — ele disse com uma expressão provocante — Eu governo porque sou o homem mais implacável e cruel do nosso povo... Bem, depois do meu filho Zerien, claro.

Eu bufei, apreciando esse lado brincalhão dele. Nemrox tinha de fato uma beleza de tirar o fôlego, ainda mais do que a média da população Sareniana, que era deslumbrante. Embora eu soubesse que o alfa superior governava seu povo, tendo apenas visto seu lado doce e paternal, eu tive dificuldade em me conformar com a imagem dele como um predador implacável e sanguinário.

— Embora eu não seja tola a ponto de questionar sua destreza em combate, você é o atual Imperador — eu o lembrei gentilmente —

Acredito que devemos mantê-lo seguro e não lutando na frente de batalha.

Ele levantou uma sobrancelha e olhou para mim como se eu tivesse dito algo bobo.

— Diga-me, Siona. Você que cresceu à sombra de Magnar Ravik e Magnar Keran, algum deles teria permanecido em segurança em sua fortaleza enquanto seus homens iam para a batalha, ou eles teriam liderado o ataque? — ele perguntou em um tom suave.

Minhas bochechas esquentaram e eu fiz uma careta para ele, o que só o fez rir.

— Tudo bem, você venceu. Mas não pode me culpar por querer te manter seguro — eu disse com um leve beicinho que o fez rir ainda mais.

— A Guarda Imperial tem feito isso há mais de duas décadas de seu reinado — Kolvar disse em um tom seco, visivelmente ofendido — Nós protegeremos o Imperador.

— Claro — eu respondi na minha melhor imitação de um pedido de desculpas envergonhado.

— Não, Kolvar — Nemrox respondeu em um tom provocador, com um toque de dureza que eu acreditei ter sido motivado por sua irritação com a desconfiança nada sutil de seu Comandante em relação a mim — Eu é que irei proteger todos vocês.

Eu mordi o interior das bochechas para não sorrir ao ver o homem desagradável ser recolocado em seu devido lugar. No entanto, como de costume, Nemrox não prolongou o assunto. Ele sempre ia direto ao ponto. Quando era preciso impor disciplina, ele era rápido, e então o assunto era considerado resolvido. Tendo exposto seu ponto, ele não prolongou desnecessariamente a humilhação de Kolvar.

— Se todos estivermos de acordo, vamos — Nemrox disse — Eu quero nosso povo em segurança o mais rápido possível.

Enquanto nos dirigíamos para a porta, eu notei Killian lançando olhares furtivos em minha direção, parecendo preocupado.

— O que foi? — eu perguntei ao Vidente no momento em que Alred estava estendendo a mão para a porta.

— Nada — Killian disse, desviando o olhar.

— Não minta para mim — eu disse, endurecendo instantaneamente o tom — Se você viu algo mais, fale. Há vidas demais em jogo para você guardar segredos.

De repente, eu entendi quando ele começou a lançar olhares nervosos para os outros.

— Eu não tenho nada a esconder de ninguém aqui — eu acrescentei em um tom mais gentil — Pode falar à vontade.

Longe de apaziguá-lo, minhas palavras pareceram enervá-lo ainda mais. Ele se mexeu e olhou mais uma vez para os outros antes de partir para a ação.

— Durante seu confronto com o Guldan, você dirá a ele que não se importa se ele matar Eldrin — Killian disse.

— O QUÊ?! — eu exclamei.

— Você está mentindo! — Alred sibilou, dando um passo ameaçador em direção ao Vidente, sua mão instintivamente pousando no punho da espada, pronto para atacar.

— Está tudo bem — eu interrompi rapidamente, pressionando a palma da mão em seu ombro direito de forma tranquilizadora para impedi-lo de avançar mais — Killian, você certamente sabe que eu jamais pensaria isso, muito menos diria?

Uma expressão estranha passou por seu rosto antes que ele assumisse uma expressão teimosa — Eu preciso te lembrar que sou um Vidente? As visões que recebo sempre se realizam exatamente como as vejo. Você *dirá* essas palavras.

— Mas por que eu iria…?

Minha voz sumiu enquanto Killian sustentava meu olhar com grande intensidade. Uma faísca de compreensão repentina surgiu na minha cabeça. Ele estava me dando uma pista sobre eventos que aconteceriam, para que eu estivesse mentalmente preparada para o tipo de ação que eu poderia precisar tomar.

Pela Deusa, o que eu não daria para entrar na cabeça de um Vidente ou de uma Oráculo. Eles tinham que trilhar uma linha incrivelmente tênue entre o que tinham a dizer e o que deveriam manter em silêncio para não influenciar o alvo de uma forma que pudesse desviá-lo do caminho que, de outra forma, teria escolhido para si.

— Devidamente anotado — eu disse finalmente.

O sorriso discreto e o brilho de aprovação em seus olhos confirmaram que eu havia interpretado corretamente suas intenções. Ainda me intrigava o porquê de eu dizer tal coisa, mas provavelmente eu precisaria blefar para me livrar de qualquer enrascada que nos aguardasse.

— Confie em si mesma, Princesa. Você é muito melhor do que pensa — Killian acrescentou, misteriosamente.

— Eu confio em mim mesma. Mas nos outros, nem tanto — eu deixei escapar, meus olhos se voltando de uma forma nada sutil para Kolvar.

Eu me arrependi imediatamente, mas era tarde demais para voltar atrás. Embora visivelmente irritado, o Comandante da Guarda Imperial não comentou. Para minha surpresa, foi Alred quem falou.

— Nós a servimos com orgulho, Princesa.

Meu peito se apertou ao ouvir suas palavras e ver o sorriso um tanto tímido se abrindo em seus lábios. À sua maneira, meu guarda-costas reconheceu que agora tinha fé em mim. Eu retribuí o sorriso, comovida até o âmago.

— Obrigada. Agora vamos levar meu filho para um lugar seguro.

— Sim, Princesa — Alred disse.

Para minha surpresa, ele acariciou distraidamente meu braço antes de abrir a porta e me guiar para a saída. Eu fiquei boquiaberta com suas costas recuando, minha mão instintivamente pousando sobre a parte do meu braço que ele havia tocado. A expressão de aprovação nos rostos de Nemrox e Deliah me derreteu de dentro para fora.

Com o coração disparado, eu saí da sala com os outros.

CAPÍTULO 24
ZERIEN

Eu recuperei a consciência com o som de uma cadeira sendo puxada. Antes que meu cérebro pudesse se concentrar totalmente novamente, a sensação das algemas magnéticas em meus pulsos e tornozelos chamou minha atenção. Na fração de segundo que levou, memórias de eventos recentes voltaram à tona. Meu corpo imediatamente entrou em modo de defesa, expandindo todos os meus sentidos em busca de qualquer som ou sensação que indicasse uma ameaça iminente e a extensão da minha situação atual.

Eu percebi apenas o cheiro de um único indivíduo que não fazia o menor esforço para esconder sua presença. O som de algo arrastado indicava que ele havia acabado de se sentar do outro lado da mesa, em frente à minha. Sem ver sentido em me demorar mais, eu abri os olhos lentamente.

Um milhão de pensamentos me passaram pela cabeça ao me encontrar diante da mesa de trabalho dentro do escritório de Alanis no Santuário. Meu peito se apertou instantaneamente com a perspectiva de que a adorável mulher pudesse ter sofrido algum mal nas mãos dos rebeldes. A culpa me invadiu por não ter agido antes, ou pelo menos a avisado. Mas os rebeldes se contentaram em passar despercebidos e não perturbar os moradores da comunidade reclusa. Eu esperava que

315

eles fossem embora silenciosamente para evitar levantar suspeitas antes do ataque.

À minha frente, o jovem Vahleryon Praghan me observava com um sorriso amigável e cheio de curiosidade. Não podia ser ele, mas a semelhança era absolutamente perfeita. Eu passei um tempo com ele há apenas sete meses, antes de ir a Braxia para a coroação de Keran. Ele tinha o mesmo rosto bonito, com pele morena dourada, íris roxas escuras enormes, as cristas em forma de chevron dos crihnin adornando sua testa, marcando-o como filho de um Xelixiano, e as manchas escuras salpicadas nas laterais do pescoço, braços, cintura e pernas, testemunhando seu DNA Veerediano. Ao contrário de seu hábito de deixar seus longos cabelos negros caírem soltos na parte inferior das costas, este impostor os prendia em um rabo de cavalo.

Ocorreu-me que ele estava usando uma das três Dhallas cerimoniais que Vahleryon costumava usar em eventos sociais importantes. Seria isso uma pista de quando ele havia encontrado o jovem Titã pela última vez e aprendido a imitar sua aparência?

Uma rápida olhada ao redor da sala confirmou que ele e eu estávamos sozinhos no escritório. Isso o tornava extremamente tolo ou excessivamente confiante. Eu mantive uma expressão neutra no rosto, mesmo com meu coração disparado com uma ponta de esperança ao notar minha braçadeira e minha arma no console, no canto esquerdo da sala.

Eu me lembrava claramente de ter ativado o programa disruptor de Siona no meu bracelete antes de perder a consciência. Como não conseguia ouvir o sinal ultrassônico que ele emitia – como pretendido – eu não sabia dizer se ele estava fazendo sua mágica naquele momento ou se eles o haviam descoberto e desativado. Nesse nível baixo e indetectável, levaria um tempo para que o sinal danificasse o implante o suficiente para que eu pudesse controlar a mente dos meus alvos. Eu só podia rezar para que ele estivesse de fato funcionando e arrastar as coisas por tempo suficiente para que ele entrasse em ação, me permitindo virar o jogo contra ele.

— Acordou finalmente, jovem Príncipe. Eu estava começando a

me sentir negligenciado — disse o falso Vahleryon em um tom jocosamente ofendido.

— *Liberte-me* — eu ordenei, minha voz vibrando com meu poder de compulsão, logo antes dos meus olhos brilharem para selar a ordem.

Eu não precisei que ele me dissesse que falhou. Era difícil descrever, mas uma conexão psíquica bem-sucedida com um alvo receptivo sempre me pareceu algo semelhante a um contato físico, como se eu tivesse roçado a ponta dos meus dedos na mente dele. Eu não havia sentido nada parecido com aquele impostor.

Ele bufou e balançou a cabeça para expressar o quão tolas ele achava que minhas ações eram.

— Que fofo e um tanto rude. Você realmente achou que isso ia funcionar? — meu sequestrador perguntou, divertido.

— Não — eu respondi sinceramente com um encolher de ombros.

Ele ergueu uma sobrancelha, intrigado, e inclinou a cabeça para o lado — Você não está surpreso.

— Não estou. Eu suspeitei que você tivesse algum tipo de disruptor protetor, mas precisava ter certeza.

Ele assentiu lentamente, com um sorriso cada vez maior — Naturalmente.

— Onde estão meus homens? — eu perguntei com voz severa.

Ele franziu a testa, parecendo descontente com a minha abordagem dominante à situação. Será que o idiota esperava que eu fosse submisso ou medroso?

— Eles estão bem — ele respondeu em um tom um pouco seco.

— Sério? — eu insisti, com a voz cheia de dúvida.

Sua carranca se aprofundou, e a expressão feroz que brevemente percorreu suas feições sugeria um temperamento volátil rapidamente disfarçado. Assim como nós, os Titãs Veredianos lutaram muito contra sua natureza selvagem e violenta até que os Korletheanos lhes ensinaram o *kaa*. Vahleryon se tornou um mestre nessa disciplina de autocontrole após passar os primeiros anos de sua infância lutando contra o desejo de massacrar seus pais, os Guerreiros da Primeira Divisão – o exército de elite de seu planeta natal, Xelix Prime – e os formidáveis Tuureanos – o quase invencível exército feminino das Veredianas.

Como um predador de topo, ele era atormentado pela necessidade de obliterar qualquer ameaça ao seu domínio e exterminar qualquer outro alfa em seu território, mesmo que fossem pessoas que ele amasse profundamente.

— Eu não minto, pequeno Príncipe. Se eu disser que estão bem, então estão — ele disse entre os dentes — Nós temos planos para todos vocês como parte do nosso exército. Portanto, seria tolice matá-los e desperdiçar recursos inestimáveis. Guerreiros bem treinados estão rapidamente se tornando uma raridade.

Foi a minha vez de bufar. Eu quase o desafiei com aquela afirmação absurda, mas uma questão mais urgente me queimou a língua.

— E os Irmãos e Irmãs do Santuário? — eu perguntei — Eles são civis inocentes.

Ele assentiu — Eu não machuco civis. Independentemente do que você pense sobre os planos que estamos perseguindo e executando, fique tranquilo, pois não somos assassinos irracionais. Nós queremos paz. É estritamente proibido machucar civis e inocentes, a menos que seja absolutamente inevitável. Os habitantes do Santuário estão em segurança em um dos dormitórios aqui. Eles serão libertados ilesos assim que partirmos.

Não havia palavras que pudessem expressar a profundidade do alívio que senti. Mas, mais uma vez, eu escondi minhas emoções para não lhe dar munição que pudesse usar contra mim mais tarde.

— Fico feliz em ouvir isso — eu respondi antes de examiná-lo de forma um tanto rude — Agora, que tal você parar com essa farsa e me mostrar seu verdadeiro rosto?

Ele arqueou a sobrancelha e seu rosto se iluminou com uma mistura de surpresa e diversão — O que te faz pensar que não é meu rosto verdadeiro?

— Porque eu pessoalmente conheço Vahl muito bem. Eu vi a alma dele, e a sua não chega nem perto da beleza ou do poder dele — eu disse com desdém.

O homem bufou e pressionou a palma da mão contra o peito de forma exageradamente dramática, agindo como se tivesse sido esfaqueado no coração.

— Ai! Você me magoou! — ele disse com falsa indignação.

— Foda-se seus sentimentos. Quem é você? Lindel ou Dread?

Desta vez, ele pareceu genuinamente impressionado, embora também um pouco atordoado — Muito bem, Zerien. Parece que você está ainda mais bem informado do que imaginávamos. Sim, meu nome é Dread.

— Isso não responde à minha pergunta — eu disse com uma ponta de irritação — Você claramente não é um Sareniano. Nosso povo não desenvolve esse tipo de habilidade. Então, o que você é?

Ele franziu os lábios e pareceu ponderar sua resposta antes de se encostar no encosto da cadeira com uma expressão misteriosa.

— Tecnicamente, eu sou um Drayliano — ele disse finalmente.

Foi a minha vez de erguer as sobrancelhas, surpreso — Um Drayliano? Nunca ouvi falar dessa espécie.

— Não é surpresa. Só recentemente nós nos nomeamos assim — ele respondeu, dando dc ombros, embora houvesse um toque de provocação em sua voz.

— É mesmo? — eu perguntei, feliz em entrar na brincadeira para ganhar um pouco mais de tempo para o disruptor desativar seu implante — Então, qual era o seu nome oficial antes de assumir tecnicamente esse novo nome?

— Nós éramos os verdadeiros Titãs — ele disse em um tom factual, embora com um toque de dureza.

Eu pisquei, confuso — O quê?

Ele não respondeu, mas me mostrou. Eu enrijeci e prendi a respiração enquanto seu rosto e corpo inteiro – incluindo as roupas – derretiam como uma estátua de cera exposta ao calor intenso. Assim que suas feições desapareceram, elas se remodelaram no que eu acreditava ser sua verdadeira aparência.

Sua pele era extremamente pálida, não tão branca quanto a de uma pessoa com albinismo, mas de um tom muito claro, como casca de ovo ou alabastro. Linhas acinzentadas discretas podiam ser vistas sob sua pele. A princípio, eu quase acreditei que fossem as veias escuras da Mácula, a terrível doença que dizimou os homens Xelixianos. Mas estas eram mais como um padrão natural adornando sua pele, como as manchas nas Veredianas.

Uma crista muito pronunciada em forma de V emoldurava sua testa, estendendo-se até cada lado da ponte do nariz. Seus olhos, levemente grandes, tinham íris branco-leitosas envoltas em um anel negro que realçava ainda mais sua aparência quase fantasmagórica. No entanto, seus cabelos lisos e negros como obsidiana, caindo até o meio do peito, contrastavam fortemente com sua palidez. Somado ao formato geral de suas orelhas pontudas, uma suspeita com a qual eu não conseguia me conformar mais se enraizou.

— Quem em nome de Gharah é você? — eu sussurrei para mim mesmo — Ninguém jamais viu sua espécie antes.

— Porque nos certificamos de manter nossa existência em segredo — disse o Drayliano, presunçoso, antes que sua expressão se obscurecesse e o ódio brilhasse em seus olhos cor de marfim — Nossos criadores – que por acaso também eram nossos pais – tentaram nos exterminar. Eles quase conseguiram, mas, felizmente, muitos de nós sobreviveram para dar à luz a próxima geração.

— Seus Criadores? — eu perguntei, sentindo minhas entranhas se contorcerem ao perceber que eu ainda me recusava a aceitar.

— Os Korletheanos, é claro — ele disse com a voz cheia de desprezo.

— Você é um dos Titãs? — eu perguntei, incrédulo, embora fosse mais o tipo de afirmação óbvia que alguém faz quando está em choque.

— Eu disse isso, não disse? — Dread respondeu, levemente irritado.

Isso me fez sentir idiota, mas eu ainda estava muito abalado com a revelação para continuar pensando no meu constrangimento.

— Mas os Korletheanos foram meticulosos em caçá-los — eu argumentei, meu sangue congelando ao perceber que uma tempestade de merda ainda maior estava prestes a engolir a galáxia inteira.

— Alguns dos nossos melhores Guerreiros levaram nossas mulheres grávidas para um planeta seguro que se tornou nosso novo lar. Lá, elas prosperaram e nosso povo se tornou ainda mais poderoso — Dread explicou.

— Como? Tirando o cabelo liso e as orelhas pontudas, você não parece um Korletheano. Até sua pele é bem mais clara, com a maioria deles tendendo a ter vários tons de marrom — eu argumentei — Seu povo cruzou com os nativos para ganhar esses novos poderes?

— Nós não somos mestiços — ele disse, sem se comprometer — Apenas aprimorados.

— Aprimorado como? — eu insisti.

Ele acenou com a mão, irritado — Isso é irrelevante por enquanto. Talvez eu te conte outra hora.

— Korletheanos não se transformam — eu refleti em voz alta — Até onde eu sei, nenhum dos Veredianos possui esse tipo de poder.

— Porque nós somos aprimorados.

— Você já disse isso — eu respondi, dessa vez expressando meu próprio aborrecimento.

— Então pare de fazer as mesmas perguntas — ele retrucou.

— Eu não perguntei   eu retruquei, zombeteiro — Você escolheu responder a uma reflexão que eu fiz em voz alta.

O prazer malicioso que eu senti ao vê-lo cerrar os dentes enquanto ardia de vontade de arranhar meu rosto me fez querer provocá-lo ainda mais. Claramente, meu oponente não estava acostumado com zombarias ou desafios. Seu ego o tornava fácil de manipular, mas também imprevisível quanto ao que poderia levá-lo ao limite.

Por isso, eu contive a tentação de provocá-lo ainda mais. Eu estava em uma posição vulnerável demais para permitir que ele cedesse ao seu temperamento volátil. Se ao menos minha maldita braçadeira finalmente apitasse, indicando que todos os implantes disruptores ao meu alcance estavam desativados.

— Então vocês, Draylianos, são Titãs Korletheanos metamorfos que podem imitar os poderes dos outros — eu disse, parecendo genuinamente impressionado, em um esforço para mudar de assunto e reunir mais informações sobre eles.

Para minha surpresa, ele hesitou, como se não tivesse certeza se deveria responder ou se queria ser honesto. Com base nas minhas breves interações com Dread desde a minha captura, eu tinha a forte impressão de que ele não mentia. Embora ele já tivesse dito isso, eu estava começando a me perguntar se era uma característica fisiológica da espécie dele ou apenas um traço de personalidade arraigado.

— Só alguns de nós possuem essa habilidade — Dread admitiu por fim — É uma característica rara.

— E os outros? Eles compartilham apenas os poderes psiônicos dos Korletheanos? — eu perguntei, sabendo muito bem que, como os Titãs originais, eles possuíam muitos poderes que seus "criadores" nunca tiveram.

Ele balançou a cabeça — Nós somos melhores que os Korletheanos. Assim como as Veredianas, nós temos uma grande diversidade de habilidades. Novas habilidades são constantemente descobertas entre nossos jovens.

— Como o quê? — eu perguntei com indisfarçável curiosidade.

Seu ar presunçoso de orgulho desapareceu e seu rosto se fechou — Isso é para nós sabermos — Dread respondeu em um tom muito mais frio.

Eu ergui uma sobrancelha com um leve tom de provocação — O que você tem a esconder?

Para minha surpresa, uma expressão séria se instalou em suas feições bastante bonitas — Muitas, muitas coisas. Em outras circunstâncias, eu teria preferido que ficássemos escondidos um pouco mais, até estarmos mais perto da Grande Guerra.

Essa resposta me pegou de surpresa — Por quê?

— O caminho a seguir ainda não está definido — ele respondeu de forma factual — Até lá, quanto menos as outras pessoas souberem, melhor será para todos.

— E que caminho seria esse? — eu perguntei, finalmente chegando ao cerne de toda essa confusão.

— Garantir que venceremos a Grande Guerra — Dread respondeu como se fosse evidente.

— Vencer como? — eu insisti — O que vocês querem? Qual é o seu objetivo?

Ele se recostou na cadeira e apoiou o tornozelo sobre o joelho esquerdo enquanto estudava minhas feições.

— Nós queremos recuperar o nosso lugar de direito, é claro — Dread disse finalmente.

— E qual é?

Ele deu um sorriso irônico que insinuava que eu deveria parar de fazer perguntas óbvias. Mesmo assim, ele me deu a graça de responder.

— Estar no topo da cadeia alimentar. Você, mais do que ninguém, deveria entender. Os Sarenianos são predadores como nós. Todos os mundos da galáxia se baseiam na sobrevivência do mais apto. Isso não caiu muito bem para nossos "pais" no minuto em que perceberam que nós éramos a raça superior — Dread disse, com o desprezo voltando à voz ao dizer a última frase — Eles temiam o que não podiam mais controlar.

Foi a minha vez de encará-lo como se estivesse dizendo algo bobo com uma resposta óbvia — Os outros Titãs como você literalmente tentaram dominá-los e praticamente reduzi-los à servidão — eu argumentei.

— Como é a ordem correta das coisas — ele respondeu, parecendo surpreso, senão decepcionado, por eu não ter concordado imediatamente com ele — Tanto a sociedade Braxiana quanto a Sareniana se baseiam em um princípio semelhante. Os mais fortes dominam, os outros obedecem.

— Não! — eu exclamei, perplexo por ele interpretar nossa cultura de forma tão simplória — Essa não é a base de nossas sociedades. Sim, o mais forte entre nós se torna o governante. Mas seu principal dever é proteger o povo, não escravizá-lo ou esmagá-lo. Seus antepassados Titãs massacraram seus pais porque não se curvaram a eles.

Dread balançou a cabeça, sua decepção aumentando ainda mais — Você não entende — ele disse com a voz cansada.

— Então me faça entender — eu retruquei.

— Infelizmente, não há tempo para isso. Talvez mais tarde, com base no resultado de hoje — ele disse, dando de ombros, o que imediatamente me causou um arrepio na espinha — Mas parabéns por nos encontrar. Depois da sua primeira visita a Alanis, esperávamos um ataque nas próximas 48 horas. Por que demorou tanto?

— Nós os encontramos graças à minha brilhante companheira que nos ajudou a descobrir como localizá-los — eu disse no mesmo tom evasivo que ele usava.

— Ah, sim! A jovem Rainha Guerreira — Dread disse melancolicamente.

Uma onda repentina de raiva me invadiu — Fique longe dela, porra! — eu sibilei.

A tristeza genuína estampada em seu rosto enquanto ele me olhava com ar de quem se desculpava me deixou perplexo.

— Acredite, Zerien, eu realmente gostaria que pudéssemos. Mas não podemos. Embora você possa não aceitar, eu tenho um respeito imenso por você e por ela. Infelizmente, sua companheira é um dano colateral inevitável. Se ela sobreviver, Siona Aldriss o tornará poderoso demais.

— Então me mate e deixe-a em paz — eu rosnei.

Ele balançou a cabeça com a mesma expressão de pesar — Nós já consideramos, mas não vai funcionar. Se nós o matarmos e a deixarmos viva, Siona virá contra nós com a ira do próprio Gharah. E o filho que ela está carregando será uma ameaça ainda maior.

Eu fiquei pálido ao ouvir suas palavras — Meu filho? — eu repeti.

Ele assentiu — Sim, Zerien. Sua companheira está grávida, embora ainda não saiba. Nós vimos os caminhos. Nem sua companheira nem seu filho ainda não nascido podem viver. Quando ele atingir a maioridade, com Eldrin ao seu lado, seu filho será uma força imparável que esmagará tudo em seu caminho como um maremoto.

Eu me senti fraco, furioso e aterrorizado. A alegria que essa notícia tão esperada deveria ter me trazido foi manchada pela ameaça inequívoca de suas palavras. Meu sangue fervia com a necessidade de me libertar dessas algemas e dilacerar aquele verme membro por membro.

Por que diabos esse disruptor está demorando tanto?

— Você sempre pode se juntar a nós para salvá-la — Dread ofereceu de repente, recuperando minha atenção.

— Me juntar a vocês em quê? — eu perguntei, mais para ganhar mais tempo para reorganizar meus pensamentos, e não com a intenção de sequer considerar me aliar àquele filho de um krillik.

— Para exterminar os Korletheanos e subjugar aqueles que

fugiram para Veredia — Dread disse com um toque de urgência — Eles prejudicaram vocês tanto quanto, se não mais, do que prejudicaram a nós.

Eu estremeci interiormente com a horrível sensação de déjà vu que eu constantemente sentia com meu próprio povo ainda exigindo vingança contra os Korletheanos como um todo.

— Eles estão tentando fazer as pazes — eu argumentei.

Dread acenou com a mão em desdém — Aqueles que fugiram, sim. Mas não os outros.

— Eles os temem! — eu exclamei, meu tom deixando claro que isso deveria ser evidente.

— Como deveriam — ele disse entre os dentes, seu ódio audível.

Percebendo que qualquer tentativa de argumentar com ele sobre esse assunto seria em vão, eu tentei obter mais informações.

— E depois? Supondo que os ajudemos a atingir seu objetivo, como você espera que seja o nosso futuro? Nós iremos servi-lo?

Ele balançou a cabeça — Não, seu povo não servirá. Sarenianos não são fracos. Contanto que você reconheça nosso governo, você será livre para governar seu planeta como bem entender.

— O que ainda nos resume a sermos subservientes — eu retruquei — Por que nos colocaríamos nessa posição?

— Eu garanto que, na nova era dos Draylianos, os Sarenianos não serão vassalos — Dread disse com firmeza — Seu povo não é fraco como os Guldans, os humanos e os Aveanos. Eles são tão facilmente controlados e desprovidos de qualquer característica ofensiva ou defensiva natural que é mais do que patético. Com vocês como aliados e as Veredianas como nossas companheiras, nós alcançaremos um nível de supremacia sem paralelo em toda a história da galáxia. Nossos descendentes com as Veredianas possuirão poderes que desafiam a imaginação.

A expressão chocada e indignada no meu rosto o silenciou.

— O que te faz pensar que as Veredianas consentiriam com uma coisa dessas? — eu perguntei, estupefato — Elas passaram as últimas três gerações lutando para escapar dos complexos de reprodução onde os Guldans as aprisionaram. E agora você espera que elas concordem em se tornarem éguas reprodutoras novamente, mas desta vez para os Draylianos?

Ele bufou e fez um gesto de desprezo — As Veredianas serão amadas e cuidadas. Elas são a coisa mais próxima de nós no universo.

— Elas não vão dar a mínima para isso — eu disse com convicção — Essas mulheres voltaram da beira da extinção e finalmente têm filhos vivos depois de cento e cinquenta anos sem um único homem sobrevivente até o nascimento. Elas querem liberdade e independência. Elas destruirão qualquer um que tente escravizá-las novamente. Como você disse, elas não são fracas. Nenhuma das espécies mais avançadas ousa contemplar a ira delas.

— Deixe que nos preocupemos com as Veredianas — ele disse com uma confiança que beirava a arrogância.

Eu balancei a cabeça para ele, genuinamente perplexo — Você não faz sentido para mim. Seu ódio e desejo de vingança contra os Korletheanos, eu entendo. Por muito tempo, eu compartilhei o mesmo sentimento. Mas por que tentar conquistar o resto do mundo? Por que não deixar os outros viverem suas vidas, desde que não interfiram na sua?

— Nós somos predadores — Dread respondeu com naturalidade.

— E daí? — eu desafiei — Nós também somos, mas não sentimos a necessidade de impor nosso modo de vida aos outros. Nós nos concentramos em reconstruir o nosso mundo após o trauma e a devastação que ele enfrentou. Seu povo sobreviveu à beira da extinção. Claramente, vocês têm o poder e a tecnologia para prosperar, assim como as Veredianas. Por que não as imitam, criando um mundo para si mesmos e deixando o resto da galáxia em paz?

— Porque assim que nos revelarmos as pessoas nos temerão e nos caçarão como nossos ancestrais fizeram — Dread disse com convicção — Sentado no topo da cadeia alimentar, assumindo o controle, só então nosso povo estará seguro.

— Você poderia estar igualmente seguro se fosse bom — eu retruquei — Amigos te apoiarão em momentos difíceis, enquanto súditos relutantes buscarão a primeira oportunidade para te apunhalar pelas costas.

— A gentileza só te leva até certo ponto, até que seus supostos amigos encontrem alguém de quem gostem mais ou que lhes conceda maiores benefícios. E mesmo assim, eles ainda vão te trair. O medo mantém as pessoas em seus devidos lugares. Você pode não pensar assim agora, mas em breve, você vai mudar de ideia e ver as coisas do meu jeito.

— Nunca! — eu sibilei.

Ele riu como se eu fosse uma criança fazendo birra — Há caminhos que mostram que você estará do nosso lado.

Eu estreitei os olhos para ele — Quem viu esses caminhos? Oráculos Korletheanos ou Draylianos?

Ele sorriu, mas não respondeu.

Isso significava que ele estava mantendo Oráculos ou Videntes Korletheanos cativos, ou eles tinham os seus próprios? O que eles viram? Quanto disso seria capaz de neutralizar nossas medidas defensivas? O fato deles claramente esperarem nosso ataque ao Santuário hoje significava que seus aprimoramentos mostravam a eles mais do que a nossa própria Oráculo podia ver?

Meu coração deu um pulo quando o tão esperado bipe de um comunicador ressoou na sala, apenas para ser esmagado segundos depois, quando eu percebi que era o comunicador do Dread e não o meu.

Ele olhou para a interface de sua braçadeira antes de me encarar com uma expressão indecifrável. Sem dizer uma palavra, ele se levantou e contornou a mesa para ficar ao meu lado. A visão de suas garras se projetando me deu um arrepio na espinha. Eu precisei de toda a minha força de vontade para resistir à vontade de puxar minhas amarras e me afastar dele. Se ele estivesse se preparando para me matar, eu não lhe daria a satisfação de me ver em pânico.

Killian me viu lutando na Grande Guerra.

Esse pensamento aleatório me deu uma pequena dose de paz. A visão de um Vidente sempre se concretizava. Isso significava que eu sobreviveria a qualquer dor que o Drayliano estivesse prestes a infligir. Eu mostrei minhas presas para ele, mas ele apenas sustentou meu olhar com um brilho divertido.

Para minha surpresa, em vez do golpe violento de suas garras para cortar minha garganta, como eu esperava, Dread cutucou cuidadosamente a parte carnuda do meu antebraço com o dedo indicador. Sua garra perfurou minha pele, e uma gota de sangue azul se formou sobre o pequeno ferimento quando ele a puxou. Para minha surpresa, ele limpou a ponta do dedo para coletar o sangue antes de levá-lo à boca e lambê-lo.

Segundos depois, seus olhos cor de marfim escureceram antes de assumirem o mesmo tom azul-prateado dos meus. Eu observei horrorizado enquanto suas feições derretiam e seu corpo se remodelava. Em segundos, ele se transformou em uma réplica perfeita de mim, até mesmo nas roupas que eu vestia.

— Eu preciso ir — ele disse em um tom quase paternal — É hora de terminar isso.

Algo estalou dentro de mim ao ouvi-lo falar com a minha própria voz e semelhança. Todos os pensamentos de estoicismo e autocontrole desapareceram da minha mente enquanto eu lutava inutilmente para me libertar das algemas magnéticas que prendiam meus pés ao chão e meus pulsos nos braços da cadeira.

— Fique longe da Siona! Não toque nela, porra! — eu gritei.

O olhar de tristeza que ele me lançou só me deixou ainda mais furioso.

— Sinto muito, Zerien. Eu queria poder, mas este caminho é necessário. Se servir de consolo, eu concederei a ela uma morte rápida e minimizarei sua dor. Com o tempo, você se recuperará da perda dela.

Uma série de palavrões e maldições saíram da minha boca, os quais ele ignorou enquanto caminhava calmamente em direção à porta.

— Com a Deusa como minha testemunha, se você tocá-la, eu vou te matar — eu gritei.

Ele parou bem em frente à porta ainda fechada e olhou para mim por cima do ombro — Eu não morro em suas mãos. Um dia, espero que você e eu possamos ser irmãos. Temos mais em comum do que você imagina.

— Você é louco! — eu suspirei, incrédulo.

Ele me lançou um sorriso triste — Não somos todos, até certo ponto? Mas você descobrirá que o Destino tem um senso de humor peculiar. Ele tem muitos planos para nós. Se tudo correr bem, eu o verei em breve. Rezo para não ter que te matar. Mas se as coisas correrem mal e eu morrer hoje, saiba que foi uma honra conhecê-lo.

Sem palavras, eu o observei abrir a porta e sair. No momento em que eu estava abrindo a boca para xingá-lo novamente e exigir que ele voltasse, ele se dirigiu a pessoas que eu não conseguia ver do ângulo em que estava sentado.

— Leve-o para a cela e espere suas próximas ordens — Dread disse, com a voz um pouco abafada pela distância.

Um segundo depois, dois homens entraram. Eu não conhecia o Guldan, mas imediatamente reconheci o Sareniano que o acompanhava. Ele era Ostian Devos, um recruta promissor entre nossos cadetes militares. Ele figurava com destaque na lista de rebeldes que Faolen identificou nos últimos dias, rastreando as idas e vindas das pessoas que participavam do falso treinamento de *kaa* no Santuário.

— Ostian — eu disse com uma voz áspera, usando seu primeiro nome para tornar a situação ainda mais pessoal — Por que você trairia os seus? Você era um candidato tão promissor que Drade chegou a considerá-lo para a minha Guarda Imperial após a minha ascensão. Em vez disso, você se torna um terrorista sob o comando de um Drayliano genocida?

Ele se encolheu, vergonha e culpa se espalhando por seu rosto. Antes que pudesse responder, seu colega Guldan deu um passo ameaçador em minha direção, enquanto me encarava.

— Silêncio, prisioneiro. Você perdeu o direito de falar com sua teimosia!

— Não desrespeite nosso Príncipe! — Ostian sibilou, pegando o Guldan de surpresa — Ele pode ser um prisioneiro, mas você o tratará com todas as honras devidas à sua posição.

Eu controlei minhas feições para não revelar o choque que sentia. Será que o idiota poderia ser convencido a me soltar?

O Guldan cerrou os dentes, como se quisesse desafiar o colega. Embora eu não soubesse nada sobre suas habilidades de combate, duvidava que elas rivalizassem com as de Ostian, e o Guldan provavelmente sabia disso. O Sareniano se virou para mim com um olhar de desculpas.

— Não importa o que pense de nós, Príncipe Zerien, nunca duvide de que todos nós o respeitamos. Nós estávamos ansiosos por sua ascensão e o seguimos cegamente até o dia em que você cedeu aos Korletheanos — Ostian disse.

— Então você escolheu se aliar aos descendentes parricidas deles? — eu desafiei com um toque de desprezo — Os Titãs eram tão cruéis e determinados a massacrar os pais que os enfrentaram e a escravizar os outros que os Korletheanos não tiveram escolha a não ser tentar exterminá-los... exterminar seus próprios filhos psicopatas. Se os Titãs conseguiram fazer isso, eles não hesitarão em matá-lo!

— Nós lutaremos — Ostian disse teimosamente.

Eu inclinei a cabeça para o lado e lancei-lhe um olhar de descrença — Vocês vão? E como esperam conseguir isso? O exército de elite dos Korletheanos quase foi aniquilado, mesmo com a orientação de seus Oráculos e Videntes unindo suas forças. Sarenia agora está dividida por causa de vocês, traidores. Os Draylianos chegaram ao ponto de convencê-los a matar mulheres, a única abominação que nossa espécie como um todo jurou nunca mais fazer! Quem diabos vai se aliar a vocês para combatê-los quando se voltarem contra vocês?

Ele estremeceu mais uma vez com minhas palavras — É só uma mulher! — Ostian exclamou na defensiva — E ela é de outro planeta.

— Como, em nome de Gharah, isso é relevante?! Ela é a sua Rainha, porra! — eu gritei.

— Ela ainda não é nossa Rainha! — ele argumentou fracamente.

— Sério?! — eu exclamei, incrédulo — Esse é o melhor argumento que você consegue inventar?

Ele abaixou a cabeça, envergonhado, e se mexeu desconfortavelmente. Ao seu lado, o Guldan estava visivelmente inquieto e irritado com a situação. Isso confirmava ainda mais que ele não ousava desafiar a autoridade do Sareniano.

— Sinto muito, meu Príncipe — Ostian disse por fim — A maioria de nós o seguiria de bom grado até o abismo mais profundo do covil de Gharah se você pedisse. Mas você espera demais de nós quando se trata dos Korletheanos. Não há palavras para expressar a extensão do sofrimento que eles causaram. Eles têm que pagar por seus crimes contra nós e inúmeras outras espécies. Quantos milhões morreram por causa de seus experimentos cruéis e do abandono insensível de suas vítimas quando as coisas não saíram como eles queriam?

— Nós discutimos isso longamente — eu respondi, embora não pudesse contestar a validade de seus sentimentos sobre o assunto, já que os compartilhava há muito tempo — Mas aqueles que cometeram esses crimes estão mortos. Punir seus descendentes por isso não faz sentido.

A forma como seu rosto se fechou confirmou que a conversa havia chegado ao fim. Ele não se deixaria mudar de posição.

— Isso não é negociável — Ostian disse em um tom gentil, mas firme — Você pode não se importar com isso, mas todos nós, rebeldes Sarenianos, deixamos claro que não o mataríamos. Seja qual for o resultado, quando tudo isso estiver dito e feito, nós aceitaremos qualquer punição que você desejar nos infligir. Não duvidamos de sua devoção a Sarenia e acreditamos que seu coração está no lugar certo. Os Korletheanos são demais para nós aceitarmos. Duvido que você nos perdoe, assim como eu morrerei envergonhado por ajudar a machucar uma mulher – sua alma gêmea, nada menos. Mas meu dever é, antes de tudo, para com Sarenia.

O Guldan, emitindo um grunhido de impaciência, concluiu perfeitamente o que eu acreditava ser a conclusão do pequeno discurso de Ostian. Ele lançou um olhar irritado para o colega antes de voltar a me encarar.

Minha raiva aumentou quando ele circulou a mesa para me soltar. Visivelmente satisfeito por finalmente prosseguirem com sua tarefa, o Guldan recuperou a arma do coldre para maior segurança, embora as algemas magnéticas não me permitissem qualquer liberdade de movimento.

Eu não sabia o quanto o maldito disruptor estava adiantado na desativação do implante. Mas eu não podia esperar mais. Dread estava a caminho do palácio. Eu precisava avisar minha companheira do perigo iminente. Deixando toda a cautela de lado, eu dei o comando vocal ativando o disruptor na potência máxima. Ele fritaria o implante em segundos, mas também alertaria qualquer Sareniano em um raio de cinquenta metros, pois aquela frequência ultrassônica mais alta seria claramente audível para o meu povo. Eu só podia rezar para que os residentes do Santuário estivessem longe o suficiente para não serem afetados negativamente pelos potenciais efeitos colaterais do ultrassom.

Os dois homens me olharam com um ar de surpresa, a palavra estrangeira escolhida pela minha companheira não fazendo sentido para eles. Foi uma escolha deliberada da parte dela, para que eles não entendessem o que estava acontecendo antes que fosse tarde demais. Enquanto eu pronunciava o comando, eu elevei minhas defesas psíquicas ao máximo.

Meio segundo depois, Ostian gritou enquanto segurava a cabeça com as duas mãos. Apesar do meu escudo psíquico, uma dor aguda percorreu meu cérebro, me fazendo chiar. Ostian piscou em meio à dor e inclinou a cabeça em direção ao console sobre o qual minha braçadeira estava. Ele o encarou com um ar confuso enquanto limpava o sangue azul que escorria do nariz. Confuso, o Guldan olhou para o colega, para o console e para mim, tentando entender o que desencadeou aquela estranha reação.

O Sareniano levou apenas alguns segundos para entender que havia sido atingido por algum tipo de ataque ultrassônico. Uma expressão de horror tomou conta de seu rosto.

— O que está acontecendo?! — exclamou o Guldan quando viu seu colega correr em direção ao console.

Ostian não deu mais do que alguns passos antes de vacilar. Em sincronia quase perfeita, os dois homens gritaram novamente, piscando os olhos enquanto balançavam a cabeça como se estivessem sentindo uma dor repentina e aguda. Ao mesmo tempo, minha braçadeira apitou, confirmando sua tarefa. Para meu alívio, o sinal ultrassônico também parou.

Apesar da dor latejante na minha cabeça e da pressão intensa atrás dos meus olhos, eu não perdi o ritmo.

— *Parem!* — eu ordenei, usando minha compulsão.

Em um reflexo, os dois homens olharam para mim bem a tempo de meus olhos brilharem e selarem o comando. Embora geralmente funcionasse mesmo sem o clarão contra espécies com pouco ou nenhum poder psíquico, como os Guldans, isso era imprevisível contra outros Sarenianos, dependendo de seus níveis psiônicos. Com o clarão, as chances de sucesso aumentavam significativamente. Como um dos mais poderosos da minha espécie, pouquíssimas pessoas conseguiam resistir a mim – independentemente do clarão – e geralmente não por muito tempo, se eu suportasse os ataques.

O Guldan imediatamente congelou onde estava, com uma expressão de puro choque — Isso é impossível! — ele sussurrou, apavorado.

A tentativa de resistência de Ostian demonstrava o poder nada desprezível que ele possuía. Isso tornou sua traição ainda mais trágica.

— *Fique parado, fique em silêncio e submeta-se a mim* — eu sibilei, meus olhos fixos nos do Sareniano antes de selar a ordem.

Todo o seu corpo relaxou enquanto ele permanecia imóvel. Embora o comando controlasse sua vontade e movimento, ele não impedia sua mente de funcionar livremente. Em outras circunstâncias, a onda de emoções, que variava de horror, confusão, arrependimento, desespero e resignação, teria me comovido. Mas, naquele momento, apenas a raiva e o medo pela minha companheira dominavam todos os meus pensamentos.

Eu me virei para o Guldan, que ainda divagava sobre sua incompreensão e pânico.

— *Fique em silêncio e liberte-me* — eu ordenei a ele.

Eu observei com alegria maliciosa enquanto ele obedecia à compulsão, seu pânico se intensificando a cada segundo.

— *Fique onde está. Não tente fugir, me machucar ou dar o alarme de forma alguma* — eu ordenei enquanto ele terminava de remover minhas algemas antes de voltar minha atenção para Ostian.

Uma parte de mim queria sentir pena dele, mesmo com meu lado selvagem ardendo de desejo de destruí-lo, pensando em como ele quis machucar minha alma gêmea. Mas o olhar orgulhoso e resignado em seus olhos despertou em mim um respeito relutante.

Eu reduzi a distância entre nós e sustentei seu olhar sem vacilar.

— O que acabou de acontecer foi possível graças a um disruptor criado pela minha companheira — eu disse a ele, de forma factual — Minha Siona, que você quer matar... As tecnologias dos Draylianos e dos Guldans não o levarão à vitória. Minha alma gêmea me ajudará a fazer de Sarenia um dos maiores impérios da nossa era. Se você realmente amasse Sarenia e a mim tanto quanto afirma, teria confiado em mim e oferecido sua ajuda em qualquer capacidade, independentemente de suas dúvidas.

Eu me virei de lado para lançar um olhar de desprezo ao Guldan subjugado e então acenei com a mão para ele.

— Foi com isso que você escolheu se aliar. Você sabe que eles não são confiáveis e que não medirão esforços para submeter os outros à sua vontade. Você sabe como eles tratam suas mulheres, o que fez com que minha amada e sua mãe fugissem de seu planeta natal, para começo de conversa.

Eu o examinei da cabeça aos pés, balançando a cabeça em decepção. Isso pareceu magoá-lo ainda mais.

— Você poderia ter sido um grande trunfo para o nosso planeta natal e para mim como seu futuro Imperador. Em vez disso, permitiu que ódio, conspirações e tolos sedentos por poder o manipulassem. O mais triste é que eu realmente acredito que você se considera um patriota. Mas você é um traidor. Nunca poderá haver um futuro brilhante baseado no ódio, na vingança e no genocídio de outros. Sarenia prosperará em uma nova era de paz e perdão. Portanto, eu o perdoo, Ostian Devos. Mas não posso deixá-lo viver. Seu fanatismo e doutrinação o tornam uma ameaça muito grande. Que você encontre na morte a paz que não encontrou em vida.

Ele não se opôs nem tentou se libertar da compulsão. Por mais triste que se sentisse com o resultado, seus olhos confirmaram que ele jamais se deixaria influenciar por suas crenças. Com o coração pesado, eu quebrei seu pescoço, garantindo-lhe uma morte rápida. Seu corpo desabou no chão com um baque leve.

Eu olhei para ele por um breve instante, um turbilhão de emoções me percorrendo. Apesar de toda a minha pregação sobre expulsar o ódio, uma nova onda de ódio cresceu profundamente dentro de mim, não por Ostian, mas pelos krilliks imundos que haviam envenenado e manipulado as mentes de inúmeras pessoas boas como Ostian um dia foi, transformando-as em monstros.

Mas não havia tempo para pensar nisso. Depois de pegar o cinto e a arma de Ostian, eu rapidamente fui até o console para pegar minha braçadeira e minhas armas.

— Quantos outros guardas ainda restam aqui? — eu perguntei.

Eu rosnei de irritação quando o Guldan não respondeu. Como eu havia ordenado que ele permanecesse em silêncio, presumindo que ele não estivesse escolhendo ignorar minha ordem, a compulsão o teria impedido de falar.

— *Você obedecerá e cumprirá cada uma das minhas ordens e solicitações* — eu ordenei, usando minha voz vibrante antes de continuar no meu tom normal — Quantos outros guardas ainda estão aqui?

— Cin... Cinco, incluindo eu — disse o Guldan, com a voz trêmula de medo.

— Onde eles estão localizados? — eu perguntei enquanto amarrava meu cinto de armas na cintura.

— Só tem um na frente. Os outros estão dentro das suas naves, um em cada nave para vigiar o brigue onde seus homens estão presos. Todos os outros partiram em missão.

— É para lá que você deveria me levar? Para o brigue da minha nave?

— Sim — ele respondeu.

Sem hesitar, eu pressionei o comando para enviar uma mensagem às braçadeiras de todas as minhas unidades dentro do alcance para ativar o sinal do disruptor, configurando-o para frequência média. Não me importava mais se eles o detectassem. Tudo o que importava era que o dano aos implantes seria muito mais rápido, sem risco para meus guardas. Com sorte, eles ouviriam e agiriam de acordo.

Para minha consternação, eu tentei enviar uma mensagem à minha companheira, mas a comunicação não pôde ser estabelecida. O medo me retorceu quando as tentativas de contatar qualquer outra pessoa, fosse Kaelin, meu pai ou Kolvar – o Comandante da Guarda Imperial –

também falharam. Eu queria acreditar que eles haviam simplesmente bloqueado a comunicação ali para impedir especificamente o que eu estava tentando fazer. Mas uma sensação ruim na boca do meu estômago me dizia que eles haviam bloqueado todas as comunicações com o próprio palácio e que ele provavelmente estava sob ataque.

— Leve-me até lá — eu ordenei.

Eu considerei ativar meu escudo furtivo para ajudar a esconder o fato de que eu não estava mais acorrentado. No entanto, além delas mal serem visíveis com meu uniforme, considerando o número extremamente baixo de soldados deixados para trás, eu duvidava que estivessem nos observando nos aproximando.

O Guldan que nos recebeu na nave percebeu que algo estava errado uma fração de segundo antes de minhas garras cortarem sua garganta. Eu não parei para vê-lo sangrar até a morte antes de correr para o brigue. Apesar de quão terrível era a nossa situação, eu não pude deixar de sorrir ao ver Naax tentando diligentemente hackear o sistema de comunicação do brigue. Em tempos de adversidade, eles nunca se deitariam e esperariam que o Destino os salvasse.

— Escolte o Guldan com seu escudo furtivo ativado e liberte nossos outros homens — eu ordenei a um dos meus guardas — Deixe alguns homens para proteger o Santuário e garantir que os moradores estejam bem. Depois, todos vocês poderão nos encontrar no palácio. O ataque começou.

CAPÍTULO 25
SIONA

Todos se separaram para realizar suas respectivas tarefas. Naturalmente, Alred ficou comigo, mas Deliah também. A pequena unidade que provavelmente se tornaria minha Guarda da Rainha no futuro se reuniu em frente à minha residência, no Salão de Saudações. Uma unidade diferente estava a caminho para escoltar o Conselho de Eldrin e Zerien e trazê-los até lá.

Como eu não queria ficar indefesa quando as coisas piorassem, fui buscar minha armadura Tuureana e minha espada de celesium. A melhor parte deste traje, projetado para a elite militar das Veredianas, era que ele cabia inteiramente em um cinto simples. Uma vez ativado, ele se desdobrava sobre o corpo, com os nanites se espalhando e se encaixando como peças de um quebra-cabeça até cobrirem perfeitamente cada centímetro do corpo.

O traje inteligente era personalizado para seu dono e criava um vínculo com ele. No meu caso – assim como no caso da Mercy – o design foi levemente modificado para levar em conta nossos chifres. Alguns ajustes adicionais foram necessários, pois eu não possuía poderes psiônicos com os quais a inteligência artificial do traje pudesse interagir. Além disso, embora eu mantivesse meu cabelo bem comprido até a base das costas, ele não atingia o comprimento insano preferido pelas Veredianas da raça Guerreira.

Essas mulheres deixavam os cabelos crescerem até os tornozelos, presos em uma única trança. Em batalha, os nanites formavam uma armadura completa em torno dessa trança, finalizada por uma lâmina cruel. Essa trança blindada constituía uma das armas mais mortais dos Tuureanos.

Eu prendi meu cabelo na nuca e coloquei um anel dourado em volta dele, como se fosse prendê-lo em um rabo de cavalo. No entanto, o anel imediatamente espiralou em volta dos meus longos fios branco-prateados, dando-lhes o formato de uma trança que o traje facilmente envolveria.

Mesmo depois de três anos de treinamento intenso, ainda havia um longo caminho a percorrer antes de dominar completamente suas técnicas de combate e todas as propriedades únicas do meu traje. No entanto, meu vínculo neural com ele era bastante forte e se fortalecia constantemente. Quanto mais você interagia com a IA, mais ela aprendia a interpretar e até mesmo antecipar suas necessidades. Como alguém pertencente a uma espécie sem poderes especiais, este traje nivelava o campo de jogo, me tornando uma força letal a ser reconhecida.

Eu prendi minha espada no cinto e guardei minha arma no coldre. A adrenalina inundou minhas veias enquanto uma parte de mim se animava com a antecipação da batalha iminente. Mas minha mente temia o que poderia acontecer. Eu não tinha escrúpulos em matar inimigos. Eram os civis – principalmente – mas também nossos Guerreiros que me preocupavam. Uma única baixa do nosso lado já era demais.

Para minha agradável surpresa, Deliah me seguiu até o pequeno cômodo anexo ao nosso closet, que servia como nosso arsenal. Ali, nós guardávamos apenas nossas armas mais valiosas, além do equipamento que eu costumava usar para treinar em nosso jardim particular. Ela me pediu permissão para usar um dos meus cajados.

— Você tem habilidades de batalha? — eu perguntei, atordoada, enquanto estendia o longo cajado para ela.

A Oráculo assentiu, enquanto me lançava um olhar zombeteiro — Além do fato de que todos os Korletheanos devem cumprir o serviço militar por no mínimo dois anos, por acaso eu me casei com um dos melhores e mais implacáveis Caçadores de Sarenia. Com a guerra iminente, Faolen se certificou de me dar o máximo de treinamento ofensivo e defensivo possível, para que eu nunca ficasse desamparada caso as coisas piorassem na sua ausência.

— Uma abordagem muito sábia — eu disse com aprovação enquanto a observava manipular o cajado com uma destreza impressionante.

Ela nem precisou que eu explicasse como ativar as lâminas escondidas em cada extremidade da arma.

— Todos nós também possuímos poderes psiônicos. Treinar essas habilidades é obrigatório para todos. Isso nos deu uma vantagem contra os Sarenianos quando meu povo fazia experimentos tão cruéis em outras espécies. Nós podemos criar escudos psíquicos para bloquear ataques psiônicos, assim como lançar ataques psíquicos contra nossos inimigos, que destruirão seus cérebros em um piscar de olhos. Alguns de nós são mais poderosos que outros. Como Oráculo – e como Vidente no caso de Killian – nós estamos entre os níveis mais altos.

— Então, você é uma Sacerdotisa Guerreira por direito próprio — eu disse em um tom gentil e provocador.

Deliah bufou e balançou a cabeça — Embora meu Faolen concorde orgulhosamente com você, eu discordo. Apesar das minhas respeitáveis habilidades de combate, isso não é algo que eu aprecie. Eu lutarei para defender a mim mesma e aqueles que amo. Mas, tirando isso, prefiro o lado pacífico e introspectivo da vida.

— Houve um tempo em que eu compartilhava dessa filosofia — eu disse, pensativa — Não sei dizer exatamente quando isso mudou. Mas as dificuldades que enfrentamos e a convivência entre os Braxianos me despertaram para um lado totalmente novo da minha personalidade que eu jamais suspeitava. E, francamente, eu adoro isso. Não há sensação maior do que estar no controle, sabendo que, independentemente do que você jogue em mim, eu posso e jogarei de volta em você mil vezes mais.

Ela riu baixinho, embora seus olhos brilhassem com aprovação.

— Você evoluiu muito desde a criança assustada que eu costumava ver em minhas visões. Naquela época, eu jamais imaginaria que você se tornaria uma Guerreira tão feroz. Mas as aparências enganam — Deliah disse — Veja o Prillium, por exemplo. Ele não reflete a luz.

Eu pisquei, completamente perplexa com aquele comentário completamente aleatório. O que isso tinha a ver com alguma coisa? Prillium era um metal raro encontrado apenas em Sarenia. Quando refinado, ele podia ser usado em armaduras, armas e acessórios. Seu povo o valorizava particularmente porque ele não refletia luz, tornando-o ideal para camuflagem durante uma missão.

— Certo — eu respondi hesitante, meu tom não escondendo nada da minha confusão.

Seu sorriso misterioso, combinado com um olhar intenso, me fez perceber que se tratava de mais uma daquelas insinuações de confusão mental que me deixavam louca. Eu odiava que eles não pudessem simplesmente dizer as coisas sem rodeios. Mesmo assim, eu assenti com firmeza e guardei a informação para quando fosse relevante.

Quando eu estava prestes a convidá-la para voltar à sala de estar formal, o som do alarme disparando quase me fez pular da cama. Mal haviam se passado vinte minutos desde que havíamos saído do laboratório. Considerando o tempo necessário para chegar ao outro lado do palácio, onde Eldrin estava sendo ensinado, e nossos esforços para não alertar as pessoas muito cedo, a unidade encarregada de resgatá-lo não teve a menor chance de retornar em tão pouco tempo. Embora os Korletheanos nos tenham avisado da iminência do ataque, eu realmente pensei que ainda tínhamos algumas horas pela frente.

Como uma só pessoa, Deliah e eu saímos do meu quarto em direção à saída da minha casa, apenas para sermos paralisadas no meio do caminho pelo espetáculo visível através das janelas do chão ao teto da sala de estar.

Duas grandes naves estrangeiras, de um tipo que eu nunca tinha visto antes, desarmaram-se sobre os jardins. Luzes brilhantes cortavam os céus enquanto nossas defesas disparavam mísseis contra as naves. Que tipo de tecnologia avançada poderia ter enganado tão completamente os sistemas de defesa do palácio a ponto de invadir seu espaço aéreo altamente restrito sem disparar um único alarme?

Uma série de luzes brilhantes brilhou acima delas por um breve segundo, indicando que a guarda imperial havia ativado a cúpula protetora do palácio. Ela não poderia fazer nada contra as naves que já estavam lá dentro, mas tornaria muito mais difícil para qualquer outra nave se aproximar. No entanto, se as duas naves tentassem fugir, atravessar a cúpula causaria danos graves aos seus motores e sistemas de propulsão.

Meu sangue congelou quando as naves lançaram o que eu inicialmente imaginei serem grandes ogivas. Mas então, em vez de simplesmente caírem no chão, elas abriram três asas em forma de barbatanas, e uma broca gigante saiu de suas pontas. Agindo de forma semelhante a um míssil teleguiado, o que imaginei serem algum tipo de toupeira se espalhou em direção a áreas específicas do jardim antes de tentar se enterrar profundamente. Nosso sistema de defesa destruiu a maioria delas, mas algumas conseguiram se enterrar no solo.

Os túneis...

— Precisamos chegar até Eldrin imediatamente! — eu rosnei enquanto ativava meu traje.

Enquanto os nanites se espalhavam sobre mim como óleo preto, formando uma das armaduras mais impenetráveis do universo conhecido, eu comecei a correr em direção às portas, com Deliah no meu encalço.

Assim que eu me aproximei, elas se abriram. Eu girei e saquei minha espada, com o pulso esquerdo erguido à minha frente para ativar meu escudo de energia. Reconhecendo Alred e minha Guarda da Rainha, eu abandonei minha postura defensiva.

— Temos que ir, Princesa — ele disse com a voz tensa — Eles estão desembarcando tropas nos jardins.

Antes que eu pudesse responder, duas fortes explosões rasgaram o ar. Uma chuva de pedras e terra irrompeu do solo como gêiseres em alguns locais que pareciam coincidir com o local onde os mísseis-toupeira haviam se enterrado. A vibração ressoou por todo o interior como os tremores de um terremoto.

— Onde está o Eldrin? — eu perguntei enquanto nos apressávamos para fora da minha casa.

— Ele ainda está na ala sudeste — Alred disse, frustrado — O caminho até ele está praticamente vazio. Mas apenas o bunker norte estará utilizável. Killian confirmou que há um colapso nos túneis que levam aos outros dois.

— Isso não é coincidência nem sorte — eu disse, irritada, enquanto corríamos pelos corredores desertos daquela área segura do palácio — De alguma forma, eles sabiam onde atacar para bloquear o acesso antes que pudéssemos chegar à área inacessível abaixo.

— Depois que tivermos repelido os rebeldes, muitas pessoas terão respostas para dar — Alred resmungou.

— Kolvar contatou Zerien? — eu perguntei.

— Ele e eu tentamos — Alred respondeu, sério — Não há conexões possíveis fora do palácio. A maioria dos nossos canais está embaralhada, ou o sinal é interrompido. Eles estão mexendo com nosso sistema de comunicação.

— Abordagem sábia — eu admiti com raiva — Eles querem nos impedir de coordenar nossas defesas. Mas estão mexendo com as pessoas erradas.

Ao nos aproximarmos da galeria que nos conectava à ala sudeste, uma nave atravessou a cúpula defensiva. O fogo constante e concentrado naquela seção a enfraqueceu o suficiente para permitir a entrada dos inimigos. Uma segunda nave, seguindo a primeira, não teve a mesma sorte. Ela estava na metade da travessia da área temporariamente desativada do escudo quando se fechou novamente.

Enquanto uma nave maior teria sido severamente danificada se estivesse em contato direto com o escudo, a nave menor não teve chance. Ela parecia ter sido cortada ao meio por uma lâmina feroz, bem onde o escudo se reconstruiu. Os dois segmentos da nave despencaram no chão. A galeria vibrou com a força do impacto. Uma série de explosões se seguiram quando o metal retorcido esmagou as belas plantas e estátuas que decoravam aquele recanto antes tranquilo do jardim comum.

Mas o primeiro ônibus espacial pousando em segurança recuperou minha atenção. Antes mesmo que o piloto o pousasse completamente no solo, ele já havia começado a baixar a rampa. Duas dúzias de soldados Guldans e Sarenianos saíram da nave para o jardim.

— Temos que acabar com eles! — eu exclamei — Todos, ativem seus embaralhadores.

— Protejam a Princesa! — gritou um dos meus guardas.

Embora eu apreciasse o sentimento, o pensamento que me veio à mente foi: "Que se dane!". Eu avancei em direção à mais próxima das duas grandes portas de vidro que davam acesso ao jardim a partir da galeria. Apesar da minha preferência por combates de espadas, eu saquei minha arma e a descarreguei nos invasores. Como todos estavam correndo em direção à segunda porta do lado oposto, mais próxima da ala sudeste, apenas um quarto deles, que estava para trás, se virou para nos encarar de frente.

Com minha unidade avançando à minha frente, eu suspeitei que os invasores não percebessem que seu alvo principal estava bem ali. Caso contrário, aqueles que continuassem dentro do prédio provavelmente teriam se virado para lutar contra nós. O maior número deles poderia nos colocar em uma posição difícil.

Nossos disparos atingiram alguns alvos, mas nenhum causou ferimentos fatais. Com o escudo erguido, eu corri em direção a um Sareniano que tentou usar sua voz vibrante contra mim. O tolo deveria saber que eu havia previsto isso. O disruptor integrado ao meu traje bloqueou efetivamente sua compulsão. Enfurecido, ele disparou em minha direção enquanto avançava. Obviamente, ele pretendia me atingir e esperava que eu cedesse à sua força superior.

Eu segurei meu escudo à minha frente, absorvendo seus golpes enquanto continuava a correr em sua direção. Atrás de mim, a voz em pânico de alguns guardas gritou para que eu recuasse. Eu os afastei da mente e me concentrei no meu oponente. No último segundo eu desviei para a direita enquanto girava. Fluindo com o movimento, eu bati meu escudo na lateral dele para desequilibrá-lo. Ele cambaleou para a frente, mas se recuperou brilhantemente.

Infelizmente para ele, não deu mais do que alguns passos antes de eu virar a cabeça em sua direção. Minha trança blindada voou em sua direção, a ponta se estendendo por mais dois metros antes de se enrolar em seu pescoço como um gancho. Um simples pensamento bastou para que a ligação neural da minha armadura executasse meu comando. Em uma fração de segundo, pontas de lâminas afiadas se projetaram brutalmente da trança blindada enrolada em seu pescoço, decapitando-o instantaneamente. Seu corpo caiu no chão com um baque abafado enquanto sua cabeça decepada rolava a uma curta distância, com seu rosto congelado em uma expressão atordoada.

Mas eu já estava em movimento.

A ponta estendida da minha trança foi reabsorvida de volta ao seu comprimento normal, com a lâmina em forma de adaga ainda pendurada na ponta. Eu mal tive tempo de erguer meu escudo à minha frente antes que um Sareniano diferente o golpeasse com força com sua espada. A força do golpe ressoou pelo meu braço. Sem o suporte adicional da minha armadura e seu efeito amortecedor de impacto, eu provavelmente estaria segurando meu braço e uivando de dor agora mesmo.

Em vez disso, eu dei um chute giratório no peito do meu oponente. Eu agarrei a base da lâmina na ponta da minha trança e a lancei às cegas como uma adaga onde ele teoricamente deveria estar enquanto se recuperava do meu golpe. O som delicioso da minha lâmina perfurando sua pele – amplificado pelo sistema auditivo do meu traje – foi seguido por seu grito agudo quando a lâmina se partiu em quatro pontas dentro dele, destruindo suas entranhas. No entanto, meia dúzia de tiros o explodiram em pedaços por trás, pondo um fim rápido à sua agonia.

Eu não precisei olhar além dele para saber que meus homens haviam eliminado a ameaça contra mim. Por um lado, eu queria ficar irritada por eles concentrarem seus esforços em me proteger em vez de eliminar os invasores. Por outro, eu entendia sua proteção instintiva. Suas mulheres não eram treinadas para combate, pois não eram geneticamente propensas à violência. Além disso, como minha Guarda Real, eles tinham o dever de me manter segura.

Com o tempo, eu queria acreditar que eles se sentiriam mais confortáveis com a minha capacidade de cuidar de mim mesma. Eu queria que me tratassem como seus outros companheiros de equipe:

confiassem que eu sabia o que estava fazendo, mas ainda me apoiassem quando necessário, assim como eu os apoiava.

Um grito selvagem atrás de mim anunciou a próxima ameaça. O Guldan, que me atacava com a arma erguida, cambaleou de repente, com sangue jorrando do nariz e das orelhas. Ele caiu de joelhos, segurando a cabeça com as duas mãos, e o rosto contorcido por uma dor excruciante. Um olhar rápido para a minha esquerda confirmou minhas suspeitas. A julgar pela intensidade com que Deliah encarava o Guldan, ela estava destruindo seu cérebro com ataques psiônicos. Com meu povo tão vulnerável a ataques psíquicos, o homem não tinha chance.

Como se tivesse lido o pensamento que essa constatação desencadeou em minha mente, Alred tentou usar sua compulsão em outro Guldan. Não funcionou. Embora decepcionada que meu disruptor ainda não estivesse funcionando, não me surpreendeu que o implante deles não neutralizasse ataques psiônicos. Sarenianos não possuíam essa habilidade. Com apenas dois Korletheanos ali – nenhum dos quais eram oficialmente Guerreiros – não fazia sentido que eles justificassem tais ataques. Isso também sugeria que possivelmente havia um conflito na capacidade do implante de neutralizar tanto o controle mental quanto ataques psiônicos. Eu precisaria investigar isso mais tarde.

Em uma série de golpes de espada, disparos e golpes físicos, minha unidade rapidamente despachou os poucos invasores que haviam ficado para trás. Nós atravessamos o jardim para perseguir os outros que haviam seguido em direção à ala sudeste.

Nós os alcançamos no meio de uma luta com uma pequena unidade da Guarda Imperial liderada por Marius. Espremidos entre nós, nossos inimigos não tiveram a menor chance. Nós os massacramos em um piscar de olhos.

— Onde está o Eldrin? — eu perguntei a Marius assim que a luta terminou.

— Ele está indo em direção aos aposentos do Imperador — ele respondeu, parecendo tenso antes de olhar para o fundo da sala.

Só então a interface do meu visor me mostrou um mapa de calor das pessoas amontoadas no canto, escondidas atrás de um escudo furtivo.

— Funcionários? — eu perguntei, gesticulando para o canto com o queixo.

— Sim, Princesa. São funcionários e hóspedes que estamos escoltando para um lugar seguro — ele respondeu.

— Prossiga — eu disse com um aceno firme antes de me virar para Alred, que estava ao meu lado — Vamos encontrar meu filho.

— Minha Rainha! — Marius disse em reconhecimento, seus olhos brilhando com uma determinação misturada com orgulho.

Em outras circunstâncias, eu me deleitaria com isso. Mas, por enquanto, tínhamos uma invasão para impedir.

Enquanto corríamos pelos corredores, não encontramos nenhum outro rebelde. No entanto, o céu do início da tarde parecia um espetáculo de fogos de artifício de pesadelo, enquanto nossas defesas terra-ar prosseguiam seus esforços para derrubar as naves estrangeiras que pareciam quase indestrutíveis. Alguns de nossos caças se juntaram à briga, assim como alguns perseguidores.

Pensamentos sobre Zerien me invadiram. Eu os reprimi, me recusando a me distrair ou a ceder ao medo. Lembrar a mim mesma que, não importa o que acontecesse hoje, ele sobreviveria àquele ataque me deu forças para continuar. Ainda assim, uma voz incômoda no fundo da minha cabeça continuava repetindo que sobreviver não significava que ele não suportaria dor e tortura atrozes antes de ser resgatado e se recuperar.

Memórias de como o traidor Deimos submeteu Keran à agonia de ser devorado vivo por dentro pelas larvas do Besouro Kranax ressurgiram. Se não fosse pela intervenção oportuna – embora extremamente improvável – de Gavin, Keran jamais teria sobrevivido ao encontro, e o destino de Braxia poderia ser bem diferente hoje.

Se aqueles traidores três vezes malditos infligissem algo remotamente parecido ao meu homem, não haveria fim para a agonia com a qual eu os recompensaria.

O som da batalha à minha frente me ajudou a afastar esses pensamentos sombrios. Eu ouvi suspiros assustados à distância enquanto nos aproximávamos ruidosamente. Um punhado de Guardas Imperiais veio correndo em nossa direção antes de parar, com alívio visível em suas feições ao nos reconhecerem. Provavelmente eles pensaram que éramos mais rebeldes se aproximando furtivamente por trás.

— Status? — eu perguntei ao Guerreiro responsável.

— Os rebeldes invadiram a Câmara das alas Comuns. O Imperador Nemrox está liderando a batalha lá — ele respondeu, parecendo um pouco nervoso — Ainda não conseguimos contatar o Príncipe Zerien ou qualquer uma das outras naves que partiram com ele no ataque.

— Siona! — exclamou a voz de Kaelin atrás do Guerreiro.

Eu estiquei o pescoço para olhar por cima do ombro dele e a vi correndo em minha direção, acompanhada de Jastira e do restante do Conselho de Zerien. Sua expressão esperançosa deu lugar a uma desolada quando ela me alcançou. Depois de mais uma rápida olhada ao redor, ela me encarou.

— Onde está o nosso bebê? — ela perguntou com uma mistura de desespero e raiva.

— Ele está na frente — eu respondi, apertando seu ombro de forma tranquilizadora — Estamos lutando para chegar até ele. Fique com os guardas enquanto ajudamos o Imperador a abrir caminho. Você sabe que não vou deixar que nada de mal aconteça ao nosso filho.

Ela piscou rapidamente para conter as lágrimas que lhe arderam nos olhos e assentiu em resposta, com a garganta provavelmente engasgada demais de emoção para falar. Eu a puxei para o meu abraço, e ela retribuiu com a energia do desespero, que fez meu peito apertar. Eu queria ficar mais tempo e confortá-la, mas os barulhos altos que saíam da Câmara das alas Comuns e as explosões contínuas lá fora deixaram claro quais eram nossas prioridades. Depois de um último aperto, eu beijei sua testa e gesticulei para que meus homens a seguissem.

CAPÍTULO 26
SIONA

Nós chegamos a uma das quatro entradas das alas Comuns pela junção sudeste. Campos de energia erguidos ao redor de cada ponto de acesso impediam a entrada ou saída de inimigos. Calibrados para reconhecer oficiais autorizados, pessoal e membros da Guarda Imperial – usando reconhecimento facial e a chave embutida em nossas braçadeiras – cada um de nós conseguiu atravessar o campo sem impedimentos.

O caos total nos recebeu ao entrar. Pelo menos cem rebeldes haviam invadido o vasto espaço. Cadáveres cobriam o piso de pedra clara que cercava a gigantesca árvore da vida que adornava o lado norte da sala. Atrás dela, através das janelas do chão ao teto, a batalha aérea continuava. Em frente à árvore, na outra extremidade da sala, mais batalhas aconteciam nas escadas semicirculares que emolduravam a sala. Elas levavam à galeria com vista para a Câmara das alas Comuns, onde eu havia passeado após minha tentativa de assassinato para provar a todos que estava a caminho da recuperação.

Mas meu sogro manteve minha atenção. O homem doce que eu sempre soube que ele era havia sumido. O olhar selvagem em seu rosto o fazia parecer possuído. Vê-lo agarrar um oponente pelo colarinho e arremessá-lo a alguns metros de distância como uma boneca de pano me tirou o fôlego. Eu já havia testemunhado a força fenomenal dos Braxianos, mas nunca imaginei que os esguios Sarenianos alcançassem esse nível – embora ainda inferior ao que os gigantes do meu mundo adotivo demonstravam.

Seus movimentos eram como um borrão de tão rápido que ele cortava e retalhava seus inimigos com sua espada. Um Guldan avançou contra ele, apenas para ter sua garganta arrancada por um único golpe das garras de Nemrox. Ele prosseguiu o movimento de sua mão para agarrar o chifre do acólito de sua vítima anterior e o puxou em sua direção. Movendo-se na velocidade de uma cobra atacando, Nemrox mordeu a bochecha direita de seu alvo. Durou apenas um segundo antes de jogá-lo para longe. A princípio, eu presumi que ele tivesse arrancado a carne do rosto. No entanto, a compreensão surgiu em mim quando vi o homem desabar no chão. Contorcendo-se e gritando, ele arranhava o rosto enquanto espumava pela boca.

Nemrox injetou nele uma dose letal de veneno com suas presas.

Eu ainda não conseguia ver Eldrin em lugar nenhum, mas até que repelíssemos os invasores, não teríamos como prosseguir. Sem hesitar, nós entramos na briga. Embora despachar os Guldans fosse fácil, lutar contra os rebeldes Sarenianos se mostrou muito mais complicado. Alguns deles usavam uniformes assustadoramente semelhantes aos da Guarda Imperial, sem dúvida para nos despistar.

Eu, pessoalmente, não tive problemas em identificá-los, pois a tela superior da interface do meu visor indicava claramente quem eram amigos ou inimigos, graças a um contorno avermelhado ao redor de suas silhuetas. Mas aquela mesma armadura Tuureana incrível também me denunciava instantaneamente. Muitos rebeldes tentaram localizar minha posição. Minha Guarda da Rainha e muitos outros Guardas Imperiais se aproximaram de mim. Logo, eu me vi lutando ao lado de Nemrox e Alred. Deliah permaneceu perto da entrada, atirando em nossos inimigos com sua arma, destruindo seus cérebros com seus ataques psíquicos e, ocasionalmente, travando combate físico com o cajado de lâmina que eu lhe emprestei antes.

Um rebelde Sareniano particularmente raivoso atacou Kolvar em uma série implacável de ataques selvagens com sua espada, colocando o Comandante na defensiva. Meu coração apertou quando notei outro rebelde se aproximando furtivamente por trás dele. Eu gritei seu nome em advertência, mas ele não me ouviu.

Presa lutando contra um Sareniano, eu não consegui ir até ele para ajudar. Eu desviei para a esquerda quando meu oponente desferiu um golpe com a espada que teria causado sérios danos ao meu ombro direito, e então o ataquei de volta com a minha própria espada para forçá-lo a recuar.

Ele se inclinou para trás, fingindo que recuaria, apenas para arrancar uma pequena faca do cinto de armas e jogá-la no meu rosto. Em circunstâncias normais, eu teria conseguido desviar por pouco. Mas, com a ajuda da conexão neural do meu traje, eu peguei a lâmina em pleno voo, girei e a arremessei com toda a minha força – reforçada pelo traje – contra o rebelde que se preparava para esfaquear o Comandante pelas costas.

A faca atingiu o olho direito do meu alvo. Seu grito de dor finalmente alertou Kolvar, que se virou, notou seu suposto assassino e disparou um tiro de curta distância em seu rosto. O tiro explodiu em uma chuva de sangue. Antes que seu agressor anterior pudesse aproveitar a oportunidade para acabar com o Comandante, Nemrox atacou. Ele agarrou o rebelde pelos cabelos e o puxou para baixo com toda a força, enquanto chutava a parte inferior de suas costas com a parte da frente da perna. O rebelde emitiu um grito estrangulado quando sua espinha se partiu ao meio.

Eu me virei para o meu agressor e vi Alred cortar o tendão de sua coxa. O Sareniano caiu sobre um joelho. Ele abriu a boca para gritar de dor, mas engolir meu tiro o silenciou para sempre.

Naquele momento, uma vibração no meu bracelete indicou que meu embaralhador havia concluído sua tarefa em vários implantes ao alcance. Nos próximos cinco minutos, aproximadamente, todos os implantes na sala deixariam de funcionar. E então, não haveria misericórdia...

Não que realmente fôssemos precisar disso, afinal.

A maré estava mudando rapidamente. Os rebeldes continuavam recuando, com a maioria deles agora encurralada no beco sem saída semicircular entre as duas escadarias da Câmara das alas Comuns. Alguns grupos de invasores estavam sendo empurrados para mais perto da outra saída do andar principal, no lado oeste da sala.

No momento em que avançávamos para exterminá-los, um som estridente acima de nós quase fez meu coração saltar do peito. Para meu horror, seis Guldans, parados na sacada com vista para a Câmara das alas Comuns, tiraram suas capas furtivas. O da frente, claramente o líder do pequeno grupo, segurava Eldrin pela nuca. Desse ângulo, eu não tinha certeza, mas ele parecia estar agarrando os cabelos na base do crânio do garoto. Na outra mão, ele segurava uma arma apontada para a cabeça de Eldrin.

Uma fúria incandescente percorreu minhas veias, pensando que ele ousaria machucar uma criança, ainda mais uma que realmente se tornou um filho para mim. Ao lado dele, Shandar – sua Matriarca – parecia completamente apavorada.

— Todos, afastem-se! — ele gritou — Afastem-se, ou eu mato o menino!

A batalha chegou ao fim, com tanto a Guarda Imperial quanto os rebeldes mantendo uma postura defensiva, prontos para retomar a batalha ao primeiro sinal de violência. No caso dos rebeldes, os poucos que ainda viviam estavam gravemente feridos. Embora tivessem parado, o olhar em seus olhos expressava claramente que não esperavam sair dali vivos.

Meu olhar se voltou para a direita, procurando por Killian, que lutava do lado oposto ao meu, junto com o Imperador. Nossos olhares se encontraram por um breve instante que pareceu uma eternidade. Eu não precisei de palavras para entender que aquele era o momento que ele previu. Eu olhei de volta para o Guldan enquanto as palavras do Vidente ecoavam em minha mente.

— Deixem-nos passar e sair do palácio, ou o garoto morre. Vocês venceram. Que isso seja o suficiente — o Guldan gritou.

No que eu considerei um gesto imprudente, mas instintivo, motivado por instinto maternal, Shandar investiu contra o Guldan em uma tentativa vã de arrancar a arma de sua mão. A pobre mulher mais velha obviamente não possuía as habilidades mais básicas de combate. O

Guldan rebateu a tentativa sem esforço antes de atacá-la com as costas da mão com tanta violência que soou como um trovão de onde eu estava. A Matriarca voou para trás, desabando pesadamente no chão, assustadoramente perto do topo da escada. Por um breve instante, eu temi que ela caísse escada abaixo. Mas ela simplesmente ficou lá inconsciente, de barriga para baixo, com um braço pendurado sobre os primeiros degraus.

Um chiado coletivo e rosnados enfurecidos ecoaram de todos os Sarenianos presentes, incluindo os rebeldes, ao verem a violência perpetrada contra uma mulher. Mas o som da fúria deles não abafou a voz de Eldrin.

— Shandar!! — Eldrin gritou.

Ele instintivamente tentou correr para o lado dela, mas foi violentamente puxado pelos cabelos.

Seu rostinho estremeceu de dor, e sua mão direita voou para a parte de trás de sua cabeça.

— Fique parado, seu vermezinho! — gritou o Guldan.

Em vez das lágrimas e da angústia que eu naturalmente esperaria de uma criança tão pequena, Eldrin não se encolheu. Apesar da dor causada pela força com que seu captor apertava seus cabelos, o menino olhou para ele, seus olhos azul-prateados ardendo de ódio.

— Você vai morrer por isso — Eldrin sibilou.

Enfurecido, o filho de um krillik levantou o punho, claramente com a intenção de golpear o garoto.

— Libertem meu neto! — Nemrox rugiu com tanta fúria e poder que eu quase conseguia sentir o chão vibrando sob meus pés.

Isso assustou o Guldan, parando-o no meio do caminho. Ele congelou, seu olhar se fixando no do Imperador. Ele engoliu em seco, um medo profundo se apoderando de suas feições ao perceber o quanto estava piorando a própria situação. A julgar pela maneira como seus outros cinco companheiros se moviam inquietos atrás dele, eles também entendiam que ele estava arruinando a tênue chance que ainda tinham de sair dali.

Ele abaixou o punho e lambeu os lábios nervosamente. Seus olhos se moviam de um lado para o outro, buscando a saída mais rápida para a situação atual. O tolo era a personificação de um animal encurralado que não havia percebido que não haveria escapatória.

— Vamos embora e você pode ter o menino de volta.

— É a mim que você quer, não a ele — eu interrompi, dando um passo à frente.

— Princesa! — Alred sussurrou em tom de desaprovação.

Eu pressionei a palma da mão na lateral do seu braço em um gesto apaziguador, meus olhos ainda fixos no homem que eu ansiava por massacrar.

Seus olhos brilharam — Siona Siddik... Viu só todas as mortes que você causou? — ele perguntou, acenando com a mão que segurava a arma em direção às pilhas de corpos espalhadas pelo chão.

— Eu não causei nada — eu retruquei em um tom desafiador e cheio de desprezo — Vocês causaram. Vocês forçaram caminho onde não eram desejados para tentar impor uma aliança que foi rejeitada inúmeras vezes e que continuará sendo para sempre. E agora, vocês vão morrer.

Ele empalideceu, mas continuou tentando se mostrar corajoso — Caso não tenha notado, nós temos o herdeiro do trono, e seu Príncipe Zerien é nosso prisioneiro.

Embora eu suspeitasse que esse pudesse ser o caso, ter a confirmação me atingiu profundamente. Eu precisei de toda a minha força de vontade para manter uma expressão neutra, beirando a indiferença.

— E daí? — eu perguntei, dando de ombros — Nosso Vidente confirmou que meu companheiro sobrevive a essa confusão. O mesmo não pode ser dito de você.

— Mas o menino...

— Caso tenha esquecido, eu sou Guldan — eu disse bruscamente, o interrompendo — Desde quando as mulheres Guldans se importam com os descendentes que seus companheiros geraram com outra? Você não sabe como minha avó abandonou meu pai – seu próprio filho nascido de seu corpo – quando seu primeiro marido a repudiou? Por que eu deveria me importar com esse garoto? Esse suposto usurpador? Meu descendente se sentará no trono depois de Zerien. Não ele! — eu acrescentei com um gesto de desprezo em direção a Eldrin.

Olhares chocados e indignados da Guarda Imperial e dos rebeldes Sarenianos receberam minhas palavras. Eu os ignorei, concentrando em meu inimigo. Só me restava rezar para que meu filho não acreditasse nas minhas palavras. Naquele instante, eu agradeci silenciosamente à Deusa por ter insistido que Killian revelasse o que estava escondendo antes. Embora perturbados com minhas palavras, Nemrox, Alred e Kolvar não interferiram, pois sabiam que eu deveria dizê-las.

— Você está blefando! — gritou o Guldan, com medo e dúvida audíveis em sua voz.

— Não, seu canalha. Você está — eu disse com todo o desprezo que consegui reunir — No momento em que você o matar, estará morto. Então vá em frente, fique à vontade. Eu te desafio a matá-lo.

— Princesa! — Kolvar exclamou, escandalizado.

Eu levantei o braço como se quisesse pedir silêncio, depois girei o pulso levemente para mostrar-lhe minha braçadeira, no que eu esperava que soasse como um gesto discreto e indiferente para os rebeldes. Algumas respirações bruscas – felizmente discretas o suficiente – marcaram o momento em que a Guarda Imperial e seu Comandante finalmente entenderam. A qualquer segundo, os implantes seriam desativados.

— Os Guldans gostam de se gabar de sua superioridade tecnológica e intelectual, e mesmo assim você e seus semelhantes continuam nos subestimando. Quantas vezes vocês terão que fracassar contra os Braxianos e Sarenianos para aprenderem seu lugar e nos deixarem em paz? — eu rosnei — Ninguém gosta de vocês. Ninguém quer uma aliança com vocês. Seja qual for a tecnologia que tentarem nos lançar, nós a derrotaremos.

— Nossas naves lá fora...

— Serão derrubadas, como todos vocês — eu disse, o interrompendo novamente.

Quando eu estava prestes a provocá-lo ainda mais, o som abençoado dos nossos bipes coletivos finalmente disparou.

— Eldrin, você conhece esse som! — eu gritei.

— O quê...?! — disse o Guldan, o medo quase o paralisando no lugar.

Um sorriso selvagem se instalou no rosto do garoto, tão idêntico ao do pai. Sem hesitar, ele olhou para seu captor por cima do ombro.

— *Solte-me e atire com sua mão direita* — Eldrin ordenou antes que seus olhos brilhassem.

Horrorizados, os Guldans não tiveram escolha a não ser obedecer à ordem. Então, tudo pareceu acontecer de uma só vez. Os rebeldes lançaram um ataque desesperado, apenas para serem dominados pela Guarda Imperial.

Eldrin correu em direção à escada, mas os cinco Guldans que cercavam seu captor, agora ferido, tentaram segurá-lo. Para meu horror, o garoto apoiou uma das mãos no corrimão e pulou sem esforço. Eu gritei seu nome enquanto ele despencava os cinco metros até o chão. O tempo pareceu se reduzir a um fio d'água enquanto eu corria em direção ao local onde ele cairia. Ao meu redor, as pessoas lutavam novamente. Os Guldans na sacada – por despeito e desespero – começaram a atirar em mim, um deles atirando uma adaga.

Eu rolei para fora do caminho, o que também me desviou para longe demais do caminho de Eldrin. Sem pensar, eu girei a cabeça, a trança blindada se estendendo como um laço para envolver sua cintura. Segundos antes de puxá-lo em minha direção – e menos de um metro antes dele cair no chão – os nanites do meu traje engrossaram em volta do meu pescoço e coluna, fortalecendo seu suporte para me proteger de danos. Ainda doía, mas eu não me importava.

O pequeno corpo de Eldrin quase colidiu com o meu quando o abracei. Levada pela força do impacto, eu deslizei de joelhos no chão, enquanto ativava o escudo protetor da minha armadura. Nós giramos no chão enquanto tiros caíam sobre nós. Parecia que durou uma eternidade, quando na verdade meros segundos haviam se passado desde o bipe.

A Guarda Imperial formou um muro de proteção atrás de nós e liberou sua ira sobre os rebeldes restantes no andar térreo.

Assim que paramos de girar, eu soltei Eldrin do meu abraço e, segurando-o pelos dois braços, o examinei da cabeça aos pés.

— Você está bem, querido? Ele te machucou? — eu exclamei.

— Eu estou bem, *Massi*. Eu sabia que você me salvaria! — ele disse, com os olhos brilhando de amor.

Meu coração derreteu, e uma emoção forte quase me sufocou. Eu beijei sua testa e lhe dei um abraço apertado, que ele retribuiu.

— ELDRIN!

Eu olhei para cima e vi Kaelin correndo em nossa direção com dois guardas tentando segurá-la.

— Mamãe! — Eldrin gritou.

Eu o soltei e observei correr em direção à mãe. Outra onda de emoções me invadiu ao ver o quadro comovente da mãe e do filho reunidos. Levantando-me, eu me virei ao som dos gritos de Guldans. Os Guardas Imperiais se separaram para me deixar passar.

Killian estava ajoelhado ao lado de Shandar, ajudando a mulher mais velha, que parecia estar recuperando a consciência. Ao redor deles, os outros cinco Guldans jaziam, mortos ou desmaiados. Mas foi Alred quem prendeu minha atenção. Segurando-o pelo chifre esquerdo, ele arrastava o Guldan escada abaixo, de barriga para baixo.

Com uma aparência mais selvagem do que nunca, Nemrox marchou em direção a eles com um rosnado no rosto e as garras para fora, prontas para rasgar e dilacerar. Ele era terrivelmente magnífico.

— Espere! — eu exclamei, correndo em sua direção — Esse é meu! Por favor... — eu acrescentei quando Nemrox mostrou as presas para mim.

Como todo o seu povo, o Imperador lutava contra a natureza selvagem e a fúria sanguinária que os Korletheanos infligiram à sua espécie por meio de seus experimentos. Naquele instante, eu o vi pela primeira vez tentando controlá-la. Em todos os anos em que o conheci, Nemrox fez um trabalho tão maravilhoso em manter seu estoicismo que eu literalmente fui levada a pensar que ele não era tão vulnerável a essa praga quanto os outros.

Seus olhos estavam levemente vidrados, daquele jeito que eu reconheci em Zerien sempre que ele invocava seu *kaa* para controlar sua fúria. Depois de mais alguns segundos, e apesar de suas presas ainda estarem à mostra, Nemrox assentiu com firmeza.

— Obrigada — eu disse com sincera gratidão.

Por direito, essa morte deveria ser sua, pois eles invadiram e danificaram seu palácio, ameaçaram a vida de seu neto e mataram muitos de seus guerreiros. Como Imperador de Sarenia, esse ataque foi uma afronta direta a ele.

Alred arrastou o Guldan para a minha frente e puxou sua cabeça pelo chifre para que ele se ajoelhasse diante de mim.

— Por quê? — ele perguntou, segurando o cotoco ensanguentado contra o peito — Por que salvar o desgraçado? Ele não é seu sangue. Ele é um usurpador do seu próprio herdeiro!

— Seu idiota estúpido — eu disse, balançando a cabeça com desdém — Minha genética pode ser Guldan, mas minha criação é Braxiana, e meu novo povo é Sareniano. Enquanto você permanecer preso em seu modo estúpido de pensar, continuará fracassando. Eu não sou a mãe de Eldrin, mas sou a *Massi* dele. E ninguém se mete com o meu filho! Que toda a sua casa e linhagem apodreçam por toda a eternidade no covil de Gharah. Não haverá honra nem futuro para você.

Com isso, eu agarrei a ponta afiada da minha trança e a esfaqueei em seu olho direito. A lâmina se partiu em quatro, despedaçando seu cérebro, com as pontas perfurando o crânio. Ele morreu com um som de susto, quase como um soluço. A lâmina se fechou novamente em uma única lâmina, e eu a puxei de volta.

Os silvos de aprovação dos Sarenianos ecoavam ao meu redor. Embora soassem quase como gatos raivosos, era como música para os meus ouvidos. Muitos homens ajeitaram as virilhas, excitados pela violência. Por mais que tenha me espantado na primeira vez que eu presenciei aquilo, agora parecia uma medalha de honra.

— Meu Imperador, as naves rebeldes estão recuando. O que devemos fazer com esses outros traidores? — Kolvar perguntou, acenando para o punhado de rebeldes subjugados.

— Pergunte à sua Rainha — Nemrox respondeu como se fosse óbvio, antes de se virar para mim, com a expressão paternal retornando apesar do lado selvagem que ainda lhe restava — Há mais alguém que você queira reivindicar, Filha?

Calor e profunda afeição preencheram meu coração pelo Imperador. Com a coroação iminente, ele vinha delegando constantemente a

Zerien e a mim, nos estabelecendo como seus legítimos futuros governantes e com a autoridade que isso acarretava. A abnegação com que
ele renunciou ao poder dizia muito sobre o quão honrado ele era para
seu povo.

— Não, pai — eu disse carinhosamente antes de olhar para Kolvar
— Você pode matar todos os Guldans, mas mantenha os rebeldes Sarenianos para interrogatório. Precisamos nos certificar de erradicar qualquer outro aliado restante. Mande alguns de nossa frota rastrear e
abater as naves rebeldes.

— Minha Rainha — Kolvar respondeu com uma deferência que eu
nunca havia visto nele antes.

Para meu choque, ele acariciou meu braço antes de se virar para
mandar os rebeldes para a masmorra. Forçando-me a me concentrar na
tarefa em questão, eu encarei Marius, o Guarda Imperial que liderava a
unidade que protegia o Conselho.

— Marius, escolte o Conselho e o Príncipe para um lugar seguro.
Leve quantos homens precisar. Vigie-os até termos a confirmação de
que o palácio está totalmente seguro novamente — eu disse.

— Com a minha vida, minha Rainha — Marius disse firmemente
antes de acariciar meu ombro.

Minha garganta apertou e eu pisquei para conter as lágrimas que
ameaçavam brotar dos meus olhos. Não era hora de me desesperar de
alegria por finalmente ser aceita pelo meu novo povo. Eu me virei para
o meu sogro, com a cabeça girando enquanto tentava decidir o que
fazer.

— Se você proteger o palácio e o Serail, eu posso ir atrás de Zerien
— eu disse, antes de lançar um olhar questionador para Deliah.

Seus olhos ficaram vidrados enquanto ela sondava rapidamente o
futuro. A Oráculo piscou e então voltou a se concentrar em mim.

— Esse é de fato um dos muitos caminhos viáveis — ela disse
cuidadosamente — Mas há outro que predomina.

Eu franzi a testa, sem saber o que pensar daquela resposta — Você
está dizendo que eu não deveria ir?

Ela hesitou — Siga seus instintos, Princesa. Confie em si mesma
— ela respondeu, naquele tom irritantemente evasivo.

— Vá buscar seu companheiro — Nemrox disse, parecendo tão irritado quanto eu — Eu cuido do palácio.

Eu assenti com gratidão e me virei para falar com Alred, mas a voz de Jastira me interrompeu.

— Minha Rainha! — ela gritou.

Eu virei a cabeça para a direita e a encarei, chocada. Ela estava parada ao lado de Kaelin, com a mão esquerda no ombro de Eldrin, que estava espremido entre as duas mulheres. A ternura em seus olhos me deixou perplexa. Desde a minha chegada a Sarenia, minha cunhada só me lançava olhares frios, avaliadores e indiferentes.

— Por favor, traga meu irmão de volta em segurança — Jastira disse suavemente.

— Eu irei — eu prometi, aliviada pelas palavras terem saído apesar da minha garganta apertada.

Seu sorriso agradecido mexeu com a minha cabeça. Eu retribuí o sorriso e olhei para o chefe da minha Guarda da Rainha.

— Por favor, reúna nossos homens e vamos para o hangar das naves — eu disse a ele.

— Imediatamente, minha Rainha — Alred respondeu, antes de acariciar minha bochecha.

CAPÍTULO 27
ZERIEN

Eu não esperei que nossas outras naves fossem libertadas para ordenar que Drade nos colocasse no ar. Mesmo que os guardas que tripulavam aquelas naves percebessem que algo estava errado, eles não seriam uma ameaça significativa o suficiente para nos impedir de abatê-los. Mas com Dread a caminho do palácio, eu não podia adiar mais.

Eu abri um canal para o comunicador de Faolen. Como na primeira vez que visitamos o Santuário, ele estava viajando secretamente sozinho, mas desta vez para um ponto de encontro rebelde diferente. O alívio me inundou quando a conexão foi estabelecida com sucesso. Eu contei a ele um breve resumo do que havia acontecido ali.

— Qual é o seu status? — eu perguntei a Faolen enquanto nossa nave decolava. Drade imediatamente ativou nosso modo furtivo.

— As equipes aqui tiveram o mesmo destino que vocês — Faolen respondeu pelo comunicador — Os rebeldes tinham apenas duas naves estrangeiras. Assim que trancaram nossos homens no brigue, eles decolaram. A julgar pela direção geral do voo, presumo que estejam indo para o palácio. Infelizmente, todas as comunicações lá também estão bloqueadas para nós.

— Você precisa libertar nossos homens para que eles possam se juntar a nós no palácio — eu disse firmemente.

— Devo usar o embaralhador na intensidade máxima?

Eu reprimi meu desejo instintivo de dizer sim. Considerando a dor persistente que eu sentia na cabeça, especialmente atrás dos olhos, usá-lo nos meus homens era muito arriscado. Apressar a libertação deles não ajudaria ninguém se a explosão ultrassônica lhes causasse uma lesão cerebral grave.

Mesmo que ele não pudesse me ver, eu balancei a cabeça — É melhor esperar os dez ou vinte minutos extras necessários para desativar com segurança os implantes dos rebeldes do que correr o risco de ferir nossos homens.

— Concordo — Faolen respondeu — Eu também poderia me infiltrar nas naves e realizar um ataque furtivo. Pelos meus scanners, eles deixaram apenas um ou dois guardas em cada nave. Eles não anularam as travas biológicas das naves, então ainda posso abordá-los sem problemas. Estou confiante de que posso eliminá-los.

— Então prossiga, mas seja cauteloso. Não corra riscos desnecessários — eu disse — Se tiver sucesso, vá para o próximo local e liberte nossa frota restante. Mas antes de tentar se infiltrar, tente ativar remotamente os decodificadores dos nossos homens, se eles não bloquearam as comunicações por lá.

— Entendido — Faolen disse.

Nós encerramos a conversa e eu voltei meu foco para a fuga interminável até o palácio. A raiva fervilhava dentro de mim por minha completa incapacidade de me comunicar com alguém nas proximidades. Como eles conseguiram esse confinamento total sem que víssemos a sabotagem? É verdade que eles pareciam possuir o tipo de tecnologia que rivalizava com as Veredianas, uma das espécies mais avançadas da galáxia. Mas, a menos que bombardeassem vários locais ao mesmo tempo, não havia como desligar tudo como se acionasse um interruptor.

Eu não queria imaginar o pior, mas minha mente continuava voltando para minha companheira e para o fato de que Dread estava a caminho para matá-la. Apesar dos formidáveis Guerreiros que cercariam Siona e arriscariam suas vidas para salvar a dela, e embora ela fosse uma Guerreira fenomenal por mérito próprio, no caos e na desordem da batalha, não demora muito para que as coisas tomem um rumo trágico.

A fumaça e as luzes dos mísseis ao longe afastaram esses pensamentos sombrios da minha mente. Eu me endireitei no assento, a tensão endurecendo minha espinha enquanto os contornos imponentes de várias naves Draylianas ganhavam destaque à medida que nos aproximávamos.

— Todos aos postos de batalha — eu ordenei, abrindo a interface de combate do assento de capitão que eu ocupava no momento.

O controle se ergueu do braço da minha cadeira enquanto uma viseira holográfica se projetava do apoio de cabeça, circulando meu rosto pelo lado direito para formar uma tela diante dos meus olhos. Ela aprimorava a visão externa, ao mesmo tempo em que me fornecia miras e outras informações táticas sobre qualquer coisa que eu focasse com meu controle.

Meu estômago deu um nó quando eu notei como as naves Draylianas pairavam em posições estratégicas sobre cada uma das quatro alas do palácio. Perceber que uma nave adicional havia se juntado à nave acima da ala residencial onde minha própria residência estava localizada fez meu sangue gelar.

Por reflexo, eu fiz uma tentativa inútil de contatar o palácio novamente. Em desespero, eu usei minha fala ultrassônica para tentar alcançá-los. Embora não fosse tão bem transmitida pelo ar quanto debaixo d'água, os ultrassons atravessavam o metal. É verdade que uma quantidade excessiva geraria calor que poderia ameaçar a integridade do metal, mas o calor da fala seria mínimo demais para representar qualquer tipo de perigo.

Meu coração apertou quando o display tático do meu visor holográfico mostrou que o sinal estava se degradando segundos depois de eu emiti-lo. Seja qual for o tipo de ruído de alta frequência que aqueles filhos da mãe estavam usando para bloquear o comunicador do palácio, também estava bloqueando meu sinal ultrassônico.

À medida que nos aproximávamos, eu observei horrorizado o que inicialmente imaginei serem mísseis gigantes lançados perto dos jardins residenciais, mas que se revelaram como algum tipo de toupeira. Brocas giratórias saíram de suas pontas momentos antes de atingirem o solo e imediatamente começaram a se enterrar profundamente. As defesas terra-ar do palácio conseguiram destruir algumas delas em pleno voo, mas pelo menos duas delas – talvez até mais – conseguiram passar.

Por direito, as naves inimigas jamais deveriam ter chegado ao espaço aéreo restrito que cercava o palácio. Por que nossas torres demoraram tanto para entrar em ação? Mesmo com seus escudos furtivos enganando nossos scanners, as três camadas de escudos de detecção a distâncias cada vez maiores do palácio teriam detectado qualquer coisa que passasse por elas, mesmo camuflada. Isso só poderia significar que alguém havia adulterado nossos sistemas de defesa para que ignorassem aquelas naves intrusas, ou que a tecnologia Drayliana estava realmente além de qualquer coisa para a qual qualquer um de nós estivesse preparado.

Meu instinto disse que a primeira opção era a resposta.

Afinal, com seus poderes de imitação, Dread e qualquer outra pessoa com suas habilidades poderiam ter feito muitas coisas prejudiciais antes de aumentarmos nossas medidas de segurança.

Quando finalmente chegamos perto o suficiente para enfrentar as naves invasoras, todas elas lançaram seus ataques simultaneamente. Antes, elas apenas pairavam ali, liberando aquelas toupeiras. Agora, elas disparavam algo que não conseguíamos ver. Um clarão no ponto de saída dos lançadores de suas naves indicava de onde vinha o ataque. Então, o ar ficou turvo e as torres de defesa terra-ar do palácio silenciaram.

Meu cérebro congelou quando uma onda de naves partiu das naves Draylianas para pousar nos jardins e em qualquer área aberta ao redor do palácio sem impedimentos.

— Canhões de pulso — eu sussurrei com uma compreensão repentina antes de gritar pelo comunicador — Eles estão desativando nossas torres de defesa. Atirem nesses malditos canhões de pulso abaixo daquelas naves. Acabem com eles agora!

Nossos mísseis e torpedos fotônicos atingiram ineficazmente os escudos defensivos das naves Draylianas. Para minha consternação, minha demonstração tática não indicou o menor dano em sua integridade. Foi como jogar água em uma parede de pedra.

Pelo sangue de Gharah! Que porra de tecnologia era essa? Como iríamos derrotá-los se nossas armas eram inúteis contra eles, enquanto a tecnologia deles desabilitava sem esforço nossas defesas e nossas comunicações?!

Para meu alívio, nossos caças deixaram o hangar para se juntar à batalha. Alguns deles voltaram sua atenção para as naves que pousavam ao redor do palácio para descarregar suas tropas. Os outros se juntaram aos nossos esforços para combater as naves maiores. Tudo em mim queria pular em uma nave só minha e descer ao palácio para lutar contra os inimigos em terra. Mas eu era necessário no ar para tentar eliminar essa ameaça maior.

Eu tinha que me lembrar de que o palácio estava repleto de Guardas Imperiais. Meu pai, que era o Guerreiro mais selvagem e destemido do nosso povo, também protegeria minha companheira, sem mencionar o fato de que ela própria era uma lutadora excepcional. Com sorte, Siona, meu filho e as mulheres dos nossos Conselhos já estariam em segurança dentro de um dos bunkers.

Mas e as toupeiras?

Eu não duvidei que o propósito delas fosse destruir ou trazer algum tipo de carga terrível para as instalações subterrâneas protegidas. Elas foram construídas para resistir a quase qualquer tipo de ataque. Eu não me preocupei com aquelas toupeiras perfurando as paredes defensivas dos bunkers. O que me assustava eram os danos que elas poderiam causar aos túneis que levavam até eles.

Uma onda de raiva impotente me percorreu enquanto eu continuava descarregando torpedos de fótons nos caças Draylianos. Ainda sem efeito algum... À medida que o desespero se instalava, eu não pude deixar de me perguntar em qual nave estaria Dread. Teria ele ido para o subsolo para se infiltrar no palácio?

Para minha surpresa, as naves Draylianas dispararam aqueles canhões de pulso novamente, mas desta vez contra os caças. Meu coração apertou quando a energia acabou imediatamente e nossas naves fizeram um pouso forçado. Felizmente, nossos pilotos experientes não caíram, mas o fato de estarem em terra os tirou da batalha. Uma onda de confusão me invadiu quando os caças intrusos dispararam seus pulsos novamente contra nossas defesas terra-ar.

Por que eles fariam isso?

Eu fiquei de queixo caído quando uma compreensão repentina me ocorreu. Eles tiveram que disparar seus pulsos novamente porque o efeito era temporário! Se minhas suposições estivessem corretas, o pulso basicamente "atordoava" seu alvo, deixando seus sistemas fora do ar, algo como uma versão mais leve de um pulso eletromagnético. Eles renovavam seus ataques sempre que estivéssemos prestes a restaurar nossos sistemas.

— Precisamos bloquear seus pulsos — eu disse à minha equipe.

— Mas como? — Naax perguntou.

Um pensamento me ocorreu — Experimente um raio trator invertido nos canhões deles — eu ordenei.

Sem hesitar, Naax obedeceu. Eu prendi a respiração quando o feixe foi disparado em direção aos canhões de pulso. O clarão indicando que a nave Drayliana disparava outro pulso foi seguido pelo borrão de sempre. Um rugido vitorioso escapou de todos nós quando o borrão rapidamente desapareceu ao longo do feixe.

— Aumente até a intensidade máxima — eu ordenei com emoção na voz.

Era uma ideia maluca, mas valia a pena tentar. Mais uma vez, Naax obedeceu. Desta vez, o pulso seguinte nem sequer se deslocou alguns metros para fora do escudo protetor da nave. Parecia que ele havia atingido uma parede e ricocheteado, atingindo seu próprio canhão. As luzes ao redor do canhão piscavam como se aquela parte da nave Drayliana estivesse sofrendo curtos-circuitos.

— Está funcionando! — Drade exclamou — Também danificou um pouco o escudo deles naquela área!

— Concentrem nossos raios nos canhões mais próximos do sistema de propulsão — eu disse, entusiasmado — Precisamos que nossos caças usem seus raios tratores nos outros canhões dos perseguidores Draylianos.

— Nossas comunicações ainda estão inativas — Naax disse, se desculpando.

Eu rosnei de frustração enquanto olhava para os nossos caças incapacitados no chão. Para minha surpresa, um dos primeiros a realizar um pouso forçado após ser atingido por um pulso Drayliano voltou à vida. Suas luzes piscaram algumas vezes, indicando que todos os sistemas estavam voltando a funcionar, e então o piloto alçou voo para retomar a batalha.

Luzes piscando!!

— Naax, use o Código de Luz Sequencial para informar nossos caças sobre nossa estratégia de raio trator — eu exclamei.

Os olhos do meu guarda-costas brilharam, e sua empolgação rapidamente foi substituída por preocupação — Nossos inimigos podem conseguir ler... principalmente os rebeldes Sarenianos.

Eu acenei com a mão, o dispensando — É um risco que precisamos correr. Precisamos forçar essas naves a se afastarem do palácio. Só os Ancestrais sabem quais outras armas eles pretendem usar se seus planos falharem. E se minhas suspeitas estiverem certas, eles estão emitindo o sinal de interrupção que atualmente bloqueia nossas comunicações.

— Entendido — Naax respondeu.

Uma onda de orgulho cresceu profundamente em nós quando os caças mais próximos rapidamente notaram e agiram de acordo com nossa mensagem. O SLC era um método básico de mensagem utilizando pontos coloridos – um breve piscar de luz – e traços – uma exibição mais longa dessa luz – para formar letras ou palavras. Naax só precisou enviar a mensagem duas vezes para que os primeiros caças a percebessem e se juntassem à briga. Rapidamente, os outros perceberam e começaram a mirar nos outros perseguidores Draylianos próximos.

Em minutos, todo o nosso sistema de defesa terra-ar foi reativado.

Em pouco tempo, eles foram forçados a parar de usar seus canhões de pulso ou arriscar a própria autodestruição, já que o raio trator reverso sobre eles enfraquecia cada vez mais o casco de suas naves. Para minha surpresa, eles retaliaram usando contramedidas mais agressivas contra nossas naves. Enquanto antes eles tentavam apenas nos incapacitar, agora buscavam infligir o tipo de dano que não necessariamente destruiria nossas naves, mas as deixaria permanentemente fora de serviço pelo resto da batalha.

Assim começou um jogo de provocação e esquiva que rapidamente forçou as naves Draylianas a realizar manobras evasivas para proteger seus pontos cada vez mais vulneráveis. Enquanto a perseguia, meu peito se apertou ao ver os danos sofridos pelo palácio, mas, mais importante, a quantidade de cadáveres espalhados pelos jardins. Desse ponto de vista, eu não sabia dizer com certeza quantos pertenciam ao nosso povo e quantos pertenciam aos rebeldes. O traje que eles usavam parecia muito com o uniforme da Guarda Imperial.

— Meu Príncipe, duas naves da nossa frota estão se aproximando! — Drade exclamou.

Meu coração disparou ao ver que as primeiras naves entre as unidades que se juntaram a mim para o ataque esta manhã estavam retornando. Isso só podia significar que Faolen havia cumprido sua missão. Apesar da nossa contínua incapacidade de comunicação, eles rapidamente entenderam o que estávamos fazendo e uniram seus esforços aos nossos.

Com nosso alvo atual em fuga, nós deixamos nossos caças para mantê-lo à distância e mudamos nosso foco para outro, que seguia direto para os jardins sudeste. Nossos scanners indicavam que seu escudo estava à beira do colapso. Assim que entramos na briga, a nave miserável vomitou várias naves auxiliares, que se espalharam por diferentes seções do palácio já invadidas. Nossos esforços para abatê-las foram impedidos por uma segunda nave Drayliana que interferia. Nós só conseguimos destruir duas delas antes que as outras pousassem.

— Galeus, assuma o comando e derrote aquelas naves — eu disse de repente a um dos Guerreiros no meu perseguidor, enquanto desativava o visor tático da minha cadeira — Drade, Naax, venham comigo. Vamos levar um ônibus espacial para a superfície.

Eu não esperei por nenhuma das respostas. Levantando-me com

um salto, eu corri para o hangar da nave auxiliar do nosso perseguidor de batalha. Com meus guardas em meu encalço, nós embarcamos em uma nave auxiliar e voamos para um dos jardins atrás dos rebeldes que acabavam de desembarcar. Mais quatro homens nos seguiram, sem dúvida a pedido silencioso de Drade. Como chefe da minha segurança, ele frequentemente fazia tais ligações para garantir minha segurança quando minhas próprias decisões eram consideradas imprudentes.

O orgulho tomou conta do meu coração quando nossos caças e perseguidores imediatamente se moveram para cobrir nossa nave, mantendo as naves inimigas em movimento para que não pudessem nos atingir. Eu nem me dei ao trabalho de sentar no banco do passageiro e, em vez disso, fiquei perto da porta, com minha arma em punho. Pela janela, eu observei duas das naves pousarem no jardim. No entanto, apesar de suas rampas terem baixado, eu não vi um único Guerreiro sair das naves.

Eles estão usando escudos furtivos!

Momentos antes de pousarmos, eu já estava abaixando nossa própria rampa. Assim que a porta se abriu, eu pulei para fora.

Os palavrões murmurados por Drade atrás de mim demonstravam sua irritação com a minha impaciência. Normalmente, ele ou Naax deveriam liderar o ataque para bloquear ou desviar qualquer ataque. Mas uma crescente sensação de desconforto que eu não conseguia explicar gritava para que eu me apressasse. No fundo da minha alma, meu instinto dizia que, se eu não interviesse agora, tudo estaria perdido.

Impulsos instintivos tão poderosos raramente me ocorriam. Mas sempre que ocorriam, ouvi-los evitava grandes desastres. Com tanta coisa em jogo, eu não ignoraria esse impulso.

Para meu alívio, enquanto corríamos a curta distância no jardim até a galeria sudeste, eu finalmente consegui ver que a maioria dos mortos pertencia aos rebeldes. Raiva e ódio ainda enchiam meu coração ao ver o punhado de homens bons da Guarda Imperial que haviam dado suas vidas para proteger o palácio. Os responsáveis pagariam.

Embora tivessem alguns minutos de vantagem sobre nós, os rebeldes infiltrados não podiam ter ido muito longe. Por mais que eu quisesse me aproximar deles discretamente, a sensação de urgência que me consumia exigiu que eu jogasse toda a cautela ao vento e corresse atrás deles o mais rápido possível. Para minha consternação, meu scanner de curto alcance não detectou nenhum intruso enquanto corríamos em direção à Praça das alas Comuns, onde a batalha parecia estar concentrada.

Com o comando de voz, eu ativei a armadilha de partículas ao longo da galeria que levava à ala central do palácio. Essa era uma tecnologia de defesa genial, desenvolvida por alguns de nossos cientistas. Sopradores especiais, dissimulados dentro dos sistemas de ventilação, liberavam minúsculas partículas invisíveis a olho nu e ignoradas pela maioria dos scanners, considerando-as nada mais do que poeira. No entanto, o design inteligente as tornava visíveis para nós ao mudarmos nossa visão, como quando tentávamos ver a alma de alguém.

Nós corremos pelo primeiro cruzamento da galeria e depois pelo segundo sem encontrar ninguém. Por um breve instante, eu me perguntei se estávamos indo na direção errada. Mas não fazia sentido eles correrem mais para a ala sudeste, pois não haveria nada de valor lá, especialmente minha companheira e meu filho.

Silenciando as dúvidas insidiosas que ameaçavam me desviar do caminho que eu acreditava, em um nível visceral, que deveria seguir, eu segui em frente. Cada passo sem encontrar nenhum intruso minava minha determinação.

E então eu os vi.

Na sala das estátuas – que consistia em apenas duas grandes alcovas de cada lado do amplo corredor, formando um espaço mais amplo onde esculturas de antigos heróis Sarenianos estavam em exposição – silhuetas vagas surgiram à distância. Eu fiz um gesto para que meus homens diminuíssem o ritmo e ficassem em silêncio. Através da nossa visão distorcida, parecia que pó mágico havia sido espalhado sobre a silhueta fantasmagórica das pessoas. Nós conseguíamos ver através delas, mas também para qual direção estavam voltadas e quais gestos realizavam.

Eu contei rapidamente doze rebeldes – quase o dobro do nosso número. Mas meu instinto me dizia que havia mais alguns à frente. Eles avançavam furtivamente em direção à Câmara das alas Comuns. Movendo-nos o mais rápido possível sem chamar a atenção deles, nós reduzimos a distância até eles para garantir que não pudessem escapar quando atacássemos.

Em vez de me sentir saciado, agora que nossa presa estava ao meu alcance, a sensação de urgência que eu sentia aumentou exponencialmente. Em circunstâncias normais, eu teria esperado um pouco mais para chegar ainda mais perto, mas eu cedi ao meu instinto premente que me exigia prosseguir.

Pegando uma das facas de arremesso no meu cinto de armas, eu a atirei com precisão mortal na nuca do rebelde que fechava a marcha. Ela atravessou, cortando sua espinha e projetando-se para o outro lado. Suas pernas cederam e ele caiu como uma boneca de pano sem ossos, sem qualquer controle motor. Ele nem teve forças para alcançar a garganta. Seu gorgolejo, seguido pelo som surdo de seu corpo caindo no chão, chamou a atenção de um de seus companheiros. Ele se virou apenas para ser atingido pelo meu disparo, que foi letal, bem no rosto.

Sua cabeça quase explodiu em pedaços.

Alertados, os outros se viraram e se espalharam discretamente. A rigidez de suas posturas defensivas indicava que eles não tinham certeza se conseguiríamos ver através de sua camuflagem. Meus homens e eu descarregamos nossos disparos neles, enquanto também atirávamos mais algumas facas em sua direção, respondemos a essa pergunta.

Apesar de saberem que haviam sido descobertos, eles não saíram da furtividade nem mesmo quando nos atacaram. A sensação de destruição aumentou exponencialmente quando dois dos homens dispararam em direção à Câmara das alas Comuns, para longe de nós, sacando o que pareciam armas de precisão de longo alcance. Os oito rebeldes restantes revidaram. Eu levantei o antebraço para bloquear os disparos com meu escudo de energia. Correndo em direção a eles, eu disparei mais alguns tiros e guardei minha arma de volta no coldre para sacar minha adaga longa, que seria mais eficiente em combate corpo a corpo.

Eu golpeei meu escudo contra o primeiro rebelde, que também havia trocado sua arma por uma espada. Isso bloqueou sua tentativa de me atingir com sua arma e o fez cambalear alguns passos para trás. Levado pelo meu impulso, eu girei para a esquerda, golpeando com minha adaga o outro rebelde que tentava interferir. Ela encontrou o alvo na parte carnuda logo abaixo do plexo solar. Eu soltei a lâmina ainda enterrada em seu peito por meio segundo antes que ele a agarrasse instintivamente com uma expressão atordoada no rosto.

Sentindo o golpe vindo do meu primeiro oponente, que já havia se recuperado, eu desviei, mas retaliei arranhando-o na testa, no olho direito e em parte da bochecha direita com um único golpe violento. Ele gritou, largando a espada para cobrir o rosto ensanguentado – que eu agarrei na hora.

Usando sua arma, eu aparei o ataque de um terceiro rebelde. Antes que eu pudesse trocar mais do que alguns golpes com ele, a lâmina afiada da espada de Drade atravessou seu peito pelas costas. Seu sangue encheu seus pulmões perfurados e jorrou do peito e da boca enquanto ele gorgolejava. Drade agarrou sua cabeça por trás e quebrou seu pescoço, pondo um fim rápido à sua agonia.

Eu tentei correr atrás dos dois rebeldes que haviam fugido em direção à Câmara das alas Comuns, mas meu primeiro oponente me atacou novamente, apesar do rosto dilacerado e de ter perdido um olho. Em circunstâncias diferentes, eu admiraria sua resiliência e determinação. Mas sua interferência só me enfureceu ainda mais. Eu me abaixei para evitar ser decapitado e agarrei seu pulso antes que ele pudesse atacar novamente. Levantando meu joelho, eu bati seu cotovelo contra ele, quebrando seu braço. Enquanto ele se curvava de dor, eu agarrei seus cabelos na nuca, segurando-o, e bati meu calcanhar na frente de sua perna, logo abaixo do joelho. Sua perna estalou, balançando como um galho quebrado. Seu grito morreu em um som sufocado quando eu esmaguei meu punho em sua garganta. Sangue explodiu de sua boca e seus olhos reviraram para a parte de trás de sua cabeça.

Ver seu corpo destroçado desabar no chão, com os membros esquerdos dobrados ao meio em um ângulo anormal, me deu um prazer imenso. Mas eu pisei em seu pescoço, me deleitando com os estalos de sua espinha cedendo, e então corri atrás da minha presa. Eu encontrei os dois em posição, mirando em um alvo que eu não conseguia ver. A poucos metros à frente, um punhado de Guardas Imperiais guarnecia a entrada sudeste das alas Comuns. Graças à camuflagem, os rebeldes permaneciam invisíveis para os guardas e seus scanners.

Naturalmente, estes últimos não usariam sua visão alterada para ver as silhuetas como eu. A expressão de choque e empolgação deles ao me verem correndo em sua direção rapidamente se transformou em medo e confusão. Embora nenhum deles tenha sacado as armas, eles assumiram uma postura defensiva e gritaram em alarme para que eu parasse.

Ignorando-os, eu atirei uma faca no rebelde à esquerda antes de disparar no da direita. Meu primeiro alvo se esquivou, mas não rápido o suficiente para não ser atingido de raspão pela lâmina. Percebendo que não haveria escapatória, ele nem tentou fugir, mas apontou sua arma para algum lugar atrás dos guardas, dentro da sala à frente.

Só então eu vi minha companheira parada perto do meu pai.

Um grito de guerra selvagem escapou de mim enquanto eu avançava em direção ao atirador, disparando freneticamente contra ele. Alguns dos meus tiros acertaram o alvo, atrapalhando sua mira e fazendo-o errar por uma larga margem. Eu não sabia dizer se ele acertou alguém lá dentro. Tudo o que me importava era a forma como seu corpo voou para trás com a força do impacto com que colidi com ele. Ele cambaleou para a frente antes de cair de cara no chão. Ele largou a arma, que deslizou alguns metros para longe dele, ficando visível para todos.

Os guardas que guardavam a entrada da Câmara das alas Comuns ofegaram e entraram em ação. Mas, atrás de mim, eu pude ouvir Drade e Naax fazendo carne moída com o segundo suposto assassino.

Minha presa tentou se levantar, mas eu pisei em suas costas com os dois pés. Ele perdeu o fôlego. Eu não sabia se havia quebrado algum osso, não que isso importasse. Meu próximo movimento garantiu isso. Com uma fúria quase selvagem, eu agarrei seus cabelos e bati seu rosto repetidamente no chão de pedra dura, até que o som de ossos se quebrando se transformou em um baque úmido e carnudo.

— Meu Príncipe, ele foi finalizado — Drade disse com uma voz suave atrás de mim.

Eu levantei a cabeça bruscamente para encará-lo, com as presas à mostra. Um rosnado bestial escapou de mim, em um fluxo baixo e constante. Ele imediatamente ergueu as palmas das mãos de forma submissa e não ameaçadora, me despertando da minha fúria sangrenta. Sentindo-me um pouco abatido, eu pisquei e olhei ao redor. Só então eu percebi que a sensação de pavor e urgência finalmente havia diminuído.

Sob os aplausos de um número crescente de Guardas Imperiais notando meu retorno, eu olhei para dentro da sala e vi minha amada olhando em minha direção, atraída pelos aplausos.

Com o coração cheio de infinito amor e gratidão, eu corri até ela.

CAPÍTULO 28
SIONA

Nós tínhamos apenas começado a caminhar em direção à saída norte das alas Comuns quando vozes animadas se ergueram à nossa frente. Os Guerreiros que bloqueavam minha visão se separaram, abrindo caminho.

— Zerien! — eu sussurrei, com lágrimas de alegria brotando dos meus olhos ao ver meu homem ileso — ZERIEN! — eu repeti, desta vez em um grito, enquanto corria em sua direção.

— Siona! — ele gritou de volta enquanto corria em minha direção.

Ao encurtar a distância com meu homem, eu agradeci silenciosamente à Deusa por tê-lo devolvido são e salvo. Sua pele impecável confirmou que não o submeteram à tortura horrível que eu tanto temia. Seu belo rosto sorriu para mim enquanto seus cabelos azul-escuros esvoaçavam atrás dele. Os raios brilhantes do sol do meio da tarde que o iluminavam brilhavam sobre sua armadura, conferindo-lhe uma aura quase angelical.

Meu estômago embrulhou por um instante antes de nossos corpos colidirem. Zerien me abraçou, me pegando no colo antes de se virar. Ele levantou o rosto para me beijar, e eu desviei o meu bem a tempo para que ele tocasse minha bochecha, bem no canto da minha boca. O olhar terno em seus olhos desapareceu instantaneamente, substituído por um brilho frio que me arrepiou. Ele mostrou as presas ao mesmo tempo em que eu sacava minha lâmina.

Movendo-se com a velocidade insana de uma cobra atacando, ele tentou me morder, mas meu cotovelo atingiu brutalmente a lateral de seu maxilar. Simultaneamente, eu cravei minha lâmina em seu flanco. Sua tentativa de bloquear meu ataque errou por pouco, já que o golpe em seu rosto o desestabilizou. Seu grito de dor parecia mais um rosnado raivoso. Antes que eu pudesse esfaqueá-lo novamente, ele me empurrou com uma força fenomenal que me fez voar alguns metros para trás. A força do golpe arrancou a adaga da minha mão.

Eu caí de costas, mas amorteci o impacto rolando imediatamente e pulando de volta para os pés. Gritos de indignação e horror ecoavam ao nosso redor. A maioria gritava comigo. A maneira como ele me segurou teria impedido a maioria das testemunhas de perceber que ele havia tentado me injetar um veneno letal com suas presas. Para elas, teria parecido apenas um parceiro amoroso tentando beijar sua amada.

Dois pares de mãos agarraram meus antebraços para me conter. Sem pensar, eu ativei o recurso eletrificado do meu traje através de sua conexão neural. Instantaneamente, ele os atingiu com uma descarga elétrica de baixa intensidade, forte o suficiente para fazê-los recuar, mas não o suficiente para causar dano – o que teria acontecido se eu a tivesse configurado para níveis letais. Pelos suspiros assustados que emitiram, eu reconheci a voz de Alred, mas não quem era a outra pessoa. Eu estava concentrada demais no impostor à minha frente para lhe dar um olhar.

Eu levantei o antebraço à minha frente, ativando meu escudo de energia enquanto sacava minha arma do coldre. Ao nosso redor, os Guardas Imperiais sacavam suas próprias armas, alguns mirando em mim com expressões horrorizadas, outros mirando em "Zerien".

Ele ativou uma espécie de campo de energia ao seu redor. Uma das mãos apontou uma arma para mim e a outra pressionou o ferimento na lateral do corpo para estancar o sangue.

— Parem! — Nemrox gritou, com a palma da mão direita erguida em um gesto de detenção, embora seu belo rosto encarasse Zerien — Esse não é meu filho!

O alívio tomou conta de mim quando a confusão tomou conta de muitos rostos antes que a compreensão começasse a surgir em apenas alguns deles.

— Mas... Como você sabe? — perguntou um dos guardas, ainda assim com a arma apontada para o impostor.

— Seja qual for o truque que ele esteja usando, ele está enganando os scanners de DNA. Mas eu conheço a alma do meu filho. E a dele não combina — Nemrox sibilou.

Ao mesmo tempo, todos os Sarenianos desviaram o olhar, com os olhos levemente desfocados ao observarem a alma dele. Aqueles que trabalhavam mais perto do Príncipe imediatamente o reconheceram como a fraude que ele era. Mas os outros espiaram na minha direção para comparar minha alma à dele. Se aquele fosse realmente Zerien, sua alma estaria em perfeita harmonia com a minha, como minha alma gêmea – o que obviamente não era o caso com este intruso.

O que eu não daria para possuir esse poder.

Suspiros indignados encheram a sala enquanto uma ira raivosa se estabelecia em todos os rostos. Parecendo imperturbável por ter sido exposto, o imitador riu baixinho enquanto me encarava com um olhar impressionado.

— Eles conseguem ver almas — ele disse, pensativo — Mas e você, jovem Rainha Guerreira? Como adivinhou?

— Isso é algo que só eu devo saber, filho de Gharah! — eu sibilei.

Eu não sabia se seus acólitos estavam ouvindo a conversa. Mas eu certamente não o deixaria saber que o reflexo do sol em sua suposta armadura de Prillium o denunciou. Mais uma vez, eu agradeci silenciosamente à Oráculo por essa informação. Mas eu ainda precisaria perguntar a ela por que diabos ela não tinha simplesmente me dito o que procurar em vez de falar em enigmas.

Ele riu novamente e abaixou a cabeça em sinal de concordância enquanto guardava a arma no coldre.

— Você é realmente formidável, Siona Aldriss. É uma pena que estejamos em lados opostos. Apesar do que você possa pensar, eu não sou seu inimigo e tenho o maior respeito por você. Mas sacrificá-la teria evitado muitas mortes — ele acrescentou, acenando para os cadáveres no chão — Este não deveria ter sido o caminho final. Por outro lado, o Destino tem a tendência de sempre escolher a jornada mais tortuosa para nós. Ele deve estar entediado.

A maneira casual como ele falava, repleta de autodepreciação, me pegou de surpresa. Será que ele estava tão alheio à gravidade da sua situação? Será que estava usando o humor como forma de lidar com a morte iminente? Ou será que ele se sentia tão confiante em sua capacidade de escapar que conseguia menosprezar a situação?

Isso imediatamente deixou todos os meus sentidos em alerta máximo.

— Alred, examine todas as frequências em busca de escudos furtivos no solo e naves camufladas — eu ordenei.

Ele obedeceu diante da expressão ainda mais divertida do intruso enquanto nos observava. Seu sorriso desapareceu por apenas meio segundo enquanto ele se contraía e olhava para o ferimento. Ele sangrava profusamente. A menos que fosse tratado rapidamente, logo seria fatal.

Para nosso choque coletivo, o rosto e o corpo daquele falso Zerien começaram a derreter como gelo sob calor intenso. Sua altura diminuiu um pouco e seu corpo ficou muito mais esbelto, com curvas femininas perfeitas que fariam qualquer mulher babar de inveja. Sua pele azulada tornou-se cinza-clara, e manchas escuras Veredianas apareceram nas laterais de seus braços, pescoço e pernas. Cabelos negros incrivelmente longos caíam em cascata por suas costas até os tornozelos. E seu rosto assumiu as feições de tirar o fôlego de Zharina Praghan – a companheira de Gavin – com seu nariz em forma de botão, lábios em formato de coração, íris amarelas enormes com manchas verdes e as cristas ósseas em forma de chevron na testa, herdadas de seu pai Xelixiano.

— O que em nome de Gharah...? — eu exclamei.

Com um sorriso presunçoso, a falsa Zharina – Zhara, para abreviar – pressionou a palma da mão sobre o ferimento aberto exposto pelo sutiã esportivo e pela legging preta de cintura baixa em que a roupa anterior do imitador havia se transformado. Para nossa total consternação, o sangue que escorria pela perna começou a ser reabsorvido pelo ferimento, ficando vermelho para combinar com seu novo DNA.

Momentos depois, o ferimento começou a se costurar antes de desaparecer completamente, deixando para trás uma pele impecável.

— Impossível! — eu sussurrei, estupefata — Quem diabos é você?

Eu ouvi falar de espécies com a capacidade de se transformar. Até onde eu sabia, além de mudar a aparência física, nenhuma delas conseguia se transformar e imitar roupas. Mas o fato dele também poderem adquirir os poderes do ser em que estava se transformando foi outra novidade, especialmente quando se tratava de poderes psiônicos.

Ele não respondeu de imediato. Em vez disso, ele levou a braçadeira aos lábios para falar no comunicador. Só então eu percebi que ele não havia mudado para um modelo Verediano, diferentemente do Sareniano que ele usava quando fingia ser Zerien. Também não se parecia com uma braçadeira Xelixiana. Eu só podia presumir que pertencia à espécie que ele realmente era.

— Todas as unidades, recuem. Encontrem-se no ponto de encontro — ele disse em um tom factual antes de se virar para mim — A propósito, meu nome é Dread. Mas você provavelmente já suspeitava disso.

— Ninguém se importa com o seu nome. Você sabe que vamos afundar suas naves antes que elas consigam escapar, certo? — Nemrox disse em um tom áspero.

Ele bufou e lhe deu um sorriso indulgente, como se tivesse dito algo fofo — Você me magoou, Imperador Nemrox. Mas não desperdice seu tempo e energia. Apesar do seu progresso respeitável, as armas Sarenianas não podem derrotar a tecnologia Drayliana.

Os suspiros horrorizados de Deliah e Killian fizeram todos se virarem. A expressão de terror e descrença em seus rostos fez meu sangue gelar.

— Isso é impossível — Killian disse, dando alguns passos hesitantes para frente.

Deliah pressionou a palma da mão contra o peito e balançou a cabeça involuntariamente em negação, como se quisesse afastar um pesadelo terrível.

Ele não respondeu, mas se transformou em outra pessoa. Desta vez, era um homem bastante bonito, de altura, tamanho e massa muscular semelhantes aos do meu Zerien. Mas era aí que as semelhanças terminavam. Sua pele pálida, clara demais para ser bege, mas escura demais para ser branca, era adornada por uma série de padrões escuros, que não se qualificavam como linhas ou redemoinhos em seu rosto e braços, expostos por sua armadura de couro sem mangas. Duas cristas ósseas muito fortes formavam um V em sua testa, em um ângulo muito mais acentuado do que as cristas em forma de chevron dos Xelixianos. Assim como eu e os Korletheanos, ele possuía orelhas pontudas. E seu cabelo preto e liso caía até o meio das costas.

Ele lançou aos Korletheanos os mais estranhos olhos branco-prateados com uma borda escura. Toda a suavidade ou o divertimento que ele demonstrava desapareceram.

— Isso é impossível — Killian repetiu — Nós matamos todos vocês!

Minhas costas ficaram rígidas e eu fiquei boquiaberta, incrédula, diante do Vidente. Minha mente se recusava a aceitar o pensamento que tentava se infiltrar.

— Claramente não — Dread disse, com a voz transbordando desprezo — Nós somos uma legião. E agora, vamos terminar o que vocês começaram.

— Não vai funcionar — Deliah interrompeu com a voz um pouco trêmula — Desafiar o Destino só vai piorar as coisas. Nós aprendemos da maneira mais difícil. Não repitam nossos erros!

Ele acenou com desdém — Não estamos desafiando o Destino, mas moldando-o da maneira certa. Vocês já prejudicaram pessoas demais para continuarem se safando do jeito que têm feito até agora. Rastejar até as Veredianas em busca de proteção não irá salvá-los.

— Então nos ataque — Killian disse em um tom áspero — Não há necessidade de arrastar o resto da galáxia para essa confusão. Você fala das mortes que poderiam ter sido evitadas se Siona tivesse sido sacrificada, mas e os milhões de vidas que poderiam ser poupadas se vocês acabassem com todas essas tramas e planos que só podem terminar em uma Grande Guerra sangrenta?

Dread inclinou a cabeça para o lado e estudou as feições de Killian como se ele fosse uma criatura estranha que não deveria existir no mundo real.

— Você é um Vidente. Você, mais do que ninguém, deveria saber que a Grande Guerra é inevitável.

— É inevitável, mas não precisa se arrastar por anos e se transformar em um genocídio. Ela poderia ser interrompida rapidamente se as decisões certas fossem tomadas antes — Killian disse em um tom levemente suplicante.

Por uma fração de segundo, o Drayliano pareceu querer considerar o assunto. Mas aquela expressão foi tão fugaz que não consegui ter certeza se não foi apenas imaginação.

— Vocês causaram muitos danos — Dread disse, fechando o rosto — Por causa do que vocês fizeram, outros virão atrás de nós e tentarão nos exterminar. A única maneira de impedir que nosso povo e nossos descendentes sejam caçados é tomar nosso lugar de direito na hierarquia galáctica.

— Você começaria a Grande Guerra por causa disso? — eu desafiei — As Veredianas também foram caçadas antes de estabelecerem seu poder o suficiente para que todos recuassem.

— Boa observação, jovem Rainha. Mas não estamos iniciando a Grande Guerra. Estamos apenas a usando. Mesmo sem nós, a Grande Guerra é inevitável. Estamos apenas surfando na onda para servir ao nosso propósito.

Ele pareceu prestes a dizer algo mais, mas inclinou a cabeça para a esquerda, em direção à entrada sudeste das alas Comuns, por onde tínhamos chegado. Assim como quando fez sua grande entrada, vozes animadas encheram a sala. Desta vez, minha alma gêmea havia retornado de verdade. Eu não precisava verificar o reflexo do sol em sua armadura, nem ter a capacidade de ver almas como seu povo. Em um nível visceral, eu sentia isso profundamente em meus ossos.

Isso não impediu os Guardas Imperiais de mudarem de direção para confirmar que não se tratava de um truque de outro imitador Drayliano. Nós corremos um em direção ao outro. Como Dread havia feito, Zerien me pegou no colo sem esforço e girou antes de esmagar meus lábios em um beijo apaixonado, quase desesperado. Esse déjà vu poderia ter arruinado nosso reencontro, mas não arruinou. Nada poderia manchar ou diminuir a alegria que a presença do meu Zerien sempre me proporcionava, especialmente depois das tribulações de hoje.

Ele finalmente me colocou de pé novamente. Como eu havia feito com Eldrin, ele me segurou pelos braços e me examinou da cabeça aos pés em busca de algum ferimento.

— Eu estou bem, meu amor — eu disse em um tom tranquilizador, enquanto pressionava as palmas das mãos em seu peito para verificar se ele também estava bem — Eu estou ilesa. Eldrin e todos os outros também estão seguros.

Ele me puxou para seus braços novamente, em um abraço doloroso que expressava a profundidade do seu alívio e do medo que o atormentava. De repente, ele se enrijeceu, e um rosnado violento vibrou em seu peito. Atordoada, eu me afastei um pouco dele e olhei para o seu rosto. Vê-lo me encarando por cima do meu ombro com um olhar assassino me lembrou do que sua chegada interrompeu.

Eu olhei por cima do ombro para o Drayliano, ainda protegido pelo campo de energia que ele havia erguido ao seu redor. Zerien me soltou, agarrou minha mão e começou a marchar ameaçadoramente em sua direção.

Para minha surpresa, Dread não parecia assustado ou bravo quando meu companheiro se aproximou. Ele só tinha uma expressão estranha, melancólica e triste no rosto.

— Por mais feliz que eu esteja em vê-lo reunido com sua alma gêmea, um caminho diferente deveria ter prevalecido — Dread disse, resignado — Agora, muitas outras vidas serão perdidas.

— Não se nós acabarmos com você primeiro e terminarmos isso, seu filho de um krillik!

Dread sorriu daquele jeito irritantemente indulgente que lhe era característico — Nós vimos esse caminho, Príncipe Zerien. Um caminho intrigante, com certeza. Eu não morro hoje, e certamente não pelas suas mãos.

— Tire essa porra desse escudo! — Zerien gritou enquanto levantava sua arma em direção a Dread.

Todos, inclusive eu, começaram a descarregar nossas armas no escudo. Mantendo-se estoico, Dread começou a se transformar novamente. Desta vez, eu reconheci o deslumbrantemente belo Rhadames, o irmão mais novo dos gêmeos fraternos Vahleryon e Zharina.

— Até nos encontrarmos novamente — Dread disse provocativamente, uma fração de segundo antes de seu escudo ruir.

Drade avançou e tentou abatê-lo com a espada, mas encontrou apenas o vazio. Em um piscar de olhos, o Drayliano desapareceu. Mais alguns guardas avançaram, atacando o nada na esperança de atingi-lo onde quer que estivesse escondido.

— Não percam seu tempo — Killian gritou — Ele se foi. Dread é um mímico. Ele pode assumir as habilidades daqueles em quem se transforma. Rhadames Praghan pode se teletransportar por distâncias insanas, até mesmo através de sistemas solares. Vocês nunca irão pegá-lo.

— Quantos desses mímicos existem? — Nemrox perguntou com a voz tensa, ecoando a pergunta visível na maioria dos rostos.

— Suspeito que sejam muito poucos — eu respondi pensativamente em seu lugar — Por que mais ele teria vindo sozinho? Muitos deles atacando ao mesmo tempo poderiam ter-lhes garantido a vitória que buscavam.

Deliah assentiu — Ela tem razão. Mimetismo é a característica mais rara dos Titãs. Mas também é exaustiva de usar. Ele se curou e depois se teletransportou. Dependendo de quão longe ele foi, poderia levar horas, talvez até dias, para ele se recuperar.

— Ele disse às outras embarcações para encontrá-lo no ponto de encontro — eu disse, me virando para Zerien.

— Nós os enfrentamos até que todos recuaram repentinamente. Eles não estavam apenas deixando o palácio, mas o próprio planeta. Onde quer que eles se encontrem, estão indo para outro planeta — ele respondeu, franzindo a testa.

— Então não adianta ficar pensando nele por enquanto — Nemrox disse, visivelmente descontente — Por mais que eu adorasse revelar tudo, precisamos proteger o palácio. Pode haver mais inimigos à espreita.

— Não, Imperador — Deliah disse em voz baixa — A batalha foi vencida. Os únicos rebeldes vivos que restam estão sendo levados para suas masmorras neste exato momento. Não vejo nenhum caminho futuro de agitação antes da coroação. O pior já foi evitado.

Uma aclamação geral acolheu as palavras da Oráculo.

— Como você sabia? — Alred me perguntou timidamente quando a confusão diminuiu.

Isso atraiu olhares curiosos de muitas pessoas que estavam por perto.

Eu sorri — O fato de nem Drade nem Naax estarem com ele me incomodou. Mas o principal motivo foi a luz refletida em sua braçadeira. Prillium não reflete luz. Se não fosse pelo aviso perspicaz da Oráculo, eu talvez não tivesse percebido a tempo.

— Minha Siona, você realmente é a Rainha Guerreira que meu povo merece — Zerien disse, com o rosto e a voz cheios de orgulho.

— Salve a Rainha Guerreira! — Alred gritou.

Todas as vozes ao nosso redor repetiram suas palavras em um cântico. Mas tudo desapareceu no fundo quando eu cruzei os olhos com meu companheiro. Finalmente, eu estava em casa, com minha alma gêmea e meu povo. Nenhum desafio seria grande demais, contanto que ficássemos juntos.

EPÍLOGO
ZERIEN

O s líderes da unidade rapidamente designaram tarefas de
limpeza para todos, começando pela busca por quaisquer
feridos entre nosso povo que precisassem de assistência e cuidando dos
falecidos de ambos os lados.

Apesar de nossos melhores esforços, todas as naves Draylianas
escaparam. A tecnologia delas era avançada demais para a nossa. Infelizmente, os prisioneiros rebeldes Sarenianos não nos entregaram
muito mais do que já sabíamos. Apenas um punhado de Draylianos
chegou a Sarenia. Somente eles pilotavam suas naves e se certificaram
de não compartilhar nenhuma tecnologia com eles ou com os Guldans.

Muitas das perguntas que ainda tínhamos permaneciam sem
resposta. Por que tão poucos deles vieram para Sarenia? Será que sua
população ainda era muito baixa – o que faria sentido, considerando
que todos acreditavam que eles estavam extintos? Será que seu povo
achava que esta batalha não valia a pena o suficiente para colocar
um grande número de tropas em risco? Teria Dread se tornado
rebelde?

A única coisa que eles podiam afirmar com certeza era que Dread
era o único mímico entre eles. Mas isso não nos dizia quantos outros
Draylianos possuíam essa habilidade, nem se a estavam usando para

manipular, assassinar ou sabotar o destino das outras espécies em sua mira.

Naturalmente, nós compartilhamos todas as informações que coletamos com nossos aliados. A principal preocupação para mim era o fato de Dread ter, de alguma forma, estado em contato direto com o Grande General – o jovem Vahl Praghan – e seus irmãos, Zharina e Rhadames. Cada um deles havia sido abençoado com alguns dos maiores poderes psiônicos da galáxia conhecida. Com base na minha própria experiência, Dread precisava ter absorvido parte de seu DNA para assumir a aparência deles e usar seus poderes. Aquele monstro nunca deveria ter tido permissão para chegar tão perto deles.

Agora que seu plano para assassinar minha companheira fracassou, só os Ancestrais sabiam qual novo plano desesperado ele seguiria para mudar o Destino a seu favor. Eu só esperava que as Veredianos e os Xelixianos mantivessem seus jovens Titãs seguros. O futuro da galáxia dependia disso.

No final, nós sofremos muito menos baixas do que eu temia. Mas ainda assim, foram muitas. A maioria dos rebeldes morreu durante a batalha. Nós interrogamos e executamos o restante. O nível de cooperação deles desempenhou um papel fundamental em quão atroz ou misericordiosa foi sua morte.

Felizmente, todos os moradores do Santuário saíram ilesos. Os rebeldes os mantiveram trancados dentro dos dormitórios. Nós também encontramos o verdadeiro Lindel, são e salvo. Durante semanas, ele ficou em êxtase enquanto Dread o personificava.

De muitas maneiras, eu fiquei triste que as coisas tenham acontecido como aconteceram. Apesar de todo o seu terrorismo, os rebeldes realmente queriam evitar ao máximo causar qualquer morte entre os Sarenianos. A profundidade do ódio que eles nutriam pelos Korletheanos os cegou e os transformou em monstros. Em circunstâncias diferentes, eu não duvidava que a maioria deles teria sido cidadãos honrados. O mais doloroso de tudo foi que eles morreram como traidores, acreditando genuinamente que estavam sendo patriotas.

Os danos ao palácio foram extensos. Com minha coroação e casamento a apenas uma semana de distância, reparos completos seriam impossíveis. Nós pensamos em adiar ambos os eventos para uma data posterior, mas acabamos desistindo. Além de complicar ainda mais as coisas para os inúmeros chefes de Estado e altos funcionários que já haviam confirmado presença na data original, não realizar essas celebrações como planejado seria como uma derrota, como se os rebeldes ainda tivessem vencido.

Portanto, toda a população se uniu com uma energia e determinação que encheram meu coração de orgulho e amor pelo meu povo. E não era nada mal que eles agora adorassem totalmente sua futura Rainha. De muitas maneiras, garantir o sucesso do evento foi um presente para ela, uma carta de amor expressando sua felicidade por reivindicá-la como sua.

Esses esforços foram significativamente acelerados pela chegada antecipada das Veredianas. Assim que os informamos do ocorrido, a Almirante Lee – a líder militar dos Tuureanos, o exército de elite Verediano – embarcou em um cruzador de batalha com uma equipe inteira de cinéticas para ajudar. Como ela estaria presente de qualquer maneira como uma das oficiais do povo deles, sua presença já era esperada. Ela chegou mais cedo, em um gesto de solidariedade.

Eu observei com admiração enquanto Lee – a abreviação de seu nome verdadeiro, Aleina – sua filha adotiva, Lenora, e duas outras Veredianas exibiam seus poderes cinéticos ao máximo. Com um simples toque, elas podiam moldar, fundir e transformar qualquer material inerte à vontade. Em minutos, seções inteiras de paredes de pedra pareceram derreter e virar massa antes de se esticarem e se transformarem em sua forma e posição apropriadas. Elas não conseguiam criar nova matéria com esse poder, apenas remodelar a existente.

— Incríveis, não são? — perguntou seu marido, o Primeiro Oficial Ghan Delphin, com a voz cheia de orgulho enquanto olhava com carinho para sua esposa e filho.

Assim como a Rainha Braxiana Mercy – que por acaso também era meia-irmã de Lee – Lenora era uma híbrida Guldan-Verediana que eles resgataram durante uma missão. Mais tarde, eles a adotaram antes de terem um filho biológico. Em uma reviravolta perfeita do Destino, Lenora revelou possuir as mesmas habilidades cinéticas de Lee.

— Absolutamente fenomenal — eu disse com toda a sinceridade — Eu nunca poderei agradecer o suficiente a todos vocês por isso. Mesmo que não consigamos terminar tudo a tempo, as áreas mais importantes ficarão como novas.

Ghan bufou — Você não conhece minha companheira se acha que ela não vai cuidar de tudo. Mas não precisa me agradecer. É o que os aliados fazem. E, de várias maneiras, você já se tornou parte da nossa grande família.

Eu sorri com gratidão, ainda atordoado com a improbabilidade das amizades e laços que formamos com tantas espécies poderosas e com culturas tão diferentes. Essa era a prova de que a única coisa que nos separava não eram as nossas diferenças, mas a nossa vontade de respeitar e ser gentis uns com os outros.

Meus olhos se voltaram para Gavin Aldriss, que se aproximava das mulheres cinéticas com uma bandeja de bebidas geladas. Ele se referia a elas como Tia Lee e Tio Ghan. Eles não tinham nenhum vínculo sanguíneo direto. Mas como Gavin estava prometido extraoficialmente a Zharina – sobrinha de Lee – fazia todo o sentido. E como Gavin era sobrinho da minha companheira, isso de fato me tornava parte da família deles.

— Você não trouxe sua sobrinha para ele — eu disse em um tom levemente repreensivo.

Ghan bufou e olhou para mim como se eu tivesse enlouquecido — Khel não vai deixar a filha de dezesseis anos viajar até aqui sem ele, e muito menos para encontrar um garoto.

Embora eu pudesse ouvir a provocação em sua voz, não pude deixar de franzir a testa e me sentir um pouco ofendido por ele.

— Gavin não é um menino. O amor dele por Zhara é real. Eu entendo muito bem a dor e o sofrimento de esperar indefinidamente por um reencontro que parece nunca chegar — eu disse com a voz mais calma.

Nem um pouco ofendido, Ghan inclinou a cabeça e me lançou um olhar misterioso. De muitas maneiras, ele poderia ser considerado um híbrido Braxiano. Ele era tão alto, musculoso e de ombros largos quanto Anton – o pai de Gavin. Se não fosse por sua pele cinzaprateada e pelas rugas em forma de chevron na testa, que o identificavam como um Xelixiano, ele poderia ter enganado qualquer um.

— Não duvido, Zerien. Mas Siona valeu a pena esperar, assim como Zhara — ele respondeu com um tom de voz sensato — Se eles estão destinados a ficar juntos, o Destino os unirá no devido tempo.

— Eles foram feitos um para o outro — eu disse com firmeza, sem entender por que estava levando isso tão a sério — Eu vi as almas dos dois. Eles são almas gêmeas. Esperar seis anos quase me destruiu. Ele está esperando há treze anos!

— Sim — Ghan reconheceu — Então mais dois não vão matá-lo.

— É o que você diz — eu retruquei, irritado — Gavin é um bom homem.

— Eu sei — ele respondeu com um brilho provocador nos olhos.

— Você vai tornar a vida dele um verdadeiro pesadelo, não é? — eu disse com uma compreensão repentina.

Uma onda de pena por Gavin tomou conta de mim ao ver o sorriso quase malicioso que se estendia nos lábios de Ghan.

— Claro que sim — ele respondeu como se fosse evidente — Os dois pais dela, os três irmãos e eu esperamos que ele prove seu valor antes de poder ficar com a nossa garota.

Antes que eu pudesse responder, meu comunicador apitou. Uma olhada fez meu coração disparar.

— Desculpe, preciso ir — eu disse apressadamente — Thesala está prestes a examinar Siona.

— Claro, meu amigo. Vá ficar com sua companheira — ele disse em um tom caloroso.

Eu precisei de toda a minha força de vontade para não sair correndo. Embora Siona parecesse ter se recuperado completamente da tentativa de assassinato, eu insisti descaradamente em que uma das curandeiras Veredianas confirmasse que não havia vestígios do veneno em seu organismo. Eu também queria ter certeza de que ela não havia sofrido nenhum dano oculto que pudesse se manifestar de forma muito mais letal ou desencadear efeitos colaterais graves quando menos esperássemos.

Eu entrei na Enfermaria e encontrei minha companheira conversando animadamente com a curandeira Verediana. Alta, esguia, com um rosto deslumbrante como todas as mulheres de sua espécie, Thesala era uma das melhores curandeiras – embora nenhuma pudesse rivalizar com Maheva, a mãe de Lee, ou Zhara. Ela tinha a pele morena padrão de seu povo, com longos cabelos escuros até a cintura. Sua saia curta e blusa sem mangas expunham as manchas escuras que adornavam as laterais de seu pescoço, pernas e braços. Os padrões diferiam de acordo com a qual das três raças pertenciam: Guerreira, como Lee e Mercy, Cuidadora, como Thesala, ou Estudiosa.

Sentada na beirada de uma mesa de exame, com as mãos apoiadas em cada lado do corpo, Siona balançava as pernas casualmente para frente e para trás de uma forma despreocupada que fez toda a tensão sair de mim.

— Aí está ele — Thesala disse com uma voz calorosa e amigável.

— Desculpe por fazê-la esperar — eu disse timidamente enquanto me juntava à minha companheira.

De pé ao lado da mesa, eu passei meu braço em volta da cintura dela de forma possessiva e protetora.

— Não esperamos — Siona respondeu, provocante — Thesala fez o que tinha que fazer com a mão e bum, pronto!

— Hã?! — eu perguntei, lançando um olhar inquisitivo à curandeira.

— Ela tem razão — Thesala respondeu com um leve ar de culpa — Eu só queria dar uma espiadinha enquanto esperava por você, mas não tinha muito o que fazer.

— Eu considero isso uma boa notícia — eu respondi, com alívio audível na voz.

Ela assentiu — Notícias excelentes. Siona tem uma constituição fantástica. Eu encontrei alguns pequenos traços de toxina e os removi. Mas mesmo sem a minha intervenção, ela os teria eliminado naturalmente nos próximos dias ou semanas. Ela está com saúde perfeita e não haverá efeitos colaterais ou risco de problemas recorrentes.

— Obrigado! Eu posso ser um pouco superprotetor, mas fico feliz por ter confirmado — eu disse.

Ela fez um gesto de desdém — Não precisa se desculpar. Um parceiro amoroso deve se preocupar com o bem-estar de sua amada.

Thesala abriu a boca para dizer algo mais, fez uma pausa e então olhou inquisitivamente para minha mulher.

— O que foi? — eu perguntei, sentindo a preocupação reaparecer.

— Relaxa, seu bobo — Siona disse, esfregando a palma da mão no meu peito de um jeito reconfortante — Tem mais uma excelente notícia.

Ela agarrou minha mão e a pressionou contra a barriga com um sorriso radiante. Minha garganta se apertou quando uma emoção poderosa demais para expressar em palavras encheu meu coração a ponto de explodir.

— Está confirmado? — eu perguntei com a voz trêmula.

Siona assentiu antes de olhar para Thesala. Eu olhei para a curandeira.

— É muito cedo para exames de sangue confirmarem cientificamente a gravidez, mas eu vi claramente o feto quando a toquei. Embora não possa garantir, eu tenho quase certeza de que é um menino — Thesala respondeu com confiança.

Eu pisquei rapidamente para conter as lágrimas que brotavam em meus olhos. É verdade que eu esperava um filho para garantir a continuidade da linhagem. Mas eu também acolheria com alegria uma filha, a personificação do amor infinito que eu nutria pela minha alma gêmea.

— Você está...?

— Sim — Siona respondeu com convicção quando minha voz se perdeu — Eu não poderia estar mais feliz. Eu quero isso e tudo o mais com você.

— Minha Siona... eu te amo — eu sussurrei antes de reivindicar seus lábios em um beijo carinhoso.

Perdido em minha companheira, eu mal ouvi a curandeira saindo discretamente.

∼

SIONA

De pé no meu quarto, com minha mãe cuidando de mim e minha irmãzinha Ameka, de seis anos, sentada na beira da cama, eu admirava meu reflexo no espelho. Eu estava deslumbrante com o corpete branco com bordados dourados e pedras preciosas. Uma saia branca curta abraçava meu corpo com longos painéis dourados na frente e atrás, criando a ilusão de uma saia longa com fendas altas e largas nas laterais. Como acessórios adicionais, braceletes dourados em espiral adornavam meus braços, e anéis de ouro prendiam meus chifres negros.

Eu me virei para um lado e para o outro, adorando o quão majestosa eu parecia em uma roupa que misturava a estética da minha herança Guldan e a moda do meu novo povo.

— Você está feliz? — minha mãe perguntou em voz baixa enquanto ajeitava uma mecha rebelde do meu cabelo.

— Extremamente! — eu disse com toda sinceridade.

A emoção no rosto da minha mãe mexeu comigo.

— Eu sonhei desesperadamente que você encontrasse com seu companheiro a mesma felicidade que eu encontrei com meu Krygor. Protegê-la tem sido meu maior propósito — minha mãe disse, acariciando minha bochecha enquanto observava minhas feições.

— Eu consegui, graças a você — eu disse, com a garganta apertada antes de acenar para a sala — Tudo isso, tudo o que tenho e me tornei, eu devo a você. Diante de probabilidades impossíveis, você nunca parou de lutar por nós... por mim. Os sacrifícios que você estava disposta a fazer para me proteger nunca deixam de me surpreender. Você me fez forte, me ensinou o que são coragem e determinação, e a nunca desistir. Você me mostrou que eu mereço respeito, justiça e que, enquanto eu continuar lutando, tudo é possível. Você é a minha heroína!

Ver minha mãe piscar rapidamente para conter as lágrimas fez meus olhos se encherem de lágrimas.

— Nada de choro! — minha mãe me repreendeu para tentar esconder o quanto minhas palavras a comoveram — Não é permitido fazer caretas no seu casamento e no dia da coroação. Eu não criei um bebê chorão.

Ameka riu atrás de nós enquanto fazia uma careta adorável para mim. Como híbrida, ela era a mistura perfeita da minha mãe com seu pai Braxiano, Krygor. Aos seis anos, ela era mais alta e maior do que a média das mulheres Guldans. Ela poderia facilmente se passar por uma criança de dez anos. No entanto, ela tinha uma estrutura óssea mais delicada do que uma mulher Braxiana puro-sangue, uma versão mais estreita de seus narizes achatados e os mesmos chifres negros e olhos esmeralda da minha mãe. Ela era uma beleza que, sem dúvida, deixaria um rastro de homens suplicantes por onde passasse.

— É o meu casamento. E como futura Rainha, eu choro se quiser — eu disse, em um tom malcriado, antes de abraçar minha mãe.

Ela riu baixinho ao retribuir o abraço. Uma batida na porta interrompeu o momento de ternura. Eu pedi à recém-chegada que entrasse e fiquei surpresa ao ver Kaelin entrar carregando o que parecia ser um véu de casamento muito longo. Eu lancei-lhe um olhar curioso enquanto ela a desdobrava lentamente ao meu lado.

— Eu não sabia que os Sarenianos usavam véus para suas noivas — eu disse surpresa.

— É um Véu da Aliança — Kaelin corrigiu gentilmente, enquanto me mostrava parte do tecido transparente — Está vendo esses bolsinhos? É para as pessoas colocarem uma gema dentro dele. Cada gema é um juramento de lealdade, apoio e amizade. É um juramento de sangue.

— Um juramento de sangue?! — eu repeti, atordoada.

Ela assentiu — Há literalmente uma gota de sangue dentro de cada gema. Quebrar esse juramento tornaria essa pessoa um pária, a menos que tenha rompido oficialmente o vínculo por motivos graves — Kaelin explicou — Eles não são exclusivos da noiva, mas de um Imperador e sua Rainha. As pessoas não são obrigadas a fazer esse juramento. É uma escolha feita livremente, e é isso que o torna tão poderoso.

— Isso é muito legal — eu disse, impressionada, mas também me sentindo repentinamente constrangida.

E se ninguém quiser me dar sua gema?

A julgar pelo comprimento do véu, ele poderia facilmente receber centenas delas. Que humilhação se eu só recebesse um punhado delas da minha Guarda Real e amigos próximos?

— Aqui, deixa eu colocar em você — Kaelin disse, alheia à minha turbulência interior — Acho que ficaria lindo preso nos seus chifres. Nossas mulheres costumam fazer isso. Mas também podemos colocá-lo nos seus ombros.

— Meus chifres — eu respondi sem hesitar — Vamos continuar com as tradições Sarenianas.

Seu ar de aprovação me aqueceu de dentro para fora. E ela tinha razão, a forma como as pontas dos meus chifres se curvavam os tornava o gancho perfeito para o véu.

Para minha surpresa, assim que ela terminou de colocá-lo em mim, minha mãe e minha irmã pegaram uma pequena joia, da mesma cor esmeralda dos olhos delas, e a colocaram nos bolsos transparentes mais próximos dos meus chifres. Kaelin pegou minha irmã para ajudá-la a alcançar.

— Você sabia! — eu sussurrei para minha mãe, sem palavras.

Ela sorriu e beijou minha bochecha.

Minha garganta se apertou ainda mais quando Kaelin colocou Ameka de volta no chão e colocou uma joia sua no meu véu. Ela segurou meu rosto com as duas mãos e me deu um beijo carinhoso na testa.

— Venha. Vamos te casar, irmã — Kaelin disse.

Piscando furiosamente para espantar as lágrimas, eu comecei a caminhar em direção à saída da minha morada, com minha mãe e Kaelin segurando meu véu atrás de mim. Assim que saímos para o Salão de Saudações, Jastira, Deliah, Eldrin e Alred depositaram suas próprias gemas, imitadas pelo restante da Guarda da Rainha. Para minha surpresa, Jastira e Deliah juntaram-se à minha mãe e Kaelin para segurar meu véu. O motivo logo ficou claro.

Durante a marcha até a sala do trono, inúmeras pessoas reunidas nas várias pequenas alcovas ao longo dos grandes corredores – todos nobres e oficiais de alto escalão, incluindo membros de nossos Conselhos, do Senado e até mesmo da equipe – me deram uma de suas gemas. Sem as mulheres que carregavam meu véu, seu peso teria se tornado rapidamente um desafio.

Mas eu não me importava.

Muitas emoções alegres ameaçavam me dominar. Enquanto cruzávamos o grande Salão de Reuniões que levava às imponentes portas da sala do trono, Alred desfilava como um pavão à minha frente, enquanto a enorme multidão reunida de cada lado me aplaudia. Com meu repentino aumento de popularidade, seu status como Comandante da Guarda da Rainha também aumentou. Muitos dos Guardas Imperiais haviam expressado um interesse nada sutil em se juntar às suas fileiras. Dizer que isso lisonjeava meu ego seria um eufemismo.

Do outro lado do Salão de Reuniões, pela entrada oeste, Zerien e sua escolta real se aproximavam. Ele me tirou o fôlego. Assim como eu, ele estava vestido de branco e dourado, e a saia curta de seu ruvyn não escondia nada de suas pernas musculosas. Em vez da faixa única de costume cruzando seu peito, desta vez ela cruzava ambos os lados. As tiras estreitas do luxuoso tecido branco bordado em dourado não escondiam nada de seu abdômen esculpido e peitorais bem definidos.

Mas foi o olhar de adoração em seu rosto quando nossos olhares se encontraram que me destruiu.

Nós nos encontramos no meio do caminho. De acordo com o protocolo, ele deveria simplesmente ter colocado a mão esquerda, com a palma voltada para baixo, ao meu lado para que eu pudesse descansar a minha mão nas costas da dele. Então, ele teria me conduzido para dentro da sala do trono, com o Comandante de nossas respectivas guardas abrindo a marcha. Mas tudo isso nos escapou da mente. Zerien pegou minhas duas mãos e se inclinou para reivindicar meus lábios em um beijo que expressava a profundidade de seu amor por mim, que eu retribuí da mesma forma.

Eu poderia ter ficado ali para sempre, mas os aplausos da multidão nos forçaram a abandonar aquele momento precioso. Ele não falou nada, nem eu. Palavras eram desnecessárias. Nós nos viramos em direção às grandes portas ornamentadas da sala do trono, que se abriam diante de nós.

Um corredor enorme levava ao estrado onde Nemrox nos aguardava, em pé diante dos dois tronos que em breve seriam nossos. O segundo trono havia sido acrescentado para mim, pois meu sogro nunca se casou nem escolheu uma Rainha.

Ver tantos chefes de Estado e governantes de alguns dos planetas mais poderosos da galáxia deveria ter me intimidado. Quem em um milhão de anos imaginaria que eu, Siona Siddik, a filha expulsa de um traficante de escravos Guldan, me tornaria a Rainha do mais maravilhoso e poderoso Imperador de Sarenia? Quem imaginaria que eu faria parte da maior aliança intergaláctica empenhada em salvar o modo de vida e as liberdades de incontáveis mundos?

Ao mesmo tempo, os convidados se levantaram de seus assentos. À minha esquerda, meu pai, com seus filhos e membros do clã, Gavin, Magnar Keran e Ravik, começaram a bater no peito com os punhos enquanto emitiam o canto de guerra honorífico Braxiano, semelhante ao que cantaram no dia da coroação de Keran e seu casamento com Dawn. Ela estava de pé ao lado dele e de Mercy, nos observando com carinho. Eu só conhecia Dawn havia seis meses, mas já me bastava para saber que ela era a Rainha perfeita para um Magnar maravilhoso.

Ao lado deles, meu irmão Tevek e sua esposa Verediana Ashara estavam com nossos aliados Veredianos e Xelixianos.

Sob a luz da Deusa e os olhares de apoio dos meus amigos e familiares, eu marchei de mãos dadas com minha alma gêmea, inquebrável, destemida e confiante no amor infinito que nos unia.

FIM

Criando Amalia
Revés do Destino
Mãos do Destino
Desafiando o Destino
Destino Imperial

BRAXIANOS
Anton's Grace
Ravik's Mercy
Krygor's Hope
Keran's Hope

O NEVOEIRO
Nevonauta
Pesadelo

OS REINOS DAS SOMBRAS
Destinada ao Espectro
Destinada Ao Ceifador

VALOS DE SONHADRA
Cidade de Gelo
Prisão de Gelo

DONZELAS DE SANGUE DE KARTHIA
Seduzindo Thalia

CONTOS SOMBRIOS
A Maldição do Barba Azul
O Corcunda

OUTROS LIVROS
Homem de Aço
Um Alienígena para o Natal

SOBRE O AUTOR

A autora bestseller do *USA Today*, Regine Abel, é uma viciada em fantasia, paranormal e ficção científica. Qualquer coisa com um pouco de magia, um toque de inusitado e muito romance a fará pular de alegria. Ela adora criar guerreiros alienígenas gostosos e heroínas radicais que evoluem em novos mundos fantásticos enquanto embarcam em aventuras repletas de mistério e reviravoltas que você nunca imaginou.

Antes de se dedicar como escritora em tempo integral, Regine havia se entregado a outras paixões: a música e os videogames! Depois de uma década trabalhando como Engenheira de Som em dublagem de filmes e shows, Regine tornou-se Designer de Jogos Profissional e Diretora Criativa, uma carreira que a levou de sua casa no Canadá para os EUA e vários países da Europa e Ásia.

Facebook
https://www.facebook.com/regine.abel.author/

Website
https://regineabel.com

Grupo de leitura *Regine's Rebels*

https://www.facebook.com/groups/ReginesRebels/

Newsletter

http://smarturl.it/RA_Newsletter

Goodreads

http://smarturl.it/RA_Goodreads

Bookbub

https://www.bookbub.com/profile/regine-abel

Amazon

http://smarturl.it/AuthorAMS

Loja Etsy

http://rapublishing.etsy.com